grafit

Der Autor

Horst Eckert, 1959 in Weiden/Oberpfalz geboren, lebt als hauptberuflicher Autor in Düsseldorf. Wie kaum ein Zweiter versteht er es, Spannung mit Tiefgang zu erzeugen, indem er Seelen in all ihren Schattierungen auslotet. Dabei erweist er sich als schonungsloser Chronist unserer Zeit. Davon zeugen zahlreiche Auszeichnungen, so wurde *Schwarzer Schwan* von der Tageszeitung *Die Presse* (Wien) zum besten Wirtschaftskrimi 2011 erklärt und auf krimi-couch.de mit dem ›Krimi-Blitz 2011‹ geehrt. Eckerts Romane sind ins Tschechische, Französische und Niederländische übersetzt.

www.horsteckert.de

Chemnitzer Str. 31, D-44139 Dortmund
Internet: http://www.grafit.de
E-Mail: info@grafit.de

Umschlagbild: Kathie Wewer
Druck und Bindearbeiten: GGP Media GmbH, Pößneck
ISBN 978-3-89425-413-1
1. 2. 3. / 2015 14 13

Horst Eckert

Schwarzer Schwan

Thriller

grafit

Ein Verbrecher wird erschossen, der andere regiert.
Schenk ma no an Wodka ei, die Welt is kompliziert.

Georg Ringsgwandl

Teil I

Strippenzieher

1.

Grelles Licht blendet mich. Ich möchte … weiterschlafen …

Wie aus weiter Ferne höre ich Geräusche. Etwas kratzt und schabt und klappert. Die Umgebung verschwimmt. Helle Flecken tanzen vor meinen Augen. Ich kann mich auf nichts konzentrieren.

Scheiße, was ist los mit mir?

Ich versuche, mich aufzusetzen. Fürchterliche Stiche in meinem Kopf, wie lange Nadeln, die mir jemand ins Hirn schiebt.

Wo bin ich überhaupt? Das ist nicht die Wohnung meiner Tante!

Die Pritsche ist hart. Die Wände sind weiß, kein Fenster, keine weiteren Möbel. Die Geräusche kommen näher. Dreht sich da ein Schlüssel in einem Schloss?

Mein Mund ist trocken. Mein Kopf … als hätte ich gesoffen … aber das habe ich nicht!

Keinen Schimmer, wie ich hierhergekommen bin …

Die Tür schwingt auf. Mein Herz pocht rasend schnell. Die Umrisse eines Mannes. Ein Klirren, als ich zurückweiche. Da ist etwas Kaltes, Schweres um mein Handgelenk.

Ich kann es nicht glauben …

Die Stimme ist mir unbekannt: »Willkommen in deinem neuen Zuhause.«

Mama! Mama, sag mir, dass das nur ein böser Traum ist!

2.

Lilly gähnte, zugleich war sie aufgeregter als bei jedem Vorstellungsgespräch. Sie und Patrick trugen Businessklamotten und taten, als studierten sie die Anzeige auf dem Monitor.

Ganz oben wurde ein Flug nach Antalya angekündigt – Touris, uninteressant.

Dann folgten Geschäftsflieger-Destinationen: *Berlin, Dresden, München.*

Es war kurz nach sechs, für Lillys Empfinden noch mitten in der Nacht. Aber hier war bereits eine Menge los.

Frankfurt, Barcelona, Berlin.

»Siehst du den Dicken im grauen Anzug?«, fragte Patrick.

»Wo?«

»Na, dort drüben. Der perfekte Otto.«

So nannte Patrick eine mögliche Zielperson. Er wünschte sich einen pädophilen Otto. Einen heimlichen Kinderficker mit nackten Gören auf der Festplatte seines Laptops, den man leicht erpressen konnte. Aber auch einem Normalbürger sollte es eine Stange Geld wert sein, einen stibitzten Aktenkoffer samt Inhalt zurückzuerhalten. Glaubte Patrick.

Lilly staunte, wie gelassen ihr Freund war. Und er sah verdammt gut aus, als sei er einer Armani-Anzeige entstiegen. Dabei stammte sein Anzug von *H&M.*

Sie hatten lange überlegt, wie sie ihre finanzielle Lage aufbessern konnten. Seit sie ihr Studium beendet hatten, hangelten sie sich von Praktikum zu Praktikum. Manchmal gab es fünfhundert Euro im Monat, dann wieder gar nichts – außer der Hoffnung auf eine Festanstellung, die regelmäßig enttäuscht wurde.

Lillys Ersparnisse waren so gut wie aufgebraucht und ihre Eltern nicht in der Lage, sie zu unterstützen. Patrick war zu stolz, seine Alten um Geld anzuhauen. Beide schrieben Bewerbungen am laufenden Band. Erst gestern hatte man Lillys Mappe bewundert, aber etwas von Einstellungsstopp erzählt. Und dass sie auf der Liste angeblich ganz oben stünde – davon wurde sie nicht satt.

Sie hatte dafür plädiert, eine Waffe zu benutzen. Raubüberfälle in dunklen Ecken. Wenn schon kriminell, dann richtig. Aber Patrick hatte ihr das ausgeredet. Er hielt sich für den strategischen Kopf.

Gestern hatte Patrick die Lage am Hauptbahnhof sondiert, sich dann aber für den Flughafen entschieden. Weniger Bullen, größere Fische.

Lillys Horrorvorstellung: in der Abflughalle jemandem über den Weg zu laufen, der sie kannte.

»Action, Süße«, raunte ihr Freund – nur die Heiserkeit in seiner Stimme verriet Anspannung. Er schlenderte auf die Kaffeebar zu.

Jetzt erkannte Lilly, welchen Otto Patrick meinte.

Das geht nicht gut.

Lilly bezog Posten bei den Aufzügen und ließ den Blick schweifen, um sich zu vergewissern, dass sie sich im toten Winkel der Überwachungskameras befand.

Patrick hatte die Bar erreicht. Der Otto war ein großer Kerl mit halblangem Haar, Lilly sah ihn nur von hinten. Dunkler Anzug, der um den Rücken spannte, Catcherfigur, fast so breit wie lang. Er stellte sein Köfferchen ab, ein kleines Ding aus Alu. Zugleich zog er sein Portemonnaie aus der Hosentasche und sprach die Bedienung hinter dem Tresen an.

Patrick näherte sich dem Otto, reckte das Kinn und studierte die Angebotstafel, die über der Espressomaschine hing.

Das kann nicht gut gehen!

Lilly packte den Griff ihrer Tasche fester. Patrick wollte dieses abgewetzte Ding aus Kunstleder später auf der Flucht mit der Beute tauschen. Der Plan: Während Lilly den Otto-

Koffer über das Treppenhaus zum Auto schaffte, würde er mit dem alten Plastikteil vor der Aufzugtür warten und den Harmlosen spielen, falls die Bullen ihn ansprachen. *Sehen Sie, Wachtmeister, der Herr muss mich verwechselt haben, denn das ist nicht seine Tasche, sondern meine …*

Sie zitterte vor Aufregung. Hier liefen die Typen umher, die am Wirtschaftsboom verdienten, von dem seit einem Jahr alle redeten, und der nach ihrem Eindruck auf der Ausbeutung einer Generation von Praktikanten beruhte. Das Land ging den Bach runter. Die Steuerzahler mussten für die Spekulationsverluste der Banken und die angebliche Rettung Griechenlands aufkommen, nur die Reichen wurden noch reicher. Lilly war informiert. Sie las die Zeitung, vor allem den Wirtschaftsteil, auch wenn sie die Dinge anders bewertete als die meisten Redakteure, die darüber schrieben: Eigentlich war ein breiter Aufstand angesagt, nicht eine individuelle Aktion.

Lilly setzte ihre Sonnenbrille auf. Im Gang zum Parkhaus gab es jede Menge Kameras, todsicher.

Jetzt: Patrick schnappte sich das Aluding.

Der Catcher bemerkte es sofort und bekam Patrick am Arm zu fassen.

Scheiße, ich wusste es!

In diesem Moment reichte die Bedienung das Wechselgeld über die Theke. Patrick riss sich los und ließ den Koffer fallen. Der Dicke bückte sich danach und schien zu überlegen, ob er die Verfolgung aufnehmen sollte, doch Patrick war bereits in den Shopping-Arkaden zwischen *Boss* und *Etro* verschwunden.

Der Catcher wandte sich der Asiatin hinter dem Tresen zu, steckte die Münzen ein und wanderte mit seiner Tasse an den nächsten Stehtisch, das Aluköfferchen nicht mehr loslassend. Rasch trank er den Espresso aus und schlug dann den Weg zu den Flugsteigen ein.

Minuten vergingen.

Lilly malte sich aus, dass die Sicherheitsleute Patrick beobachtet hatten. Dass er in einem fensterlosen Kabuff im Kellergeschoss des Düsseldorfer Flughafens feststeckte. Dass die Bullen ihm zusetzten. Würde Patrick sie verraten?

Hinter ihr öffnete sich die Aufzugtür. Reisende schoben ihre Rollkoffer vorbei.

Dann ein leiser Pfiff. »Hey, Süße!«

Lilly fuhr herum. Patrick rieb sich den Arm, wo der Catcher ihn gepackt hatte. Er drückte den Schalter. Lilly trat zu ihm in die Kabine, bevor sich die Tür wieder schloss.

»Der Typ hatte sowieso kaum etwas dabei«, berichtete Patrick. »Der Koffer war viel zu leicht.«

Eine Etage tiefer stiegen sie aus. Ankunftsebene. Übergang zum Parkhaus zwei.

»Sag mir Bescheid, wenn du eine Toilette siehst«, bat Patrick und blickte sich um.

Lilly ergriff seine Hand und beschleunigte ihren Schritt. »Erst mal weg von hier!«

Eine Horde fröhlicher Frauen strömte aus dem Raum mit den Gepäckbändern in den Empfangsbereich. Braun gebrannt und im Urlaubsfummel. Lilly fragte sich, woher die Leute kamen. Zwei Jahre lang hatte sie auf jegliche Reise verzichten müssen, und dabei würde es auf absehbare Zeit auch bleiben, wenn ihre Raubzüge nichts einbrachten.

»Wart hier auf mich!« Patrick hatte Toiletten entdeckt und steuerte die Tür mit dem Männer-Zeichen an.

Kaum war sie hinter ihm ins Schloss gefallen, stürmte Patrick auch schon wieder heraus – eine Aktentasche aus braunem Leder in der Hand. Er eilte in Richtung Parkhaus.

Lilly drängte sich durch die Menge und hastete ihrem Freund hinterher. Sie senkte den Kopf und wagte es nicht, sich umzusehen.

Garantiert hat uns die Security im Blick.

Sie fanden den Polo. Patrick zückte den Autoschlüssel. »Magst du fahren?«

Lilly schüttelte den Kopf. Sie war viel zu aufgeregt.

Auf der Heimfahrt sprachen sie kein Wort. Vor ihrem Wohnblock in Ratingen-Lintorf setzte Patrick das Auto in eine freie Lücke. Die Sonne strahlte unter der Wolkendecke hervor und ließ die Regenpfützen schillern. Lilly kniff die Augen zusammen. Sie stellte fest, dass sie ihre Sonnenbrille verloren hatte.

In der Wohnung angekommen, verschwand Patrick aufs Klo und rief: »Allein die Tasche ist etwas wert, was meinst du?«

Er hatte recht: feines, genarbtes Leder, edle Beschläge, so gut wie neu.

Die Spülung rauschte, Patrick kehrte in die Küche zurück. »Mach das Teil auf, Süße.«

»Ich?«

»Unser erstes Beutestück. Stand ganz allein im Vorraum. Der Besitzer wollte es anscheinend nicht auf die vollgepissten Fliesen mitnehmen. Jetzt mach schon auf!«

»Hat dich wirklich niemand gesehen?«

»Garantiert nicht. Höchstens von hinten.«

Lilly hob das Lederding prüfend an. Viel konnte auch hier nicht drin sein. Der Deckel hatte zwei Zahlenschlösser, aber sie waren unverriegelt. Lilly ließ sie aufschnappen.

Sie sahen hinein. Papierkram. Ein leeres Brillenetui und ein Ladegerät fürs Handy. Kein Laptop. Von wegen Gören-fotos auf einer Festplatte.

Sie mussten wohl noch öfter ran.

Lilly zog die Stirn kraus. »Vielleicht sollten wir es doch eher so machen, wie ich es vorgeschlagen habe.«

»Bewaffnet? À la Bonnie und Clyde?«

Oder wie Meinhof und Baader, dachte Lilly. Den Massen ein Beispiel geben. Das kapitalistische System erschüttern.

»Mit den beiden ist es nicht gut ausgegangen«, sagte Patrick.

»Na und?«, gab Lilly zurück. »Was haben wir schon zu verlieren?«

3.

Als Dominik Roth sein Spiegelbild betrachtete, fragte er sich, warum ausgerechnet er zu denjenigen gehörte, die schon mit Ende zwanzig jeden Tag ein weißes Haar mehr bekamen. Dieses Mal an der Schläfe, er zupfte es aus.

Am Stress bei der Arbeit kann es nicht liegen, dachte er.

Duschen, Tee kochen, das allmorgendliche Müsli mit der Tageszeitung. Aus dem Schlafzimmerschrank zog er ein kurzärmliges Hemd. Der Wetterbericht hatte Sommerhitze vorhergesagt.

Dominik wandte sich an das Foto seiner Frau, das auf dem Nachtkästchen stand. »Weißt du noch, damals, als ich bei der Polizei anfing?«

Natürlich erwartete er nicht, dass Nelly ihm antwortete. Aber er musste ab und zu reden. Auch nach drei Jahren war ihm die Stille in der Wohnung nicht geheuer.

Sein Leben trat auf der Stelle. Es graute ihm davor, zum Präsidium zu fahren.

Karo, die Schreibkraft des KK 21 – Betrug, Glücksspiel und Beamtendelikte –, telefonierte, als Dominik das Geschäftszimmer betrat. Sie winkten sich einen Gruß zu und Dominik schnappte sich die Umlaufmappe. Im Stehen las er, was andere Dienststellen aktuell beschäftigte.

Eine Serie von Einbrüchen in Kaiserswerther Einfamilienhäuser hatte in der Nacht ihre Fortsetzung erfahren. Ein etwa achtzehnjähriger Exhibitionist erschreckte im Zoopark kleine Mädchen. Und aus einer Werkstatt im Stadtteil Eller war ein hundertvierzig Kilo schweres Reifenwuchtgerät gestohlen worden – alle Achtung. In Unterrath hatte ein bewaffneter Mann einen Supermarkt überfallen, war aber ohne Beute abgehauen, nachdem es der um Hilfe schreienden Kassiererin gelungen war, sich in einen Nebenraum einzuschließen. Dominik musste an Nelly denken.

Er legte die Mappe zurück. Alles war spannender als der Kram, mit dem er täglich zu tun hatte. Er leerte sein Eingangsfach.

Karo hatte ihr Telefonat beendet. »Kurt hat gefragt, wann du dein Schießtraining hast.«

»Und, wann ist es?«

»Morgen Nachmittag um vierzehn Uhr. Weißt du doch, Dominik. Hab ich dir auch ins Fach gelegt.«

Kurt Dell war der Dienststellenleiter. Und das Üben mit der Waffe war in letzter Zeit zum Politikum hochgejazzt worden. Eine auflagenstarke Boulevardzeitung hatte herausgefunden, dass einige Beamte nur alle Jubeljahre trainierten. Der Artikel hatte für Wirbel gesorgt. Stress im Ministerium, Druck auf die Behördenleitung, ein Wust an Berichten und Memos und am Ende eine Anordnung: Ausnahmslos jeder Polizeibeamte musste nun alle zwölf Monate einen bestandenen Schießtest nachweisen.

Dominik hatte sich seit der Sache mit Nelly vor dem Schießen gedrückt. Er konnte sich ohnehin nicht vorstellen, wozu er bei seiner derzeitigen Arbeit die Walther P99 benötigen sollte.

In seinem Büro riss er das Fenster auf, um den Mief abziehen zu lassen, den Akten und alte Möbel verströmten. Schon jetzt war es warm. Auf dem Kalenderblatt des Tages stand ein Spruch von Kurt Tucholsky: *Es gibt vielerlei Lärm, aber nur eine Stille.*

Die musst du erst einmal finden, dachte Dominik. Er ließ

den Papierkram auf den Schreibtisch klatschen. Draußen dröhnte ein Bus vorbei, Autos hupten. Dominik schloss das Fenster wieder.

Es klopfte, die Tür ging auf und Kurt streckte seinen verschwitzten, runden Kopf herein. Er zeigte mit dem Finger auf Dominik. »Morgen Nachmittag, ja?«

»Schon gut, Kurt. Ich stell mir vor, das Ziel wärst du, dann treffe ich garantiert.«

Der Dienststellenleiter hob den Daumen und verzog sich wieder.

Dominik kippte den Rest Wasser aus dem Behälter der Espressomaschine auf seine Topfpflanze, die er von seinem Vorgänger übernommen hatte und die wie ein roter Rasierpinsel blühte. Aus dem Vorraum der Toilette holte er frisches Wasser.

Während die Espressomaschine ihr automatisches Spülprogramm absolvierte, überflog Dominik die neuen Anzeigen. Vierzehn Fälle waren es heute. Seit eine Verbrauchersendung des WDR über das Thema berichtet hatte, stieg die Zahl von Tag zu Tag. Die Firmen, um die es ging, trugen klingende Namen à la *Glückspartner*, *Vorteilschance plus*, *Winneraction 24* oder *Jackpot-Oase* und schossen aus dem Boden wie Pilze nach einem Sommerregen. Leute in Callcentern verkauften naiven Trotteln am Telefon die Teilnahme an Internetlotterien, ein lukratives Geschäft.

Zocken – die größte Leidenschaft der Menschheit, zumindest kam es Dominik so vor. Das musste in den Genen liegen. Je höher der in Aussicht gestellte Gewinn, desto gründlicher brannten die Sicherungen durch. Ob bei Bankenbossen oder kleinen Rentnern.

Die meisten Anzeigensteller hatten als Anlage die Vertragsbestätigung des Glücksspielanbieters beigeheftet. Voll blumiger Verheißungen: *»Eintragung in zweihundert tolle Gewinnspiele«*, *»täglich die Chance auf eine Million«*, *»min-*

destens eintausend Lottytipps im Monat« – was immer ›Lotty‹ auch bedeuten mochte.

Vor allem Bewohner von Seniorenheimen schienen zur Zielgruppe solcher Sprüche zu gehören und natürlich war es fies, die schwindende Urteilskraft einsamer Alter auszunutzen, aber in den Augen der Staatsanwaltschaft lag kein Betrug vor. Zu unkonkret seien die versprochenen Leistungen. Dominik blieb nichts anderes übrig, als in jedem einzelnen Fall den Betroffenen oder ihren Angehörigen zu raten, die Zahlungen zu stoppen und auf Mahnungen oder Inkasso-Drohungen nicht zu reagieren. Vor Gericht zogen diese Firmen erfahrungsgemäß nicht.

Noch vor wenigen Monaten wären all diese Briefe unbeantwortet im Papierkorb gelandet. Doch eines Tages hatte der Innenminister das Thema Verbraucherschutz für sich entdeckt. Es war wie immer: Medieninteresse, ein Politiker, der Punkte sammeln wollte, und die Polizeibehörden mussten es ausbaden. In diesem beschissenen Fall: Dominik Roth.

Wie sollte er einer Frau, die er kennenlernte, seinen Beruf erklären? Ich arbeite in einem Kommissariat, das für Betrugsfälle zuständig ist, sammle Anzeigen, die zu nichts führen, vertröste die Bürger mit Formbriefen und tippe Statistiken, die im Keller des Innenministeriums vergammeln … Klang das etwa sexy?

Die Sonne begann, sein Büro aufzuheizen. Dominik zog an der Strippe der Jalousie, doch in der Mitte hingen ein paar Lamellen schief und klemmten.

Er kehrte an seinen Tisch zurück. Als letztes Blatt im Stapel fand Dominik die schriftliche Bestätigung seines Termins im Schießstand.

Mittwoch, also morgen, um vierzehn Uhr.

Dominik streckte die Hand aus. Kein Zittern. Auch keine plötzliche Übelkeit beim Gedanken an die Ereignisse vor drei Jahren. Allenfalls ein geringfügig beschleunigter Puls.

Weil Dominik damals beschlossen hatte, dass er nie wieder in die Situation geraten wollte, schießen zu müssen, hatte er den Wach- und Wechseldienst quittiert und war bei der Kripo und den Betrügern gelandet.

Ihm war klar, dass er an der Schießübung nicht vorbeikam. Er musste sie bestehen, denn falls er durchfiel, würde er die Waffe abgeben müssen. Die Folge wäre eine Untersuchung seiner Polizeidiensttauglichkeit. Man würde ihn nicht gleich entlassen, aber in die Verwaltung versetzen. Grauenhafte Vorstellung. Als Alternative bliebe *Urban Ermittlungen* – der Chef der aufstrebenden Detektei war sein ehemaliger Partner. Aber wollte er auf Dauer dort landen?

Dunkel erinnerte sich Dominik daran, was ihn einst bewogen hatte, sich für den Polizeidienst zu bewerben: Arbeit tun, die ihm sinnvoll vorkam.

Wenn er wenigstens ab und zu in einer Mordkommission mitarbeiten könnte. Oft verlangte ein komplexer Fall mehr Kräfte, als dem KK 11 gerade zur Verfügung standen. Dominik besuchte regelmäßig einschlägige Fortbildungen und zählte zum MK-Pool, zumindest auf dem Papier. Bislang hatte man ihn jedoch erst ein einziges Mal angefordert.

Ich muss endlich wieder Tritt fassen, dachte Dominik.

4.

Hanna Kaul nannte es den *Deal-Modus.* Sie war bis zum Äußersten angespannt. High, als hätte man ihr eine Adrenalininfusion gelegt.

Seit Wochen arbeitete Hanna an der Strukturierung eines Milliardenkredits, der den Kunden, die Mitteldeutsche Kali AG in Göttingen, derzeit Nummer fünf auf dem Weltmarkt, in die Lage versetzen sollte, den US-Mitbewerber Potassium Global Corp. zu übernehmen – und damit zur Nummer zwei aufzusteigen. Lutz, Hannas Teamchef, der sie bislang stets ausgebremst hatte, war in Urlaub. Zum ersten Mal in ihrer Karriere hatte sie die Chance, ein Bankensyndikat zu führen, statt nur mitzuschwimmen, sich dabei einen Namen zu machen und nebenher einen guten Bonus einzufahren. Sie war zweiunddreißig. Höchste Zeit, auf sich aufmerksam zu machen, wie sie fand. Sie durfte nur keinen Fehler begehen.

Mehrere Bieter waren scharf auf den US-Konzern, trotz der anhaltenden Krise auf dem Kalimarkt. Die Vorteile einer Übernahme lagen auf der Hand: verbesserte Marktposition, Vervollständigung der Produktpalette, Synergien in Produktion, Vertrieb und Logistik – wer jetzt nicht aktiv wurde, konnte selbst unter die Räder geraten.

Wieder eine E-Mail: Die Mitteldeutsche Kali AG bat um günstigere Kreditkonditionen. Das Pokern hörte nicht auf.

Hanna überlegte, welchen Spielraum sie noch hatte. Gab sie nach, würde die RheinBank zu wenig an der Fusion verdienen. Blieb sie stur, drohte ein kaltblütigerer Konkurrent das Mandat der Mitteldeutschen zu gewinnen. Wie Hanna es auch drehte und wendete, sie balancierte auf schmalem Grat, zumal das Risiko bestand, dass sich der Kunde mit dem Firmenzukauf überhob. Nach Hannas Berechnungen würde das Targetunternehmen genügend Profit abwerfen, um aus dem Cashflow die Kreditkosten zu stemmen. Aber wer konnte für die Erfüllung aller Planungen garantieren? Ein fauler Milliardenkredit wäre fatal für die RheinBank und das von ihr geführte Konsortium, selbst wenn ein Kali-Konzern als Sicherheit zufiel – im Worst Case war dieses Pfand schon morgen deutlich weniger wert und bescherte massive Ausfälle.

Das Telefon schrillte.

»Hanna Kaul, RheinBank AG, Structured Corporate Finance.«

»Hi, Hanni!« Britta, ihre ältere Schwester.

Für die hatte sie jetzt wirklich keine Zeit.

»Ich ruf an wegen …« Die Verbindung war schlecht, Hanna verstand nur Bruchstücke. »… Leonie …«

»Britta, wo steckst du? Ich hör dich kaum.«

»… Bescheid geben …«

»Du, Britta, entschuldige, aber lass uns heute Abend telefonieren. Ich bin gerade ziemlich im Stress.«

Aus dem Hörer kam nur noch Knistern und Knacken, Hanna legte auf. Sie blickte auf das gerahmte Urlaubsfoto neben dem Telefon: Nebel über Reisfeldern, bewaldete Hügel, der Himmel hellblau und rosa. Auf dem Höhepunkt der Bankenkrise war sie nach Nordthailand gefahren, um in Yogakursen zu lernen, sich auf das Wesentliche zu konzentrieren.

Ihre Drei-Sekunden-Meditation: Sich in die Landschaft versenken …

Gedanken freiräumen …

Ruhe finden …

Hanna griff nach dem Dossier und schlug noch einmal die Key Facts nach: Umsatz, Ergebnis vor Zinsen und Steuern, Brutto-Cashflow. Investitionen und Abschreibungen. Working Capital, Personalaufwand, EBIT-Marge und Enterprise Value. Return on Investment, Value Added. Und: Restrukturierung, Workout, Kreditabschreibung. Zum Teil kannte sie die Zahlen bereits auswendig.

Auch mit der technischen Seite hatte sich Hanna vertraut gemacht: Heißverlösung, Flotation, Elektrostatik, Trocknung und Granulierung. Und sie hatte die Geschäftsprognosen der einzelnen Produktsparten studiert: Steinsalz, Sylvin, Carnallit und Kieserit. Spezialdünger, Mehrstoffdünger, Pflanzenschutz- und -pflegemittel. Speise-, Gewerbe-, Industrie- sowie Auftausalze – Bombenumsätze im deutschen Winter.

Hanna Kaul, die Kali-und-Salz-Koryphäe.

Kein Zweifel: Potassium Global und Mitteldeutsche waren gesund. Es gab keine versteckten Risiken. Vor allem die Landwirtschaft der Schwellenländer brauchte in zunehmendem Maß die Düngemittel der Kaliindustrie. Der Megatrend sprach für die Branche, auch wenn der Weltmarkt derzeit noch schwächelte. Die RheinBank konnte mit dem geplanten Großkredit nur gewinnen.

Ihr Monitor zeigte den Eingang einer neuen E-Mail an. Absender war Martin, ein Kollege, der ihr bei dem Deal half. Hanna ignorierte die Nachricht. Martin war ein Zweifler, der stets Schwachpunkte zu entdecken meinte. Einen maroden Maschinenpark, unflexible Lieferverträge, Tarifstreitigkeiten. Die Gutachten der Anwälte und Wirtschaftsberater hatten ihn jedes Mal widerlegt. Dass deren Berichte noch nicht vollständig vorlagen, machte Martin nervös.

Damit half er ihr nicht weiter, Hanna musste die Anfrage aus Göttingen in der nächsten Stunde beantworten. Jederzeit konnte eine andere Bank das Mandat erhalten oder ein Konkurrent der Mitteldeutschen zuschlagen.

Hanna rief einen Juristen von Smith-Dudley an, einer Wirtschaftskanzlei, die weltweit für die RheinBank tätig war. Während der Anwalt sich meldete, traf die nächste E-Mail ein, die Hanna nicht ignorieren konnte: Abteilungsleiter Ahrendt erwartete sie zu einem Meeting in fünf Minuten.

Auch das noch. Hatte Martin den Alten mit seinen Zweifeln angesteckt?

Während der Smith-Dudley-Anwalt über Unterschiede zwischen deutschem und amerikanischem Unternehmensrecht dozierte, klemmte Hanna den Hörer zwischen Ohr und Schulter, um die Unterlagen einzusammeln, die sie für das Gespräch mit ihrem Chef brauchen würde.

Ein leises Tuten zeigte an, dass ein zweiter Anrufer in der Leitung wartete. Weil der Anwalt ihr offensichtlich nicht weiterhelfen konnte, würgte Hanna ihn ab – und bereute es im nächsten Moment.

»Endlich ist der Empfang gut«, tönte Britta aufgekratzt aus dem Hörer.

»Hör zu, Schwesterherz …«

Britta plapperte einfach weiter. »Du weißt doch, Jan und ich fliegen morgen in aller Herrgottsfrühe, und du wolltest Leonie solange zu dir nehmen. Sag mir, wann wir vorbeikommen können. Leonie sitzt neben mir. Ich habe auf Mithören gestellt.«

»Hallo, Tantchen!«, krähte das Mädchen aus dem Hintergrund.

Auch das noch. Hanna hatte die Sache völlig verdrängt. Für die meisten Menschen begann jetzt die Ferienzeit. Britta, Lehrerin und alleinerziehende Mutter, wollte mit ihrem neuen Lover einen romantischen Kurztrip nach Venedig unternehmen und Leonie währenddessen bei ihrer Tante parken. Hanna liebte ihre Nichte, auch wenn sie derzeit in einem schwierigen Alter war. Und sie gönnte ihrer Schwester das Liebesglück. Aber Britta kam damit im denkbar schlechtesten Augenblick. Hanna überlegte, wie sie die beiden noch abwimmeln konnte.

»Oder hast du uns etwa vergessen?«, fragte Britta – nur halb im Scherz.

»Nein, nein. Hallo, Leonie. Ein andermal würde ich mich sehr freuen, aber im Moment komme ich vor Mitternacht nicht nach Hause.«

»Du lässt dich zu sehr ausbeuten von deiner Bank, Hanni!«

»Ich bin nun mal keine Beamtin.«

»Hör zu, wir kriegen das schon hin. Ich hab ja deinen Zweitschlüssel. Du musst dich um gar nichts kümmern. Leonie kocht dir etwas Leckeres zum Abendessen.«

»Pizza!«, rief das Mädchen dazwischen.

Hanna seufzte. »Nicht nötig. Wie gesagt, es wird Mitternacht.«

»Danke Schwesterherz, ich wusste, dass ich auf dich zählen kann.«

»Bis später, Tantchen!«, ergänzte Leonie.

Hanna betrachtete den Hörer, dann legte sie ebenfalls auf. *Warum habe ich mich nicht durchgesetzt?*

Und schon klingelte das Telefon erneut.

Diesmal kontrollierte sie das Display. Eine Nummer mit Göttinger Vorwahl. Der Kunde.

Schnell ein Blick auf das Foto: Nebel, Hügel, Sonnenaufgang. Ruhe und Ordnung der Gedanken.

Hanna holte tief Luft und schaltete die Synapsen ihres Gehirns wieder auf Kalimärkte und Kreditkonditionen.

Dr. Schmidt, Finanzvorstand der Mitteldeutschen Kali AG, war höchstpersönlich in der Leitung. Hanna mochte Schmidts Stimme. Sie war voller Selbstbewusstsein und Verlässlichkeit.

Doch nun klang der Mann wie verwandelt. »Haben Sie unsere Mails bekommen?«

»Ich schreibe gerade die Antwort.«

»Über Industriekontakte habe ich eben erfahren, dass die Chinesen ihr Angebot erhöht haben, weil auch sie in den USA Fuß fassen wollen. Sie müssen uns wirklich helfen, Frau Kaul.«

»Inwiefern?«

»Wir brauchen dringend einhundert Millionen mehr, um mitzuhalten! Die RheinBank …«

Hanna unterbrach: »Bei aller Freundschaft, Herr Dr. Schmidt, aber das sprengt Ihre Verschuldungsfähigkeit. Ich sehe nicht, wie Sie die Rückzahlung innerhalb der Kreditlaufzeit darstellen könnten.«

»Dann will ich mit Ihrem Chef reden!«

»Von ihm bekommen Sie höchstens zu hören, dass ich Ihnen schon viel zu weit entgegengekommen bin. Ich habe den Fall intern bereits mehrfach verteidigen müssen.«

»Hören Sie, wenn wir die momentane Wachstumschance nicht wahrnehmen, kann es eng für uns werden, angesichts der weltweiten Absatzprobleme.«

»Bitte? Und wie war das mit dem ›Megatrend‹? Laut Ihren Expertisen springt die Konjunktur im Düngemittelsektor doch wieder an!«

»Ja, ganz sicher. Es scheint sich nur zeitlich ein wenig nach hinten ... Aber auch wenn es nicht ganz so schnell geht, wie von den Volkswirten erwartet, als Nummer zwei weltweit werden wir ...«

»Nicht so schnell – was heißt das?«

»Wir müssen die Amerikaner schlucken, sonst werden wir geschluckt. Denken Sie an die Arbeitsplätze in den deutschen Bergwerken!«

Heuchler, dachte Hanna. Du hast nur deinen Vorstandsposten im Kopf. Hanna versuchte, ruhig zu bleiben. Ihr war klar geworden: Die anderen Banken waren abgesprungen. Nur sie ging noch mit. Sonst würde Schmidt anders auftreten.

»Sie wollen also den Gesamtkredit um einhundert Millionen aufstocken, einfach so?«

»Einhundertzwölf, um exakt zu sein.«

»Die Summe ist nicht das Hauptproblem.«

»Sondern?«

»Wir werden die Provisionen anheben müssen. Und den Zinssatz.«

»Frau Kaul, Sie dürfen die Geschichte für uns nicht noch teurer werden lassen!«

»Einen Moment.« Hanna legte den Hörer weg und zählte leise bis fünf. Der Kali-Fuzzi sollte zappeln. Jetzt brauchte er die RheinBank mehr als umgekehrt.

Sie hob den Hörer wieder ans Ohr und bemühte sich um die entscheidende Portion Selbstbewusstsein in ihrer Stimme. »Okay. Weil Sie es sind und weil wir den Vertrag schon so gut wie perfekt haben: Ich bin bereit, unseren Gremien die Erhöhung vorzulegen. Morgen Mittag trifft sich unser Gesamtvorstand. Natürlich kann ich nicht garantieren, dass wir die Zustimmung bekommen und dann auch noch so schnell, wie Sie das wünschen. Was die Sache einfacher machen würde, wäre eine Structuring Fee, über die wir in einem Side Letter zum eigentlichen Vertrag Einigung erzielen sollten. Und die Provision sollte nicht weniger als einhundertzwanzig Basispunkte betragen – on top.«

»Ich dachte ...«

»Wir können das Geld nicht drucken. Und wir müssen dem Bankenkonsortium etwas bieten, damit es mitzieht.«

»Eins Komma zwo Prozent?«

»Dafür könnte ich den Zinssatz stabil halten. Keine andere Bank bietet Ihnen das so günstig. Nicht für diesen Kreditrahmen. Nicht bei dieser Unsicherheit am Markt.«

»Zusätzlich zu dem, was wir beredet haben?«

»Richtig.«

»Sagen wir ... einhundert Basispunkte?«

Fast hätte Hanna laut gelacht. »Hundertfünfzehn. Das letzte Wort.«

»Hundertzehn?«

»Nein.«

»Kommen Sie, treffen wir uns in der Mitte.«

»Nein, unmöglich.«

Stille in der Leitung. Hanna knabberte an ihrer Unterlippe. Ihr war trotz der Klimaanlage heiß geworden, aber sie wusste, dass es dem Mann am anderen Ende nicht besser ging.

»Okay«, sagte Schmidt, fast tonlos.

Bingo!

Hanna nahm ihre Unterlagen und machte sich auf den Weg zu ihrem Abteilungsleiter.

Deal-Modus: Sie hatte die Mitteldeutsche Kali AG im Griff.

Sie hatte die Welt im Griff.

5.

Lothar Mierscheid kontrollierte den Sitz seiner blau-rot gestreiften Krawatte. Gleich würde er vor dem Deutschen Bundestag reden.

Von seinem Platz in der hintersten Reihe überblickte er weitgehend verwaiste Bänke. Mierscheid schätzte die Zahl der anwesenden Kolleginnen und Kollegen auf schlappe fünf Prozent der gewählten Volksvertreter – wenn nach den Reden von Regierungsmitgliedern und Fraktionschefs die Kamerateams abzogen, büßte das Parlament seinen Rang als Verhandlungsort der gesellschaftlichen Interessen schlagartig ein. Und auch Mierscheid hätte sich jetzt lieber mit einem seiner Freunde aus der Finanzwelt zum Schnitzelessen im *Borchardt* getroffen.

Siebzehnte Wahlperiode, 124. Sitzung, erste Beratung des dritten Ergänzungsgesetzes zur Finanzmarktstabilisierung, eingebracht von den Fraktionen der schwarz-gelben Koalition. Mierscheid mochte Berlin auch nach neun Jahren nicht. Aber Reden zu halten und Parteilinien zu vertreten war vermutlich das, was er am besten konnte.

Er holte sein Handy hervor und las noch einmal die beiden SMS-Nachrichten, wegen derer er sich auf die Rednerliste hatte setzen lassen. Die erste stammte von Helmut Frantzen, Kommunikationschef und Mitglied des Vorstands der Düsseldorfer RheinBank AG: *Versäumen Sie es bitte nicht, im Plenum unseren Standpunkt einzubringen.*

Immerhin hatte er ›bitte‹ geschrieben.

Und dann die Aufforderung von Paula Busch, Berliner Repräsentantin der Deutschen Börse AG: *Lieber Lothar, misch dich ein. Erinnerst du dich noch an früher?*

Dass Frantzen ihn kontaktierte, war Mierscheid gewohnt.

Aber Paula? Es musste dreizehn Jahre her sein, dass sie zuletzt ein längeres Wort miteinander gewechselt hatten.

Mierscheids Vorredner, Nothbeck von den Sozis, appellierte mal wieder an die gesellschaftliche Verantwortung der Besitzenden und fand kein Ende. Seit Jahren die gleiche Leier: Wer vom Boom des Finanzsektors profitiert habe, solle auch für die Kosten aufkommen, die durch das Platzen der Blase entstanden seien. Als wäre die Krise nicht Schnee von gestern.

Nothbecks Gesten wirkten, als habe er sie noch zu Zeiten der Großen Koalition von der Kanzlerin abgekupfert: die sanfte Faust, das Fingerzelt, die halbe Segnung.

Endlich spärlicher Applaus, der SPD-Mann sammelte seine Zettel vom Pult und die Vizepräsidentin rief den nächsten Redner auf.

Lothar Mierscheid, CDU, Abgeordneter des Wahlkreises Neuss eins, Rheinland. Mitglied des Finanzausschusses, eines der vierzehn, die seine Fraktion stellte. Mierscheid ließ sich Zeit auf dem Weg zum Pult, nahm zuerst einen Schluck aus dem Wasserglas und blickte über die mit blauem Stoff bezogenen Stuhlreihen. Weniger als dreißig Abgeordnete waren jetzt noch im Saal – die Frage, ob das Ganze noch als Demokratie durchging, stellte sich Mierscheid schon lange nicht mehr.

»Meine Damen und Herren, wer in der jetzigen Situation Zweifel an der Redlichkeit und Effizienz der deutschen Finanzwirtschaft sät, um die Bürgerinnen und Bürger aus parteitaktischem Kalkül zu verunsichern, handelt gewissenlos und schadet unserem Land!«

Mierscheid spulte seine Sprüche ab, ein Manuskript hatte er für solche Beiträge noch nie gebraucht. Er gab Nothbeck Kontra und mimte den unverdrossenen Marktliberalen, als hätte die Finanzkrise nicht auch seine Weltsicht ins Wanken gebracht. Er sprach sich gegen jede Regulierung aus – Aufsichtsräte und Aktionäre wüssten am besten, was gut für ihre Unternehmen sei. Und auch er versuchte sich an den Gesten der Kanzlerin: So groß ist der Fisch – mit gegenläufigem Wackeln der beiden Hände.

Wieder einmal fühlte sich Mierscheid als Schauspieler in einem Stück, das anderswo geschrieben wurde. Aber immerhin stimmte die Gage.

»Ich kann nur davor warnen, über das Ziel hinauszuschießen. Jeder Alleingang würde Deutschland als Finanzstandort nachhaltig beschädigen. Aktionismus führt ins wirtschaftliche Abseits und tötet den Aufschwung!«

Ein paar Fraktionskollegen klopften zustimmend auf ihre Tische, ohne den Blick aus ihren Zeitungen zu heben.

Mierscheid sah hinüber zur Regierungsbank, wo Staatssekretär Malte Lichtenberg fast allein die Stellung hielt. Mierscheid gingen Paulas Worte nicht aus dem Sinn: *Erinnerst du dich noch an früher?*

Die Neunziger: Im Orts- und Kreisverband der CDU hatte sich Mierscheid durch rebellische Reden gegen Helmut Kohl hervorgetan. Die Partei sei vom Mief zu befreien und in die Zukunft zu führen – was hatte er sich aufgeregt, als der Alte sich weigerte, seine Spender offenzulegen! Noch weiter zurück, die Achtziger: Abi und Studium, Öko-Flausen im Kopf. Gemeinsam mit Malte hatte er Krötenzäune gebaut und die Viecher zur Laichzeit in Eimern über die Landstraße getragen.

Heute bedeutete Krötenwanderung auch für Mierscheid, möglichst viele Euros auf das eigene Konto abzuzweigen.

Er fing Maltes Blick auf. Der drahtige Mann, der früher sein bester Freund gewesen war, wirkte müde, fast lethargisch. Malte Lichtenberg, siebenundvierzig Jahre alt, beamteter Staatssekretär im Finanzministerium, galt bei den meisten als Wunderknabe der Regierungskoalition, nicht nur bis zum Banken-Crash von 2008. Obwohl Lichtenberg der SPD angehörte, hatte man ihn nach der letzten Bundestagswahl auf dem Posten behalten, da sich die Geldwirtschaft für ihn stark gemacht hatte. Er hatte die Münchner Hypo Estate verstaatlicht, einen Immobilienfinanzierer, der kurzzeitig sogar gleichauf mit Deutscher Bank und RheinBank zum Dax-Konzern aufgestiegen war, und damit einen weit größeren Zusammenbruch verhindert – zumindest hatten sich sämtliche Beteiligte auf diese Sprachregelung verständigt.

Schlappe einhundertdreißig Milliarden hatte Malte Lichtenbergs Coup die Steuerzahler bislang gekostet. Grüne und Linkspartei witterten darin einen Skandal. Ein Untersuchungsausschuss stand bevor und Mierscheid legte Frantzens Nachricht dahin gehend aus, dass er auch dazu etwas sagen sollte.

Versäumen Sie es bitte nicht, unseren Standpunkt einzubringen – immerhin zählte die RheinBank AG zu den Profiteuren der damaligen MHE-Rettung und hatte kein Interesse, Lichtenberg zu opfern. Und damit stand auch fest, was Mierscheid vertreten würde.

Als Finanzpolitiker war er den großen Bankinstituten der Republik, vor allem des Rheinlands, ohnehin eng verbunden. Zudem gehörte er nicht nur dem Beirat der RheinBank-Stiftung an, sondern auch dem *Kommunalen Gesprächskreis Nordrhein* sowie dem *Kuratorium Strukturpolitische Fragen* – allesamt Gremien, die am Tropf des großen Geldkonzerns hingen, üppig dotierte Posten. Man kennt sich, man hilft sich.

Ebenso klar war ihm, welches Interesse Paula verfolgte. In der Neusser Clique war sie der strahlende Mittelpunkt gewesen, sie hatte jedes Herz erobert. Natürlich hatte sich auch Mierscheid in diesen Engel verliebt. Doch dann heuerte Malte Lichtenberg als junger Referent im Bundesfinanzministerium an und Paula folgte ihm nach Berlin. In Mierscheids Augen hatte sie sich eindeutig für den Falschen entschieden.

Vier Jahre später schickte die CDU des Kreises Neuss ihren neuen Hoffnungsträger Lothar Mierscheid in die Hauptstadt. Wir haben alle unseren Weg gemacht, dachte Mierscheid. Malte verfolgte an der Wilhelmstraße seine Karriere, Paula war Lobbyistin geworden und schrieb an sämtlichen Gesetzen mit, die zur Liberalisierung der Kapitalmärkte beschlossen wurden – nicht nur privat galten die beiden als gutes Team.

Lieber Lothar …

Mierscheid rückte die Mikros noch einmal zurecht und hob die Stimme: »Dieser famose Untersuchungsausschuss ist nur ein weiteres, durchsichtiges Wahlkampfmanöver! Im besten Fall ein teurer Nachhilfeunterricht für die Kolleginnen und Kollegen der Opposition. Aber wie ich Sie kenne, meine Damen und Herren, werden Sie auch daraus nichts lernen!«

Applaus und Gelächter aus den Reihen der Koalition. Ein Blick zur Regierungsbank – Staatssekretär Lichtenberg stierte vor sich hin und zeigte keine Regung.

6.

Mierscheid eilte durch den Tunnel zum Paul-Löbe-Haus, wo im fünften Stock sein Büro lag. Es ärgerte ihn, dass die Kollegen während seines Auftritts in der Zeitung gelesen hatten. Er fand, dass die meisten Leute ihn als Redner unterschätzten, zumindest jenseits der Schützenfeste von Neuss, Dormagen und Grevenbroich.

Vor den Aufzügen traf er Volker Paschke, Parteifreund und Fraktionskollege, sein Wahlkreis befand sich irgendwo im Ruhrgebiet. Wie Mierscheid war Paschke jemand, der im Hintergrund die Strippen zog, wenn auch für andere Interessensgruppen.

»Ich rechne mit dir«, sagte Paschke mit ausgestrecktem Zeigefinger.

»Zählst du mal wieder deine Schäfchen?«

»Wenn es in der Fraktionssitzung zum Showdown kommt, müssen wir vorbereitet sein.«

»Geht's um unsere strahlende Zukunft?«

Mit einem hellen Signalton glitt die Tür der Kabine auf. Sie betraten den Lift und drückten unterschiedliche Knöpfe.

»Sag bloß nicht, du fällst auch schon um!«

Paschke war ein Mann der Stromindustrie. Seit der Katastrophe in Japan standen die ältesten deutschen Kernkraftwerke still und wurden auf ihre Haltbarkeit hin abgeklopft. Das sogenannte Moratorium als Abklingbecken für die Ängste der Wähler – und trotzdem war die Wahl in Baden-Württemberg für die Partei in die Hose gegangen. Die vier großen Energiekonzerne drängten darauf, ein paar der Atommeiler wieder anwerfen zu können. Sie waren abgeschrieben und wahre Gelddruckmaschinen, zumal für den Müll und etwaige Unfallschäden die Steuerzahler aufkommen mussten.

Es gärte in der Unionsfraktion. Einigen Kollegen ging das Moratorium noch nicht weit genug. Sie predigten den Atomausstieg, um bei den nächsten Landtagswahlen nicht noch mehr Prozente an Rot-Grün zu verlieren. Zu den Ausstiegsbefürwortern zählte angeblich auch der Umweltminister – an dessen Stuhl sägte Paschke am eifrigsten. Auf welche Seite sich die Kanzlerin schlagen würde, war noch unklar.

Mierscheid hatte einst einen Pakt mit Paschke geschlossen. Folgte der Kollege ihm in Fragen der Finanzpolitik, so hob Mierscheid sein Händchen für Paschkes Energievorschläge. Aber insgeheim musste Mierscheid zugeben, dass die Havarie von Fukushima sein Meinungsbild ähnlich erschüttert hatte wie seinerzeit der Crash auf den Finanzmärkten.

Vierter Stock, Paschke musste raus. Gerunzelte Stirn, bohrender Blick.

»Also, kann ich mit dir rechnen, Lothar?«

Mierscheid nickte. »Weißt du doch.«

Er öffnete die Tür zum Büro seines Referenten, ein kleines Kabuff, das vermutlich einmal als Teeküche geplant gewesen war. Der Junge hieß mit Vornamen Clemens, war blass und beunruhigend untergewichtig, aber ein schlaues Kerlchen – er hatte bereits mit Anfang zwanzig sein Studium der Politikwissenschaft mit besten Noten beendet. Zudem war sein Onkel der bedeutendste Landmaschinenhändler im Kreis Neuss und unterstützte Mierscheids Wahlkämpfe mit großzügigen Zuwendungen.

»Ich habe die Rede mitgeschnitten«, erklärte der Junge.

»Gut, dann formulierst du jetzt daraus eine Pressemeldung. Schreib auf: Überschrift, Lothar Mierscheid, Doppelpunkt, deutsche Finanzinstitute auf gutem Weg. Forderung nach Regulierung beschädigt den Aufschwung der Wirtschaft. Und so weiter.«

Clemens starrte seinen Chef an, ohne etwas zu notieren.

»Das kriegst du doch hin, oder?«, fragte Mierscheid.

»Aber meinen Sie nicht, man sollte …«

»Was denn, Clemens?«

»Wenn … Na ja, wenn die Politik die Banken gewähren lässt, ist die nächste Krise doch programmiert. Die großen Geldinstitute sollten zerlegt werden! Trennung von Kundengeschäft und Investmentbereich, das fordern alle unabhängigen Experten. So groß, wie die wichtigen Banken jetzt sind, kann jede einzelne von ihnen den Staat erpressen, weil sie als systemrelevant gilt und niemals pleite gehen darf!«

Mierscheid zweifelte am Verstand seines Referenten. Unabhängige Experten – wo gab es denn so etwas? Er starrte zurück.

Der Junge machte sich an die Arbeit. Na also.

»Und nimm den Satz, in dem ich vor nationalen Alleingängen warne, als wörtliches Zitat und schick die Erklärung über den großen Verteiler raus. Die Wähler zu Hause sollen wissen, dass sich ihr Abgeordneter einsetzt.«

Der Referent seufzte. Mierscheid ignorierte es.

In seinem Zimmer öffnete er die Klappe des Sideboards unter dem gerahmten Sankt-Quirinus-Stich und holte den achtzehn Jahre alten Châteauneuf-du-Pape heraus. Er kredenzte sich ein Glas und nahm es mit an seinen Schreibtisch.

Er hängte das Sakko über die Stuhllehne, legte die Füße hoch, um den Kreislauf zu beruhigen, und wischte sich den Schweiß von der Stirn. Dann wählte er die Nummer des Rheinischen Sparkassen- und Giroverbands, ließ sich mit dem Geschäftsführer verbinden und gab ihm die gewünschte Zusage für eine kleine Rede im Hinterzimmer des *Café Einstein* in der nächsten Woche. Die Banker aus dem Rheinland spendierten sich und ausgewählten Journalisten einen Berlintrip inklusive eines Treffens mit dem Fraktionsvorsitzenden der Union. Auch das würde Mierscheid organisieren – und der Verband sich mit einem dicken Umschlag bei ihm revanchieren.

»Stimmt es, dass die Kanzlerin mit der Börsenumsatzsteuer liebäugelt?«, erkundigte sich der Mann aus der Heimat nun.

»Ach was. Nach den kommenden Landtagswahlen wird davon keine Rede mehr sein.«

Der Verbandsfuzzi war zufrieden.

Mierscheid lockerte seinen Krawattenknoten, nahm einen weiteren Schluck vom Rotwein und rief den *Neuss-Grevenbroicher Anzeiger* an, um sicherzugehen, dass Clemens die Presseerklärung nicht umsonst verschickte.

Der Chefredakteur versprach eine halbe Seite – auf das Lokalblatt war Verlass.

Schließlich sortierte Mierscheid den Packen Post auf seinem Tisch. Die Einladungen für den Abend interessierten ihn am meisten.

Feines Papier, geprägte Firmenlogos, persönliche Anrede. Es waren Kleinigkeiten, aber sie machten Mierscheid das Leben im Hauptstadtalltag erträglich.

Der Energiekonzern Vattenfall veranstaltete eine Vernissage in *Diekmanns Austernbar*, wo eine namhafte Fernsehtussi aus ihrem Buch über den ›Kulturverfall in der Politik‹ lesen würde – bei den Treffs des Stromerzeugers ging es stets um das Schöne, Gute, Wahre. Mierscheid fragte sich, ob er schon wieder Volker Paschke begegnen wollte, dem Strippenzieher der Atomlobby.

Doch er liebte Austern.

Der Verband der Automobilindustrie lud zur Vorpremiere von *La Traviata* in die Staatsoper Unter den Linden ein. Immer noch ein Dankeschön für die Abwrackprämie – wer wusste schon, ob sie nicht bald wieder nötig würde. In der Oper träfe Mierscheid garantiert mehr Abgeordnete als im Plenarsaal. Allerdings hinterher vielleicht auch die scharfe Sopranistin, die als Violetta angekündigt war.

Verdi gefiel ihm ebenfalls.

Und schließlich der Wilhelm-Noske-Preis. Alljährlich eine hässliche Statue für eine ›gesellschaftspolitische Leistung, die Horizonte öffnet‹, wie es im Hochglanzfaltblatt hieß. Preisträger und Laudatoren waren meist Schauspieler, Popsternchen und Exkanzler – die übliche Prominenz, mit der sich Veranstalter gern schmückten.

Mierscheid hasste langweilige Lobreden.

Aber den Wilhelm-Noske-Preis verlieh die Deutsche Börse AG. Und deren Vertreterin in der Bundeshauptstadt hieß Paula Busch.

Das Telefon schrillte, Soltau war dran, einer der stellvertretenden Fraktionsvorsitzenden von CDU/CSU. Mierscheid stellte sich das Gesicht des Kollegen vor: schmallippig, blassblaue Augen, von hoher Stirn bekrönt.

Soltau klang noch mürrischer als sonst. »Wir suchen einen Obmann für den neuen Untersuchungsausschuss und ...«

»Der Ausschuss beginnt am Montag – und ihr habt noch keinen Obmann?«

»Wir haben ... äh ... wir haben an dich gedacht, Lothar.«

Mierscheid war überrascht. Obmann zu sein war etwas für Leute, die nach Höherem strebten. Mierscheid wirkte lieber im Hintergrund. Und Soltau gehörte nicht gerade zu seinen Freunden – irgendwo war da ein Haken.

»Machst du's?«, wollte Soltau wissen.

»Ich dachte, Katholiken aus Nordrhein-Westfalen gelten derzeit als überrepräsentiert.«

»Spielt keine Rolle.«

»Soll ich etwa die Wahrheit über Lichtenberg und die Münchener Hypo Estate aufdecken?«

»Bitte?«

»Nur ein Scherz.«

»Pass auf, Lothar: Es gibt einen Deal mit der SPD. Wir unterstützen nicht nur Malte Lichtenberg, sondern schonen auch seinen damaligen Chef aus Zeiten der Großen Koalition. Im Gegenzug werden die Sozis darauf verzichten, die Kanzlerin vor den Ausschuss zu zerren. Das käme so kurz vor den nächsten Wahlen nicht gut rüber. Noch eine Pleite wie in Baden-Württemberg kann sich die Partei nicht leisten.«

»Und wieso ich?«

»Das musst du die Kanzlerin fragen.«

»Ach, die Kanzlerin höchstpersönlich?«

»Angeblich ist dein Name auf dem Geburtstagsdinner gefallen, das sie für Dingendorff von der RheinBank ausrichten ließ.«

Parteifreund Soltau hält nichts von meiner Berufung, hörte Mierscheid heraus.

»Also, machst du's?«, fragte der stellvertretende Fraktionsvorsitzende noch einmal barsch.

Mierscheid versprach, darüber nachzudenken.

7.

»Und wir werden viel Spaß miteinander haben, Leonie!«

Was will der Typ?

Scheiße, ich bin gefangen! Ein Eisenring um mein Handgelenk. Eine verdammte Kette. Das andere Ende ist eingemauert. Ich zerre daran. Mein Herz pocht, mein Kopf droht zu explodieren. Vor meinen Augen flimmert es. Ich schnappe nach Luft und trotzdem ist mir, als müsste ich ersticken.

Der Mann reagiert nicht im Geringsten. Er packt Lebensmittel in einen Kühlschrank. Äpfel, Joghurt, Mineralwasser. Dann hält er etwas hoch, um es mir zu zeigen.

Es gelingt mir, den Blick scharf zu stellen.

Woher weiß der Kerl, dass ich Müsliriegel mit Honig-Cranberry-Erdnuss-Füllung mag? Ich schreie aus vollem Hals. Das Schwein soll mich losmachen, sofort!

Er strahlt mich an wie ein neues Auto oder etwas, was man sich ganz arg zu Weihnachten gewünscht und tatsächlich gekriegt hat.

Mama, Tante Hanni, holt mich hier raus!

In meinem Leben hatte ich noch nie so große Angst.

8.

In der Komischen Oper an der Behrenstraße herrschte Eingangskontrolle wie bei einem Staatsbesuch, aber immerhin gab es keine Schlange mehr – die Gala mit der Preisverleihung hatte längst begonnen.

Mierscheid ließ die Abtast-Prozedur über sich ergehen und eilte auf dem weinroten Teppich der Freitreppe nach oben, wo er ein zweites Mal seine Einladung vorzeigen musste.

Dann atmete er tief durch und betrat den Saal.

Vorn, unter den Scheinwerfern, leuchteten Blumengebinde und ein goldenes Pult. Der Redner – war das nicht Steinmeier? An der Bühnenrückwand die Projektion einer rotierenden Preisstatue, dazu das Logo der Deutschen Börse AG und ein Schriftzug: *Visionen und Vorbilder, Wilhelm-Noske-Preis 2011*.

Ein rascher Blick ins Programmheft: Michail Gorbatschow, EU-Kommissionspräsident Barroso sowie ein Fußballspieler aus München erhielten heute den Preis für das Öffnen von Horizonten. Der Saal war gut gefüllt. Mierscheid blickte auf hochtoupierte Mähnen und perlenbehängte Hälse, auf Anzugschultern voller Schuppen. Hinter ihm ragten zwei Ränge empor, doch die Gesichter dort konnte er im Dunkeln nicht erkennen.

Irgendwo war Paula.

Und vermutlich war auch Malte hier.

Mierscheid gierte nach einer Zigarette und beschloss, dass er keine Lust hatte, die Zeit bis zur Eröffnung des Büfetts auf seinem Stuhl abzusitzen.

Im Foyer verbreiteten die Angestellten des Caterers Hektik. Sie fuhren Edelstahlbehälter zum Warmhalten von Speisen auf, klapperten mit Geschirr, zupften Tischdecken zurecht. Als Mierscheid einen Glimmstängel aus der Packung schüttelte, eilte ein Security-Gorilla herbei und schickte ihn den Flur entlang. Ich hätte doch zu der Veranstaltung von Vattenfall gehen sollen, dachte Mierscheid.

Er stieß auf eine Balkontür. Der Blick ging auf die wenig ansehnliche Rückfront des benachbarten Hotels. Darüber leuchteten Kondensstreifen im Licht der untergehenden

Sonne. Mierscheid trat nach draußen und steckte seine Zigarette an.

Als er bemerkte, dass er nicht der einzige Raucher auf dem schmalen Balkon war, schreckte er zusammen.

»Lange nicht gesehen«, sagte Paula.

Wie schlank sie immer noch war und wie jugendlich sie wirkte! Das rotblonde Haar war kürzer, als Mierscheid es in Erinnerung hatte. Ihre hellen Augen schlugen ihn sofort in Bann. Er wusste nicht, ob er Paula mit Wangenkuss oder Händedruck begrüßen sollte. Wann hatte sein Herz zuletzt so stark geklopft?

Sie zog hastig an ihrer Zigarette. »Hab mich schon gefragt, ob du heute kommst. Freut mich sehr, dass du da bist.«

»Du siehst blendend aus, Paula. Wie frisch aus dem Urlaub.« Während ich fett geworden bin, dachte Mierscheid. Er rechnete: Paula war sechs Jahre jünger als er, also zweiundvierzig.

»Eine Woche Lanzarote mit meiner Schwester. Ist aber auch schon wieder einen Monat her. Davon sieht man garantiert nichts mehr, du Schmeichler.«

Als Paula die Reise erwähnte, fiel Mierscheid ein, was Freunde aus Neuss ihm unlängst gesteckt hatten: Paulas Schwester hatte sich das Leben genommen. Das musste kurz nach dem gemeinsamen Inselurlaub gewesen sein. Viele Jahre mit schweren Depressionen seien dem vorausgegangen. Schrecklich.

»Das mit deiner Schwester … Tut mir leid, Paula.«

»Ich dachte, der Urlaub würde Conni auf andere Gedanken bringen.«

»Du hast getan, was du konntest, da bin ich mir sicher.«

»Nein, nicht genug. Jahrelang habe ich den Kontakt zu ihr vernachlässigt. Ich war eine schlechte Schwester. Aber lass uns über etwas anderes reden. Wie geht's dir?«

»Gut.« Er nickte, als müsse er die Behauptung bekräftigen.

Schweigend rauchten sie und sahen sich in die Augen. Von drinnen war Applaus zu hören.

»Große Show«, sagte Mierscheid, wies in Richtung Saal und versuchte ein Lächeln.

»Für mich zum letzten Mal. Ich höre auf bei der Deutschen Börse und breche meine Zelte hier ab.«

»Hab schon vernommen, dass angeblich die RheinBank um dich wirbt.«

»Die RheinBank?«

»Oder war's die Deutsche Bank und du gehst nach Frankfurt?«

»Nein, nein, weder noch. Ich kann das alles nicht mehr.«

»Geht's dir nicht gut?«

»Doch, aber ich will mich nicht länger vor diesen Karren spannen lassen.«

»Was ist passiert?«

»Das fragst du? Vor zwei, drei Jahren sind die Geldmärkte fast zusammengebrochen und die Staatsverschuldung hat astronomische Höhen erreicht. Aber die Banken zocken weiter, als sei nichts gewesen. Hat sich *irgendetwas* geändert? Die nächste Krise wird noch viel schlimmer, das sag ich dir. Nein, diesen faulen Zauber hab ich lang genug schöngefärbt.«

»Das sagt ausgerechnet die Jeanne d'Arc der freien Kapitalmärkte?«

»Spotte nur, Lothar. Nenn es meinetwegen Midlife-Crisis. Jedenfalls bin ich dabei, mich neu zu sortieren.«

»Was hast du vor?«

»Mal sehen. Vielleicht ein Buch schreiben, einen Roman. Wahrscheinlich lachst du mich jetzt aus, Lothar, aber ich hab da ein ganzes Bündel an Ideen.«

»Finde ich … gut, warum nicht?«

»Außerdem ist der *Spiegel* interessiert an meiner Mitarbeit. Wir stehen in Verhandlungen. Ich habe da eine verdammt gute Story auf Lager. Wer weiß, womöglich wechsle ich ganz die Fronten und fange als Journalistin an.«

»Gratuliere.«

»Connis Tod hat hier drin etwas aufgeweckt.« Sie drückte sich die Faust an die Stirn. »Jedenfalls kann ich nicht einfach zur Tagesordnung übergehen. Verstehst du das?«

»Was sagt Malte dazu?«

»Malte?« Paula pustete Rauch. Ihr Blick funkelte. »Weißt du, dass er Schiss vor dir hat?«

»Wieso das?«

»Es stimmt doch, dass du als Obmann der Union in den Untersuchungsausschuss gehen wirst, oder?«

»Ich habe mich noch nicht entschieden.«

»Mach es, Lothar.« Paula drückte die Zigarette auf der Brüstung aus und warf den Stummel hinaus in die Nacht. »Mach Malte fertig! Die Bande würde Augen machen ...«

Es klopfte gegen die Scheibe der Balkontür, eine junge, dralle Brünette im pinkfarbenen Kostüm ließ sich blicken. »Steinmeier hat überzogen. Sollen wir bei der Musik kürzen?«

Paula berührte Mierscheids Schulter. »Sorry, Lothar, aber ich muss wieder an die Arbeit. Wir sehen uns nachher beim Büfett.«

Mierscheid rauchte zu Ende, ohne dass ihn das beruhigen konnte. Diese Frau schaffte es immer noch, seinen Puls zu beschleunigen.

Schließlich ging er ebenfalls zurück in die Halle. Vor dem noch unberührten Büfett hielt er inne: Malte Lichtenberg stieg die Treppe hoch. Ohne Mierscheid zu bemerken, zog der Finanzstaatssekretär die Tür zum Saal auf und schlüpfte hinein.

Mierscheid änderte seinen Plan. Er lief nach unten, vorbei an den Security-Leuten und hinaus auf die Straße, wo er ein Taxi anhielt.

Ich hätte erst gar nicht kommen sollen, dachte er und nannte dem Fahrer die Adresse von *Dieckmanns Austernbar*.

In einen Beziehungsstreit zwischen Paula und Malte verwickelt zu werden, hätte ihm gerade noch gefehlt. Vergiss den Engel, sagte sich Mierscheid.

Vielleicht würde er bei Vattenfall noch ein paar Austern ergattern.

9.

Bis ein Uhr nachts feilte Hanna an den letzten Details und telefonierte quer über den Globus, dann war es Mitternacht am Stammsitz der Kanzlei Smith-Dudley und achtzehn Uhr Ortszeit in der Potassium-Global-Zentrale – Hanna kam zunächst nicht weiter.

Doch ihr Hochgefühl hielt an, als sie den Aufzug in die Tiefgarage nahm.

Nur wenige Autos standen noch auf der weiten, hellgrau gestrichenen Fläche. Völlige Stille, bis auf das entfernte Knistern einer defekten Neonröhre. Hanna drückte die Taste des Funkschlüssels, um ihr Volvo-Coupé zu entriegeln. Das Klacken der Türschlösser hallte durch das Parkdeck.

Nachts fühlte sich Hanna stets unwohl in der riesigen Garage, obwohl sie hell erleuchtet war. Auch die Kameras an der Betondecke gaben ihr kein sicheres Gefühl. Im Gegenteil: Der Gedanke, dass ein Wildfremder an einem Monitor ihre Schritte verfolgte, beunruhigte sie zusätzlich. Sie war froh, als sie in ihrem Auto saß und die Schranke an der Ausfahrt sie ins Freie entließ.

Zehn Minuten später öffnete Hanna ihre Wohnungstür. Pizzageruch schlug ihr entgegen. Ein großer Karton von *Pizza Pasta Pronto* lag auf dem Tisch, der Fladen nur zu einem Drittel gegessen und längst erkaltet. Sie nahm ein Stück, biss gierig ab und spähte ins Wohnzimmer.

Leonie schlief auf der Couch. Hanna zog die Decke zurecht und lächelte über den zotteligen, grauen Stoffhund neben dem Kopfkissen. Er hieß Pluto, begleitete das Mädchen, seit es klein war, und sah ziemlich verschlissen aus.

Hanna dachte daran, dass Leonie keine Kindheit wie andere gehabt hatte. Keinen Vater, nur die wechselnden Freunde Brittas. Eine allzu strenge Mutter, wie Hanna manchmal fand, vielleicht lag das an Brittas Beruf als Lehrerin.

Hanna hatte keine Ahnung, woher sie die Zeit nehmen sollte, sich um ihre Nichte zu kümmern. Auch wusste sie nicht, was sie einer Fünfzehnjährigen bieten musste. Aber es freute sie, Besuch zu haben. Sie mochte ihr Patenkind sehr.

Nicht allein in ihrer Bude zu sein – ein ungewohntes Gefühl für Hanna.

Nach fünf Stunden Schlaf wieder raus: Joggen, Kaffee, Duschen und ab ins Büro. Bevor Hanna ihre Wohnung verließ, schrieb sie hastig ein paar Zeilen für Leonie, die noch schlief. Sie versprach, heute früher nach Hause zu kommen, und hoffte, das auch einhalten zu können. Damit das Mädchen sich versorgen konnte, legte Hanna ihm einen Fünfzigeuroschein neben die Notiz. Ihr war klar, dass sie eine schlechte Ersatzmutter war.

Britta und ihr Lover saßen jetzt im Flieger nach Venedig. Hanna freute sich für die beiden.

Im Büro blendete sie das alles aus, das Fieber packte sie sofort: Kali, Konzernfusion, Milliardenkredit.

In Gedanken las Hanna bereits ihren Namen in der Fachpresse, beeindruckte die alten Hasen und brachte Lutz, ihren Teamleiter, zur Weißglut vor Neid. Der Mistkerl würde Augen machen, wenn er aus dem Urlaub zurückkehrte.

Die RheinBank würde rund zehn Millionen Euro an ihrem Deal verdienen. Netto. Eine gute Million davon allein durch das gestrige Pokern.

Es war elf Uhr, als das Kreditkomitee der RheinBank das Paket für die Mitteldeutsche Kali AG absegnete. Die größte Hürde war geschafft, alles Weitere Formsache.

Selbst Ahrendt war ganz aufgekratzt und stellte Hanna unter vier Augen einen großzügigen Bonus in Aussicht.

Punkt zwölf traf sich wie jeden Mittwoch der Gesamtvorstand. Die Runde der Oberbosse, deren Bürofenster im vorderen Turm des Bankkomplexes Hanna von ihrem Schreibtisch aus erspähen konnte, wenn sie sich vorbeugte – ganz links residierte Dingendorff, der Vorstandsvorsitzende.

Hanna malte sich aus, wie die erlauchte Runde ihre Beförderung anordnete: Teamleiter anstelle von Lutz. Oder gleich Abteilungschef anstelle von Ahrendt, dem Zauderer.

Tagträume.

Um ihren Job perfekt zu machen, begann Hanna, die Eckpunkte für die Vermarktung der bevorstehenden Transaktion zu skizzieren. Sie entwarf sogar schon den Text einer Pressemitteilung – von den zuständigen Leuten steckte niemand nur ansatzweise im Thema wie sie. Das würde auch im Sinne Helmuts sein, des obersten PR-Manns der Bank, mit dem sie sich ab und zu traf.

Gegen Viertel vor zwei rief Ahrendt sie noch einmal zu sich. Der Abteilungsleiter empfing sie mit Trauermiene und wies auf seinen Fernseher.

Die Glotze zeigte *n-tv,* im Laufband die Aktienkurse: Die Mitteldeutsche Kali AG war um 8,6 Prozent eingebrochen.

»Was ist da los?«, fragte Hanna verwundert.

»Es hat dir noch keiner gesagt?«

»Was denn?«

»Der Gesamtvorstand ...«

Hanna spürte, wie der Boden unter ihr wegsackte. Sie ahnte plötzlich, was nun folgte.

»Dingendorff und Co. haben den Kredit ... na ja ...«

»Abgelehnt?«

Der Abteilungsleiter räusperte sich, das Ganze war ihm sichtlich unangenehm. »Und der Markt reagiert prompt, wie du siehst.«

»Das darf doch nicht wahr sein!«

»Du hast wirklich einen sehr guten Job gemacht, Hanna. Daran gibt's nichts zu rütteln und ich weiß das absolut zu schätzen.«

Keine Erwähnung in der Fachpresse. Keine Anerkennung, kein Bonus. Die Heidenarbeit, der Stress der letzten Wochen, die weitgehende Aufgabe ihres Privatlebens …

»Und wie soll ich das dem Kunden vermitteln?«

»Sorg dich nicht, Hanna, der Vorstand hat den Kalikonzern schon informiert.«

Nicht einmal dafür bin ich noch gut, dachte Hanna und kam sich so klein vor, gedemütigt und nutzlos. »Aber warum? Der Deal war wasserdicht. Guter Ertrag bei minimalem Risiko. Ein solches Geschäft ist selten heutzutage!«

»Der Gesamtvorstand ist leider anderer Meinung. Die Mitteldeutsche Kali AG hätte sich mit der Übernahme vielleicht verhoben.«

»Aber das stimmt nicht!«

»Geh davon aus, dass der Vorstand weiß, was er tut. Vielleicht liegen ihm Zahlen vor, die du nicht kennst.«

»Unsinn.«

Ahrendt hob die Arme – eine Geste der Ratlosigkeit. »Es hat keinen Sinn, dass wir jetzt streiten. Der Beschluss steht fest.«

»Ich will wissen, wie ein solcher Scheißbeschluss zustande kommen konnte!«

»Keine Ahnung, Hanna. Beruhig dich doch.« Ahrendt sortierte ein paar Schnellhefter neu, die seinen Tisch bedeckten, stapelte sie auf einen Fleck, obenauf eine Analyse US-amerikanischer Gewerbeimmobilien. Es wirkte sinnlos, als müsse er seinen Händen irgendeine Beschäftigung geben.

Die Zahl auf dem Bildschirm war korrigiert worden. Das Minus betrug bereits 15,3 Prozent.

»Jetzt wird die Mitteldeutsche selbst zum Übernahmekandidaten!«

»Wir können einer Marktbereinigung nicht im Weg stehen.«

Red keinen Scheiß, dachte Hanna. Sie war sich sicher, dass der Wert des Konzerns in Kürze noch weiter in den Keller rasseln würde. Wie war die Information so schnell nach draußen gelangt? Klar, dass der Markt die Kreditverweigerung als Misstrauenserklärung wertete und die Mitteldeutsche ab sofort als Pleitekandidaten einstufte.

»Die RheinBank schneidet sich ins eigene Fleisch«, stellte Hanna fest. »Wir halten 4,9 Prozent der Mitteldeutschen. Wusstest du das nicht? Die sind nun auf absehbare Zeit deutlich weniger wert.«

»Das lass mal das Problem des Vorstands sein. Die werden schon eine Lösung dafür haben.«

»Wir werden von Idioten geführt!«

»Hör auf, Hanna. Nimm es sportlich. Du bist die Beste in meiner Abteilung. Ich mache dich früher oder später zur Teamleiterin, du wirst sehen.«

Für das Lob konnte sie sich nichts kaufen. Und die Versprechung war allzu vage. In absehbarer Zeit würde kein Posten zu vergeben sein. Hanna hätte schreien können vor Wut.

Ahrendt versuchte, sie in den Arm zu nehmen.

Hanna stürmte aus dem Büro. Das fehlte noch, dass der Kerl sie tröstete.

10.

Als Dominik seinen Honda durch die Einfahrt lenkte, erschien sie ihm wie ein Schlund zwischen hohen, weißen Mauern. Die Behörde hatte den Neubau neben die Kläranlage auf die Rheinwiesen setzen lassen. Die Anlage war großzügig bemessen, im Gegensatz zum Standort des Präsidiums waren Parkplätze hier keine Mangelware.

Dominik schloss den Wagen ab und betrat das Gebäude. Vierzehn Uhr, er war pünktlich.

Und nervös.

Schießstand Nummer vier war ein langer Schlauch mit hellgrau gestrichenen Wänden. Im Rücken der Regieraum mit dem großen Fenster, vor sich hatte Dominik den Geschossfang, auf den ein Beamer bunte, geometrische Formen projizierte. Weiße Linien auf dem glatten Boden markierten die Distanz zum Ziel.

Dominik hatte gehofft, den Test allein absolvieren zu können, doch mit ihm traten drei weitere Kollegen an, begleitet von zwei Trainern, einem Mann und einer Frau.

Der Mann gab die Einweisung: Waffe ausschließlich nach vorn richten, den Zeigefinger erst für den Schuss an den Abzug legen. Mit der Linken den Griff umklammern. Die rechte Hand locker halten, um beim Abdrücken nicht zu verziehen. Schutzbrillen gegen Hülsensplitter tragen. Und wer den Gehörschutzbügel vorzeitig abnimmt, riskiert Tinnitus – nach Dominiks Erfahrung eine übertriebene Warnung.

Vor dem eigentlichen Test schossen sie sich ein. Dominik nahm sich Zeit und blieb konzentriert. Durch jedes Schussloch stach Licht aus der Rückwand – aus der Sechsmeterdistanz traf jeder seiner Versuche das bunte Symbol.

Besser als erwartet.

Die Trainerin korrigierte die Beinstellung: nicht breitbeinig, sondern in Schrittposition, um möglichst festen Stand zu behalten.

»Und jetzt der Deutschuss«, kommandierte sie. »Aufmerksame Sicherungshaltung, linke Hand zur Brust!«

Vierecke und Kreise markierten Figuren in Menschengröße. Mit der Rechten hob Dominik seine Walther P99 ein paar Zentimeter aus dem Holster. Jetzt galt es, beide Augen offen zu halten und zügig drei Mal hintereinander zu feuern.

Dominik zog zugleich mit seinen Kollegen und drückte ab. Der erste Schuss saß, doch sofort spürte Dominik, wie ihn Unruhe überkam. Er hätte sich gern den Mann vorgestellt, der ihm Nelly geraubt hatte. Doch statt Asanovic stand ein anderer da und ließ sich nicht verscheuchen.

Der zweite Versuch schlug etwas außerhalb des Rechtecks ein. Dominiks Hand zitterte leicht – das Gewicht der Waffe, der Rückstoß. Und der Flashback, die Erinnerung an Dennis Raabe, den Kerl, den er einst für Asanovic gehalten hatte. Am liebsten hätte Dominik aufgegeben und die Pistole weggeschleudert.

Der Trainer unterbrach und schimpfte. Doch es galt nicht Dominik. Seinem Nebenmann war eine Hülse in das Hemd gefallen und der Kollege hatte nach dem heißen Ding gefischt, ohne zuerst seine Walther sicher im Holster zu verstauen.

Sie klebten die Schusslöcher ab.

Es wurde ernst.

Die Trainerin verteilte Magazine, in die sie Blindgänger gemischt hatte, um spontane Ladehemmung zu simulieren. Die Projektion wechselte, eine Schrift erschien: *LÜHT 2 – Landeseinheitliche Übung zur Handhabungs- und Treffsicherheit.*

Dominik schloss die Augen und atmete kurz ein und lange aus. Dazu ballte und öffnete er abwechselnd die Fäuste. Das beruhigt, hatte er in einem Seminar gelernt. Das Zittern legte sich tatsächlich etwas, aber er bezweifelte, dass er den Test bestehen würde.

An einem späten Donnerstagabend im Mai vor drei Jahren waren er und sein damaliger Partner Jochen Urban von einem Funkspruch der Leitstelle in die Bilker Straße dirigiert worden. Dominik war die Adresse nur allzu geläufig gewesen. Nellys Atelier befand sich dort.

Jemand hatte die 110 alarmiert, den Anruf jedoch abgebrochen.

Jetzt, die Waffe streifenfertig machen: Dominik schob das Magazin in den Griff, lud durch, steckte die Walther in das Holster.

Er sollte der Erste sein. Das war ihm recht. Aufstellung an der Sechsmeterlinie, das Gewicht auf den vorderen Fuß. Wie zuvor beim Einschießen.

Drei gezielte Schüsse in den kleinen grünen Kreis oben rechts. Er konnte sich Zeit lassen und schaffte es, Dennis Raabe auszublenden. Saubere Treffer: drei Lichtpunkte dicht beieinander im grünen Kreis.

Weiter zurück zur Achtmeterlinie. Hier war eine hölzerne Deckung aufgebaut. Dominik kniete sich dahinter, stützte den Arm auf und visierte an. Der Kreis auf der Wand war nun gelb und etwas größer.

Dominik zielte sorgfältig und drückte mehrfach ab, machte Pausen dabei. Nur ein Fehlschuss. Nach drei Treffern erlosch der Kreis.

Zehn Meter. Das Wort an der Wand: *Deutschüsse*.

Dominik spürte, wie er nervös wurde. Jetzt musste es schnell gehen.

Acht Fehlschüsse waren insgesamt erlaubt.

Ein graues Oval. Asanovic. Nein, Raabe.

Dominik zog und schoss. Treffer. Zweiter Schuss. Daneben. Dann ein leeres Klicken – Ladehemmung. Dominik schlug von unten gegen das Magazin, repetierte und drückte erneut ab. Noch ein Punkt leuchtete auf – außerhalb des Ovals.

Mist.

Dominik schoss und schoss und schoss.

Sah Raabe in die Augen und verlor das Oval aus dem Blick.

Als Dominik und Jochen vor Nellys Laden eintrafen, war die Tür angelehnt und drinnen brannte Licht. Sie hörten ein Rumpeln, begleitet von leisen Flüchen. Nellys Stimme ist das nicht, erkannte Dominik und zog die Pistole – damals noch die Sig Sauer P6.

Er musste sich gegen die Tür stemmen, weil ein schwerer Gegenstand sie blockierte. Als er endlich im Atelier stand, stellte er fest, dass es Nelly war, die in ihrem Blut auf den Dielen lag.

Der Täter floh durch ein Fenster nach draußen. Für einen Moment trafen sich ihre Blicke, dann war der Kerl verschwunden.

Während sich Dominik um seine Frau kümmerte und per Funk nach Verstärkung rief, nahm Jochen die Verfolgung auf. Dominik vernahm Schüsse und hoffte inständig, dass sein Kollege getroffen hatte. Jochen Urban, ein ruhiger Typ, fünfzehn Jahre älter – in Dominiks Augen besaß er alle Erfahrung der Welt.

Doch der Kerl, der Nelly überfallen hatte, entkam.

Innerhalb weniger Minuten flackerte Blaulicht überall in der Straße. Sanitäter schoben Nelly in den Rettungswagen. Dominik begleitete sie in die Klinik, wo er Blut spendete, bis er selbst ohnmächtig wurde. Nach stundenlanger Operation starb Nelly im Morgengrauen, ohne noch einmal das Bewusstsein erlangt zu haben.

Elf tiefe Stichverletzungen zählte das rechtsmedizinische Gutachten später auf. Die Tatwaffe war ein illegales Butterflymesser mit Zwanzigzentimeterklinge. Der Täter hatte es im Atelier zurückgelassen wie auch die Beute: eine Mülltüte mit knapp zweihundert Euro Bargeld, etwas Modeschmuck, der im Fenster gelegen hatte, und zwei Flaschen Aldi-Champagner aus Nellys Kühlschrank.

Aufgrund der Fingerabdrücke stand die Identität des Mörders rasch fest: Luca Asanovic, in der Szene auch unter dem Namen ›Jimmy‹ bekannt und mehrfach vorbestraft – Drogendelikte, Diebstahl, Körperverletzung. Bislang kein großer Fisch. Auf dem Lichtbild, das der Akte beigeheftet war, erkannte Dominik den Täter zweifelsfrei wieder.

Aufenthaltsort unbekannt.

Dominik wusste, warum sich Nelly am späten Abend noch in ihrem Laden aufgehalten hatte: Sie wollte einen Blazer für seine Mutter fertignähen, die am Samstag ihren fünfzigsten Geburtstag feierte.

Aus der geplanten Party wurde eine Art Trauerfeier. Dominik brachte Jochen mit. Sie blieben nur eine Stunde. Dann setzten sie ihre Suche nach Jimmy alias Luca Asanovic fort. Dass sie an dem Wochenende dienstfrei hatten, spielte keine Rolle.

Zahlreiche Beamte unterstützten sie. Dass die Frau eines Kollegen umgebracht worden war, kam dem Mord an einem von ihnen gleich. Wer einen Informanten in der Szene hatte, quetschte ihn aus. Als der Sonntagmorgen dämmerte, erhielt Dominik den entscheidenden Hinweis.

Die Ackerstraße unweit des Hauptbahnhofs. Stare zeterten in den Bäumen, als Dominik und Jochen aus ihrem Auto stiegen. Die Information: Jimmy wohne hier, im dritten Stock über einer chemischen Reinigung.

Ein BMW-Roadster parkte in zweiter Reihe vor der einzigen Reinigungsklitsche weit und breit. Der Motor knisterte. Die Haube war warm. Nicht das typische Gefährt eines Junkies und Kleindealers, aber inzwischen trauten die Polizisten Asanovic alles zu.

Seit vierundfünfzig Stunden war Nelly nun tot, keine drei davon hatte Dominik geschlafen. Ein Mix aus Pillen und Red Bull hielt ihn auf den Beinen. Er funktionierte wie eine Maschine, ohne groß nachzudenken.

Jochen machte sich mit seinem Werkzeug an der Haustür zu schaffen. Dominik kontrollierte die Fenster im dritten

Stock. Schwaches Licht, wie von Kerzen. Sie betraten das Haus und schlichen die Stufen hinauf. Nur ein trüber Schimmer drang von draußen durch die Fenster, die Beleuchtung im Treppenhaus funktionierte nicht.

Dann: drei Türen, eine davon ohne Namensschild. Dominik presste das Ohr dagegen.

Eine krude Mischung aus Hip-Hop und Metal wummerte dahinter.

Ein fragender Blick Jochens. Dominik nickte und zog seine Waffe.

Jochen wollte sich gegen die Tür werfen. Im selben Moment schwang sie auf, Jochen fiel polternd in den Flur der Wohnung, wo ein Kerl die Klinke losließ, genauso erschrocken wie die beiden Polizisten. Er wich in den Gang zurück. Dominik glaubte, Asanovic erkannt zu haben, und rannte hinterher.

Schummrige Beleuchtung und süßlicher Geruch. Zerschlissene Lampions, bunte Girlanden und Luftschlangen, die Dominiks Gesicht streiften – Reste irgendeiner Party. Der aggressive Sound war von Schüssen und amerikanischen Polizeisirenen durchsetzt. Dominiks Herz klopfte hoch in den Hals.

Er musste damit rechnen, dass der Kerl bewaffnet war und ihn jederzeit attackierte, womöglich irre von den Drogen, die er nahm.

Kein Asanovic im ersten Zimmer. Dominik hastete zur nächsten Tür, verhedderte sich in Dekokram und glaubte, von irgendwo Getrappel zu vernehmen. Dann rappte eine Frau und die Musik übertönte alles.

Dominik stürmte die Küche. Ein geöffnetes Fenster ging auf den Hof, die Morgensonne blendete. Im Rahmen zeichnete sich die Silhouette eines dünnen Mannes ab, der sich offenbar nicht zu springen traute. Plötzlich wandte er sich gegen Dominik, etwas Dunkles in der Hand, und kam näher.

Dominik zögerte nicht und schoss.

Der Kerl schwankte, tat noch zwei unsichere Schritte und griff nach Dominik. Doch die Finger hatten keine Kraft mehr. Der Mann brach zusammen.

Dominik staunte, dass ihm der eigene Schuss so leise vorgekommen war.

Das Deckenlicht ging an und Jochen trat hinzu. Dominik drehte den Verletzten auf den Rücken und wusste sofort, dass er den Falschen angeschossen hatte. Das Dunkle in der Hand war ein harmloses Ledertäschchen gewesen. Es lag neben dem Mann, die Schlaufe wand sich noch um das Gelenk.

Die nächsten Augenblicke fehlten in Dominiks Erinnerung, Filmriss für ein paar Sekunden. Später erzählte ihm Jochen, dass er versucht habe, den Puls seines Opfers zu fühlen. Dass er dabei geheult und am ganzen Leib geschlottert habe. Dass ihm der Schweiß ausgebrochen sei und er sich auf den Boden hocken musste, um nicht umzukippen.

Dann verstummte endlich der Lärm, weil Jochen die Musikanlage gefunden hatte. Daran erinnerte sich Dominik wieder ganz genau: Wie sein Kollege die Schubladen des Küchenschranks durchwühlte, bis er ein langes, gezacktes Brotmesser fand, das er mit einem Geschirrtuch anfasste und dem Verletzten in die Finger drückte, bevor er endlich den Notarzt verständigte.

Dominik spürte bis heute Jochens Hand auf seiner Schulter und hörte seine Stimme, eindringlich und beschwörend: *Gleich kommen die Kollegen vom KK 11. Du wirst das Bedürfnis haben zu reden, aber sag besser nichts. Du hattest einen Blackout, hörst du? Das wird jeder verstehen. Überlass mir das Reden.*

Für die Unterstützung in dieser schwarzen Stunde würde Dominik seinem Partner auf ewig dankbar sein.

Irgendwann trafen die Mordermittler ein. Schranz hieß der Typ, der das Wort führte. Er ließ Dominik noch in der

Wohnung Hemd und Hose ausziehen und klebte seine Hände mit Folie ab, um Schmauchspuren zu asservieren.

Danach musste Dominik stundenlang im Streifenwagen warten, in eine Decke gewickelt, während die Passanten ihn beglotzten wie einen Affen im Zoo.

Drei Tage später starb Dennis Raabe an den Folgen des Bauchschusses, den Dominik ihm zugefügt hatte. In erwiesener Notwehr, wie die KK-11-Kollegen in ihrem Abschlussbericht konstatierten. Jochens Aussage hatte Dominik den Job gerettet, wenn nicht noch mehr.

Nicht selten wünschte sich Dominik seitdem, sein Leben für das von Raabe geben zu können. Der unglückliche Kerl hatte Asanovic aufgesucht, weil er ein Tütchen Gras kaufen wollte – Raabes erster und letzter Kontakt mit einem Dealer. Während sich Nellys Mörder durch einen Sprung aus dem Fenster der Festnahme zum zweiten Mal hatte entziehen können, war dem Unglücksvogel der Abstand zum Garagendach zu groß gewesen.

Dennis Raabe, kaufmännischer Angestellter der Düsseldorfer Stadtwerke, hinterließ Frau und Zwillinge und den schicken BMW-Roadster vor Jimmys Haustür.

Und die Suche nach Asanovic hatte von Neuem begonnen.

Die Trainerin berührte Dominiks Schulter. »Hörst du nicht? Es reicht!«

Dominik wischte sich über das Gesicht und starrte auf die dunkle Wand mit dem grauen Oval. Lichtpunkte wie ein Sternbild. Er richtete die Walther gegen den Boden – sie wackelte in seiner Hand.

»Das war schon der zehnte Fehlschuss«, sagte sie.

Dominik steckte die Waffe weg, nahm Brille und Gehörschutz ab und wandte sich zum Ausgang.

»Erst die Löcher abdecken!« Die Trainerin reichte ihm die Folie mit den Klebepunkten.

Dominik glaubte, die Blicke der Kollegen in seinem Rücken zu spüren.

»Und jetzt?«, fragte er, als er fertig war.

Die Trainerin trug etwas in ein Formular ein und sah nicht auf dabei. »Kein Drama. Du machst zeitnah die Nachprüfung. Wir geben dir einen Einzeltermin. Das kriegen wir schon hin.«

Dominik stieg in sein Auto, legte die Hände auf das Lenkrad und wartete, bis er sich besser fühlte. Im Rückspiegel entdeckte er ein weißes Haar in der Augenbraue. Er versuchte, es auszureißen, erwischte es aber nicht.

Nur zwei Wochen nach der Sache mit Raabe hatte ihm der damalige Dienstgruppenleiter einen Termin zum Schießtraining zugeteilt. Ein Versuch, Dominik zurück zur Normalität zu verhelfen, der gründlich misslang. Vor den Scheiben stehend, auf die man zu jener Zeit noch ballerte, war ihm, als betrete er aufs Neue die Wohnung an der Ackerstraße. Er durchlebte alles noch einmal. Der blanke Horror.

Es hatte Monate gedauert, bis Dominik wieder ganze Nächte durchschlafen konnte. Der Psychologe, zu dem ihn die Behörde schickte, hatte selbst einen an der Klatsche, wie Dominik fand. Später halfen Seminare, Bücher, Kurse in Atemtechnik – zumindest ein wenig.

Und Jochen, der ein guter Zuhörer war, obwohl ihn eigene Probleme drückten.

Seit jenem Tag im Mai war Asanovic von der Bildfläche verschwunden. Niemand hatte je wieder von ihm gehört. Gerüchte sagten, er lebe irgendwo auf dem Balkan, unter falschem Namen.

Dominik ließ das Fenster herunterfahren, um sich frische Luft um die Ohren wehen zu lassen. Von den Übungsschüssen im Gebäude war auf dem Parkplatz nichts zu hören, nur das leise Brummen der Klimaanlage. Jenseits der Mauer tuckerte ein Rheinfrachter. Im Baum trällerte eine einsame Amsel.

Luca Asanovic, Dennis Raabe – olle Kamellen, sagte sich Dominik. Schau endlich nach vorn.

Das kriegen wir schon hin.

Warum eigentlich nicht?

Dominik startete den Motor und schlug den Weg zum Präsidium ein.

11.

Hanna saß an ihrem Schreibtisch und versuchte, sich zu beruhigen.

Das Foto, die sanften Hügel im Dunst, das Grün …

Es half nichts. Ihr Zorn glühte weiter.

Vor ihrem Fenster, im anderen Turm ein paar Etagen weiter oben: Die Lenker der RheinBank AG hatten ihr in die Suppe gespuckt.

Gern hätte Hanna sich jetzt bei ihrem Freund ausgeheult. Helmut Frantzen war vierzehn Jahre älter als sie, in Sachen Weitblick und Weltgewandtheit um Lichtjahre voraus. Und er saß im Vorstand. Vielleicht kannte er die Hintergründe der Entscheidung?

Hanna war versucht, ihn anzurufen, doch dann ließ sie es. Sie hatten sich letzte Woche gezankt und Hanna war noch immer in ihrem Stolz verletzt. Er war es, der sich bei ihr melden sollte, nicht umgekehrt. Hanna wählte stattdessen ihre eigene Privatnummer.

Zu ihrer Freude war Leonie sofort am Apparat. Es gab noch ein Leben außerhalb der Bank.

»Was machst du, mein Schatz?«, fragte Hanna.

»Englisch pauken.«

»In den Ferien?«

»Für die Nachprüfung. Ich brauche unbedingt eine Drei für die Zulassung zur Oberstufe.«

»Ich komme heute früher nach Hause. Lust auf einen Einkaufsbummel? Danach zum Italiener? Und morgen lernen wir gemeinsam.«

»Du musst nicht zur Bank?«

»Ich habe mehr als genug Überstunden angehäuft, um mir freizunehmen, wenn meine Lieblingsnichte zu Besuch ist.«

»Cool!«

Hanna hoffte, dass Leonies Begeisterung echt war. Wie lange war es her, dass sie mit dem Mädchen etwas unternommen hatte? Den Aquazoo besucht, trockene Spaghetti im Grafenberger Wildpark an Rehe verfüttert – da war Leonie noch klein gewesen. Heute würde sie der jungen Dame ein anderes Programm bieten müssen.

Nach einer halben Stunde hatte Hanna alles erledigt, was nicht auf die nächste Woche aufzuschieben war. Sie verspürte keine Lust, auch nur eine Minute länger zu bleiben.

Sie ging hinüber zu Ahrendt, um sich die Genehmigung zu holen, morgen freizunehmen. Hanna klopfte, öffnete die Tür und lugte hinein.

Das Büro war verwaist.

Hanna wollte kehrtmachen, dann besann sie sich anders. Ein Blick den Flur entlang. Kein Mensch zu sehen. Sie schlüpfte in Ahrendts Zimmer und zog leise die Tür hinter sich zu.

Auf dem Tisch lag wie vorhin die hausinterne Analyse zum US-Gewerbeimmobilienmarkt. Hanna wusste, dass darin enorme Risiken beschworen wurden. Auf der anderen Seite des Atlantiks war kein Ende der Rezession in Sicht, auch deutsche Banken besaßen dort große Investments und mussten mit weiteren empfindlichen Verlusten rechnen – möglicherweise würde sich hieran die nächste Krise entzünden, eine neue Erschütterung des Finanzsektors.

Die Schnellhefter und Notizen, die Ahrendt mit dem Bericht abgedeckt hatte, waren verschwunden.

Hanna nahm hinter dem Tisch Platz und zog Schubladen auf. Sie war überzeugt, dass ihr der Abteilungsleiter etwas verschwieg. Seine Worte: *Nimm es sportlich.*

Genau das tue ich, sagte sich Hanna.

Hastig suchte sie nach den weggeräumten Unterlagen. Sie wühlte und blätterte. In der dritten Schublade wurde sie fündig. Eine Seite fiel zu Boden. Hanna hob sie auf.

Intern, vertraulich.

Herzklopfen – Hanna überflog die wenigen Zeilen. Es war ein Kurzprotokoll der heutigen Sitzung des Gesamtvorstands und dokumentierte die Beschlüsse, welche die Abteilungen Merger and Acquisitions, Structured Corporate Finance und Beteiligungsmanagement betrafen.

Unter dem Tagesordnungspunkt Nummer vier war festgehalten: Der Kreditwunsch der Mitteldeutschen Kali AG werde aufgrund zweier Gegenstimmen abschlägig beschieden – für eine Annahme hätte es der Einstimmigkeit bedurft.

Im fünften Punkt ging es ebenfalls um die Mitteldeutsche: Das Beteiligungsmanagement werde angewiesen, den Anteil von 4,9 Prozent, den die RheinBank an dem Göttinger Konzern hielt, zu verkaufen.

Hanna hielt die Luft an. Das Veto zweier Vorstandsmitglieder gegen ihren Kredit hatte den Aktienpreis kurzfristig weit unter den Wert gedrückt. Wer auch immer jetzt das Paket erwarb, machte ein herrliches Schnäppchen.

Hanna stieß auf den Namen des Käufers: *Pelican Trust.*

Sagte ihr nichts. Sie war verwirrt. Keine weitere Erklärung, nichts zur Begründung, keinerlei Anhang. Weiß der Geier, um welchen Trust es sich da handelte.

Rasch legte Hanna alles wieder an seinen Platz und schloss die Schublade.

Als sie das Zimmer verließ, trat Ahrendt gerade aus einem der Aufzüge am Ende des Flurs. Er bemerkte sie sofort.

Hanna wartete auf ihren Chef. Einfach abzuhauen, hätte sie nur verdächtig gemacht.

»Was tust du in meinem Büro?«

»Ich habe dich gesucht. Kannst du mir für morgen freigeben? Vielleicht auch den Freitag. Ich denke, das wäre nur fair, oder? Außerdem habe ich meine Nichte zu Besuch.«

Ahrendt musterte sie.

Ruhig bleiben, ermahnte sich Hanna und hielt seinem Blick stand.

»Wie alt ist das Mädchen denn?«

»Ende des Jahres wird sie sechzehn.«

»Geht in Ordnung.« Ahrendt lächelte. »Sweet sixteen, da steht einem die Welt noch offen. Macht euch ein nettes verlängertes Wochenende. Es reicht, wenn du am Montag wieder antrittst. Du hast recht, du hast es wirklich verdient.«

Zurück in ihr Büro. Bevor sie ging, wollte Hanna Klarheit haben. *Pelican Trust* – höchstwahrscheinlich ein Investmentfonds.

Sie rief bei Smith-Dudley an, bekam den Anwalt an die Strippe, mit dem sie in Sachen Kali-Fusion zusammengearbeitet hatte, und fragte ihn, ob er einen solchen Trust kenne.

»Meinst du diese Stiftung auf den Cayman Inseln?«

»Ja«, antwortete Hanna, obwohl sie noch nie davon gehört hatte. Pelikane passen in die Karibik, dachte sie. Eine Stiftung also.

»Wir verwalten den Trust, soviel ich weiß. Ein Partner unserer Kanzlei ist mit der Geschäftsführung beauftragt.«

»Und von wem? Wer steckt hinter diesen Vögeln?«

»Du fragst Sachen, Liebelein. Ist doch klar, wie es sich mit den Unternehmungen in jenem Teil der Welt verhält. Die eine Stiftung gehört der nächsten, man spinnt ein Geflecht von Scheinfirmen, es gibt weder Offenlegungspflichten noch Steuern.«

»Deshalb macht man das ja.«

»Richtig. In Sachen *Pelican Trust* hab ich mal gehört, dass der dortige Minister für Tourismus und Entwicklung seine Finger im Spiel hat. Aber sicher nur als ein weiterer Strohmann.«

Hanna bedankte sich für die Information und legte auf.

Der Tourismusminister – ein Strohmann der prominenten Art.

Sie fühlte sich plötzlich wie auf einem löchrigen Kahn. Und durch die Bootswände drang die trübe, modrige Brühe des Sumpfs, auf dem sie mühsam rudernd unterwegs war. So hatte sie das Geldinstitut, für das sie seit sechs Jahren arbeitete, noch nie wahrgenommen.

12.

Flughafen Berlin-Tegel, früher Abend, nichts wie weg aus dieser Stadt, in der ihn für den Rest der Woche nichts mehr hielt. Keine wichtigen Sitzungen – und auf den Ausschuss konnte er sich auch zu Hause in Neuss vorbereiten. Mierscheid hatte zugesagt, den Obmannposten zu übernehmen.

Ein Kerl, der fast aussah wie Nothbeck von den Sozis, rollte seinen Koffer über Mierscheids Zehen. Mierscheid unterdrückte einen Fluch, zog seine Füße ein und steckte die Nase wieder in die Zeitung. Dazu futterte er Goldbären aus der Tüte.

Natürlich war seine gestrige Rede der überregionalen Presse keine Erwähnung wert. Wie manchmal, wenn er schlecht gelaunt war, fragte sich Mierscheid, warum er nicht Versicherungsmakler in Neuss-Grimlinghausen geblieben war.

LH2741 nach Düsseldorf wurde aufgerufen, eine Schlange formierte sich. Mierscheid blieb sitzen und las weiter. Sie würden ohnehin alle zur gleichen Zeit starten.

Sein Handy piepste. Eine Nachricht auf dem Display.

Wo warst du nach der Preisverleihung?

Mierscheids Puls beschleunigte sich. Die SMS stammte tatsächlich von Paula.

Er nahm seinen ganzen Mut zusammen, vertippte sich mehrmals und korrigierte, dann schickte er die Antwort ab: *Lass uns nächste Woche treffen, sobald ich wieder in Berlin bin. Hast du Lust und Zeit?*

Mierscheid griff wieder zur Zeitung, konnte sich jedoch nicht mehr konzentrieren.

Wieder ein Piepsen.

Wo bist du jetzt?

Wahlkreistermine.

Bin übers Wochenende auch im Rheinland. Wie wär's mit Samstag?

Mierscheid konnte es kaum fassen. Für Paula würde er jeden anderen Termin streichen. Die Schlange vor ihm hatte sich nun aufgelöst, seine Mitflieger waren im Gate verschwunden. Er stand auf und tippte.

Wann und wo?

Eine Angestellte des Bodenpersonals winkte ihm hektisch. Mierscheid reichte ihr den Ausdruck mit seiner Reservierungsnummer und zeigte den Ausweis. Als er in den Flieger schritt, behielt er das Display des Handys im Blick.

Wie immer hatte Mierscheid einen Gangplatz weit vorne. Er verstaute seinen Koffer im Fach über den Sitzen. Die Maschine war schlecht klimatisiert. Schweiß rann ihm den Rücken hinunter. Wo blieb nur Paulas Antwort?

»Das Handy müssen Sie jetzt aber ausmachen«, sagte eine Stewardess.

»Gleich.«

Endlich: *Sechzehn Uhr, Café Schwan?*

Mierscheid erinnerte sich an das Eiscafé im Düsseldorfer Stadtteil Bilk – unweit davon hatte Paula während ihres Studiums gewohnt.

»Bitte, wir starten jetzt.«

Die Stewardess lächelte ihn immer noch an, vielleicht hatte sie ihn erkannt.

Mierscheid schrieb: *Ok.* Für das Rendezvous mit Paula würde eine Kaffeetafel der Frauen-Union in Neuss auf seine Anwesenheit verzichten müssen.

Er drückte auf *Senden.*

»Aber klar.« Mierscheid schaltete das Gerät aus und lächelte zurück. »Geben Sie Gas, es geht nach Hause!«

13.

Die Hotelbar lag unweit der RheinBank-Zentrale an der Königsallee. Tropenholz und schwarzer Marmor, Sesselbezüge im Zebralook – für Hannas Geschmack war der Raum zu dunkel und die Einrichtung zu protzig, aber Helmut liebte das Flair.

Sie trafen sich hier einmal pro Woche, immer mittwochs. Beim ersten Mal waren sie nach dem Drink in einem der überteuerten Zimmer des Luxusschuppens gelandet, im Überschwang der Hormone, als alles noch ganz neu gewesen war. Seit jenem Abend nahm Hanna ihren Freund lieber mit zu sich nach Hause – das fehlte noch, dass die Leute an der Rezeption sie für ein Callgirl hielten.

In Stimmung für ein Tête-à-Tête war sie heute nicht, aber sie brauchte Halt und Geborgenheit nach dem Desaster in der Bank.

Hanna bestellte eine angeblich preisgekrönte Cocktail-Kreation des Hauses aus Rum, Maracuja und Sahne und hielt

Ausschau nach Helmut. Typisch, dachte sie. Der Kerl schaffte es nie, pünktlich zu sein.

Hinter ihr lag eine Shoppingtour mit Leonie durch die Läden an Kö und Schadowstraße. Als Patentante hatte Hanna sich nicht lumpen lassen, dem Mädchen fast jeden Wunsch zu erfüllen. Dabei hatte sie gelernt, was eine Fünfzehnjährige von heute für ein angesagtes Outfit hielt: Leonie schmückte ihr Haar mit einer Schleife, wie es Madonna in den Achtzigern getan hatte. Sie trug einen neongrünen BH, der durch ihr weißes Tanktop schimmerte. Die Jeans mussten zerrissen sein und die Armbanduhr aus Plastik war »geil-o-mat«, weil eine elektronische Stimme auf Knopfdruck die Zeit quäkte. Hannas Versuch, die junge Dame etwas geschmackvoller auszustatten und ihr ein schlichtes, schwarzes Sommerkleid zu kaufen, war nur halb geglückt: Leonie hatte das ultrakurze Modell durchgesetzt. Von Britta hätte sie so etwas vermutlich nicht bekommen.

Bepackt mit Tüten waren sie beim Italiener eingekehrt. Weil *Pelican Trust* und der geplatzte Milliardenkredit ihr nicht aus dem Kopf gingen und sie darüber reden wollte, hatte Hanna den Gedanken verworfen, Helmut abzusagen. Ihre Nichte hatte Verständnis gezeigt – oder war gut darin, Enttäuschungen zu verbergen.

Jetzt war Leonie vermutlich ›on‹, was bedeutete, dass sie auf Facebook mit Freunden chattete. Oder sie guckte eine dieser Castingshows im Fernsehen. Hauptsache, sie lud dazu nicht ihre ganze Clique ein.

Als Hannas Glas nach zwanzig Minuten leer und Helmut noch immer nicht aufgekreuzt war, verlor sie die Geduld und rief ihn an.

»Frantzen«, meldete sich seine Stimme erst nach dem fünften Klingeln.

»Hanna hier. Wo steckst du, Helmut?«

»In Berlin, das weißt du doch.« Im Hintergrund vernahm

Hanna Kneipengeräusche. Ein Frauenlachen, das gekünstelt klang.

»Quatsch, wir sind verabredet!«

»Das wüsste ich, Kleines.«

»Du sollst mich so nicht nennen. Wir haben Mittwoch. Wie kann das sein, dass du nach Berlin fliegst, ohne mir Bescheid zu geben? Ich muss mit dir reden.«

Sie hasste Unzuverlässigkeit. An anderen Tagen fand sie es amüsant, Helmuts Kätzchen zu spielen. Aber nicht heute.

»Lass uns ein andermal telefonieren«, sagte er.

»Nein, ich habe dich *jetzt* an der Strippe.«

»Es passt gerade wirklich schlecht.«

Hanna glaubte zu hören, wie jemand in Helmuts Nähe eine Bemerkung machte und kicherte. Nach einem Geschäftsessen klang das nicht. Wo trieb sich der Kerl herum?

»Ich will wissen, warum der Gesamtvorstand meinen Kali-Deal torpediert hat. Was steckt hinter *Pelican Trust?*«

»Nicht jetzt, nicht am Telefon.«

»Du hättest mir etwas sagen müssen!«

»Wie denn? Du warst letztes Mal nicht gerade in der Stimmung für ein ernsthaftes Gespräch.«

Hanna blieb endgültig die Spucke weg. »Du wusstest schon vor einer Woche, dass meine ganze Arbeit für die Katz sein würde?«

»Das habe ich nicht gesagt, Kleines.«

»Du mich auch.« Hanna drückte die Aus-Taste.

Der Kellner näherte sich. »Noch einmal das Gleiche?«

Hanna bemerkte die Blicke der anderen Gäste. Notgeile Businesstypen, die eine alleinstehende Frau an der Hotelbar für leichte Beute hielten. Männer mit dicker Brieftasche und Frau und Kindern im trauten Heim, das solche Kerle niemals für ihre Geliebte aufgeben würden.

Männer wie Helmut.

Hanna schüttelte den Kopf und bestellte die Rechnung.

14.

Dominik fand eine Lücke auf dem Parkplatz des Rudervereins. Sein Freund Jochen Urban wartete bereits, ebenfalls in Laufklamotten, zu seinen Füßen saß mit hängender Zunge Ronaldo, Jochens Schäferhund. Dominik schloss seinen Honda ab und sie fielen sofort in einen gemütlichen Trab, am Biergarten vorbei zum Fluss hinunter, in Richtung Hafen.

»Wir sollten das wieder öfter machen«, sagte Dominik.

»Jep«, antwortete Jochen auf seine knappe Art und ließ den Hund von der Leine.

Das Tier war gut erzogen, es durfte nur kein Typ vom Ordnungsamt des Wegs kommen. Dominik erinnerte sich noch gut daran, dass Nelly einst Ronaldos Namensgeberin gewesen war. Das Tier hatte als Welpe mit Leidenschaft Bälle gejagt – und sie sich herrlich über seine Tapsigkeit amüsiert.

Nelly.

In Jochens Gegenwart erinnerte er sich stärker als sonst an die schlimmsten Momente seines Lebens. Kein Wunder – er hatte sie mit Jochen geteilt, der kurz darauf aus dem Polizeidienst geschieden war und sich in der privaten Sicherheitsbranche selbstständig gemacht hatte. Die richtige Entscheidung, wie es schien. *Urban Ermittlungen* hatte sich auf Wirtschaftskunden spezialisiert und expandierte stetig – Jochen stellte die Kundschaft zufrieden und war inzwischen bestens vernetzt.

Die Kehrseite des Erfolgs war ihm anzusehen, fand Dominik: Von Mal zu Mal wurden die Furchen auf der Stirn tiefer. Jochen brauchte Urlaub, doch das hörte er nicht gern. Er war lieber der umtriebige Macher, den nichts erschütterte.

»Angelst du noch manchmal?«, fragte Dominik.

Fliegenfischen war einmal Jochens großes Hobby gewesen – einsam auf einem Fels im Gebirgsbach stehen und die Angel schwingen wie Brad Pitt in *Aus der Mitte entspringt ein Fluss.* Jochen hatte Dominik vor Jahren ein paarmal mitgenommen, an verschiedene Gewässer der Eifel und des Sauerlands, bis Dominik erkannte, dass es nichts für ihn war.

»Kaum noch Zeit dafür. Leider.«

Sie folgten dem Rheinufer. Ronaldo wetzte voraus, um sich alle paar Meter nach ihnen umzusehen und am Wegrand zu schnüffeln, bevor er weitergaloppierte. Sie unterquerten die Hammer Eisenbahnbrücke und passierten die Industrieanlagen. Als sich die Uferzone zur Linken weitete, verließen sie den asphaltierten Fußweg und schlugen den Pfad ein, der unten am Wasser entlangführte.

Dominik musste daran denken, dass Jochen ebenfalls vom Schicksal gebeutelt war. Sein Exkollege redete nicht gern darüber, aber Dominik wusste, wie sehr Jochen noch immer unter dem Verschwinden seiner Tochter litt. Vierzehn Jahre alt war Lisa damals erst gewesen. Zwei Ansichtskarten aus Amsterdam waren die letzten Lebenszeichen, die Jochen von ihr erhalten hatte.

Sie erreichten den Golfplatz an der Spitze des Rheinbogens und beschlossen kehrtzumachen. Dominik blieb kurz stehen und stützte tief schnaufend die Hände auf die Knie. Die Abendsonne senkte sich bereits auf die andere Rheinseite. Gut zwei Kilometer Rückweg lagen vor ihnen.

»Ich hab den Schießtest vergeigt«, sagte Dominik.

»Und?«

»Nachprüfung.«

»Stell dir vor, du würdest Asanovic aufs Korn nehmen.«

»Hab ich versucht.«

»Du schaffst das schon.« Jochen rieb sich mit dem Ärmel den rasierten Schädel trocken. »Wollen wir wieder?«

Sie setzten sich in Bewegung, den Fluss nun zur Rechten. Ronaldo jagte Kaninchen auf einer frisch gemähten Wiese.

Jochen pfiff ihn zurück. Sofort gehorchte der Hund und blieb ab jetzt an Jochens Seite.

»Lass ihm doch seinen Spaß«, sagte Dominik.

»Nichts da. Strenge und Konsequenz. Sonst tanzt er dir auf dem Kopf herum.«

»Du musst es wissen.«

»Und sonst?«, fragte Jochen. »Was macht der alte Verein?«

»Es hat sich nichts gebessert. Meine Arbeit ist nur für den Papierkorb und der Dienststellenleiter dumm wie Toastbrot. Hey, ich bin zu jung, um hinterm Schreibtisch zu vergammeln, oder?«

Jochen lachte.

»Hast du nicht mal wieder 'nen Job für mich?«, fragte Dominik.

Gelegentlich fuhr er Schichten für die Firma seines Kumpels, was die Behörde nicht wissen durfte. Nebenher für die Privaten zu jobben, war für Polizeibeamte tabu. Jochen setzte Dominik meist für Observierungen ein: Angestellte beschatten, die in Verdacht standen, ihren Arbeitgeber zu schädigen, Profile erstellen, Beweise sichern. Es ging um Krankenstandsmissbrauch, Verstöße gegen das Wettbewerbsverbot nach Kündigung, um Diebstahl, Unterschlagung oder Spionage für die Konkurrenz – keine Höhepunkte einer Kriminalistenkarriere, aber immer noch anspruchsvoller als Dominiks derzeitige Arbeit beim KK 21.

»Wann hättest du Zeit?«, wollte Jochen wissen.

»Wie immer. Freitags nach Feierabend und am Wochenende.«

»Mal sehen. Ich ruf dich an, falls ich noch einen Job reinkriege.«

Eigentlich hatte Dominik mit der Aufforderung gerechnet, er solle sich lieber eine Freundin suchen, als am Wochenende zu arbeiten, aber Jochen verkniff sich dieses Mal die Bemerkung.

Stattdessen fragte er nach einer Weile: »Ist der Schießtest so wichtig?«

»Neue Vorschriften. Außerdem hängt vom Bestehen ab, ob ich ins KK 11 wechseln kann.«

»Die wirklich Bösen jagen, das wolltest du schon immer, stimmt's?«

»Stattdessen steh ich da wie eine Memme: Scheißtatterich beim Deutschuss auf zehn Meter.«

»Dennis Raabe?«

»Jep.«

»Vergiss diesen Idioten. Konzentrier dich lieber auf den anderen.«

Wenn das so einfach wäre, dachte Dominik.

»Ich kann mich noch genau erinnern, wie Asanovic aussah«, sagte Jochen.

Dominik ballte die Fäuste.

Auf dem letzten Kilometer wurden sie unwillkürlich schneller. Dominik spürte das vertraute Gefühl aus Altstadtwachen-Zeiten: Sie waren ein Team.

15.

Sie musste nur die Heinrich-Heine-Allee überqueren, um die Ratinger Straße zu erreichen, Kneipenmeile am Rand der Altstadt und mittwochs ein Mekka für die Jungbanker der Stadt, gerade im Sommer.

Die Altbierparty war in vollem Gang, der Gehsteig überfüllt. An den Stehtischen vor dem *Ohme Jupp* bestimmten die Anzugträger das Bild. Krawatten abgenommen, die obersten Hemdknöpfe geöffnet. Ein paar Kolleginnen im dezenten Kostüm. Und Banker-Groupies im leichten Sommerfähnchen.

Köbesse jonglierten Tabletts voller Gläser. Auf der Straße

kamen die Autos nur unter Gehupe durch. Hanna griff nach einem Bier und bezahlte sofort.

Ein tiefer Schluck, um ihren Groll zu kühlen. Auf Helmut und auf die RheinBank AG, ihren Arbeitgeber. Im Nu war das Altbierglas leer, sie gab es zurück.

Ein Kollege winkte Hanna zu. Es war Tobias, Teamleiter bei der Treasury, zum Hahnenkamm aufgegeltes Haar, ein schräges Grinsen im Gesicht. Die Treasury-Leute waren sozusagen das Herz der RheinBank. Sie schaufelten je nach Tagesbedarf Kapital heran, manchmal Milliardensummen innerhalb von Stunden. Mehrere Telefone am Ohr, kleine Halbgötter, Boni am laufenden Band und immer einen frechen Spruch auf den Lippen.

Tobias sorgte offenbar gerade für Nachschub, er hielt Schampus und Gläser in den Händen. Das Treasury-Team nahm den Feierabend gern wörtlich.

Hanna gesellte sich zur Runde des Kollegen. Tobias reichte ihr ein Glas und schenkte ein. Er war glänzender Laune. »Lange nicht gesehen, Hanna, wie geht's denn so? Noch immer bei Merger and Acquisitions?«

»Structured Corporate Finance«, berichtigte sie. »Mir ist heute ein Megakredit für eine Firmenübernahme geplatzt. Sensationelle Kreditkonditionen, fünfhundert Seiten Vertrag fast fertig, aber der Gesamtvorstand macht mir in letzter Minute einen Strich durch die Rechnung.«

Zweifellos hatte die Entscheidung ihrem Kunden geschadet, womöglich auch der RheinBank selbst. Profiteur war diese ominöse Stiftung auf den Cayman Islands. Und das vielleicht nicht zum ersten Mal.

»Die Armleuchter da oben haben doch nie einen Plan, was abgeht«, versuchte einer der anderen zu trösten.

»'n Abend, Frau Kaul.«

Hanna drehte sich um. Vor ihr stand Böhmer, den Vornamen hatte sie vergessen, ein Wirtschaftsredakteur bei der

Morgenpost, der unlängst über sie geschrieben hatte: *Frauen im Haifischbecken Hochfinanz* – Böhmers Artikel hatte Hanna als junge Bankerin geschildert, die kurz vor dem großen Karrieresprung stand. Tja, das war einmal.

Böhmer trug eine Seidenfliege zur Jeansjacke. Sein Mundgeruch war schrecklich, Hanna bemühte sich um Abstand.

Der Journalist zwinkerte vertraulich. »Haben Sie vielleicht einen Anlagetipp für einen in die Jahre gekommenen Schreiberling?«

Der war ja noch übler drauf als sie.

»Riester-Rente«, antwortete Hanna – ihr Standardscherz auf die Frage, die alle Banker ständig zu hören bekamen. Die Umstehenden lachten.

Böhmer gluckste mit.

Tobias warnte: »Vorsicht, Hanna, der Typ will dich nur aushorchen.«

»Wie verkauft sich Ihr Buch?«, fragte einer.

Böhmers Miene verdüsterte sich und er schob ab.

Zwei weibliche Groupies hatten sich unter die Treasury-Jungs gemischt. Im Haar übergroße Sonnenbrillen, obwohl es längst dämmerte. Die Hitze hielt sich zwischen den Häusern. Mit steigendem Alkoholpegel wurde das Gelächter schriller. Die Kollegen zogen ihre Sakkos aus und achteten darauf, dass ihre Chronometer von Breitling oder Panerai zur Geltung kamen.

Hanna dachte an Helmut und hatte den Spott ihrer Schwester im Ohr: *Du leidest an einem Vaterkomplex.* Als sei es pervers, auf reifere Männer zu stehen, die ihren Platz in der Welt nicht noch erobern mussten. Und *so* alt war Helmut mit seinen sechsundvierzig Jahren gar nicht.

Hatte sie sich am Telefon zu zickig verhalten? Von Helmut konnte sie nicht verlangen, dass er jederzeit zur Verfügung stand. Der Mann war ein Sparringspartner, kein Kuschelbär.

Hanna wehrte ab, als Tobias noch einmal ihr Glas füllen

wollte. Sie beschloss, sich von der Treasury-Clique abzusetzen und auf Weißweinschorle umzusteigen, von der sie keinen schweren Kopf bekam. Ein letztes Glas.

Sie betrat das Brauhaus. In einer Ecke brütete ein älterer Zecher über einem Kreuzworträtsel. Sonst gab es hier drinnen keinen Gast außer Böhmer, der am Tresen stand und die Schaumblasen in seinem Bierglas zu zählen schien. Hanna gab ihre Bestellung auf.

»Na, Haifischbecken Hochfinanz, wie steht's denn so?«, fragte Böhmer von der Seite und zupfte seine Fliege zurecht.

»Mal so, mal so.«

»Und heute eher so.«

»Stimmt.«

»Das geht vorbei, wenn man jung ist wie Sie.«

Hanna spürte, wie der Groll sie wieder packte. Eigentlich sollte sie die RheinBank verlassen. Doch die Lage auf dem Arbeitsmarkt war in ihrem Metier nach wie vor angespannt. Die Banken boomten, ohne Leute einzustellen.

»Ich will Sie wirklich nicht aushorchen«, sagte der Redakteur. »Wir können auch übers Wetter reden.«

Hanna musterte den Mann, der ein Lächeln zeigte, als rechne er sich Chancen aus, sie abschleppen zu können. Nicht mit der bunten Fliege an deinem Hals, dachte Hanna. Und nicht mit diesem schlechten Atem.

»Einen Anlagetipp habe ich nicht«, sagte sie. »Aber vielleicht einen Rechercheansatz für Ihr nächstes Buch.«

Böhmer winkte ab. »Gibt kein nächstes Buch.«

»Warum nicht?«

»Schreibblockade im Endstadium.«

Der Köbes stellte ein randvolles Weinglas vor Hanna ab, dann trug er ein Tablett mit Bier nach draußen, wo die Stimmung gerade hochkochte. Gelächter, Gehupe, Gegröle.

Hanna nippte an ihrem Glas. Saurer Fusel mit zu wenig Wasser. Sie blickte sich um.

Der Zecher in der Ecke war eingenickt. Sie und Böhmer waren praktisch allein. Ihr war plötzlich ganz leicht zumute, offenbar tat der Alkohol seine Wirkung.

»Stellen Sie sich eine Bank vor, deren Kunde einen Kredit braucht, um sich einen Mitbewerber einzuverleiben. Aber in letzter Minute wird der Kredit vom Vorstand der Bank verweigert.«

»Pech für den Kunden.«

»Die Übernahme platzt, der Börsenwert des Kunden sinkt.«

»Klar.«

»Die Bank besitzt Anteile an der Kundenfirma und verkauft sie.«

»Mit Verlust.«

»Warum das Ganze?«

»Lieber ein Verlust, der sich in Grenzen hält, als ein Kredit, den der Kunde nicht bezahlen kann, oder?«

»Sicher. Wenn aber der Kredit niemals faul geworden wäre?«

»Hm. Hört sich nach einer Fehlentscheidung an. Klassischer Fall von Missmanagement.«

»Oder?«

»Sie meinen ...«

»Stellen wir uns einmal vor, der Kursverlust der Anteile sei beabsichtigt gewesen.«

Böhmer machte große Augen. »Wer hat denn das Aktienpaket gekauft?«

»Das ist die Preisfrage.«

»Gut, ich fasse also zusammen: Wenn der Vorstand der RheinBank ...«

»Ich habe keine Namen genannt!«, widersprach Hanna.

»Wenn also ein Vorstand irgendeines Kreditinstituts auf Kosten seines Unternehmens Geschäfte zugunsten Dritter macht, riecht das nach Untreue. Die Staatsanwaltschaft mag so etwas gar nicht gern.«

»Nicht wahr?«

»Jetzt bitte das Ganze noch einmal mit allen Namen und Details.«

»Finden Sie heraus, wer sich hinter einer Stiftung namens *Pelican Trust* verbirgt.«

»Aber wie?«

»Das ist Ihr Job, Herr Böhmer.«

»Kommen Sie, Hanna – ich darf doch Hanna sagen?« Wieder dieses Zwinkern. »Wir schreiben das Buch gemeinsam und ich beteilige Sie am Honorar. Ist das ein Deal?« Böhmer hob sein Glas.

Hanna stieß mit ihm an. Es ging ihr schon erheblich besser. Ein Stück vom Frust war abgelassen. Böhmers Buch-erlöse waren ihr egal. Doch es gefiel ihr, den Journalisten auf die Spur gebracht zu haben.

Natürlich ist das alles eine Schnapsidee, dachte Hanna. Niemals würde ich dafür den Job riskieren.

Aber für einen Moment hatte sie das Gefühl, mehr Zivilcourage zu besitzen als die gesamte Banker-Bande draußen auf dem Gehsteig.

16.

Es war kurz nach Mitternacht, als Willi Böhmer eine Parklücke für seinen Wagen fand, zwei Blocks von seiner Haustür entfernt im Halteverbot. Bis zum frühen Vormittag hatte er kein Knöllchen zu befürchten.

Böhmer war angetrunken, aber nicht blau. Eine herrlich milde Nacht. Er klemmte seine Tasche unter den Arm und leerte den Briefkasten. Lottoreklame, Arztrechnung, eine Benachrichtigungskarte der Paketpost. Böhmer stieg die Treppe hoch. Vor seiner Tür im zweiten Stock lag ein Karton. Offenbar hatte ein Nachbar die Postsendung für ihn angenommen und hier abgestellt. Mit dem Fuß schob Böhmer das Paket in die Wohnung.

Er riss es auf. Bücher. Mindestens zwanzig Exemplare seines eigenen Werks, das nun verramscht werden sollte.

Sofort war seine Stimmung wieder im Keller.

Keine Angst vor Risiko – Geldanlage für Pfiffige war im Herbst 2008 erschienen, unmittelbar bevor die Blase auf dem Finanzmarkt platzte und alles, was Böhmer in zwölf Kapiteln angepriesen hatte, mit einem Knall obsolet war. Böhmer gab dem Verlag die Schuld am schlechten Timing, denn die Penner hätten das Buch auch ein halbes Jahr früher auf den Markt bringen können. Dann wäre zumindest die Startauflage verkauft worden.

Böhmer nahm ein Bier aus dem Kühlschrank. Er hatte fest an den schnellen Nebenverdienst geglaubt. Das Buch zu schreiben, war so simpel gewesen. Helmut Frantzen, der Kommunikationschef der RheinBank AG, hatte ihm nach einigem Nachfragen einen jungen Mitarbeiter vermittelt, der ihm die neuesten Produkte in rosigen Farben nahebrachte. Eins-a-Prospektprosa für gierige Kleinanleger, wie Verkäufer das eben so draufhatten. Böhmer hatte nur seinen Rekorder mitlaufen lassen und den Text zu Hause abtippen müssen: Derivate, Zertifikate, strukturierte Wertpapiere auf Basis US-amerikanischer Immobilienkredite …

Idiotensichere Geldanlagen, angeblich.

Natürlich hatte selbst der Vertreterjüngling der RheinBank nicht verstanden, wie alles wirklich funktionierte – beziehungsweise nicht funktionierte, denn binnen Wochen waren aus den Eins-a-Produkten Schrottpapiere geworden, idiotensichere Geldvernichtung, und Willi Böhmers Arbeit war umsonst gewesen.

Hinterher war jeder schlauer. Man fasste sein Buch nicht einmal mit spitzen Fingern an. Es wurde nicht beworben, blieb in den Läden liegen, und in den Wochen nach Lehman-

Pleite und Münchner-Hypo-Estate-Zusammenbruch hatten es die Buchhändler eilig, die vorrätigen Exemplare zu remittieren. Im Nachhinein konnte Böhmer sogar froh darüber sein, dass keine Zeitung seine Anlagetipps besprochen hatte.

Er trank die Flasche leer und rülpste. Magensäure brannte unter dem Brustbein. Was ihm noch mehr zu schaffen machte als der Reinfall mit dem Buch, war die miese Stimmung, die derzeit in der Redaktion herrschte. Gerüchte sahen eine neue Entlassungswelle anrollen.

Noch ein Sachbuch – dazu hatte er wirklich keinen Nerv mehr.

Sich mit der RheinBank anzulegen, kam für Böhmer schon gar nicht infrage. Sie war der einzige Dax-Konzern, zu dem er gute Beziehungen hatte. Wo ihn jemand ab und zu mit Informationen versorgte. Dem er letztlich seinen Ruf als Finanzexperte verdankte.

Finstere Geschäfte aufdecken? Womöglich hatte diese frustrierte Tussi alles nur erfunden, um sich aufzuspielen. Eine junge Bankerin, Flausen im Kopf, aber dem *Haifischbecken Hochfinanz* – seine Wortschöpfung, er liebte lockerlaunige Alliterationen – nicht gewachsen.

Und selbst wenn ihr Verdacht zutraf: Was hätte er von einer Enthüllung? Nichts als Ärger. Dingendorff war einer der mächtigsten Bosse Deutschlands.

Am nächsten Morgen erwachte Böhmer mit einem Brummschädel. Er hatte irgendetwas geträumt, worin ein Presslufthammer eine Rolle spielte, aber was da in Wirklichkeit rasselte, war das Telefon.

Er hob ab. Uschi, die Sekretärin des Chefredakteurs. Mit ihr teilte er seine Vorliebe für Altbier und gelegentlich auch die Abneigung gegen einsame Nächte.

Böhmer peilte die Digitalanzeige seines Weckers. Kurz nach acht.

»Sei heute etwas früher im Büro«, sagte sie. »Zieh ein frisches Hemd an und spül deine Beißer mit Mundwasser.«

»Was ist los?«

»Seit fünf Minuten tagt die Leitung von Verlag und Redaktion. Sie reden über Planziele.«

»Entlassungen.«

»Sie nennen es Verschlankung.«

Böhmers Magen rumorte wieder. Er suchte in der Schublade des Nachtkästchens nach dem Säurehemmer. Gut, dass er neulich eine Großpackung besorgt hatte.

»Bist du noch dran, Willi?«

»Dann kann ich gleich zu Hause bleiben.«

»Lass dich nicht hängen. Noch ist nichts entschieden. Ich finde, unsere Zeitung braucht alte Haudegen wie dich.«

»Danke für das ›alt‹.«

Böhmer legte auf und quetschte sich den weißen Brei aus dem Tütchen in den Rachen. In der Wirtschaftsredaktion waren sie seit Jahren nur noch zu zweit. Wenn die sogenannte Verschlankung einen von ihnen traf, dann garantiert ihn, denn sein Kollege hatte Familie. Und keinen Geldratgeber geschrieben, über den jeder nur spottete.

Er legte sich wieder hin und schloss die Augen. Tageslicht drang durch die Lider. Er legte den Arm darüber und versuchte, an nichts zu denken.

Doch dann stemmte er sich aus dem Bett, wühlte in seinem Notizbuch und fand die Nummer, die nicht jeder Journalist kannte. Er griff erneut zum Telefon und wählte. Ihm war eingefallen, wie er vielleicht seinen Job retten konnte. Sein Gehalt, sein geregeltes Leben, den Rest seines Ansehens.

Alter Haudegen.

Es dauerte, bis Böhmer endlich die Stimme von Helmut Frantzen vernahm.

»Was gibt's?« Der RheinBank-Manager klang mies gelaunt.

Böhmer wiederholte die Geschichte, die ihm Hanna Kaul erzählt hatte, nannte aber ihren Namen nicht.

Schweigen am anderen Ende.

»Übler Tratsch, nicht wahr?«, fragte Böhmer vorsichtig.

»Von wem haben Sie das?«

»Die Eigner von *Pelican Trust* haben jedenfalls ein schönes Schnäppchen gemacht.«

»Was wollen Sie?«

Böhmer räusperte sich und nahm all seinen Mut zusammen. »Das Interview mit Herrn Dingendorff, das ich bereits vor Wochen angefragt habe.«

Er stellte sich einen großen Artikel vor, wie er ihn schon lange nicht mehr ins Blatt bringen konnte. Böhmer hatte auch schon eine Schlagzeile parat: *Motor des Aufschwungs – deutsche Finanzbranche gesund wie noch nie*. Dem Chefredakteur gefielen positive Geschichten.

»Kein Problem«, brummte Frantzen am anderen Ende der Leitung.

»Und außerdem …«

»Was denn noch?«

»… wäre ich gern dabei, wenn Herr Dingendorff die Kanzlerin auf ihrer China-Reise begleitet.«

Nur ein erlauchter Kreis von Reportern wurde hierzu eingeladen und offiziell war das Sache des Kanzleramtes. Nicht auszumalen, wenn das klappte. Böhmer würde täglich für die *Morgenpost* berichten. Die Verlagsleitung würde Augen machen. Schlagzeile auf Schlagzeile, eine Titelgeschichte nach der anderen, exklusiv aus dem Airbus der Regierungschefin: *Kanzlerin spricht Menschenrechte an … Wirtschaftsvertreter vereinbaren Kooperation … RheinBank ermuntert Industrie zu mehr Investitionen im Reich der Mitte …*

Frantzen ließ keine Reaktion hören.

Böhmer räusperte sich noch einmal. »Natürlich verspreche ich, über besagte Pelikane hundertprozentiges Stillschweigen zu bewahren. Ich *könnte* die Information an den *Spiegel* oder den *Stern* verticken, aber ich bin ja nicht käuflich …«

Böhmer erschrak über das Lachen, das plötzlich aus seinem Hörer drang. Verunsichert fügte er hinzu: »Sie werden mit meiner Berichterstattung zufrieden sein.«

»Na gut. Die Akkreditierung kriegen wir hin.«

»Danke.«

»Dafür müssen Sie mir noch eine Sache flüstern. Wer hat Ihnen den Floh in den Pelz gesetzt?«

»Aber, Herr Frantzen, kein seriöser Journalist verpfeift seine Quelle!«

»Ach was. Raus mit der Sprache, wenn Sie mit der Kanzlerin fliegen wollen.«

»Das können Sie nicht von mir verlangen. Ich hab's der jungen Frau versprochen.«

»Etwa Hanna Kaul?«

»Woher …«

Freizeichen – Frantzen hatte aufgelegt.

Willi Böhmer hielt den Hörer noch einige Sekunden in der Hand. Dann wischte er den Anflug von schlechtem Gewissen beiseite – der hübschen Bankerin würden schon keine Nachteile entstehen.

Böhmer nahm seinen besten Anzug aus dem Schrank und wählte die geblümte Fliege. Der Gedanke an China beflügelte ihn. Vier Tage mit der Kanzlerin. Mit Dingendorff und weiteren Spitzenkräften der deutschen Wirtschaft. Ich hab's noch drauf, sagte er sich.

Die Kündigung würde seinen Kollegen treffen, den mit den Kindern. Im Grunde hatte er den Mann noch nie leiden können.

17.

Als Lilly ihre Wohnungstür aufschloss, vernahm sie das leise Surren des Druckers.

Sie trug ihren Einkauf in das Schlafzimmer und räumte die neuen Shirts in den Schrank. Schick und nicht zu teuer. Eines davon würde sie am Montag tragen – sie hatte um zehn Uhr ein Bewerbungsgespräch bei *Green & Partner*, einer renommierten Düsseldorfer Werbeagentur, die einen Junior Art Director suchte.

Ein unbefristeter Vertrag, zu schön, um wahr zu sein. Sie würde wieder einen Korb kassieren, aber was blieb ihr übrig, als hinzugehen? *Du hast keine Chance, also nutze sie* – ein Standardspruch ihres früheren Freundes Udo, der schließlich Tattoo-Stecher geworden war.

Lilly ging ins Wohnzimmer und gab Patrick einen Kuss. Der Laptop, den sie vor wenigen Stunden dem neuesten Otto abgenommen hatten, war aufgeklappt und mit Lillys Laserdrucker verkabelt.

Drei Mal hatten sie bislang zugeschlagen. Für die schicke Tasche vom Montag hatte der Eigentümer immerhin zweihundert Euro ›Finderlohn‹ abgedrückt. Die Beute vom vorgestrigen Raubzug war dagegen ein kompletter Reinfall gewesen. Ein passwortgeschütztes Notebook, Kataloge für Kaminöfen – und nichts, was den Besitzer verriet.

»Was erreicht?«, fragte Lilly.

»Bis jetzt nur seine Mailbox.«

»Was druckst du aus?«

»Weiß nicht. Ich glaub, wir haben die Mafia beklaut.«

»Wie bitte?«

Ein dicker Stapel lag bereits im Ausgabefach, mindestens vierzig Blätter. Lauter Fotos, wie Lilly erkannte.

»Mir kommt das Zeug komisch vor«, antwortete Patrick. »Irgendwie illegal.«

»Also zu heiß für uns.«

»Im Gegenteil. Das Material ist eine prima Rückversicherung. Der Otto muss tun, was wir sagen, sonst lassen wir ihn auffliegen. Ganz einfach.«

Lilly nahm den Packen und blätterte. »Was genau soll daran illegal sein?«

Patrick zuckte mit den Schultern. »Wenn der Otto harmlos ist, bezahlt er erst recht.«

»Zweihundert Euro. Und dafür das ganze Risiko.«

»Bitte, Lilly, ich weiß, worauf du hinauswillst, aber komm mir nicht wieder mit deiner Bonnie-und-Clyde-Nummer. Bewaffneter Raubüberfall wäre noch viel riskanter. Wie sollten wir überhaupt an Knarren rankommen?«

»Das Häuschen meiner Eltern ist voll davon. Vergiss nicht, dass ich aus einer Familie von Sportschützen stamme. In meinem Heimatkaff gibt es nur den Verein und die Kirche. Wobei das Schützenfest jedem christlichen Feiertag den Rang abläuft.«

»Schluss jetzt. Ich will nichts davon hören. Wir machen es auf meine Art.«

»Schon gut.« Noch ein Kuss. »Aber *so* würde es dir schon gefallen, nicht?«

Lilly zeigte ihrem Freund das Poster, das sie in einem Antiquariat entdeckt hatte. Ein Pin-up aus einem Heft namens *konkret,* mehr als vierzig Jahre alt. Die Frau trug nichts als Stiefel und eine Maschinenpistole.

Patrick verdrehte die Augen.

»Ist immer noch meine Wohnung«, erklärte Lilly. »Kann ich dekorieren, wie ich will.«

Patricks Handy klingelte. Er kontrollierte das Display.

»Ich glaub, das ist sein Rückruf«, sagte Patrick. »Dieses Mal lasse ich mich nicht herunterhandeln. Zweitausend ist das Mindeste. Wir werden uns ein MacBook mit allen Programmen kaufen und unsere eigene Designfirma aufmachen. Nie wieder Praktika!«

»Jetzt geh schon ran«, mahnte Lilly.

Patrick gehorchte. Nach wenigen Sekunden zeigte er den erhobenen Daumen – das Zeichen, dass er tatsächlich den Otto von heute Mittag an der Strippe hatte. Patrick hörte zu und nickte. Als er antwortete und sie sich für den nächsten Tag verabredeten, klang seine Stimme heiser.

Ein untrügliches Zeichen: Patricks Nerven waren angespannt.

18.

Schon halb fünf. Wo blieb Paula nur? Es war nicht einfach, den einzigen freien Stuhl des kleinen Lokals zu verteidigen.

Mierscheid hatte das Gefühl, in den letzten Tagen nur für diesen Moment gelebt zu haben. Das Café war drückend voll, der Deckenventilator rührte träge in der schwülen Luft und die Leute stauten sich vor dem Verkaufstresen bis hinaus auf die Straße. Alles erinnerte Mierscheid an früher. Die Auswahl an Eissorten las sich exakt wie in den Achtzigern, selbst an der Einrichtung schien sich nichts verändert zu haben.

Draußen plärrte ein Martinshorn und verstummte gleich wieder.

Mach Malte fertig – Mierscheid musste ständig daran denken, dass das nicht nach einer glücklichen Beziehung geklungen hatte. Ihm kam die einzige Knutscherei in den Sinn, die er je mit Paula gehabt hatte. Kurz bevor sie mit Malte fortgegangen war. Die Zeit seitdem erschien Mierscheid bedeutungslos.

Die Bedienung sammelte leere Pappbecher, Gläser und

Tassen ein. Mierscheid bestellte noch einen Espresso. Dann kramte er sein Handy hervor, bearbeitete das Display, bis es Paulas Nummer zeigte, und rief sie an. Wieder nur die Automatenstimme, die um eine Nachricht bat. Mierscheid steckte das Telefon weg.

Er nahm Unruhe wahr. Die Gäste an den Fensterplätzen glotzten auf die Straße. Allmählich begann sich die Schlange aufzulösen, immer mehr Leute verließen das Lokal.

Schließlich wurde auch Mierscheid neugierig, legte einen Zehner auf den Tisch und folgte.

Blaues Geflacker vor dem Aachener Platz. Polizei und ein Notarztwagen. Weitere Fahrzeuge kreuz und quer. Sanitäter, die sich um einen blassen Mann in Lederweste kümmerten, der vor einem Taxi auf dem Bordstein saß. Flatterband sperrte den Bereich weiträumig ab.

Nachbarn und Passanten standen und gafften. Mierscheid drängte sich bis zur Absperrung durch. Er wandte sich an einen Uniformierten und fragte, was los sei, doch der Polizeibeamte blaffte ihn nur an, als behindere er Rettungsarbeiten.

Ein Bestatterfahrzeug rollte heran. Mierscheid bemerkte Leute in weißen Overalls, die kleine Schilder aufstellten, Abstände zwischen Kreidekringeln auf dem Asphalt vermaßen und fotografierten.

Er stellte sich auf Zehenspitzen und stützte sich auf einen Nebenmann. Jetzt konnte er eine Gestalt ausmachen, die hinter dem Taxi lag: kurzes, rotblondes Haar, ein eleganter, schwarzer Anzug – derselbe wie neulich auf dem Balkon der Komischen Oper.

Mierscheids Herz schlug wie beim Fallschirmsprung im freien Fall. Er schickte sich an, über das rot-weiße Band zu steigen. Der Uniformierte zerrte ihn zurück.

»Paula!«, entfuhr es Mierscheid.

Er fiel, doch da war kein Fallschirm. Der Polizist hielt ihn fest. Mierscheid schaffte es nicht, sich aus dem Griff zu befreien. Ihm brach der Schweiß aus. Er nahm wahr, wie zwei Bestatter die Hecktür ihres Leichenwagens öffneten.

»PAULA!«

Eine Frau in Zivil stand vor ihm und zeigte eine Blechmarke. »Anna Winkler, Kripo Düsseldorf. Sie kennen die Tote?«

Mierscheids Hals schnürte sich zu. Die Bestatter wälzten den reglosen Körper auf die Bahre und schoben ihn in das Fahrzeug. Die Hecktür knallte ins Schloss.

Jemand tastete Mierscheid ab.

Eine Männerstimme: »Keine Waffe, Anna. Sollen wir ihn in die Festung mitnehmen?«

Die Kommissarin geleitete Mierscheid zu einem neutral lackierten Wagen. Sie öffnete ihm die hintere Tür und drückte ihre Hand auf seinen Kopf, damit er sich beim Einsteigen nicht stieß. Die Umstehenden glotzten.

Das Leichenauto fuhr, eine Rußwolke hinterlassend, davon.

Mierscheid fiel und fiel und fiel.

Teil II

Die Frau im Fokus

19.

Der Kerl meint, dass sich meine Schürfwunden entzünden, wenn er nichts dagegen tut. Vielleicht hat er recht, ich halte lieber still. Die Tinktur brennt fürchterlich. Er klebt Pflaster darüber. Sanft streicht er die Ränder fest.

Er sagt, er würde für mich sorgen. Ich halte das nicht mehr aus und trete nach ihm, doch der Mann lacht nur und geht einfach.

Die Tür fällt hinter ihm ins Schloss.

Mir wird schlecht vor Panik.

Die Kette … Ich rüttle und stemme mich gegen die Wand, so fest ich nur kann … nichts tut sich, nur die Haut an meinen Handgelenken reißt auf.

Wenn wenigstens Pluto bei mir wäre. Scheiße, ich will nicht heulen. Aber ich kann nicht mehr … Dieser Raum …

Er ist muffig und klein. Die Länge der Kette lässt zu, dass ich ein paar Schritte gehe. Ein kalter, rauer Betonboden, nicht ganz eben. Stockflecken an der Wand. Alles ist so eklig. Total versifft. Bis auf das Brummen des Kühlschranks ist es still wie im Grab.

Bilder tauchen vor meinen Augen auf … Verschwommen … das Fahrrad. Ein Auto, das mich übel geschnitten hat. Ich glaube, ich wollte ausweichen und bin gestürzt.

Dann hat mir jemand ein Tuch auf den Mund gedrückt.

Ich erinnere mich an einen beißenden Geruch … Stammen daher die Kopfschmerzen?

Was auch immer der unbekannte Mann von mir will, ich schwöre, dass er es nicht leicht haben wird!

20.

Dominik Roth holte die Montagsausgabe der *Morgenpost* aus dem Briefkasten und knipste die Treppenhausbeleuchtung an, um im Hinaufgehen die Titelseite überfliegen zu können. Der Mord an der Frau aus Berlin bestimmte die Schlagzeile – immerhin die Lebensgefährtin eines Staatssekretärs aus dem Bundesfinanzministerium.

Beim Müsli studierte Dominik den ausführlichen Bericht auf Seite drei. Ein Attentat auf eine Frau, die angeblich keine Feinde hatte. Im Kommentar spekulierte ein Redakteur über einen möglichen politischen Hintergrund und forderte die überfällige Einigung der Regierungskoalition über die Datenvorratsspeicherung sowie eine stärkere Überwachung der Linkspartei und ihrer Anhänger.

Dominik verstand nicht, dass die Kollegen ihn nicht schon längst angerufen und in ihre Kommission gebeten hatten.

Draußen strahlte die Morgensonne. Dominik entschied sich für das schwarze Poloshirt, das ihn schlank aussehen ließ. Ein Blick in den Spiegel an der Schranktür. In den Koteletten schimmerten zwei weiße Haare. Er eliminierte sie.

»Sie tappen im Dunkeln«, sagte er zu Nellys Foto auf dem Nachtkästchen. »Eigentlich brauchen sie jeden, den sie kriegen können. Garantiert ist das halbe KK 11 im Sommerurlaub oder auf Fortbildung.«

Bevor er die Wohnung verließ, checkte er das Handy. Nein, es war nicht auf stumm geschaltet.

Nach wie vor kein Anruf.

Auf dem Weg zum Präsidium stoppte Dominik seinen Honda in zweiter Reihe vor einem Büdchen, um zu erfahren, was die wichtigste Boulevardzeitung des Rheinlands über den Mord schrieb. Er zog ein Exemplar aus dem Ständer und legte das Kleingeld auf den Tresen.

Dicke Lettern auf der Titelseite und ein Foto, auf dem das Mordopfer lebte und fröhlich den Staatssekretär anlachte. Auf der Suche nach Inhalten, die sich möglichst von der Konkurrenz abhoben, kochte der *Blitz* publikumswirksame Pikanterien auf – oder das, was die Schreiberlinge dafür hielten.

DIE SCHÖNE PAULA – IHR GEHEIMNIS NAHM SIE MIT IN DEN TOD

Das Rätselraten um die Bluttat am Aachener Platz (*Blitz am Sonntag* berichtete) geht weiter. Wie *Blitz* erfuhr, war das Mordopfer Paula Busch (42) nach Düsseldorf gekommen, um sich mit dem Neusser Bundestagsabgeordneten Lothar Mierscheid (48) zu treffen, als die tödlichen Schüsse fielen. »Paula und ich waren Freunde aus alten Zeiten«, so der Finanzexperte der CDU. Doch da war offenbar mehr, als er zugibt. Ein intimer Kenner der beiden spricht von großer Zuneigung. Loderte das Feuer noch immer? Gab es heimliche Liebestreffen fern der Hauptstadt?

Offiziell war die attraktive Lobbyistin der Deutschen Börse AG mit Staatssekretär Malte Lichtenberg (47) liiert, der rechten Hand von Bundesfinanzminister Schäuble. In der Öffentlichkeit sah man Lichtenberg und Busch zuletzt allerdings nur noch selten gemeinsam.

Lichtenberg sagte am Wochenende alle Termine ab und war für niemanden zu sprechen. In den nächsten Tagen muss er sich vor dem Untersuchungsausschuss verantworten, in dem es um die umstrittene Rettung der MHE-Bank aus Steuergeldern geht. Ausgerechnet Lothar Mierscheid wird als Obmann der Union die Sitzung leiten.

Offiziell will die Polizei im Mordfall Paula Busch den Verdacht einer Beziehungstat noch nicht bestätigen.

»Guten Morgen!«, grüßte Dominik, als er das Geschäftszimmer betrat.

Die Schreibkraft deckte den Hörer ab. »Schön erholt am Wochenende?«

Dominik zeigte den erhobenen Daumen. Dass er für *Urban Ermittlungen* gearbeitet hatte, musste er ihr nicht auf die Nase binden.

Die Umlaufmappe mit den Neuigkeiten – Dominik studierte vor allem die Informationen zum Mord an Paula Busch. Er staunte, dass es noch nicht einmal ein Phantombild gab, obwohl der Taxifahrer den Täter gesehen hatte. Nur eine Allerweltsbeschreibung: mittelgroß, Jeans, olivgrüner Windbreaker, die Kapuze tief ins Gesicht gezogen.

Es sei alles sehr schnell gegangen. Kein Wortwechsel, kein Streit. Der Täter hatte einfach geschossen, sobald die Frau ausgestiegen war. In den Kopf, vermutlich mit Schalldämpfer. Als sie lag, noch ein zweites und drittes Mal.

Ein Täter, der genau wusste, wen er vor sich hatte und was er wollte, dachte Dominik. Ein Killer.

Fast vierzig Stunden waren seit dem Mord nun vergangen.

Dominik trug den Inhalt seines Posteingangsfachs in sein Büro.

Sechzehn neue Anzeigen. Beim Lesen musste Dominik lachen. Einige Anbieter hatten die Masche geändert: Aus *Quiz-Fuchs* war *Schutz-Fuchs* geworden. Gegen eine Gebühr von 58,50 Euro im Monat versprach man die Einstellung ungebetener Telefonanrufe und eine »Eintragung in deutsche Werbesperrlisten«. Und auch darauf fielen die Leute herein.

Dominik wählte die Nummer von Anna Winkler, mit der er bei seiner einzigen Mordermittlung ein Team gebildet hatte. Sie hatten einigermaßen harmoniert.

Vor der letzten Ziffer zögerte er. Beim Feierabendbier in der Altstadt hatte er Anna damals angebaggert, was ihm heute noch peinlich war. Dabei war sie liiert gewesen und nüchtern betrachtet interessierte sie ihn nicht einmal besonders.

Dominik drückte die Taste trotzdem.

Nach dem zweiten Klingeln meldete sich die KK-11-Kollegin.

»Was macht die neue Leichensache?«, fragte er.

»Damit hab ich nichts mehr zu tun.«

»Ich dachte ...«

»Das Opfer war 'ne mittelgroße Nummer in der Wirtschaft. Mit einem Staatssekretär aus der Bundesregierung zusammen und mit weiteren Leuten befreundet, die sich alle fürchterlich wichtig machen. Du kannst dir denken, was da abgeht. Unser Innenminister will täglich unterrichtet werden. Das Landeskriminalamt lauert darauf, dass die Bundesanwaltschaft in Karlsruhe den Mord zum politischen Fall erklärt. Ela Bach leitet die Ermittlung selbst und hat die Kommission mit ihren Lieblingen besetzt. Wenigstens komme ich jetzt dazu, alten Papierkram zu erledigen.«

»So hat alles etwas Gutes.«

»Dachtest du etwa, ich könnte dir Abwechslung verschaffen?«

»Wollte nur mal hören, wie's dir so geht.«

»Dominik!« Anna lachte. »Wenn du ins KK 11 möchtest, musst du schon mit Ela Bach flirten. Oder am besten gleich mit Inspektionsleiter Thann.«

»Sind beide nicht so ganz mein Typ.«

»Vielleicht bist du zu wählerisch.«

Noch etwas Small Talk, dann legte er auf.

Die Mordermittler wollen dich nicht, dachte Dominik. Er riss die Blätter der letzten Tage vom Kalender. Der heutige Spruch stammte von einem Kerl namens Aristophanes: *Regieren ist keine Sache für Leute von Charakter und Erziehung*.

Internetlotterien auch nicht, dachte Dominik. Aber was blieb ihm anders übrig? Er nahm wieder Platz und formulierte sein Standardantwortschreiben um, damit es auch die Fälle à la *Schutz-Fuchs* abdeckte.

Irgendwann könnt ihr alle mich kreuzweise, sagte sich Dominik. Sein Freund Jochen hatte ihm angeboten, fest bei *Urban Ermittlungen* einzusteigen.

Dominik nahm sich vor, das zu tun – falls sich nicht bald etwas änderte.

21.

Lutz, Hannas Teamchef, war aus dem Urlaub zurück und hatte sie prompt wieder zu seiner Handlangerin degradiert. Ein Kunde wollte Rohstoffvorkommen in Afrika ausbeuten, es ging um sogenannte Seltenerdmetalle: Terbium für Halbleiter, Lanthan für Batterien, Yttrium für Leuchtstofflampen und Thulium, das man in der Röntgentechnik benötigte.

Weil China die meisten Vorkommen besaß und den Export beschränkte, um der eigenen Industrie Vorteile zu verschaffen, war die aufwendige Suche nach neuen Lagerstätten im Rest der Welt profitabel geworden.

Der Kunde hieß *Modern Mining Ltd.* und brauchte einen Kredit im dreistelligen Millionenbereich. Noch vor ein paar Tagen hätte Hanna die Arbeit Spaß bereitet, aber heute hatte sie den Eindruck, dass Lutz ihr weniger Informationen zukommen ließ, als sie benötigte. Als lege er es darauf an, sie schlecht aussehen zu lassen. Stattdessen hielt er ihr das Display seines Smartphones unter die Nase und ließ die Fotos der schicken Hütte bestaunen, die er in Florida gemietet hatte. Inklusive Motorjacht, versteht sich.

Platzhirschgehabe – der RheinBank-Alltag hatte Hanna zurück. Aber sie war nicht mehr dieselbe. Ihr war die Gewissheit abhandengekommen, dass das, was sie tat, ihr Traumberuf war.

Die freien Tage mit Leonie waren wie im Flug vergangen. Gestern hatten sie in Fotoalben geblättert. Das Mädchen hatte sich am Werdegang seiner Tante interessiert gezeigt. Ein Schwelgen in alten Zeiten: Unmittelbar nach ihrem Studium hatte Hanna bei der Londoner Dependance der Deutschen Bank ein Praktikum absolviert. Eine aufregende Phase. Der Derivatehandel war damals das angesagteste Ding gewesen. Die Banker trugen Armani-Anzüge mit hochgekrempelten Ärmeln und redeten Bierkutscher-Slang – Hanna war sich vorgekommen wie auf einem fremden Planeten.

Peter Bauer, so hatte der andere deutsche Praktikant in ihrer Abteilung geheißen. Später hatte er der Finanzwirtschaft den Rücken gekehrt, und Hannas letzte Information war, dass Peter bei *Transparency International* in Berlin arbeitete, einer nichtstaatlichen Organisation, die weltweit Korruption anprangert und aufzudecken versucht. Ob die Mobilfunknummer in ihrem zerfledderten Notizbuch noch stimmte?

Hanna wählte und ließ es klingeln. Fünf, sechs Mal, ohne dass eine Mailbox ansprang.

Als sie beim siebten Klingeln auflegen wollte, war plötzlich eine Stimme in der Leitung, die etwas gehetzt klang.

»Bauer.«

Sie sah das Foto vor sich, das sie gestern wiederentdeckt hatte: eine Betriebsfeier, der Blondschopf hinten rechts, ein hübscher Bursche, wenn auch zu soft für das Haifischbecken. Sie hatten sich später einmal in Berlin getroffen, auch das war schon einige Zeit her.

Peter gab sich erfreut, ihre Stimme zu hören. Hanna erzählte ihm von der Sache, die ihr zu schaffen machte. *Pelican Trust.* Die Cayman Islands und deren Minister für Tourismus und Entwicklung – den Politiker hatte der Anwalt erwähnt, den sie um Rat gefragt hatte: *Aber sicher nur als ein weiterer Strohmann …*

»Kennst du dich in der Karibik aus?«, fragte Hanna.

»Nein, aber nach den Sommerferien trifft sich unsere Regionalgruppe und da kann ich mich gern mal erkundigen.«

»Sorry, das dauert mir zu lange.«

»Na gut. Ich rufe dich in fünf Minuten zurück.«

Geht doch, dachte Hanna. Sie registrierte, dass Abteilungsleiter Ahrendt ihr mal wieder gemailt hatte. Er bestellte sie zu einer Besprechung. Du musst warten, beschloss Hanna. Sie wollte Peter Bauer nicht verpassen.

Es dauerte fast eine halbe Stunde.

»Also«, begann Peter, »zuerst dachte ich, unser Zentrum für Lateinamerika und die Karibik könnte weiterhelfen. Doch die Caymans sind zwar weitgehend autonom, aber immer noch britische Kronkolonie. Kannst du dich an Mick erinnern, Mick Chandler?«

»Nein, wer soll das sein?«

»Hanna, Mick! Mick Chandler! Er war mit uns bei der Deutschen Bank in London. Dieser lustige Typ, höchstens eins sechzig groß, rund wie ein Fußball, die Haare blondiert und voller Gel, fast wie ein Punk. Er arbeitet inzwischen beim Schatzkanzler. Du musst dich doch an ihn erinnern!«

»Nein, Peter, sorry.« Hanna fand, dass kleine, fette Kerle mit verklebten Haaren nicht unbedingt der Erinnerung wert waren. Aber sie würde das Foto noch einmal hervorkramen.

»Jedenfalls meint Mick, dass deine Stiftung alle paar Tage Firmen oder Firmenanteile kauft und verkauft. Julian Adams heißt der Mann, auf dessen Namen das Geschäft läuft, und er ist tatsächlich kein Geringerer als der dortige Tourismusminister. Er hat seine Finger in allen möglichen Geschäften, vielleicht sogar im Drogenhandel. Mick hat kürzlich herausbekommen, wer Adams für seine diversen Strohmann-Jobs schmiert. Ich darf aber nichts verraten, denn Mick will nicht, dass die Öffentlichkeit vorzeitig davon erfährt.«

»Peter, ich bin nicht die Öffentlichkeit.«

»Schon, aber …«

»Sag deinem Mick, dass ich ihm nicht in seine politischen Spielchen pfuschen werde.«

»Die britische Regierung sorgt sich um das Ausmaß der Korruption. Mick arbeitet eng mit der Opposition auf den Caymans zusammen. Man will koordiniert gegen Adams vorgehen und der Minister soll auf keinen Fall gewarnt werden.«

»Noch einmal zum Mitmeißeln: Ich verrate kein Sterbenswörtchen. Mir geht es ausschließlich um den Fall *Pelican Trust*.«

»Versprochen?«

»Ja. Hat *Pelican Trust* etwa mit Drogen zu tun?«

»Nein. Hinter *Pelican Trust* steckt ein ganz seriöser Finanzdienstleister aus Deutschland. Er heißt *Helios Investments* und gehört zu großen Teilen …«

Hanna wurde hellhörig. *Helios …* – ihr war der Firmenname schon einige Male begegnet. Ein kleiner Investmentfonds, der nicht über die großen Banken vermarktet wurde, aber unter Insidern als ungewöhnlich profitabel galt.

»… einem Mann, der bis vor ein paar Jahren sehr erfolgreich als Investmentbanker in London gearbeitet hat, bis ihn seine Bank in die Zentrale holte.«

»Dingendorff?«, sagte Hanna eher spaßeshalber. Die Beschreibung traf auf einige Spitzenbanker zu, nicht nur auf den CEO der RheinBank AG.

Peter klang verärgert. »Mensch, Hanna, wenn du bereits alles weißt, warum lässt du mich dann eine halbe Stunde durch ganz Europa telefonieren?«

»Was?«

»Mick hat lange geforscht, um herauszubekommen, über welche Kanäle Minister Adams seine Schmiergelder bezieht. *Helios Investments* wurde von Dingendorff gegründet und fast im Alleingang nach oben gebracht.«

»Ich danke dir, Peter. Du hast mir die Augen geöffnet. Und grüß Mick von mir, ganz herzlich!«

Hanna legte auf und atmete erst einmal tief durch.

Ihr oberster Boss …

Dass Dingendorff neben seinem Job als Vorstandsvorsitzender auch sein Privatvermögen verwaltete und zu mehren trachtete, war klar. Irgendwie musste der Mann ja die astronomischen Boni anlegen, die er in seiner Londoner Zeit eingestrichen hatte, als man ihn den David Copperfield der strukturierten Finanzprodukte nannte und er mehr verdiente als jeder Topmanager der Republik. Es wurde sogar gemunkelt, dass er seiner Beförderung auf den Chefsessel in Düsseldorf nur gegen eine weitere Sonderzahlung zugestimmt hatte. Und immer noch strich er etliche Millionen pro Jahr an Gehalt ein.

Dass ihm allerdings *Helios Investments* gehörte, war eine Überraschung. Ein gut gehütetes Geheimnis, sonst hätte es sich längst herumgesprochen, auch zu Hanna.

Aber es passte.

Hanna fühlte sich, als fahre ihre Welt Achterbahn. Der eigene Vorstandsvorsitzende zockte gegen seinen Arbeitgeber, die RheinBank, und ihre Kunden. Wirtschaftete via *Helios Investments* Millionenbeträge in die eigene Tasche. Jetzt, beim Kali-Deal, vermutlich nicht zum ersten Mal.

Wenn das die Staatsanwaltschaft wüsste: Untreue, Ausnutzung von Insiderwissen, Manipulation von Aktienkursen.

Sollte Dingendorff damit davonkommen, war die Welt nicht gerecht.

Hanna fiel ein, dass ihr Abteilungsleiter sie schon seit einer guten halben Stunde sprechen wollte. Sie klemmte sich sämtliche Unterlagen zu *Modern Mining* und den Seltenerdmetallen unter den Arm und klopfte an Ahrendts Tür, sich auf einen Anschiss für ihr Zuspätkommen einstimmend.

Der Chef war allein in seinem Zimmer. Er sprang auf und machte mit todernster Miene eine Geste, dass sie ihm folgen solle. Sie gingen auf den Flur.

Hanna fragte sich, was das sollte.

Ahrendt steuerte die Herrentoilette an, wo er ihr die Tür aufhielt. Hanna trat zögernd ein. Der Abteilungsleiter war nicht der Typ, dem sie eine Attacke gegen ihr sexuelles Selbstbestimmungsrecht zutraute.

Er schloss die Tür hinter sich, kontrollierte, dass die Kabinen leer waren, und drehte im Vorraum an allen drei Waschbecken den Wasserhahn auf.

»Du hast neulich in meinen Sachen gestöbert«, sagte er leise in das Rauschen.

»Was soll das?«, fragte sie zurück.

»Hast du oder hast du nicht?«

Leugnen ist zwecklos, dachte Hanna. Er hat es wahrscheinlich gemerkt, weil ich seine Sachen nicht ordentlich genug in die Schubladen zurückgelegt habe. Hanna beschloss, mit offenen Karten zu spielen, auch wenn ein Donnerwetter nicht ausbleiben würde.

»Wir wissen doch beide«, sagte sie, »dass es bei der Verweigerung des Kredits an die Mitteldeutsche Kali AG nicht mit rechten Dingen zugegangen ist. Inzwischen habe ich herausgefunden, wer hinter *Pelican Trust* steckt. Nämlich *Helios Investments.* Und rate mal, wem dieser feine Fonds mehrheitlich gehört!«

Ahrendt hob die Hände. »Hanna, das geht uns nichts an. Lass die Finger davon!«

Er ahnt es, dachte sie. Er hat etwas mitbekommen. Und Ahrendt schien Angst zu haben. »Sag mir, was das hier soll – laufendes Wasser wie im schlechten Agentenfilm.«

Ahrendt trat näher und flüsterte Hanna ins Ohr: »Ich gebe dir einen guten Rat: Vergiss das Ganze und tu einfach deine Arbeit. Versprichst du mir das?«

»Aber wir können doch nicht …«

»Du bringst nur dich und mich in Gefahr. Lass es gut sein, Hanna!«

Die Tür ging auf. Ein Kollege trat in den Raum, erstarrte und murmelte eine Entschuldigung. Ahrendt beeilte sich, das Wasser abzudrehen.

Hanna drückte sich an den Männern vorbei und zog sich zurück in ihr Büro.

Die Welt fuhr Achterbahn und ihr wurde schwindlig.

22.

Es war nicht irgendeine Bank und nicht irgendeine Filiale. In seiner Mittagspause suchte Dominik die Zentrale der RheinBank auf, nur wenige Straßenbahnstationen vom Präsidium entfernt an der Westseite der Königsallee gelegen. Ein Prunkbau aus einer Zeit, in der Krisen noch kein Thema waren: zwei elegante Scheiben aus Glas, Beton und Stahl, jeweils ein gutes Dutzend Stockwerke hoch, dazwischen ein lichtdurchflutetes Foyer, das zu den Aufzügen führte.

Dass der Reichtum der einen die Armut der anderen bedingte, war Dominik klar. Aber beruhte das System nicht darauf, dass jeder versuchte, das Beste für sich herauszuholen? Und wenn es nur eine passable Verzinsung für die Summe war, die sich in der letzten Zeit auf seinem Girokonto angehäuft hatte – Dominik kam nicht dazu, viel auszugeben, und in manchen Monaten genügte für seinen täglichen Bedarf das Honorar, das Jochen ihm für die gelegentlichen Nebenjobs in bar bezahlte.

In der Schalterhalle war es angenehm kühl. Graue Trennwände bildeten Nischen, in denen die Beratung für Normalbürger stattfand.

Der Anzugträger hinter dem Schreibtisch lächelte verschwörerisch. »Was halten Sie davon, wenn wir in den etwas chancenorientierteren Bereich gehen?«

Klingt gut, dachte Dominik. »Ich habe gelesen, dass zum Beispiel spanische Staatsanleihen eine gute Rendite bringen.«

Der Kundenberater hob die Augenbrauen. »Spanien? Viel zu riskant! Wurde gerade erst herabgestuft. Steht kaum besser da als Griechenland oder Portugal. Erinnern Sie sich an die argentinische Schuldenkrise vor ein paar Jahren? Ein Kunde von mir hatte argentinische Staatspapiere gekauft – gegen meinen Rat! – und alles verloren. Nein, da habe ich etwas Besseres für Sie, Herr Roth.«

Der Banker zog eine Schublade auf und legte Dominik einen Hochglanzprospekt vor. »Speziell für unsere Premiumkunden: Schauen Sie, ein Immobilienfonds, der ausschließlich in exklusive Gewerbeimmobilien in den Toplagen europäischer Metropolen investiert.«

Premiumkunden hörte sich auch nicht schlecht an. Dominiks Handy vibrierte in der Tasche seiner Jeans. Er ignorierte es.

Sein Gegenüber trug eine Uhr, die teuer aussah. Der Anzug wirkte modisch, vermutlich auf der anderen Seite der Kö gekauft. Wenn einer weiß, wie man sein Geld vermehrt, dann ein Berater der RheinBank.

»Mit Immobilien kann Ihnen keine Inflation etwas anhaben. Und der Fonds nutzt eine Lücke im deutschen Steuerrecht. Die Verluste der ersten Jahre wirken sich extrem steuersparend aus.«

»Verluste?«

»Keine Sorge, Herr Roth. Bis zum Ende der Laufzeit wird ein Gewinn von mindestens achtzig Prozent erwartet. Ihre Zehntausend werden sich also in etwa verdoppelt haben. Minimum.« Der Berater wies auf eine Kurve im Prospekt, die immer steiler anstieg. Dann tippte er etwas in seine Tastatur und der Drucker ratterte los.

»Garantiert?«, fragte Dominik.

»Was im Leben ist schon garantiert?«

»Und wenn ich vorher an das Geld möchte?«

»Die Laufzeit beträgt acht Jahre. So lange müssen Sie sich schon gedulden. Aber natürlich können Sie jederzeit Ihren Fondsanteil beleihen. Wir bieten derzeit besonders gute Konditionen. Wie viel benötigen Sie denn?« Der Banker legte ein Faltblatt neben den Prospekt.

Flexi-Plus-Privatkredit, las Dominik. *Ab 3,99 Prozent.* Eigentlich wollte er Zinsen bekommen, nicht bezahlen. »Und wenn ich nur einen Teil …«

»Das geht leider nicht. Zehntausend Euro beträgt die Mindesteinlage. Das haben die Fondsgründer so festgelegt, um ganz in Ihrem Sinne die Verwaltungsgebühren niedrig zu halten.«

»Gebühren kommen da auch noch drauf?«

»Zwei Komma fünf Prozent im Jahr, sagenhaft günstig für einen Fonds dieser Klasse. Und auch der Ausgabeaufschlag fällt mit einmalig drei Prozent ausgesprochen gering aus. Aber warten Sie, ich kann da noch etwas …«

Der Bankangestellte tippte wieder und studierte die Botschaft auf seinem Monitor. »Wenn Sie etwas größer einsteigen könnten, Herr Roth, sagen wir mit zwanzigtausend, kann ich Ihnen noch einmal entgegenkommen. Zwei Prozent Ausgabeaufschlag statt drei. Das würde natürlich die Rendite noch mehr erhöhen. Aber …«, er senkte die Stimme, »das biete ich jetzt nur Ihnen. Und bitte, das muss unter uns bleiben, versprochen?«

Dominik überlegte. Er könnte statt des Flexi-Dingsda-Kredits seinen Freund Jochen anpumpen. Aber wollte er wirklich sein Erspartes so lange fest anlegen? Sein Honda hatte zwölf Jahre auf dem Buckel und würde irgendwann den Geist aufgeben. Eigentlich wollte Dominik nur für diesen Fall sparen.

Aus irgendeinem Grund musste er auf einmal an die Anzeigen denken, die sich auf seinem Schreibtisch stapelten, an die vagen Verheißungen von *Jackpot-Oase* und *Glücks-Fuchs*.

»Schauen Sie«, sagte der Berater und blätterte weiter im Prospekt. »Zaha Hadid, die internationale Star-Architektin, wird in Marbella diesen Traum von Shoppingmall verwirklichen. Das ultimative Einkaufsparadies für Scheichs und Oligarchen. Und für jeden Investor eine Goldader. Mit der Vermarktung wird eine renommierte, weltweit tätige Immobilienfirma beauftragt, eine Tochter der RheinBank. Da kann gar nichts schiefgehen. Als Mieter sind nur erstklassige Markenfirmen vorgesehen, kein Billigramsch. Und obendrauf kommt eine Konzerthalle. Lang Lang wird dort auftreten, Anne Sophie Mutter, Shakira ...« Er griff nach den Blättern, die der Drucker ausgespuckt hatte, und begann, Kreuze an die Stellen zu kritzeln, wo Dominik unterschreiben sollte. Das Kleingedruckte am Ende umfasste zwei Seiten.

»Marbella? Ich dachte, Spanien sei viel zu riskant.«

Wieder vibrierte Dominiks Handy. Er zog es aus der Tasche. Die Nummer auf dem Display gehörte zur Festung, wie das Polizeipräsidium intern auch genannt wurde. Eine Durchwahl, die Dominik nicht kannte.

»Marbella ist und bleibt ein Hotspot der High Society, das können Sie mir glauben. Das Wort ›Krise‹ ist in diesen Sphären unbekannt. Und als Anteilseigner des Einkaufszentrums genießen Sie natürlich Top-Privilegien. Die hätte ich beinahe vergessen zu erwähnen: exklusive Einladungen zum Pre-Sale im Sommer und Winter, Konzerttickets zum ermäßigten Preis, Backstage-Ausweise. Stellen Sie sich das einmal vor: Shakira hautnah! Sie erhalten die *Golden-Client-Card* zum Vorzugspreis.«

Das Vibrieren hörte nicht auf. Dominik beschloss, das Gespräch anzunehmen, auch wenn die Mittagspause noch längst nicht zu Ende war. »Ja, hallo?«

»Thilo Becker, KK 11«, meldete sich der Anrufer. »Hab ich den Kollegen Roth am Ohr? Wenn ja: Du stehst auf unserer Reserveliste.«

»Was gibt's?«

»Ich hab da eine Leichensache und meine halbe Mordkommission ist schon anderweitig eingespannt.«

Endlich, dachte Dominik. »Bin im Bilde. Die Sache am Aachener Platz.«

»Nein, ein neuer Fall. Kannst du dich sofort in Bewegung setzen?«

»Wenn mein Dienststellenleiter zustimmt.«

Dominik bemerkte, dass der Berater bereits das Formular ausfüllte. Zehntausend Euro – das Aufstocken der Summe traute er seinem Kunden in Jeans und Poloshirt offenbar doch nicht zu. Dominiks Kontonummer las der Mann vom allwissenden Monitor ab und krakelte in geübter Hast die Ziffern in die Kästchen.

Nein danke, dachte Dominik. Er traute dem Anzugträger und seinen Sprüchen nicht. Die *Golden-Client-Card* konnte sich der Typ sonst wohin stecken. Warum zum Teufel sollte er zum Einkaufen nach Marbella fliegen?

»Mit deinem Chef ist alles schon geklärt«, kam Beckers Stimme aus dem Handy. »Am besten, du fährst gleich zum Tatort. Kollegin Winkler wartet auf dich. Ihr kennt euch ja schon. Sie wird dir alles erklären. Hast du etwas zu schreiben?«

»Einen Moment.« Dominik deckte das Handy ab und wandte sich an den Bankberater. »Ich überleg's mir. Danke erst einmal.«

»Aber, Herr Roth, das Angebot besteht nur noch wenige Tage! Bei dieser Renditechance – wissen Sie eigentlich, wie groß der Andrang ist? Sobald der Fonds das nötige Kapital eingesammelt hat, wird er geschlossen. Die RheinBank hatte Glück, dass sie ein Kontingent für ihre Premiumkunden reservieren konnte! Schauen Sie: Ich gebe Ihnen den Ausgabeaufschlag von zwei Prozent auch ohne Erhöhung des Anlagebetrags. Ich hab das alles schon … Sie müssen nur noch hier … und hier …« Er tippte auf die Stellen mit den Kreuzchen.

Dominik nahm dem Mann den Kugelschreiber ab und meldete sich wieder bei Becker vom KK 11, der ihm eine Adresse und Annas Handynummer durchgab. Dominik notierte alles auf der Rückseite des Kleingedruckten, faltete das Blatt, steckte es mit dem Handy ein und erhob sich vom Besucherstuhl.

Endlich ein richtiger Fall.

Er wandte sich noch einmal um, stützte sich auf den Tisch und beugte sich zu seinem Gegenüber. »Lassen Sie mich raten. Ihr Gehalt ist erfolgsabhängig und in der wöchentlichen Besprechung macht Ihr Chef Sie vor allen Kollegen zur Sau, wenn Sie die Zielvorgabe nicht erfüllen. Zugleich drückt es Ihnen aber aufs Gewissen, dass Sie einfachen Kunden wie mir hochriskante Fondsanteile aufschwatzen sollen, damit die RheinBank-Aktionäre ihre Gewinne einfahren, stimmt's?«

Der Mann im schicken Anzug starrte ihn wortlos an.

Es gibt schlechtere Jobs als meinen, dachte Dominik.

23.

Haltestelle Nordpark/Aquazoo. Mit einem Zischen glitt die Tür auf, die Trittstufe klappte aus und Dominik sprang auf den Bahnsteig.

Anna Winkler hatte ihn erwartet und begrüßte ihn mit Handschlag. Sie überquerten die Kaiserswerther Straße und steuerten den Parkplatz des Aquazoos an. Schon von Weitem konnte Dominik ein Geviert aus rot-weißem Flatterband ausmachen. In seinem Zentrum stand ein Autowrack.

»Wie laut ist es eigentlich, wenn so ein Fahrzeug brennt?«, wollte Anna wissen, während sie darauf zugingen.

»Gute Frage.«

»Was meinst du?«

»Vielleicht zerreißt es die Reifen, wenn sie heiß werden. Die Öldruckdämpfer der Heckklappe. Spraydosen, falls welche an Bord waren. Prüfung bestanden?«

Anna hob das Flatterband und sie traten näher.

Ein Polo, so viel erkannte Dominik auf den ersten Blick. Die ursprüngliche Farbe konnte er nicht mehr feststellen. Nur ein graues, ausgeglühtes Blechgerippe war von dem Wagen übrig, zum Teil gelblich verfärbt. Die Beifahrertür stand offen. Statt der Bereifung gab es nur noch Stahldrähte. Am Platz des Fahrers hatte sich ein kleiner Rest des Schaumstoffs gehalten, sonst war die Sitzfederung vollständig freigebrannt. Tropfenförmig verschmolzenes Glas im Inneren, Scherben und schwarze Fladen verflüssigten Kunststoffs auf dem Pflaster.

Ein übler Geruch ließ Dominik und Anna rasch wieder Abstand nehmen. Ihr Auftrag: Sie sollten die Nachbarschaft des Nordparks nach möglichen Zeugen abklappern, während Kollegen nach dem Halter des Fahrzeugs forschten. Zwar fehlten die Nummernschilder, aber anhand der FIN-Nummer im Motorraum war der Besitzer ermittelt worden. Anna wusste zu berichten, dass die Adresse nicht mehr stimmte. Der Mann war im Frühjahr verzogen, ohne sich umgemeldet zu haben.

Am frühen Morgen hatten Angestellte des Aquazoos die Polizei verständigt. Ein Schock für sie – beim Blick ins Innere war ihnen ein menschlicher Schädel aufgefallen.

Die Überreste der Leiche lagen jetzt im rechtsmedizinischen Institut der Heinrich-Heine-Universität, wo sie auf die Obduktion warteten. Dominik konnte sich vorstellen, dass außer dem Schädel nur wenig von dem Toten geblieben war. Die 85 Prozent Wasser, aus denen der Mensch bestand, verdampften rasch, wenn es heiß genug war. Mit Sicherheit würde das Material aber für eine DNS-Analyse ausreichen.

»Warum schließt ihr aus, dass sich der Tünnes selbst gehimmelt hat?«, fragte Dominik – unwillkürlich neigte er dazu, den Jargon aus seiner Zeit in der Altstadtwache zu benutzen.

»Ganz einfach. Ein Loch im Schädel von der Größe eines Zweieurostücks. Und keine Waffe im Wrack, kein Geschoss, keine Hülse. Wir haben bis vorhin im Dreck gewühlt. Jemand hat das Opfer erschossen, die Spuren beseitigt und anschließend den Wagen in Brand gesteckt, um wirklich sicherzugehen.«

Dominik pfiff anerkennend durch die Zähne und blickte sich um. Die nächsten Häuser verbargen sich hinter hohen Hecken, und ein mehr als zweihundert Meter breites Stück Parkanlage trennte sie vom Tatort. Aber vielleicht hatte ein Anwohner Geräusche oder Rauchentwicklung bemerkt.

Die Straße war nach Nelly Sachs benannt – der Name ließ ihn lächeln.

Sie teilten sich auf.

Schon der erste Opa, den Dominik an die Haustür klingelte, berichtete von beißendem Gestank, der ihn letzte Nacht zum Schließen der Fenster veranlasst habe. Außerdem habe es mehrfach geknallt. Gegen halb zwölf sei das gewesen – er und seine Frau hätten sich schlafen gelegt, nachdem Anne Wills Talkshow im Ersten zu Ende gewesen sei.

Das Thema der Sendung beschäftigte den Alten offenbar noch immer. Deutschland werde grundfalsch regiert, die Lobbys hätten zu viel Einfluss, alles eine Riesenverarsche, ob in Berlin oder anderswo – bevor der Alte weiter ins Detail gehen konnte, verabschiedete sich Dominik.

Auf der Straße begegnete er Anna, die im Gebäude gegenüber eine ähnliche Aussage bekommen hatte. Die dortige

Bewohnerin hatte ein Feuerwerk vermutet. Weil der Krach rasch beendet gewesen sei, habe sie darauf verzichtet, die Polizei zu rufen.

Dominik und Anna setzten die Befragung gemeinsam fort. An den nächsten beiden Türen machte keiner auf. Eine Kittelschürzen-Mutti im letzten Haus bestätigte Knallgeräusche, Rauch und Uhrzeit.

Im Park zwitscherte ein Buchfink. Der Wind trug den Geruch nach frisch gemähtem Gras herüber. Die Sonne ließ Sträucher und Bäume in den unterschiedlichsten Grüntönen leuchten. Ein angenehmer Ort. Und doch war hier ein Mensch ermordet worden.

Endlich bekommt meine Arbeit einen Sinn, dachte Dominik. Und Anna Winkler zeigte keine Vorbehalte gegen ihn, keine Anspielung auf den missglückten Abend damals in der Altstadt. Die Brandleiche im Polo – möglicherweise sein Sprungbrett für eine Umsetzung ins KK 11, die er sich mehr denn je wünschte.

Anna platzierte sich hinter das Steuer des zivil lackierten Dienstwagens, mit dem sie an den Tatort gekommen war, und sie fuhren los, zurück zur Festung.

»Vermutlich stinke ich nach verbranntem Autowrack«, sagte Anna, am Ärmel ihrer Bluse schnüffelnd.

»Ich liebe den Geruch von Dioxin am Nachmittag!«

Die Kollegin verzog ihr Gesicht.

Dominik grinste. »Nur ein Scherz. Du duftest wie eine Sommerwiese.«

»Idiot.«

Annas Mobiltelefon ließ einen Klingelton hören, der Dominik an *Star Wars* erinnerte: Raumschiffe feuerten ihre Laserkanonen ab.

Sie kramte das Handy mit einer Hand hervor und meldete sich, den Blick nicht von der Straße nehmend. Kurz darauf reichte sie das Gerät an Dominik weiter. »Wir haben den Halter.«

Während Anna wendete, ließ sich Dominik von Thilo Becker, dem MK-Leiter, die Daten diktieren. Der Polo-Besitzer hatte bei der Post einen Nachsendeantrag gestellt. Er hieß Patrick Neidel und war in die Wohnung einer Liliane Oppers in Ratingen-Lintorf eingezogen. Dominik kritzelte Namen und Adresse in sein Notizbuch.

»Hat er eine Akte bei uns?«, wollte er wissen.

»Nein«, antwortete Becker. »Weder er noch seine Freundin. Unbeschriebene Blätter, zumindest bis jetzt.«

Dominik beendete das Telefonat. Anna gab Gas. Der Autobahnzubringer und das kurze Stück der A 52 in Richtung Essen waren frei von Staus, der Feierabendverkehr hatte noch nicht eingesetzt.

»Gefällt's dir nicht mehr bei den Betrügern?«, fragte Anna.

»Ein wenig Abwechslung kann nicht schaden.«

»Gleich nach unserem Telefonat kam heute früh die Brandleiche rein. Ich hab dich dem MK-Leiter empfohlen.«

»Danke. Dafür hast du etwas gut bei mir.«

»Benimm dich anständig und mach mir keine Schande. Das würde schon reichen.«

24.

Es gibt Viertel, in denen man sich fragt, ob die Leute freiwillig darin wohnten. Die Adresse in Ratingen erwies sich als heruntergekommene, mehrgeschossige Mietskaserne, die etwas abseits der Straße stand. Identisch aussehende Wohnblöcke bildeten die Nachbarschaft.

Anna und Dominik überquerten den asphaltierten Hof. Ein junger Mann bastelte an seinem Motorroller. Zwei Mädchen droschen einen Fußball in gleichförmigem Rhythmus laut schallend gegen die Garagenwand – *tack-tack, tack-tack.* Neben der Haustür drei Reihen von Klingelschildern, in der Beschriftung ähnelte keines dem anderen, zum Teil waren sie mehrfach überklebt.

Dominik fand den Namen *Oppers* und drückte den Knopf. Er schwitzte in der Nachmittagssonne und war froh, seine Sonnenbrille dabeizuhaben.

Tack-tack, tack-tack.

Dominik spürte, wie ihm der Ort auf die Nerven ging. Er probierte es noch einmal – die Sprechanlage gab keinen Mucks von sich.

Eine zierliche, junge Frau kam von den Mülltonnen herüber. Sie trug Shorts und T-Shirt, das blonde Haar zum Pferdeschwanz gebunden. »Die Klingeln funktionieren nicht«, sagte sie. »Zu wem wollen Sie denn?«

»Zu Patrick Neidel oder Liliane Oppers«, antwortete Anna.

»Um was geht es denn?«

»Darüber können wir Ihnen keine Auskunft geben.«

»Ich bin Lilly Oppers.«

Dominik setzte ein Lächeln auf und zeigte seine Marke. »Dominik Roth von der Düsseldorfer Kripo. Und das ist meine Kollegin Anna Winkler.«

Die junge Frau machte große Augen und fasste sich an den Ausschnitt ihres T-Shirts. »Ist etwas mit Patrick?«

Dominik und Anna wechselten unwillkürlich einen Blick.

»Vielleicht sprechen wir besser in Ihrer Wohnung darüber«, antwortete Anna.

Lilly schloss nervös die Tür auf.

Das Innere der Aufzugkabine war mit Graffiti übersät, gesprühte Symbole und in das Wandblech gekratzte Inschriften obszönen Inhalts.

»Bald ziehen wir von hier weg«, sagte die junge Frau, als müsste sie sich rechtfertigen. »In diesem Gemäuer ist ständig etwas kaputt. Mal der Aufzug, dann die Klingelanlage. Fürchterlich!«

Sie erwähnte, wie schwer es für sie und ihren Freund trotz eines Bachelorabschlusses in Kommunikationsdesign sei, einen regulären Job zu finden. Heute Morgen habe sie ein weiteres Praktikum in einer Düsseldorfer Agentur ergattert, endlich verbunden mit einer reellen Chance, ab erstem August fest als Junior Art Director übernommen zu werden – für Lilly Oppers anscheinend wie ein Sechser im Lotto.

Sie betraten die Wohnung. Sämtliche Türen standen auf. Dominik erhaschte einen Blick auf ein ungemachtes Bett und verstreut umherliegende Turnschuhe. Die junge Frau führte Anna und ihn in die Küche und bat sie, am Tisch Platz zu nehmen.

»Hat Patrick Neidel das Gleiche studiert wie Sie?«

»Ja. Eigentlich hat er die viel kreativere Bewerbungsmappe, aber bis jetzt hat er nur Absagen kassiert. Er ist ein echter Künstler. Er … Wasser?« Sie schraubte eine Flasche auf, die auf dem Tisch stand.

Dominik nickte. Lilly Oppers nahm drei Gläser aus einem Regal und begann einzuschenken. »Was wollen Sie von Patrick?«

Anna erklärte es ihr. Das Wrack auf dem Parkplatz. Die verkohlten Reste eines Menschen, den man erschossen hatte.

Oppers Hand begann zu zittern und sie stellte die Flasche ab. »Aber … das ist doch nicht Patrick, oder?«

»Wann haben Sie ihn zuletzt gesehen?«

»Gestern Abend.«

»Wo war das?«

»Hier.«

»Wohin wollte er dann?«

»Er … fuhr zu seinen Eltern.«

Bullshit, dachte Dominik. Dort hatten die Kollegen längst versucht, den jungen Mann zu erreichen, doch Neidel hatte sich schon länger nicht mehr bei Mama und Papa blicken lassen.

»Mit seinem Auto?«, fragte Anna.

»Ja.«

»Wissen Sie, bei welchem Zahnarzt er in Behandlung ist?«

Die junge Frau schüttelte den Kopf. »Wir sind erst seit ein paar Monaten zusammen.«

»Wir brauchen Material für eine DNS-Probe«, sagte Dominik.

»Wollen Sie … Soll ich mir die Leiche ansehen, um auszuschließen, dass er es ist, oder so?«

Anna legte ihr die Hand auf den Arm. »Das wäre keine gute Idee, Frau Oppers. Selbst wenn es Ihr Freund sein sollte, würden Sie ihn kaum identifizieren können.«

Oppers kaute stumm auf ihrer Unterlippe. Ihre Wangen waren rot angelaufen, ihre Atmung ging vernehmbar schneller. Sie tat Dominik leid.

»Können wir uns das Badezimmer ansehen?«, fragte er.

Die junge Frau ging voraus. Das Bad war ein enger Raum ohne Tageslicht, nur bis zur halben Höhe hellblau gefliest. Schwarzer Schimmel in den Fugen. Auf einem etwas ramponierten Pin-up-Poster über der Toilette war eine nackte Frau in kniehohen Stiefeln zu sehen. Langes Haar, provozierender Blick, voller, dunkler Busch.

Das Foto hatte diesen Achtundsechziger-Look – die MP in den Händen des Models irritierte Dominik. Er packte Patrick Neidels Zahnbürste in eine Beweismitteltüte sowie einen Kamm, an dem einige dunkle Haare hingen und der nach Lillys Auskunft ebenfalls ihrem Freund gehörte.

»Herr Neidel war gestern Abend nicht bei seinen Eltern«, sagte Dominik, als sie auf den Flur traten. »Wohin könnte er sonst gefahren sein?«

Lilly Oppers schluckte und wandte den Blick ab. »Keine Ahnung.«

Dominik war sich sicher, dass sie Informationen zurückhielt.

»Gut«, sagte Anna und blickte ihn an. »Das wär's dann fürs Erste.«

Dominik verteilte sein Kärtchen. »Geben Sie uns sofort Bescheid, Frau Oppers, falls er auftauchen oder sich melden sollte.«

»Ja, mache ich.«

Er legte Schärfe in seine Stimme. »Sie haben wirklich keine Idee, was er vorhatte?«

»Nein, leider.«

Anna stand bereits im Hausflur, aber Dominik ließ nicht locker. »War Ihr Freund in Schwierigkeiten? Hatte er Feinde? Schulden, schlechten Umgang? Hatte er sich in letzter Zeit verändert?«

Neidels Lebensgefährtin brach in Tränen aus. »Sie reden ja, als sei Patrick tatsächlich dieser Tote!«

»Es nutzt weder uns noch Ihnen, wenn Sie uns etwas vorenthalten. Und Ihrem Freund schon gar nicht. Sie machen sich allenfalls strafbar.«

Die junge Frau schluchzte in ein Taschentuch. Ihre Schultern bebten.

»Komm schon, Dominik«, sagte Anna.

»Denken Sie darüber nach und rufen Sie uns an«, mahnte Dominik, dann folgte er seiner Kollegin.

25.

Eine Weile starrte Lilly vor sich hin, unfähig, einen klaren Gedanken zu fassen. Dabei hatte der Tag so hoffnungsvoll begonnen. Die Leute bei *Green & Partner* waren nett zu ihr gewesen, allen voran der Creative Director, in dessen Team sie künftig arbeiten würde.

Die Agentur betreute unter anderem eine Bank, die im Begriff war, einen Ableger zu gründen und als eigene Marke zu etablieren. Naming, Brand Design und Claim mussten entwickelt werden. Davon ausgehend würde festgelegt werden, wie sich das Unternehmen präsentierte, vom Internet bis hin zum Briefpapier. Die Etatsumme war beachtlich, wie es hieß.

Schon morgen würde Lillys erster Tag sein. Zunächst wieder nur als Praktikantin. Aber wenn sie sich gut ins Team füge, sei eine Festanstellung sehr rasch möglich, hatte der Creative Director glaubhaft versichert.

Lilly trocknete sich die Wangen. Sie rief Patricks Handy an, dann seine Eltern. Niemand ging ran.

Was hatten die Bullen erzählt? Eine Leiche in einem verbrannten Polo auf einem Parkplatz in Düsseldorf …

Patrick hatte sich in Düsseldorf mit dem Otto treffen wollen.

Ihr Liebster war nicht tot. Es durfte nicht sein.

Lilly schmeckte Blut und zwang sich aufzuhören, Hautfetzen von der Lippe zu beißen.

Ihr fiel der Karton unter ihrem Bett ein. Die Beute der letzten Tage, zumindest das, was davon noch übrig war. Die Kataloge für Kaminöfen waren längst im Altpapiercontainer gelandet. Die Aktentasche vom Samstag hatte Patrick nach Düsseldorf mitgenommen. Geblieben waren der Laptop von Otto Nummer zwei und die ausgedruckten Dokumente von Otto Nummer drei.

Patrick waren die Papiere komisch vorgekommen. *Irgendwie illegal.*

Lilly musste an die Worte des Bullen denken: *Sie machen sich allenfalls strafbar.*

Sie überlegte, was Patrick an ihrer Stelle tun würde. Ganz klar: den Karton beseitigen und hoffen, dass man ihm nicht auf die Schliche kam.

Aber womöglich lebte er tatsächlich nicht mehr. War ermordet worden beim Versuch, den Inhalt der Aktentasche zu Geld zu machen. Lilly war klar, dass die Staatsmacht sie drankriegen würde, wenn sie das verschwieg.

Aber auch, falls sie alles beichtete.

Sie saß wie gelähmt auf ihrem Küchenstuhl.

26.

Wieder lenkte Anna den Wagen. Dominik wählte die Nummer des Landeskriminalamts und kündigte die Proben für den DNS-Vergleich an.

Dann sagte er zu seiner Kollegin: »Die Frau lügt.«

»Du guckst zu viele Fernsehkrimis.«

»Was wetten wir, dass Patrick Neidel unsere Brandleiche ist?«

Anna bremste, eine rote Ampel. Ein Seitenblick auf Dominik. »Trotzdem. Du hättest sie etwas behutsamer behandeln können.«

»Oppers *muss* etwas mitbekommen haben. Ihr Freund fährt am Abend los und trifft sich mit jemandem, der ihm eine Kugel in den Kopf schießt. So etwas geschieht nicht aus heiterem Himmel. Neidel war in eine schlimme Sache verstrickt. Er hat sich Feinde gemacht. Irgendetwas in dieser Art.«

»Du spekulierst.«

»Man wird nicht einfach so erschossen. Nicht von jemandem, der das Projektil und die Nummernschilder verschwinden lässt und das Auto anzündet, um sämtliche Spuren zu beseitigen.«

Anna schwieg. Grün, weiter.

Ein blaues Schild wies den Weg zur nahen Autobahnauffahrt.

Dominiks Handy machte sich bemerkbar. Eine Ratinger Nummer auf dem Display.

Er machte Handzeichen, damit Anna den Wagen am Straßenrand anhielt, und bemühte sich, einen freundlichen Ton anzuschlagen. »Schön, dass Sie sich so rasch melden, Frau Oppers.«

»Ich glaube, ich muss Ihnen etwas zeigen.«

»Wo?«

»Bei mir in der Wohnung.«

»Gut. Wir sind in zehn Minuten wieder da. Sorgen Sie bitte dafür, dass wir zur Haustür hineinkommen.«

Dominik steckte das Handy weg. »Hab ich's mir doch gedacht.«

Anna wendete und gab Gas.

Lilly Oppers führte die beiden Ermittler in die Küche. Mit den Resten verschmierter Wimperntusche unter den Augen wirkte die junge Frau wie ein Gespenst. Auf dem Tisch lag ein Karton, darin ein Laptop und ein Stapel Papier.

Oppers räusperte sich und deutete darauf. »Das hab ich in Patricks Sachen gefunden.«

Garantiert nicht erst, nachdem wir weg waren, dachte Dominik und griff nach den Seiten. Sie wirkten wie ein Dossier, dem nur der Aktendeckel fehlte. Ausgedruckte Fotos, einige davon mit Notizen am Rand: Datum, Uhrzeit …

Observationsberichte.

Die Frau, die beobachtet worden war, trug Businessklamotten und fuhr einen Mercedes mit Berliner Kennzeichen. Ihr markanter Kurzhaarschnitt fiel auf. Anfang vierzig, schätzte Dominik. Eine Großaufnahme, mit langer Brennweite geschossen, ließ helle Augen erkennen, einen wachen, aufmerksamen Blick – ein Gesicht, das in letzter Zeit durch alle Medien gegangen war.

Eine steile Falte auf Annas Stirn. »Ist das nicht …?«

»Ich habe damit nichts zu tun!«, beteuerte Oppers rasch.

»Das ist doch die Frau, die vorgestern am Aachener Platz ermordet worden ist!«

»Paula Busch, wohnhaft in Berlin«, bestätigte Dominik. »Die mittelgroße Nummer in der Wirtschaft, wie du sie genannt hast. Ela Bachs Lieblinge sind noch nicht weiter, oder?«

»Bis heute Morgen jedenfalls nicht. Mal sehen, was sie hierzu meinen.« Anna nahm ihm das Dossier aus der Hand und blätterte.

Dominik vermutete, dass die Aufnahmen in der Hauptstadt entstanden waren. Paula Busch betrat Häuser, Läden, Cafés. Ab und zu waren andere Leute mit auf dem Bild. Die Banalität dokumentierter Beschattungsroutine, wie Dominik sie selbst von seinen Jobs für *Urban Ermittlungen* kannte.

Dann eine andere Stadt – eindeutig Düsseldorf.

Und eine zweite Frau im Fokus. Der Text am Seitenrand benannte Orte und Kontaktpersonen, beschrieb in kalter, professioneller Distanz, was die ›Zielperson‹ tat.

Dominik stockte der Atem.

»Muss mal rasch zur Toilette«, murmelte er und hoffte, dass Anna sich nicht über ihn wunderte.

Dominik schloss die Tür hinter sich, riss den Klodeckel hoch und schaffte es gerade noch rechtzeitig, sich zu setzen. Plötzlicher Durchfall. In seinen Eingeweiden rumorte es. Er war froh, nicht auch noch kotzen zu müssen – Anna und die Wohnungsinhaberin hätten das sicher gehört. Mit einer Atemübung versuchte Dominik, sich zu beruhigen.

Durch die geschlossene Tür vernahm er, wie seine Kollegin Fragen stellte, die Lilly Oppers nur zögerlich beantwortete.

Beim Händewaschen war ihm, als verhöhne ihn der bewaffnete Nackedei auf dem Poster mit seinem Blick.

Dominiks Puls blieb weiterhin beschleunigt, als er zurückkehrte und noch einmal das Dossier zur Hand nahm.

Was zum Teufel hatte das zu bedeuten?

Freitag, 12:35 Uhr: Zielperson steigt aus dem Auto, zieht einen dunkelblauen Blazer über und geht zum Carlsplatz, wo sie einen Bund Schnittblumen kauft. Keine weiteren Kontakte.

Die Frau trug ihr dunkles Haar seitlich gescheitelt, glatt und schulterlang. Jeans und sommerliches Top. Fuhr ein rotes Volvo-Coupé. Vom Typ her ähnelte sie Nelly. Natürlich reifer – die Zielperson war älter, als Nelly hatte werden dürfen. Anfang November würde die Observierte ihren dreiunddreißigsten Geburtstag feiern, wie Dominik wusste. Er kannte auch ihre Adresse, ihren Namen.

Es war die Frau, die er letztes Wochenende selbst beschattet hatte.

Dominik zuckte zusammen, als Anna ihn ansprach.

»Kennst du sie?«

Er schüttelte den Kopf und blätterte weiter. Ein Mädchen im Teenie-Alter. Die Kleine starrte auf ihr Handy, als sage es ihr, was sie tun solle.

Noch ein paarmal das Mädchen in Großaufnahme, herangezoomt.

Dann war wieder die Dunkelhaarige zu sehen. *Zielperson mit Nichte Leonie, 15 Jahre.*

Auf dem letzten Bild verließ die Frau eine große Drehtür, einen schwarzen Aktenkoffer in der Hand.

»Die RheinBank-Hauptverwaltung«, stellte Dominik fest.

Anna wandte sich an die Zeugin. »Hat Ihr Freund diese Fotos gemacht?«

»Nein, ich glaube nicht.«

»Sie glauben?«

Lilly Oppers kniff die Lippen zusammen. Ihre Kiefermuskulatur arbeitete.

»Was hat Ihr Freund mit Paula Busch und der anderen Frau zu tun?«

»Nichts, ehrlich!«

»Wie kommen dann diese Ausdrucke in Ihre Wohnung?«

»Weil ... Scheiße, weil Patrick ... Er hat Leute am Flughafen beklaut. Und versucht, von ihnen Geld für die Rückgabe der Sachen zu bekommen.«

»Ach.«

»Ich habe damit nichts zu schaffen.« Die junge Frau knetete den Saum ihres T-Shirts. Die Wangen wieder knallrot.

»Der Laptop gehört also gar nicht Patrick Neidel?«

Oppers schüttelte den Kopf. Ihre Augen schimmerten feucht. Sie schniefte.

»Und diese seltsamen Fotos?«

»Stammen auch nicht von ihm.«

Dominik mischte sich ein: »Der Laptop und die Fotos – hat Patrick sie von ein und demselben Opfer geklaut?«

»Ich weiß nicht ... Ich glaube, nein.«

»Geht das vielleicht etwas präziser?«

»Die Sachen stammen von zwei verschiedenen Leuten. Aber das ist alles, was ich Ihnen dazu sagen kann.«

»Sie waren am Diebstahl beteiligt, geben Sie's zu!«

»Nein, wirklich nicht!«

»Halten Sie sich bereit, Frau Oppers«, sagte Anna ruhig. »Die Kollegen, die den Mord an Paula Busch untersuchen, werden sicher ebenfalls mit Ihnen reden wollen.«

Oppers nickte, ihr Pferdeschwanz tanzte.

Anna und Dominik verabschiedeten sich. Dominik trug den Karton mit Neidels Diebesgut zum Auto. »Wir müssen herauskriegen, wem der Laptop gehört.«

Die Kollegin schloss den Dienstwagen auf. »Die Spezialisten vom KK 42 werden das Ding rasch knacken, denke ich. Und dann brauchen wir noch diese zweite Frau.«

»Ich kümmere mich darum.«

»Das hab ich mir schon gedacht.«

»Warum?«

Anna verzog die Mundwinkel. »Du hast sie ja mit deinen

Blicken regelrecht verschlungen. Meinst du, mir fällt so etwas nicht auf? Immer auf der Suche nach Eroberungen, was?«

Dominik schluckte und bemühte sich um ein Schürzenjägergrinsen, damit Anna sich in ihrer Meinung bestätigt fühlen konnte.

27.

Der Kühlschrank springt mit einem kurzen Rattern an. Bis auf eine angebrochene Wasserflasche ist nichts drin. Der Dreckskerl hat ihn ausgeräumt, als Strafe für mein ›widerständiges Verhalten‹, so hat er sich ausgedrückt.

Ich muss pinkeln. Der Toiletteneimer stinkt. Ich bin am Ende. Kann kaum gehen. Nicht einmal die Anziehsachen hat der Kerl mir gelassen.

Er war plötzlich wie verwandelt – er hat es einfach getan. Meinen Unterleib mit Schmerzen geimpft. Womöglich auch mit irgendeiner beschissenen Krankheit.

Diese brutale Visage werde ich nie vergessen. Die Leberflecken auf der Schulter. Das kleine Tattoo auf dem Bauch.

Die Polizei – sicher sucht sie schon nach mir. Beeilt euch, verdammt! Befreit mich aus diesem Loch, bevor das Dreckschwein wiederkommt!

Der wird das sonst garantiert wieder tun.

28.

Die Sonne schien freundlich auf Berlin herab, Mierscheids Leben ging weiter seinen Trott, aber es schien ihm nur noch die Hälfte wert.

Im Spiegel des Aufzugs überprüfte Mierscheid noch einmal den Sitz von Frisur und Krawatte – auch am heutigen

Dienstag würde es nicht zu vermeiden sein, vor die Kameralinsen aller möglichen Sender zu laufen. Die vermutlich entscheidende zweite Sitzung des Untersuchungsausschusses stand bevor. Und Lothar Mierscheid würde erneut seine Pflicht als Obmann seiner Fraktion erfüllen.

Mach Malte fertig – Paulas Satz klang ihm fast wie ein Vermächtnis in den Ohren. Er hatte Paula am Samstag wieder verloren, und zwar endgültig.

Der Untersuchungsausschuss war eine Farce, wie vorauszusehen gewesen war. Das Ergebnis stand von Beginn an fest. Die Koalition hielt zusammen, die SPD würde nicht querschießen. Grüne und Linke stellten im Ausschuss nur je einen Vertreter gegen neun Leute der übrigen Parteien.

Mierscheid musste sich nicht einmal in die Aktenberge einlesen, sondern lediglich das Loblied auf die Kanzlerin und den Staatssekretär in die Mikros und Notizblöcke der Journalisten singen, Anträge der Opposition blockieren, unergiebige Zeugen laden sowie Dokumente, die Privatbanken betrafen, für tabu erklären – das übliche Verfahren, um eine Untersuchung ins Leere laufen zu lassen.

Alle wichtigen Zeugen würden Malte Lichtenbergs Version bestätigten, denn sie waren selbst Partei: Vertreter des Ministeriums oder nachgeordneter Regierungsbehörden, Manager der Münchner Hypo Estate oder ihrer Gläubigerbanken, die aufgrund des staatlichen Einschreitens ihre eigene Zockerei zum glücklichen Ende hatten bringen können. Allein die fünf größten Privatbanken Deutschlands hätten geschätzte sechzig Milliarden Euro abschreiben müssen, wäre die MHE den Bach hinuntergegangen – natürlich erklärten deren Vertreter das Institut für systemrelevant und damit das schier unbegrenzte Anzapfen von Steuergeldern für alternativlos.

Gestern hatte die Auftaktsitzung des Untersuchungsausschusses stattgefunden: Gut gelaunte, fast übermütig gestimmte Bankenbosse verließen nach vierstündiger Anhörung den Europasaal im vierten Stock. *Systemrelevanz, alternativlose Rettung* – in sorgfältig abgestimmten Erklärungen hatten sie die Kritiker auflaufen lassen. Und wussten Mierscheids Regie zu schätzen.

Dingendorff und Ackermann hatten ihm verstohlen das *Victory*-Zeichen zugewinkt.

Mierscheid spielte seine Rolle perfekt und musste ständig an Paula denken. Was er tat, kam ihm vor wie Verrat. Paula wäre sicher enttäuscht von ihm.

Mit lautem Rumpeln öffnete sich die Aufzugtür. Mierscheid grüßte die Putzfrau, die den Hausflur wischte. Draußen wartete bereits ein Mercedes der Fahrbereitschaft des Bundestags, den Mierscheid bestellt hatte.

»Schicke Krawatte«, bemerkte Soltau, der Fraktionsvize, als könnte er es beurteilen.

Mierscheid bedankte sich brav.

Sie trugen ihre Tabletts durch den Kasino-Glaskasten im Erdgeschoss des Paul-Löbe-Hauses. Runde Holztische mit Intarsien, darüber schwebten bunte Glasballons wie überdimensional große Schnuller – wer diese Lampen in Auftrag gegeben hatte, war keinem Sparzwang unterlegen gewesen.

»Heute ist Lichtenbergs Auftritt – kann da etwas anbrennen?«

»Nein«, antwortete Mierscheid. »Es sei denn, der Staatssekretär verplappert sich. Aber das ist eigentlich ausgeschlossen.«

Draußen floss träge die Spree. In vierzig Minuten würde der Ausschuss zusammentreten – Mierscheid war klar, dass Soltau ihm auf den Zahn fühlen wollte. Der Parteifreund traute ihm noch immer nicht. Wenigstens sprach er ihn nicht auf die Spekulationen an, die gestern der *Blitz* verbreitet hatte. *Heimliche Liebestreffen fern der Hauptstadt* – so ein

Quatsch. Wer war bloß dieser ›intime Kenner‹, der in dem Artikel zitiert wurde?

Mierscheids Stuhl schabte laut über den Terrazzoboden, als er sich setzte. Der ARD-Korrespondent warf einen Blick vom Nachbartisch herüber, dann wandte er sich wieder voll und ganz dem Abgeordnetenkollegen zu, der die Grünen im Untersuchungsausschuss vertrat. Was die beiden beredeten, konnte sich Mierscheid denken: Die Medien gierten nach dem Skandal, den der Oppositionsmann witterte, aber nicht belegen konnte.

Dabei war die Sache simpel. Die MHE, vor ihrer Expansion ein solider Immobilienfinanzierer, hatte Risikogeschäfte mit ausländischen Hypotheken auf Pump betrieben. Die Konkurrenz hatte der MHE dafür in schwindelerregendem Umfang Geld geliehen, um am erhofften Reibach teilzuhaben. Ackermann hatte seinen Aktionären fünfundzwanzig Prozent Rendite versprochen, Dingendorff ihn sogar noch zu übertrumpfen versucht. Die Institute beider Manager kassierten enorme Zinsen von der Münchner Hypo Estate.

Dann war eingetreten, womit die Beteiligten insgeheim gerechnet hatten: Die Blase platzte, der MHE drohte die Zahlungsunfähigkeit. Indem aber die Bundesregierung einsprang, blieb dies ohne große Folgen für die Gläubigerbanken, die ihre Aktionäre auf diese Weise selbst im Krisenjahr mit üppigen Dividenden beglücken konnten.

Das hatten sie Malte Lichtenberg zu verdanken. Schon Monate vor der MHE-Pleite hatten sich die Alarmmeldungen der Aufsichtsbehörde auf dem Schreibtisch des Staatssekretärs gestapelt. Malte hatte sie ignoriert, statt rechtzeitig einzugreifen. Als die MHE vor dem Aus stand, hatten Maltes Mitarbeiter den Konkurs empfohlen. Auch darüber war er hinweggegangen. Das gesamte Drehbuch hatte die Rhein-Bank geschrieben, Dingendorff und seine Leute, wie Mierscheid wusste. Ihnen war Staatssekretär Lichtenberg gefolgt –

zum Schaden für die Steuerzahler, für deren Wohl er eigentlich sorgen sollte.

An einem Sonntag im September 2008 war Malte zur Krisensitzung nach Frankfurt geflogen, wo er den harten Verhandler spielte. Die Geldinstitute beteiligten sich mit schlappen acht Milliarden an der Rettung. Inklusive aller Bürgschaften und Zuschüsse hatte sich dagegen das Engagement des Bundes bis heute auf das Achtzehnfache summiert.

Die Kanzlerin hatte den Deal noch in der gleichen Nacht abgenickt und vermelden lassen, sie habe *in einen Abgrund geblickt* – Dramatisierung als probates Mittel, um Kritik erst gar nicht aufkommen zu lassen.

Dabei hatte es diesen Abgrund nie gegeben. Keine Gläubigerbank wäre an der MHE-Pleite zugrunde gegangen, kein Sparer hätte seine Einlagen verloren. Mierscheid kannte Insider, die das bezeugen konnten. Er hätte sie als Zeugen laden, ihnen die richtigen Fragen stellen und Malte in die Pfanne hauen können.

Aber mit dem Staatssekretär auch die Regierungschefin und die Topmanager der Finanzindustrie. Warum sollte er sich sein politisches Grab schaufeln? Einer Toten zuliebe? Nur, um sich einzubilden, in Paulas Sinn zu handeln?

Soltau machte sein Zitronenbeißergesicht. »Die Kanzlerin sorgt sich.«

»Nicht nötig«, antwortete Mierscheid. »Spätestens heute Abend wird keiner mehr an Lichtenbergs Rang als Retter des deutschen Bankenwesens zweifeln können.«

»Höre ich da Ironie heraus?«

Mierscheid zuckte mit den Schultern.

Soltau leerte bereits den vierten Sahnebehälter in seine Kaffeetasse. »Und warum die ungewöhnliche Reihenfolge der Vernehmungen? Zuerst die großen Kaliber Ackermann und Dingendorff, nach der Sommerpause dann die subalternen Mitarbeiter der Banken und Aufsichtsbehörden – ist es sonst nicht üblich, dass einer wie Malte Lichtenberg erst gegen Ende des Ausschusses aussagt, um notfalls das letzte Wort zu haben und auf unvorhergesehene Erkenntnisse reagieren zu können?«

»Sonst schon. Aber nicht so kurz vor den heiklen Landtagswahlen, die uns bevorstehen. Das Thema sollte möglichst rasch vom Tisch sein. Am besten schon in den nächsten Tagen.«

Soltau nickte nachdenklich. »Das leuchtet ein.«

»Du kannst der Kanzlerin melden, dass sie sich keine Sorgen zu machen braucht. Ich hab alles im Griff.«

Soltau hob die Tasse. »Privat hat es Lichtenberg ja nun wirklich schlimm erwischt. Ich habe gehört, dass die Polizei den Täter noch nicht gefunden hat. Wenn man sich das mal vorstellt: Da wird plötzlich die langjährige Lebensgefährtin erschossen. Mitten in Düsseldorf. Mannomann.«

Wenn du wüsstest, dachte Mierscheid. Ich war keine hundert Meter entfernt.

Der Fraktionsvize hatte das Geschreibsel des Düsseldorfer *Blitz* nicht mitbekommen.

Mierscheids Magen krampfte sich zusammen.

29.

Wieder die RheinBank-Zentrale, doch dieses Mal ließ Dominik die Schalterhalle mit den grauen Kabinen der Kundenberater links liegen, durchquerte das weitläufige Foyer, in dem die Schritte hallten, und passierte eine Gruppe cremefarbener Ledersofas. Rechter Hand ging der Blick auf ein von Pflastersteinen gerahmtes Biotop mit tropisch anmutenden Pflanzen. Über drei Stockwerke rieselte ein künstlicher Wasserfall in einen Miniaturteich und glitzerte im Sonnenlicht, das durch das Glasdach in die Halle fiel.

Der Empfangstresen erinnerte Dominik an die kühn geschwungenen Tischmonster, an denen sich die Nachrichtensprecher im Fernsehen gern aufhielten. Eine Frau mit streichholzkurzem, weißem Haar thronte dahinter auf einer Art Barhocker – gleiche Augenhöhe, professionelles Lächeln. Dominik sagte ihr, mit wem er sprechen wollte. Sie bat ihn zu warten und griff nach dem Telefon.

Er ließ sich in eines der Sofas sinken und fragte sich, ob das Grün und der Teich symbolhaft für eine nachhaltige Geschäftspolitik stehen sollten. Die Wand aus Wasser ließ Dominik an den Tischbrunnen denken, den ein Verwandter ihm und Nelly zur Hochzeit geschenkt und den Nelly schon am nächsten Tag zum Recyclinghof verfrachtet hatte.

Wenn ein solcher Wasserfall auf Menschen beruhigend wirkt, bin ich eine Ausnahme, dachte Dominik.

Vor einer Stunde hatte das Labor des Landeskriminalamts die Übereinstimmung der DNS-Proben gemeldet. Es traf zu, womit im Grunde jeder in der Mordkommission gerechnet hatte: Die Brandleiche aus dem Polo im Nordpark hieß Patrick Neidel.

Und möglicherweise bestand ein Zusammenhang mit dem Mord am Aachener Platz – Ela Bach hatte verfügt, dass beide Mordkommissionen sich über jede Kleinigkeit austauschten. Am Nachmittag sollte es die erste gemeinsame Sitzung geben.

»Sie wollen mich sprechen?«

Eine angenehme Stimme, Dominik hob den Blick.

Die Frau, die er beschattet hatte, erschien ihm aus der Nähe noch attraktiver als beim Blick durch das Objektiv. Ihm gefiel die Art, wie sie sich in ihrem dezenten Sommerkleid bewegte. Wie sie ihr Haar trug. Die Lippen, die hohe Stirn. Ein Paar kleiner Ohrstecker war ihr einziger Schmuck. Kein Make-up überdeckte die zahlreichen Sommersprossen, die sie jünger wirken ließen, als sie war.

Vielleicht bilde ich mir die Ähnlichkeit mit Nelly auch nur ein, dachte Dominik. »Hanna Kaul?«, fragte er und stemmte sich aus dem Ledersofa.

Ihre Augen blitzten beim Lächeln. »Ja, was gibt's?«

Du hast keine Ahnung, schoss es Dominik durch den Kopf. Du weißt nicht, dass ich dich beobachtet habe, und ich riskiere meine Karriere, weil ich das der Mordkommission nicht melde. Aber ich wäre ebenso weg vom Fenster, falls herauskäme, dass ich nach Feierabend für Jochens Firma gejobbt habe – nicht zum ersten Mal und stets am Finanzamt vorbei.

Klassische Zwickmühle.

Gestern Abend hatte Dominik sämtliche Aufnahmen im Speicher seiner Kamera gelöscht. Auch die E-Mails in seinem Computer, mit denen er die Bilder samt Kommentar an *Urban Ermittlungen* geschickt hatte. Keine Spuren – er sah eine Chance, die Sache heil zu überstehen, so lange Hanna nichts mit den beiden Morden zu tun hatte.

Dominik nannte seinen Namen und zeigte den grünen Dienstausweis.

Das Lächeln verschwand. Die Frau vergrub die Hände in den Taschen ihres Kleides. »Hat Leonie etwas ausgefressen?«

»Nein, es gibt nur ein paar Fragen, Frau Kaul. Wo können wir uns in Ruhe unterhalten?«

»In meinem Büro.«

Dominik folgte der Bankerin zu den Aufzügen.

Ihr Zimmer lag im fünften Stock. Fenster zum Innenhof, direkt darunter das Glasdach, unter dem Grünzeug schimmerte sowie der kleine Teich, der den Himmel spiegelte.

Dominik entnahm seiner Tasche eine Mappe und breitete den Inhalt auf dem Schreibtisch aus. Kopien der Dossiers aus Patrick Neidels Hinterlassenschaft, zumindest ein Teil davon.

Hanna Kaul starrte auf die Fotos. »Das bin ja ich!«

»Wer könnte das aufgenommen haben, Frau Kaul?«

Die Bankerin beugte sich über die Blätter und las die Bildunterschriften. Sie schüttelte den Kopf.

»Hatten Sie in der letzten Zeit den Eindruck, jemand beobachte Sie?«

»Nein. Mein Gott, wo ... wo haben Sie das her? Das hier muss letzten Freitag gewesen sein, als ich mit Leonie beim Italiener war. Und das hier ... Meine Güte, wie krank muss der Typ sein? Der hat ja jeden Scheiß fotografiert und aufgeschrieben ... Wer macht denn so etwas? Ist das ein Stalker?«

Dominik erzählte ihr von dem Mord an dem arbeitslosen Grafiker und davon, wie die Polizei an das Observierungsprotokoll gelangt war.

»Patrick Neidel? Der Name sagt mir nichts.«

Er zeigte ihr ein Foto des Toten, das sie von Liliane Oppers erhalten hatten. »Denken Sie gut nach.«

Hanna schüttelte den Kopf.

Gut so, dachte Dominik und machte sie auf ein weiteres Blatt aufmerksam. »Kennen Sie *diese* Frau?«

»Kommt mir irgendwie bekannt vor.«

»Sie heißt Paula Busch, stammt aus Neuss, hat in Düsseldorf studiert und arbeitete zuletzt als Repräsentantin der Deutschen Börse AG in Berlin.«

»Mir dämmert etwas.«

»Sie ist vor drei Tagen hier in Düsseldorf erschossen worden. Sicher haben Sie davon gehört oder gelesen.«

Hanna Kaul war blass geworden. Er sah, wie sie die Fäuste ballte. Sie wurde laut: »Zwei Morde? Bin ich die Nächste, oder was? Was habe ich mit dieser Frau zu schaffen? Hat der Stalker sie gekillt und trachtet nun auch mir nach dem Leben?«

»Nein, das glaube ich nicht. Außerdem ist dieses Protokoll nur eine von mehreren Spuren, denen wir nachgehen. Es besteht nicht notwendigerweise ein Zusammenhang zwischen Ihnen und Patrick Neidel oder Paula Busch, verstehen Sie? Sie und Frau Busch wurden … na ja, offenbar ausgespäht, aber das muss nicht unbedingt etwas mit den beiden Mordfällen zu tun haben.«

»Danke, wie beruhigend«, stieß Hanna hervor.

Dominik kramte eines seiner Kärtchen zutage, schrieb zusätzlich seine private Festnetznummer darauf und legte es mitten auf den Tisch. »Melden Sie sich, falls Ihnen doch etwas zu Patrick Neidel oder Paula Busch einfällt. Geben Sie mir Bescheid, sobald Sie den Eindruck haben, dass Sie noch immer verfolgt werden. Und passen Sie gut auf sich auf.«

Ihre Stimme wurde dünn. »Polizeischutz kann ich nicht erwarten, oder?«

»Rufen Sie mich sofort an, wenn Sie eine ungewöhnliche Beobachtung machen.«

Dominik gab ihr die Hand und hielt ihre für einen Moment länger fest als üblich. Er hatte dazu beigetragen, ihr einen Schrecken einzujagen. Er konnte sich vorstellen, wie es jetzt in ihr aussah. Diese Frau sollte nicht glauben, dass er die Sache auf die leichte Schulter nahm.

»Ich bin zu jeder Tag- und Nachtzeit für Sie da, okay?«

Sie nickte, ohne ihn anzusehen.

30.

Auf dem Rückweg besuchte Dominik das städtische Filmmuseum. *Black Box* hieß das Kino, das hier untergebracht war. In diesen Tagen zeigte es eine Reihe mit Filmen des Regisseurs Otto Preminger.

Am Samstagnachmittag war Hanna Kaul mit ihrer Nichte in *Fluss ohne Wiederkehr* mit Marilyn Monroe und Robert Mitchum gegangen. Heute Abend würde *Laura* laufen, ein weiterer Preminger-Streifen. Dominik dachte sich, dass es nicht schaden würde, mit ein paar cineastischen Kenntnissen glänzen zu können, falls er die attraktive Bankerin wiedersah.

In Gedanken beichtete er Nelly, dass er sich wie ein Teenager verhielt.

Er steuerte die Kasse an und verlangte eine Karte.

»Der Film beginnt erst um zwanzig Uhr«, bemerkte der junge Mann hinter dem Tresen.

»Ich weiß, aber ich möchte sichergehen, einen Platz zu bekommen.«

Der Ticketverkäufer wirkte amüsiert, als hätte Dominik einen Scherz gemacht. Offenbar war der Andrang an einem Dienstagabend nicht groß. Dominik war ein gelegentlicher Kinogänger, aber im *Black Box* war er noch nie gewesen.

»Immerhin ein toller Film«, sagte Dominik und schob einen Zehner rüber.

»Stimmt. Und bis zuletzt bleibt die wahre Identität der Heldin rätselhaft. Wetten, dass sich Hitch für sein späteres *Vertigo* von Premingers *Laura* beeinflussen ließ?«

»Werde ich mal darauf achten.«

Dominik steckte Wechselgeld und Karte ein. Beim Hinausgehen wählte er Jochen Urbans Nummer. Er hatte schon am Morgen versucht, den Freund zu erreichen. Endlich klappte es.

»Bist du unlängst am Flughafen beklaut worden?«, fragte Dominik.

»Ich? Wie kommst du darauf?«

Während Dominik eine freie Bank an der Rheinuferpromenade ansteuerte, erzählte er Jochen von der Brandleiche vor dem Aquazoo und der Hinterlassenschaft des Toten. Patrick Neidel, der in den Flughafenterminals auf Diebestour gegangen war.

»Das ging ja schnell«, wunderte sich Jochen. »Gratuliere zum Wechsel ins KK 11.«

»Nein, so weit ist es noch nicht. Bin dort nur Aushilfe. Aber wenn herauskommt, dass ich für deine Firma gearbeitet habe, bin ich geliefert. Versprich mir, dass keiner deiner Mitarbeiter hinter dem Mord an dem Flughafendieb steckt!«

»Nur die Ruhe, Dominik. Was glaubst du denn? Ich lege für jeden meiner Leute die Hand ins Feuer wie für dich. Sei unbesorgt. Und woher sollten deine Kollegen erfahren, was du am Wochenende gemacht hast? Du weißt doch, wie es läuft: Du kennst die anderen nicht, sie kennen dich nicht. Das bleibt eine Angelegenheit zwischen dir und mir allein.«

»Danke.«

»Ist doch selbstverständlich.«

»Aber eines musst du mir verraten, Jochen: Wer war am Freitag vor meiner Schicht für die Observierung von Hanna Kaul eingeteilt?«

»Weiß ich jetzt nicht auswendig. Aber ich kann das nachschauen.«

»Und wer hatte in den letzten Wochen den Auftrag, Paula Busch von der Deutschen Börse in Berlin zu beobachten?«

»Die Frau, die erschossen worden ist?«

»Richtig.«

»Nein, Dominik. Mit Paula Busch hat meine Firma nie etwas zu tun gehabt. Bis nach Berlin hat es *Urban Ermittlungen* leider noch nicht geschafft.«

31.

Der Schreck saß Hanna tief in den Knochen. Wer zum Teufel hatte sie observiert? Tat er es noch immer? Und warum?

Vergeblich suchte sie Gelassenheit beim Betrachten des Urlaubsfotos auf ihrem Bürotisch. Thailand war viel zu weit weg.

Sie hörte sich in der Kali-Szene um, vorsichtig, um nicht

aufzufallen. Es waren widersprüchliche Gerüchte im Umlauf: Ein Unbekannter kaufe Aktien der Mitteldeutschen Kali AG, um sie mit Aufschlag der chinesischen Konkurrenz anzubieten. Andere munkelten vom Versuch, den Konzern zu zerschlagen oder ein ganz neues Konsortium zu schmieden.

Sicher war nur, dass dem Unternehmen vorerst das Wasser bis zum Hals stand. Für die laufenden Geschäfte konnte es die nötigen Mittel nur überteuert auf dem Kapitalmarkt einsammeln, obwohl sich an Produktion und Absatz nichts geändert hatte.

Die jüngste Nachricht lautete, dass die SPD mit dem Versprechen von Staatshilfen für den Kalikonzern in den niedersächsischen Landtagswahlkampf ziehen wolle. Kein Arbeitsplatz solle wegfallen.

Nirgendwo fiel der Name *Helios Investments.* Dingendorff agierte im Stillen. Was hatte er mit der Mitteldeutschen Kali AG vor?

Hanna hütete sich, Ahrendt gegenüber das Thema noch einmal anzuschneiden.

Du bringst nur dich und mich in Gefahr.

Ihr fiel Böhmer ein, der Journalist, der sich nicht wieder gemeldet hatte. Vielleicht besser so. Die *Morgenpost* war ohnehin nicht für brisante Enthüllungen bekannt. Wahrscheinlich hatte Böhmer Muffensausen bekommen – die RheinBank war groß, mächtig und bestens vernetzt. Wer würde dagegen schon anstinken?

Und immer wieder kreisten Hannas Gedanken um den Unbekannten, der sie verfolgt hatte und es vielleicht wieder tat, sobald sie das Gebäude der Hauptverwaltung verließ. Zwei Morde in den letzten Tagen – auch wenn sie mit den Opfern nicht das Geringste zu schaffen hatte, spürte Hanna eine unbestimmte Angst. An einen Zufall wollte sie nicht glauben.

Sie hatte mit ihrer Nichte telefoniert, ohne dem Mädchen von den Fotos zu erzählen. Im Laufe des Tages würde Leonie ohnehin wieder zu ihrer Mutter ziehen, denn Britta war mit ihrem Lover aus Venedig zurückgekehrt. Eigentlich schade. Hanna hatte sich an das Mädchen gewöhnt. Die Wohnung würde ihr leer vorkommen.

Nur nicht depressiv werden.

Hanna wählte die Handynummer ihres Freundes.

»Frantzen.«

»Hanna hier. Hallo, Helmut. Es ... es tut mit leid wegen neulich. Sehen wir uns morgen Abend? Unser Mittwoch.«

»Ich würde wirklich gern, vielleicht klappt's auch, aber ich kann's nicht versprechen, Kleines. Dingendorffs China-Reise muss vorbereitet werden. Absprachen mit dem Kanzleramt und so weiter. Bin ziemlich im Stress.« Helmuts Stimme klang, als sei er gerade im Auto unterwegs.

»Kannst du dir vorstellen, dass die Bank mich ausspionieren lässt?«

»Bitte? Die RheinBank AG? Dich? Wie kommst du darauf?«

»Ich hatte heute Vormittag Besuch von der Polizei. Sie haben bei einem Mordopfer Fotos gefunden, die von jemandem stammen müssen, der mich observiert hat oder es noch immer tut.«

»Bei einem Mordopfer? Das kann ich nicht glauben.«

»Ist aber so.«

»Und wie kommst du darauf, dass ausgerechnet die Bank dahintersteckt? Welchen Grund sollte es geben, dich beobachten zu lassen?«

»Keine Ahnung.«

»Wirklich nicht?«

Der Megakredit, *Helios Investments* und Dingendorff. Oder wurden alle Mitarbeiter, die an wichtigen Projekten saßen, routinemäßig überprüft?

»Nein«, beharrte Hanna. »Nicht den blassesten Schimmer.«

»Vielleicht hat dich ein heimlicher Verehrer fotografiert.« Helmut lachte. Im Hintergrund ein Hupen, ein Motor drehte hoch.

»Pass auf«, warnte Hanna. »Fahr vorsichtig.«

»Du kennt mich doch.«

»Eben.«

Ein weiteres, kurzes Auflachen. »Ich hoffe, ich schaffe es morgen. Lass uns zuvor noch einmal telefonieren.«

Hanna legte auf.

Sie hätte gern mehr Anteilnahme gespürt, Interesse an ihren Sorgen. Natürlich hatte ein Kommunikationschef der RheinBank viel im Kopf und wenig Zeit. Ihre gemeinsamen Stunden waren selten, dafür umso schöner.

Hanna fragte sich, wie es wäre, einen richtigen Partner zu haben. Jemanden, der nicht seine Frau belügen musste, wenn er sie traf. Der sich nicht anschließend »nach Hause« verdrückte. Mit dem sie auch einmal auf Urlaubsreise gehen konnte.

Eine Beziehung statt einer Affäre.

Die verdammten Observierungsfotos machten sie ganz verrückt.

32.

Es wurde eine Mammutsitzung. Sechs Stunden lang spielte Mierscheid den Stichwortgeber für den Zeugen des Tages. Am Ende war Lichtenberg der unbestrittene Held.

Mierscheid hatte sich erneut ans Drehbuch gehalten. Er fühlte sich unendlich müde.

Wie erwartet werteten die Beobachter diese Sitzung als Dreh- und Angelpunkt des Untersuchungsausschusses. Für morgen war zwar der ehemalige Minister geladen, doch von dessen Befragung erwartete niemand mehr neue Erkenntnisse. Die Vertreter der Grünen und der Linkspartei schäumten, denn sie hatten es wieder nicht geschafft, die Rettung der MHE-Bank als Verschwendung von Staatsvermögen zu entlarven.

Kameraleute und Mikrohalter drängten sich um den Obmann der größeren Regierungsfraktion. Mierscheid riss sich zusammen und lobte Malte wieder und wieder als Lichtgestalt, die es in zähen Verhandlungen geschafft habe, die privaten Geldinstitute bis zur Schmerzgrenze an der Rettung ihrer Branche zu beteiligen.

Die Reporter nickten stumm zu seinen Sätzen. Gaben sich kennerhaft oder hatten es eilig, in ihre Studios zurückzukehren. Nachfragen blieben aus.

Mach Malte fertig.

Sorry, Paula, aber ich schaffe das nicht.

Rasch ins Kasino, einen Happen essen. Volker Paschke gesellte sich zu ihm, der Kollege aus dem Ruhrgebiet mit den guten Kontakten zur Energiewirtschaft.

»Hab dich auf *n-tv* gesehen. Bist ein wenig blass, wenn ich ehrlich bin. Solltest mehr in die Sonne gehen. Kleiner Tipp unter Freunden.«

»Danke.«

»Aber du hast dich wacker geschlagen. Bist einer von den Guten, Lothar. Wir bräuchten mehr von deiner Sorte.«

Mierscheid zog ein welkes Salatblatt aus dem Sandwich. »Was machen deine Kraftwerke?«

Parteifreund Paschke kam sofort in Fahrt: »Manchmal glaub ich wirklich, ich bin in der falschen Partei! Da beschließt die Kanzlerin ein Moratorium, als hätten wir nicht die sicherste Technologie der Welt. Dann wird Neckarwestheim stillgelegt, weil die Laufzeit nach alter Rechtslage vorbei ist. Nur ein kleines Kraftwerk, okay, tut EnBW nicht besonders weh. Aber plötzlich sattelt Seehofer drauf, vereinbart mit e.on das Abschalten von Isar eins, nicht nur vorübergehend, sondern für immer, so ein Quatsch! Dann Brunsbüttel, okay, war ohnehin seit Jahren nicht mehr in Betrieb, und Biblis A. Damit sind auch Vattenfall und RWE betroffen. Das wäre ja gerade noch gegangen. Doch auf einmal kommt der Umweltminister daher, diese Pflaume, zieht den Strich beim Baujahr 1980, und aus vier werden erst sieben, dann acht. Und das Moratorium dauert und dauert. Immer mehr unserer eigenen Leute führen sich als Öko-Populisten auf. Deutschland wird technikfeindlich. Das ist nicht mehr meine CDU. Und alles nur wegen Japan!«

»Unsere Technik ist letztlich die gleiche wie in Fukushima.«

»Wechselst du jetzt auch zu denen über?«

»Wie wär's mit einem Kompromiss?«

»Zwischen einschalten und ausschalten? So etwas wie ein bisschen schwanger? Mensch, Lothar!«

»Ich meine Folgendes: Die Regierung könnte mit den Betreibern in Verhandlungen eintreten. An die freiwillige Einsicht der vier Konzerne appellieren. Den Ausstieg zum langfristigen Ziel erklären. Und bis dahin dürfen die Kraftwerke laufen.«

»Auf die Idee bin ich auch schon gekommen. Mein Memorandum liegt seit Wochen im Kanzleramt.«

»Und?«

»Ich fürchte, Mutti gehört auch zu den Angsthasen.«

Gemeint war die Kanzlerin.

Paschke fuhr fort: »Gestern habe ich mich lange mit Soltau vom Fraktionsvorstand unterhalten. Er meint, dass sich Mutti auf zwei Themen fokussieren wird, um bei den Leuten draußen zu punkten. Das eine ist die Eurorettung, das andere die Kernenergie. Und bei beiden Themen will sie sich aus reinem Populismus mit der Wirtschaft anlegen, also mit den Energieversorgern und den Banken. Wenn das zutrifft, Lothar, dann ist klar, was für uns beide daraus folgt.« Er beugte sich vor und senkte die Stimme. »Sie oder wir.«

Mierscheid kaute und schwieg. Sein Magen brannte schon den ganzen Tag.

Paschkes finsterer Blick ruhte auf ihm. »Wir zwei müssen zusammenhalten.«

Seine Mitarbeiter hatten bereits Feierabend, als Mierscheid sein Büro betrat.

Zu seiner Überraschung stieß er im Vorzimmer auf Malte Lichtenberg, der auf dem Stuhl der Sekretärin saß und offenbar auf ihn gewartet hatte. Breitbeinig, die Arme hinter dem fast kahlen Kopf verschränkt – die Machopose, die Malte von seinem Idol Gerhard Schröder übernommen hatte. Zwischen den Fingern der Rechten eine brennende Zigarette. Seine Augen verrieten Nervosität.

Mierscheid blieb vor dem früheren Freund stehen und widerstand der Versuchung, sich auch einen Glimmstängel anzustecken.

»Hallo, Malte«, sagte er.

»Wir haben ewig nicht miteinander geredet, Lothar. Wie lange ist das her?«

»Du bist der falschen Partei beigetreten.«

»Danke, dass du mir trotzdem den Rücken stärkst.«

»Wir haben die gleichen Freunde.«

»Ich muss so oft an früher denken. Weißt du noch, unsere Krötenzäune?«

»Wir hatten Ideale. Jetzt geht es wieder um Kröten. Allerdings in Eurobeträgen mit recht vielen Nullen.«

»Auch dabei braucht es Leute, die schützend eingreifen, wenn Gefahr droht.«

»Glaubst du eigentlich selbst, was du sagst?«

»Komisch. Dasselbe hat mich Paula auch gefragt. Die gleichen Worte.«

Mierscheid schwieg.

»Wie geht's dir, Lothar? Siehst nicht gut aus.«

»Du auch nicht.«

»Na ja, kein Wunder, oder?«

Für einen Moment und, ohne es erklären zu können, fühlte sich Mierscheid wie ein Ehebrecher. Er ging in sein Zimmer und holte einen Aschenbecher, damit Malte seine Zigarette nicht in den Papierkorb abschnippte. Dabei überlegte er, wie er dem Kumpel von einst sein Beileid ausdrücken sollte.

Malte Lichtenberg kam ihm zuvor. »Stimmt es, dass sich Paula mit dir in Düsseldorf treffen wollte? Die Polizei hat mir so etwas gesagt.«

»Ja, es stimmt. Aber wenn du glaubst, dass da etwas zwischen Paula und mir …«

»Unsinn.«

»Was sich der *Blitz* aus den Fingern gesogen hat, ist völliger Quatsch.«

»Mir völlig egal. Wir waren schon eine Weile nicht mehr zusammen.«

Mierscheid musterte sein Gegenüber. »Ihr habt euch nicht gerade im Guten getrennt, oder? Sie scheint dich ziemlich gehasst zu haben. Warum eigentlich?«

»Wie kommst du darauf?«

»Sie wollte, dass ich dich im Untersuchungsausschuss fertigmache.«

»Typisch.« Lichtenberg nahm einen tiefen Zug und blies den Rauch gegen die Decke. »Was hat sie noch gesagt?«

»Dass sie gekündigt habe und dass ihr das Treiben auf den Finanzmärkten zuwider sei. Sie hat fast wie eine von der Linkspartei geklungen.«

»Paula war durchgeknallt. Der Selbstmord ihrer Schwester hatte sie völlig konfus gemacht. Überall sah sie Verschwörer am Werk. Krank, wenn du mich fragst.«

In diesem Moment wurde Mierscheid klar, dass sich die Zeit ihrer Freundschaft nicht zurückholen ließ. »Einen durchgeknallten Eindruck hat sie auf mich aber nicht gemacht.«

Lichtenberg drückte die Zigarette in den Ascher. »Dass sie bei der Deutschen Börse gekündigt hat, war ihr Ding, okay. Aber plötzlich hat sie verlangt, ich solle ebenfalls mein Leben ändern. Ich verstehe mich zum Beispiel ganz gut mit Dingendorff von der RheinBank. Das war Paula auf einmal ein Dorn im Auge. Sie und ihre seltsamen Anwandlungen. Als sollte ausgerechnet ein Finanzstaatssekretär gegen die Banken aufbegehren.«

»Hast du sie deshalb ermorden lassen?«

Schweigen.

Mierscheid ging ans Fenster und öffnete es. Seine Sekretärin hasste Zigarettenqualm. Als er sich umwandte, war sein Gast aufgestanden. Rote Flecken am Hals, ein Zucken an der Schläfe.

»Ich flehe dich an«, flüsterte der Staatssekretär. »Sag so etwas nie wieder, Lothar.«

33.

Auf der Heimfahrt kontrollierte Hanna immer wieder den Rückspiegel. Kein Verfolger – oder es waren mehrere und sie wechselten ständig das Fahrzeug.

Wenigstens war es heute kein Problem, einen Parkplatz zu finden. Auf dem Weg zur Haustür sah Hanna sich um.

Du bringst nur dich und mich in Gefahr.

Ein hagerer Kerl stand vor dem Schaufenster auf der anderen Seite, obwohl darin nur dämliche Lotto-Werbung hing. Eine Frau mit zwei Einkaufsbeuteln glotzte von der nahen Straßenbahnhaltestelle herüber. Dann fuhr ein Auto im

Schneckentempo vorbei – am liebsten hätte sich Hanna das Kennzeichen notiert.

Ich drehe noch durch.

Die Holztreppe im Haus knarrte leise. Als Hanna den ersten Absatz erreichte, lugte sie aus dem Fenster: Der Hagere war weg, die Frau mit den Aldi-Tüten stieg in die Bahn.

Hanna schloss ihre Wohnungstür auf.

Geräusche von drinnen. Da war jemand. Hanna erstarrte.

»Hallo, Tantchen!«, rief Leonie aus dem Badezimmer.

»Meine Güte, was fällt dir ein, mich so zu erschrecken! Warum bist noch hier?«

»Ich möchte gern noch ein paar Tage bleiben. Darf ich?«

Hanna warf einen Blick ins Bad. Ihre Nichte war mit Schminken beschäftigt, was bei ihr gut und gerne eine Stunde dauern konnte. Über einer gemusterten Strumpfhose trug sie das Kleid, das Hanna ihr neulich gekauft hatte, dazu Schnürstiefel und um den Hals einen Kopfhörer mit rosafarbenem Plüschbesatz.

»Wir wollen doch nicht, dass deine Mutter eifersüchtig wird«, gab Hanna zu bedenken.

»Mit Mama hab ich schon telefoniert. Die knutscht sowieso nur die ganze Zeit mit Jan herum. Ich kann den Kerl nicht leiden.«

»Gut, eine Nacht noch. Aber morgen ziehst du wieder dahin, wo du hingehörst.«

»Morgen schon? Ach, menno!«

Im Schlafzimmer zog Hanna ihr Bürokleid aus und schlüpfte in eine Jeans. Sie zog mehrere Tops aus dem Schrank, bis sie ein passendes fand.

»Wollen wir zum Abschluss noch einmal etwas miteinander machen?«, rief Hanna zu ihrer Nichte hinüber. »Im Kino läuft noch so ein starker Film, er heißt *Laura.* Ohne Farbe und älter als deine Tante!«

Die richtige Medizin in meiner Verfassung, dachte Hanna.

Doch Leonie gab ihr einen Korb. Sie hatte sich mit einer Freundin verabredet und versprach, spätestens um dreiundzwanzig Uhr zu Hause zu sein. Hanna war enttäuscht, wollte Leonie aber nicht bevormunden. Als das Mädchen um ihren Fahrradschlüssel bat, war Hanna versucht einzuwenden, dass öffentliche Verkehrsmittel sicherer seien – die Stadt war alles andere als radlerfreundlich, es konnte leicht etwas passieren.

Aber dann erinnerte sich Hanna an ihre eigene Jugend. Mit fünfzehn konnte man gut auf sich selbst aufpassen und verabscheute es, wenn Erwachsene das infrage stellten.

Außerdem wusste sie: Leonie war vernünftig und hielt sich an Abmachungen.

Sie stellte ihren Volvo in der Altstadt-Tiefgarage ab. Auf dem Weg zum Ausgang vernahm sie nur ihre eigenen Schritte und deren Echo zwischen den Betonwänden. Im Aufzug nach oben war sie allein.

Sie eilte schneller durch die Gassen, als es nötig gewesen wäre. Verschwitzt und mit beschleunigtem Puls erreichte sie das Filmmuseum. Drinnen war es kühl. An der Glasfront zur Straße hing ein Plakat: *The Man with the Golden Arm*, mit Frank Sinatra und Kim Novak, ebenfalls von Otto Preminger – dieser Film würde am Sonntag die Retrospektive beenden. Ein Muss für mich, dachte sie. An den Wochenenden hatte sie ohnehin meist keine Verabredungen. Helmut war dann für die Familie da.

Am Plakat vorbei spähte sie hinaus. Kein Stalker weit und breit.

»Guten Abend, Frau Kaul.«

Hanna fuhr herum. »Das ist aber eine Überraschung!«

Es war der Polizist, der sie in der Bank aufgesucht hatte. Den Namen hatte sie vergessen. Sein Kärtchen trug sie im Portemonnaie mit sich. Ein gut aussehender Kerl, schlanke

Hüften, breite Schultern. Ein Grübchen im Kinn. Keiner dieser Typen, die ihr Haar mit Gel und Strähnchen aufbrezelten. Aber recht jung noch, wie sie fand.

»Haben Sie mich erschreckt!«, sagte Hanna.

»Das tut mir leid.«

»Sieht fast so aus, als würden *Sie* mich observieren.«

»Ich?« Der Ermittler lachte unsicher. »Eher laufen Sie hinter mir her. Ich war immerhin vor Ihnen da.«

Stimmt. Krieg dich ein, sagte sich Hanna. Was muss er sonst von dir denken?

»Gehen Sie öfter ins *Black Box?*«, fragte der Polizist.

Sie plauderten ein wenig über ihre Vorlieben. Film noir, gebrochene Charaktere und große Gefühle. Dramen, die keiner Computertricks und explodierender Autos bedurften. Geschichten, die zu Herzen gingen, weil sie einen an das eigene Leben erinnerten, an Sehnsüchte, Verletzungen und verpasste Chancen.

Ich quassle zu viel, dachte Hanna.

Dann kaufte sie eine Karte für *Laura* und der Kommissar begleitete sie in den kleinen Saal, der ansonsten fast leer war.

Es gab ihr ein gutes Gefühl, dass er neben ihr saß.

34.

Dominik hatte das Bistro in der Bäckerstraße ausgesucht, weil es mit alten Filmplakaten regelrecht tapeziert war. Hanna bat die Bedienung um ein Glas Weißburgunder, der laut Karte aus dem Badischen stammte. Dominik schloss sich der Bestellung an.

»Wie in Hitchcocks *Vertigo*«, sagte er, den Kartenverkäufer des *Black Box* zitierend.

»Bitte?«

»Die wahre Identität der Heldin bleibt bis zuletzt rätselhaft. Wahrscheinlich hat sich Hitch von Premingers Film beeinflussen lassen.«

Hanna nickte, doch mit den Gedanken schien sie woanders zu sein. Dominik überlegte, ob sie sich zu dem Film mit Sinatra einladen ließe, der demnächst laufen würde.

»Ob ich wohl noch immer verfolgt werde?«, fragte sie unvermittelt.

»Ich glaube nicht.«

»Wie kommen Sie darauf?«

»Um das sicher ausschließen zu können, müssten wir Sie überwachen, und das kann sich die Behörde personell nicht leisten. Aber mein Gefühl sagt mir, dass Sie jetzt Ruhe haben werden. Der Unbekannte hat seinen Job erledigt. Und selbst wenn die Observierung andauern würde, heißt das nicht, dass eine konkrete Gefahr von der Person ausgeht.«

»Immerhin hat er jemanden ermordet!«

»Ich stelle mir vor, dass die Person, die Sie observiert hat, von Patrick Neidel bestohlen wurde, bevor sie das Protokoll einem Auftraggeber übergeben konnte. Und mit den Mordfällen hat sie gar nichts zu tun.«

Es darf nicht anders gewesen sein, dachte er.

»Also ein Detektiv?«

»Möglich.«

»Das müsste doch herauszubekommen sein.«

»Wissen Sie, wie viele Detekteien allein im Düsseldorfer Branchenverzeichnis stehen? Und wer sagt überhaupt, dass es sich um eine Detektei von hier handelt?«

»Mein Telefon!«

»Bitte?«

»Gehört das nicht zu einer Überwachung dazu? Wer sagt mir, dass ich nicht abgehört werde? Womöglich ist meine Wohnung verwanzt!«

Kann sein, dachte Dominik. Hannas Verzweiflung rührte an sein Gewissen. Wie kann ich das gutmachen?

»Das lässt sich überprüfen«, sagte er. »Ein Freund kann mir das nötige Gerät besorgen. Wenn Sie wollen, komme ich morgen Abend nach Feierabend zu Ihnen.«

»Gern.« Hanna war sichtlich erleichtert, doch im nächsten Moment verdüsterte sich ihr Gesicht wieder. »Herr Roth …«

»Ich heiße Dominik. Wollen wir uns nicht duzen, von Filmliebhaber zu Filmliebhaber?«

Es gefiel ihm, dass sie endlich lächelte.

Der Wein wurde gebracht, sie stießen an.

»Könnte es sein, Dominik, dass meine Firma mich bespitzeln lässt?«

Danach hatte er Jochen Urban nicht gefragt. Jochen nannte seine Auftraggeber nie.

»Was meinst du?«, insistierte Hanna.

»Gut möglich, aber wie sollen wir das überprüfen? Was würde wohl passieren, wenn ich mit einem Durchsuchungsbeschluss bei der RheinBank aufkreuze?«

»Bevor du am Empfang vorbei bist, haben die EDV-Leute die entsprechenden Dateien schon gelöscht.«

»Eben. Vergiss das Ganze einfach.« Für einen Moment legte er seine Hand auf ihre.

Hanna blickte sich um, als taxiere sie die Gäste, ob ein Stalker oder ein Detektiv unter ihnen war.

Kurz vor Mitternacht schloss Hanna ihre Wohnungstür auf. Sie schlich in das Wohnzimmer, um nach ihrer Nichte zu sehen, doch das Schlafsofa war leer bis auf den zotteligen Stoffhund.

»Leonie!«

Keine Antwort.

Hanna stürmte durch die Wohnung. Küche, Bad – keine Spur von dem Mädchen. Leonies *Converse Allstars* standen im Flur, aber nicht die Schnürstiefel. Die rosafarbene Jacke, die sie zum Ausgehen über das Kleid gezogen hatte, fehlte ebenfalls. Das Kind war noch nicht nach Hause gekommen. Also doch nicht so verlässlich, wie Hanna angenommen hatte.

Sie wählte Leonies Handynummer.

Die Mailbox sprang an.

»Wo bleibst du?«, sprach Hanna nach dem Piepston. »Wir hatten elf Uhr vereinbart. Ich mache mir Sorgen, melde dich bitte!«

Es muss nichts bedeuten, versuchte sich Hanna zu beruhigen. So laut, wie es in einer Disco zuging, konnte man den Klingelton leicht überhören.

Sie zog sich aus und ging zu Bett.

Zwanzig Minuten später hatte sie sich ein T-Shirt übergeworfen und stand mit dem Telefon in der Hand auf dem kleinen Balkon, der zur Straße ging, nach unten spähend, um Leonie nicht zu verpassen, falls sie aufkreuzte.

Britta meldete sich nach dem achten oder neunten Klingeln.

»Leonie ist noch nicht zu Hause! Dreiundzwanzig Uhr hatten wir vereinbart und …«

»Das sieht ihr eigentlich nicht ähnlich. Mit wem hat sie sich getroffen?«

Hanna nannte den Namen der Freundin.

»Kenne ich. Mit der Mutter war ich mal in einer Theatergruppe. Ich ruf sie an.«

Keine fünf Minuten später klingelte Hannas Handy. Sie suchte gerade die Straße vor dem Haus nach ihrem Fahrrad ab, das sie Leonie überlassen hatte. Statt des Fahrradschlüssels hätte sie ihr lieber Geld für ein Taxi geben sollen – Hanna machte sich Vorwürfe.

»Ja?«, meldete sie sich.

»Die Freundin war schon um halb elf zu Hause«, sagte Britta. »Und hat keine Ahnung, wo Leonie sein könnte. Sie wollte angeblich direkt zu dir fahren.«

Hanna lehnte sich gegen die Hauswand, die immer noch

die Hitze des Tages abstrahlte. »Dann sollten wir schleunigst die Polizei …«

»Ach was«, unterbrach sie ihre Schwester. »Die nehmen das gar nicht ernst. Da wirst du auf den nächsten Tag vertröstet, denn die Tochter könnte ja mit irgendeinem Typen am Rheinufer sitzen und Händchen halten.«

»Mitten in der Nacht?«

»Erst wenn in deren Augen ein Verbrechen vorliegt, unternehmen die etwas.«

»Was wollen wir tun?«

»Du legst dich jetzt schlafen, Hanni. Hast sicher einen anstrengenden Arbeitstag hinter dir. Ich klingle ein paar Bekannte an. Vielleicht hat sich Leonie doch noch mit irgendjemandem getroffen.«

»Gib mir bitte sofort Bescheid, wenn du etwas weißt!«

»Versprochen.«

Dass Britta relativ zuversichtlich klang, beruhigte Hanna etwas. Vielleicht war es doch nicht das erste Mal, dass das Mädchen ausbüxte. Letztlich trifft mich keine Schuld, versuchte Hanna sich einzureden. Ich kann sie ja nicht einsperren.

Im Bett drehte sich Hanna von der einen auf die andere Seite. Ab und zu ein Blick auf den Wecker. Kein Laut von Leonie, keine Meldung ihrer Schwester.

Gegen drei Uhr stand Hanna erneut auf, suchte ihr Portemonnaie, kramte Dominiks Visitenkarte hervor und wählte seine Nummer.

Sein Handy weckte ihn, und er wusste sofort: So rasch würde er nicht wieder einschlafen können. Missgelaunt meldete er sich, dann erkannte er Hannas Stimme.

»Schön, dass du rangehst, Dominik. Tut mir leid, dass ich dich mitten …«

»Was ist los?«, beeilte er sich zu fragen.

Doch da war kein Stalker, der Hanna nach dem Leben trachtete. Bloß ihre Nichte, die abgehauen war. Dominik versuchte, sich an das Mädchen zu erinnern, das er auf einigen Observierungsfotos und durch die eigene Kameralinse gesehen hatte. Groß für ihr Alter, geschminkt, schmal, langes Haar – die hübschen Augen verwiesen zweifellos auf die Verwandtschaft mit ihrer Tante.

Mit dem Handy am Ohr ging er in die Küche, suchte sich etwas zum Schreiben und erkundigte sich nach Leonies Letztkontakt, ihrer Kleidung und möglichen Motiven, warum sie nicht nach Hause gekommen war.

Hanna erwähnte ein Fahrrad. Dominik fragte nach und notierte: Mountainbike, ungepflegt, schmaler Sattel, klapprige Schutzbleche. Schwarz lackierter Rahmen mit signalgrünen Streifen und irgendeiner Aufschrift.

Er redete Hanna zu, dass sie nichts tun könne, als endlich zu schlafen.

Nachdem sie aufgelegt hatten, malte er sich aus, dass das Mädchen beim Chatten im Internet irgendeinen Tünnes kennengelernt hatte. Sie glaubte, der Kerl verstünde sie besser als die Mutter, und hatte die S-Bahn zu ihm genommen, nach Köln oder ins Ruhrgebiet. Wer wusste schon, was seine Kinder wirklich trieben? Und mit fünfzehn pflegte man seine Geheimnisse – er selbst war nicht anders gewesen.

Aber er würde der Sache nachgehen. Hanna hatte äußerst besorgt geklungen.

Dominik rief die Altstadtwache an, gab die Beschreibung des Mädchens und des Fahrrads durch und bat die Kollegen, die Augen offen zu halten. Dann die Wache der Polizeiinspektion Süd, die für das Viertel zuständig war, in dem Hanna wohnte. Und schließlich die Kriminalwache, die nachts die Einsätze zu allen Tatorten im Stadtgebiet fuhr.

Ihm fiel ein, dass sich Jochen Urban noch heute Vorwürfe machte, nicht schnell genug auf das Verschwinden seiner

Tochter reagiert zu haben. Dominik schnappte sich den Autoschlüssel und machte sich selbst auf die Suche.

Hanna lauschte in die Nacht. Durch das gekippte Fenster drang das leise Klappern des kleinen Windrads auf dem Nachbarbalkon, das tagsüber nie auffiel. Ab und zu rauschte ein Auto vorbei.

Der Kommissar hatte nicht verraten, was er unternehmen würde. Vermutlich nahm er Leonies Verschwinden so wenig ernst, wie Britta es vermutet hatte. Was konnte Dominik überhaupt ausrichten?

Irgendwann musste Hanna doch eingenickt sein, denn der Klingelton ihres Handys riss sie unsanft aus dem Schlaf. Es wurde bereits hell draußen, die Amseln in den Straßenbäumen sangen um die Wette. Hanna fühlte sich verkatert, ohne mehr getrunken zu haben als zwei Gläser Weißburgunder.

Sie tastete nach dem Handy und presste es gegen ihr Ohr.

»Leonie?«, fragte sie aufgeregt.

»Nein, ich bin's, Dominik.«

»Und?« Hanna hielt den Atem an.

»Ich habe ein Fahrrad gefunden. Suitbertus-, Ecke Merkurstraße, also ganz in deiner Nähe. Die Beschreibung trifft zu. Der Lenker steht etwas schief.«

»Ein Unfall? Ich rufe gleich die Krankenhäuser an.«

»Habe ich schon gemacht.«

»Und?«

»Nichts. Kein Mädchen in Leonies Alter wurde heute Nacht wegen eines Unfalls eingeliefert. Weder in deiner Gegend noch in der gesamten übrigen Stadt.«

»Was machen wir jetzt?«

»Du legst dich wieder hin. Ich kümmere mich um die Sache.«

Hanna bedankte sich. Ihr ging durch den Kopf, dass das Fahrrad nicht mehr neu war und ein schiefer Lenker nichts bedeuten musste.

Ein rascher Rückruf bei Dominik. »Ich bin's noch einmal. Was heißt, du hast das Fahrrad gefunden? Stand es angekettet an einer Straßenlampe, oder so?«

»Nein.«

»Sondern?«

»Es lag auf dem Bürgersteig.«

Hannas Wecker zeigte Viertel nach fünf. Seit gut sechs Stunden war Leonie jetzt überfällig.

35.

Ich habe Hunger.

Um mich abzulenken zähle ich die Glieder meiner Kette und komme auf einhundertdreiundvierzig. Die Schmerzen haben nachgelassen. Ich vermesse meine Zelle. Sechs Schritte sind es in der einen Richtung, vier in der anderen. Ich erreiche den Lichtschalter, wenn ich mich strecke – wenigstens bin ich die Herrin über Licht und Dunkelheit.

Doch gegen die Angst hilft das nicht ...

Wenn ich nicht verhungere oder an Verletzungen sterbe, werde ich verschimmeln, denn unter der Pritsche ist der Zementboden ein einziger dunkler Fleck, feucht und bröckelig.

Ich male mir aus, wie ich das Dreckschwein fertigmache, sobald ich die Kette los bin.

Da – oben in der Decke kann ich ein Loch erkennen ...

Dahinter surrt etwas ganz leise. Ein Ventilator vielleicht. Ich stelle mir einen Luftschacht vor, der irgendwo mündet, wo Leute vorbeikommen.

Ich schreie und schreie und schreie, bis mir der Hals wehtut.

Dann lausche ich – nichts zu hören, außer dem Surren im Loch und ab und zu das Brummen des Kühlschranks.

Wenn kein Laut hereindringt, dann geht auch keiner nach draußen. Niemand wird mich jemals finden.

Ich rücke die Pritsche beiseite, packe ein Kettenglied und beginne den bröseligen Zementboden zu bearbeiten. Mit der Kraft meiner angestauten Wut ritze ich meine Initialen.

LK was here.

Ich wünschte fast, ich wäre tot.

Teil III

Weiße Lilien

36.

Als Dominik Roth zum Dienstbeginn den Flur des KK 11 im ersten Stock betrat, hörte er lebhafte Stimmen aus Anna Winklers Büro.

Zwei Kollegen, die er nur vom Sehen kannte, waren bei ihr.

»Weitere Verstärkung?«, fragte Dominik und musste gähnen – zu wenig Schlaf in der letzten Nacht.

»Nein«, antwortete Anna. »Das Passwort ist entschlüsselt.«

Dominik bemerkte den Laptop auf Annas Schreibtisch. Das Gerät aus Patrick Neidels Hinterlassenschaft.

»Na endlich«, sagte Dominik. »Dann seid ihr die Computerfritzen aus dem KK 42?«

»Nein, KK 12.« Die beiden nannten ihre Namen, sie gaben sich die Hand. »Sachbearbeiter Kipo«, ergänzte der eine.

Dominiks Kehle wurde eng. Kipo stand für Kinderpornografie. Er räusperte sich und tippte auf den Laptop. »Ich hoffe, ich muss mir jetzt nicht anschauen, was da alles gespeichert ist.«

»Für Patrick Neidel muss das ein Volltreffer gewesen sein«, sagte Anna. »Bestes Erpressungspotenzial.«

Doch statt Geld gab es eine Kugel in den Kopf. Dominik spürte ein Kribbeln. Sie waren der Lösung des Falls nähergekommen. »Haben wir den Namen des Besitzers?«

Anna wedelte mit einem Zettel. »Und die Adresse.«

Im Erdgeschoss befand sich eine Kneipe, im ersten Stock eine Augenarztpraxis. Sie wollten Sax an seiner Wohnungstür überraschen, deshalb klingelte Dominik bei *Dr. Markowski*. Der Summer tönte automatisch. Dominik zog die schwere Holztür mit den geschliffenen Glaseinsätzen auf und ließ Anna den Vortritt.

Die Treppe war mit einem grünen Läufer belegt, der nagelneu wirkte und die Schritte dämpfte. Über dem Treppenabsatz ein goldfarben gerahmter Spiegel, viel Stuck an der hohen Decke, ein Kristalllüster hing herab. Anna quittierte das Ambiente mit einem anerkennenden Nicken.

Zweiter Stock, rechte Tür, ein poliertes Messingschild: *J. Sax.*

Dominik drückte den Klingelknopf. Anna kramte nach ihrer Marke. Jürgen Sax war Außendienstmitarbeiter eines Herstellers von Kaminöfen aus Singen in Südbaden, auch das hatte die Überprüfung des Notebooks ergeben.

Auf der Festplatte hatten die Kollegen Hunderte von Dateien pornografischen Inhalts gefunden – neben den Bildern diverser Ofenmodelle. Offenbar stand Sax auf Jungen im Kindergartenalter. Wie die Recherche ergeben hatte, war er der Polizei bislang noch nicht aufgefallen.

Hinter der Wohnungstür war leises Klappern zu hören und ein gedämpftes »Ja, bitte?«, vermutlich in den Hörer der Gegensprechanlage gefragt.

Dominik klopfte, damit der Tünnes kapierte, dass sie schon oben waren.

Die Tür ging auf. Ein Kerl um die vierzig lugte durch den Spalt. Stirnglatze, angegraute Koteletten, Dreitagebart – und noch im Schlafanzug.

»Herr Sax?«, fragte Dominik und stellte einen Fuß in den Türspalt.

»Wer will das wissen?«

»Kriminalpolizei«, sagte Anna und zeigte die Marke. »Wir müssen Sie bitten, mit aufs Präsidium zu kommen.«

»Geht leider nicht, ich hab Termine.«

»Pyjamaparty?«, fragte Dominik.

Der Kerl raffte das Revers seines Oberteils zusammen. »Worum geht es denn?«

»Ihr Laptop ist aufgetaucht.«

»Welcher Laptop?«

»Herr Sax, Sie wollen doch sicher nicht, dass wir das hier im Treppenhaus bereden.«

Der Mann zögerte, dann sagte er: »Ich würde mir gern etwas anziehen.«

Anna machte eine einladende Geste. »Bitte.«

Ein dunkler Flur. Dominik folgte dem Mann in das Schlafzimmer. Sax warf den Pyjama aufs Bett. Ein blasser, unbehaarter Körper, leichtes Übergewicht. Er wühlte in einem Haufen Klamotten, der sich auf einem Klappstuhl türmte, und zog sich rasch an. Unterwäsche, Jeans, ein bequemes Kapuzenshirt.

Dominik fiel die Täterbeschreibung ein, die von dem Taxifahrer stammte, der Paula Busch zum Aachener Platz kutschiert hatte: Auch ihr Mörder hatte so ein Ding mit Kapuze getragen.

Sax trat auf den Flur und sprach Anna an: »Sie suchen vermutlich meinen Bruder.«

Dominik und Anna wechselten einen Blick. »Sind Sie nicht Jürgen Sax?«

»Nein, mein Name ist Joachim.«

»Aber ein Jürgen Sax ist hier gemeldet.«

Der Mann zeigte auf eine Tür. »Das ist sein Zimmer.«

»Ist er da?«

»Nein.«

»Macht es Ihnen etwas aus, wenn wir uns den Raum anschauen?«

Sax zuckte mit den Schultern.

Dominik ging hinein, ein kleines, mit Regalen vollgestelltes Arbeitszimmer, fast höher als breit. Der Monitor auf dem Tisch war noch ein Bildröhrengerät. Das Fenster stand auf. In einem Regalfach entdeckte Dominik Festplatten und einen Kasten voller USB-Sticks. Womöglich war darauf weiterer Schund gespeichert.

Dominik fiel auf, dass es in dem Raum keine Schlafstätte gab.

Ein Luftzug wehte Zeitungsseiten über den Tisch. Dominik erkannte das Foto des ausgebrannten VW-Polo auf dem Parkplatz im Nordpark – der Aufmacher des Lokalteils von gestern. Jede Faser in Dominik spannte sich an.

»Herr Sax?«

Im Flur ein unterdrückter Schrei.

Dominik riss den Klettverschluss seines Holsters auf und zog die Waffe. Sein Herzschlag trommelte. Ein Teil seiner Gedanken war jetzt in Nellys Laden vor drei Jahren. Er rannte los und stieß auf Anna, die an der Wand lehnte und sich den Hals hielt. Sie japste nach Luft.

Die Wohnungstür stand offen.

Dominik stürmte die Treppe hinunter, jeweils zwei Stufen auf einmal nehmend.

Auf der Straße wurde der Motor eines Audi angelassen, mokkabraun, edles Modell. Sax am Steuer. Die Gangschaltung krachte.

Dominik spurtete, bekam den Türgriff an der Beifahrerseite zu fassen, doch Sax gab Gas und der Audi schoss auf die Fahrbahn, einem Lkw die Vorfahrt raubend, der mit kreischenden Bremsen und dröhnender Drucklufthupe zum Stehen kam.

Sax kam nicht weit. Ein Radfahrer zwang ihn, drastisch langsamer zu werden, während sich ihm von vorn gleichzeitig eine Straßenbahn näherte. Dominik schaffte es, den Audi einzuholen, rüttelte erneut an der Tür – verriegelt. Er schlug im Laufen mit der Faust auf das Dach, um Sax einzuschüchtern.

Dann zielte er auf den Mann.

Sax schenkte Dominik keine Beachtung. Schweiß auf der Stirn, den Blick starr nach vorn gerichtet.

Im gleichen Moment war die Straßenbahn vorbeigefahren. Sax ließ den Motor jaulen. Der Wagen umkurvte den Radfahrer, beschleunigte weiter und verschwand über die nächste Kreuzung.

Keuchend blieb Dominik stehen. Der Lkw setzte sich in Bewegung, die lärmende Fanfare ließ Dominik ein zweites Mal zusammenzucken.

Er zeigte den Mittelfinger, steckte die Waffe weg und ging zurück zu Anna, die bereits am Dienstfahrzeug stand und über Funk die Leitstelle benachrichtigte: Sax' Äußeres, der Audi A6, das Kennzeichen – sie hatte sich jede Ziffer eingeprägt.

Ihr Hals war rot angelaufen, wo Sax sie geschlagen hatte. Anna bemerkte Dominiks besorgten Blick und winkte ab.

Sie hatten es vergeigt und sich überrumpeln lassen wie blutige Anfänger. Dominik fluchte noch, als sie auf dem Parkplatz der Festung aus ihrem Wagen stiegen, mit einer Kiste voller Datenträger aus Sax' Wohnung als Beute.

37.

Die Sitzung am dritten Tag des Untersuchungsausschusses war mit Abstand die kürzeste, was Mierscheid sehr entgegenkam. Als einziger Zeuge hatte der ehemalige Finanzminister der SPD ausgesagt, knapp und präzise, aber betont lustlos, fast barsch. Weil die Rettung der Münchner Hypo Estate noch in die Zeit der Großen Koalition gefallen war, trug der Obersozi die Verantwortung, doch jedem war klar, dass damals Staatssekretär Malte Lichtenberg die Fäden geknüpft hatte. Selbst der Vertreter der Linkspartei nahm es hin, dass bei der heutigen Befragung keine Lorbeeren zu gewinnen waren.

Nur Nothbeck, der für die Sozialdemokraten im Ausschuss saß, wollte nicht lockerlassen. Ausdauernd formulierte er in Fragen gekleidete Lobhudeleien und schmeichelhafte

Stichworte zur Selbstdarstellung des Zeugen, doch irgendwann bemerkte selbst Nothbeck, dass der Exminister das weder nötig hatte noch schätzte, und Mierscheid gelang es, die heutige Sitzung für beendet zu erklären.

Es war gerade mal kurz nach zwölf Uhr, als er in sein Büro zurückkehrte. Er lockerte seinen Krawattenknoten. Für ein Glas Châteauneuf-du-Pape war es noch zu früh, gestand er sich ein, zumal er gestern Abend zu viel getrunken hatte – Alkohol als das vermeintliche Zaubermittel, um die Unruhe zu überwinden.

Woher hatte Paulas Hass auf Malte und die Finanzbranche gerührt? Lagen dem wirklich nur politische Überlegungen zugrunde? Mierscheid fiel ein, dass Paula den *Spiegel* erwähnt hatte, mit dem sie in Verhandlungen über eine ›verdammt gute Story‹ gestanden habe. Wo würde Mierscheid jemanden finden, der etwas darüber wusste? In der Zentrale des Magazins oder in dessen Hauptstadtbüro?

Er rief den *Spiegel* in Hamburg an. Eine Sekretärin oder Redaktionsassistentin meinte, ein Mitarbeiter namens Römer sei der richtige Adressat seiner Fragen, zurzeit jedoch nicht an seinem Platz. Sie weigerte sich, eine Nummer herauszurücken und nahm lediglich Mierscheids Bitte um Rückruf entgegen.

Er überflog die Schlagzeilen der Zeitungen auf seinem Tisch. Die Opposition forderte den Ausstieg aus der Kernenergie, mehr oder weniger rasch. Die Kanzlerin appellierte an die Stromerzeuger, die heruntergefahrenen Anlagen freiwillig ganz stillzulegen. Von einem Ende des Moratoriums war jedoch nicht die Rede.

In mehreren Blättern fand Mierscheid ganzseitige Anzeigen, jeweils gleichlautend. Die Überschrift: *Energiepolitischer Appell.* Für die regenerative Wende brauche man die Kernkraft als Brückentechnologie. Ein Ausstieg vernichte Kapital in Milliardenhöhe und schade der Umwelt wie der

Wirtschaft. Zudem hieß es, Deutschland sei nicht Japan – wer hätte das gedacht.

Die Betreiber trauen der Kanzlerin nicht mehr über den Weg, schoss es Mierscheid durch den Kopf. Sie gehen in die Offensive und verlassen sich nicht allein auf die Hinterzimmergespräche. Mierscheid las die Namensliste der Unterzeichner. Fast ein *Who's who* der deutschen Wirtschaft, inklusive Exminister Wolfgang Clement und Exnationalspieler Oliver Bierhoff.

Interessanter war, wer nicht dabei war: Kein Bankenvorstand hatte Flagge zeigen wollen. Auch Dingendorff hatte nicht unterschrieben, obwohl ein Mann wie er sicherlich gefragt worden war. Mierscheid überlegte, was das für seine eigene Haltung bedeutete.

Seinem Untersuchungsausschuss hatte die Atomdiskussion die Schau gestohlen. Die Artikel zur gestrigen Vernehmung Malte Lichtenbergs waren deutlich knapper als erwartet ausgefallen und nur ab und zu mit einem Foto garniert, das den Staatssekretär zeigte. Ein einziges Mal hatte man den CDU-Obmann des Ausschusses ausführlich zitiert – natürlich im *Neuss-Grevenbroicher Anzeiger*.

Mierscheid ließ sich von seinem Referenten die Post bringen. Der Junge nutzte die Gelegenheit, ihm die Praktikumsbewerbung einer Abiturientin aus Neuss-Grefrath namens Annika zu überreichen. Es dauerte einen Moment, bis Mierscheid begriff.

»Deine Freundin?«

Clemens nickte. »Sie hat schon mal beim *Anzeiger* gejobbt.«

»Zeitungen ausgetragen, oder was?«

Clemens räusperte sich. »Annikas Eltern stehen zwar unserer Partei nicht gerade nahe …«

»Auch das noch.«

»… aber vielleicht würden sie dennoch eine Spende …«

»Ich überlege es mir, danke, Clemens.«

Der Referent zog sich in sein Kabuff zurück.

Obenauf lag ein Brief des heimischen Wahlkreisbüros. Mierscheid riss den Umschlag auf. Darin ein kleineres Kuvert, in der Handschrift von Gerlinde, seiner Neusser Mitarbeiterin, mit *Privatpost* beschriftet. Mierscheid öffnete auch diesen Umschlag und förderte eine Ansichtskarte zutage, die man ihm offenbar kreuz und quer hinterhergeschickt hatte.

Das Foto zeigte ein antikes Motiv: Vor einem Wagenlenker bäumten sich vier Pferde auf. Um seinen Kopf trug der Mann einen Strahlenkranz.

Mierscheid drehte die Karte um und las:

Lieber Lothar,
schade, dass du gestern schon gegangen warst, als ich endlich Zeit hatte. Es war schön, dich wiederzusehen, und ich will dich fragen, ob wir uns in den nächsten Tagen mal treffen könnten. Um der alten Zeiten willen – und außerdem liegt mir da etwas am Herzen und ich hätte gern deinen Rat. Würde mich freuen!
Herzlich
Paula

Die Zeilen einer Toten. Die Ansichtskarte stammte offenbar aus einem Museumsladen: *Staatliche Museen zu Berlin, Amphore, Rhodos 435 v. Chr.*

Paula musste das Kärtchen am letzten Mittwoch geschrieben haben, noch vor ihrer SMS. Eine Woche lang waren die Zeilen als Irrläufer unterwegs gewesen. Mierscheid ärgerte sich darüber, wusste aber nicht, an wem er den Unmut auslassen konnte.

In welcher Angelegenheit hatte Paula seinen Rat haben wollen?

Er las den Text wieder und wieder. Er drückte seine Lippen auf ihre Unterschrift und presste die Karte gegen seinen schmerzenden Magen, als sei es Medizin.

Lange verharrte er so, bis er sich albern vorkam. Er verstaute Paulas Botschaft in den privaten Tiefen seines Schreibtisches.

Unter den restlichen Briefen fiel Mierscheid eine Sendung der Deutschen Börse AG auf. Wieder etwas, was ihn sofort an Paula denken ließ.

Er öffnete auch diesen Umschlag.

Es war eine Jobanfrage: Eine Mitarbeiterin Paulas hatte vor, sich beruflich zu verändern, und zu diesem Zweck offenbar sämtliche Stellen angeschrieben, mit denen die Berliner Repräsentanz der Deutschen Börse mehr oder weniger häufig zusammenarbeitete. Die Frau hieß Sandra Apitz und berief sich auf eine langjährige, loyale und erfolgreiche Zusammenarbeit mit ihrer Chefin Paula Busch.

Mierscheid erinnerte sich an die junge, etwas pummelige Brünette im pinkfarbenen Kostüm, die er in der Komischen Oper getroffen hatte, und griff zum Telefon.

Er ließ sich verbinden, bis er Sandra Apitz an der Strippe hatte.

»Ich würde mich gern mit Ihnen über Paula unterhalten«, sagte er. »Wann passt es Ihnen?«

Dreißig Minuten später saß Mierscheid ihr am Bundespressestrand gegenüber. Sie hatten ein ruhiges Plätzchen unter einem Sonnenschirm ergattert. Der Blick ging über die Spree auf Reichstagsgebäude und Kanzleramt. Ausflugsdampfer tuckerten vorbei, die Touristen an Bord fotografierten allesamt in Richtung Mutti.

»Ohne Paula ist das Büro nicht mehr das, was es war«, sagte die junge Frau.

Mierscheid gab sich Mühe, ihr nicht in den Ausschnitt zu

starren – eindeutig zu freizügig für Bürokleidung, wie er fand.

»Heute früh war die Polizei noch einmal bei mir. Angeblich ist Paula observiert worden. Keiner weiß, von wem und warum. Es wurden Fotos bei jemandem gefunden, der ebenfalls in Düsseldorf erschossen worden ist. Diese Stadt muss ein schlimmes Pflaster sein.«

Mierscheid hatte von dem zweiten Mord gelesen. Dass es einen Zusammenhang gab, überraschte ihn. »Könnte Lichtenberg auf Paula geschossen haben? Was meinen Sie?«

Sandra Apitz schüttelte den Kopf. »Paula und der Staatssekretär hatten sich schon vor längerer Zeit getrennt. Nur nach außen sind sie noch als Paar aufgetreten, weil sie nicht wollten, dass ihr Privatleben in der Presse breitgetreten wird.«

»Haben sie denn nicht mehr zusammengewohnt?«

»Nein. Die letzten Monate übernachtete Paula in einem der Gästeapartments der Deutschen Börse an der Bundesallee in Wilmersdorf. Vor zwei Wochen hat sie gekündigt und begonnen, ihre Sachen zurück ins Rheinland zu schaffen, zu ihren Eltern, glaube ich. Was sie letztlich vorhatte, wusste sie wahrscheinlich selbst noch nicht. Mal hat sie von einer Auszeit gesprochen, mal von mehreren Optionen, die sie hätte.«

Endlich kamen die Getränke. Im Mineralwasser schwammen Eiswürfel und Zitronenstücke.

»Hoffentlich verwenden Sie ungespritzte Früchte«, sagte Apitz zu dem Kellner.

Wortlos knallte er ihr den Salat auf den Tisch, den sie ebenfalls bestellt hatte, und ging weiter.

»Essen Sie nichts?«

Mierscheid verneinte. »Ich würde gern noch mehr über Paula erfahren«, sagte er.

»Bitte, fragen Sie.«

»Wie gestaltete sich Paulas Privatleben nach der Trennung von Lichtenberg?«

»Darüber hat sie mit mir nicht geredet. Unser Verhältnis war rein beruflich. Aber natürlich kriegt man etwas mit.«

»Und?«

Apitz beugte sich vor, ihre Brüste rollten auf Mierscheid zu. »Ein reicher Kerl hat ihr manchmal seinen Wagen geschickt, und dann sind die beiden übers Wochenende verschwunden, mal nach Nizza, mal nach Istanbul, verstehen Sie? Und jede Woche ein Riesenblumenstrauß.«

»Wer ist der Kerl?«

»Das hat Paula geheim gehalten. Sie war da sehr diskret. Aber der Mann muss ernsthaft in sie verliebt gewesen sein. Nachdem Paula ihn abserviert hatte, rief er noch ein paarmal an. Einmal hatte ich ihn an der Strippe. Sympathische Stimme, hat aber seinen Namen nicht genannt.«

»Warum hat sie ihn abserviert?«

»Keine Ahnung. Sie kam aus dem Urlaub mit ihrer Schwester zurück und wollte nichts mehr von dem Typ wissen.«

Mierscheid trank sein Glas leer. Mord aus verschmähter Liebe – wenn Malte nicht der Täter war, dann vielleicht der Unbekannte.

Paula hat immer auf die falschen Männer gesetzt, dachte Mierscheid bitter.

Apitz stocherte im Salat und schüttelte energisch den Kopf. »Chauffeur und Jacht und Privatjet. So einem gibt man doch nicht den Laufpass!«

38.

Der braune Audi wäre Gero Schulz gar nicht aufgefallen, wenn der Fahrer nicht die Nerven verloren hätte.

Polizeikommissar Schulz und sein Partner, Polizeioberkommissar Heinz Wächter, waren gerade auf dem Rückweg von einem Einsatz, der sie zur Charlottenstraße geführt hatte. Eine Gruppe von Pennern und Strichern war dort vor einem Imbisslokal in lautstarken Zoff geraten, Nachbarn hatten sich beschwert. Als die Polizisten eintrafen, hatten sich die Streithähne fast schon wieder beruhigt. Nur einer der Typen wollte sich nicht einkriegen und spuckte nach Wächter. Da war er an den Falschen geraten.

Wächter durchsuchte den jungen Kerl mit raschen Griffen, fand ein Tütchen mit kleinen, grauen Tabletten und beschloss, dass dies für eine Festnahme reichte.

Der Stricher trat um sich und schrie: »Polizeiwillkür!«

Was Wächter nicht beeindruckte. Er warf ihn zu Boden, legte ihm Handschellen an und setzte ihn in den Streifenwagen. Schulz war froh, als der Junge auf dem Rücksitz endlich Ruhe gab.

Rote Ampel, Schulz stoppte den Wagen und ließ den Blick schweifen.

Der Mann im Auto auf der linken Spur sah immer wieder herüber. Irgendetwas stimmt mit dem Kerl nicht, dachte Schulz. Dann stellte er fest, dass der Wagen neben ihnen ein mokkabrauner A6 war, und erinnerte sich an einen Funkspruch von vor dreißig Minuten, als sie auf dem Hinweg zur Charlottenstraße gewesen waren.

Grün – die Reifen des Audi drehten durch und der Wagen beschleunigte, als ginge es um die Wette.

Schulz bemühte sich dranzubleiben. Dass ihr blausilberner Passat schwächer motorisiert war, spielte in der Innenstadt keine große Rolle.

»Kannst du das Nummernschild lesen?«, fragte er seinen Partner.

»Ja. Das ist er«, antwortete Wächter.

Schulz versuchte, sich an die Fahndungsdurchsage zu erinnern. Ein Zeuge, der sich seiner Befragung durch Flucht entzogen hatte. Ein möglicher Mörder.

Der Audi raste bei Rot in eine Kreuzung und bog mit quietschenden Reifen ab. Schulz schaltete Blaulicht und Martinshorn ein, das volle Programm.

Wächter griff zum Mikro des Funkgeräts.

»Ich muss aufs Klo«, kam die Stimme des Strichers vom Rücksitz.

»Halt's Maul«, brummte Wächter und gab der Leitstelle durch, was los war.

Sie fuhren mit fast hundert Sachen die Berliner Allee entlang. Rot an der Kreuzung Schadowstraße, ein Pulk von Passanten schob sich über den Zebrastreifen. Panik, als sie den Audi herankommen sahen, dahinter das Polizeifahrzeug mit Musik.

Die Leute sprangen zur Seite. Der Audi schoss weiter, Schulz ging vom Gas, um sicherzugehen, dass er niemanden verletzte, dann beschleunigte auch er wieder.

Kaiserstraße, es ging in den Norden.

Wo blieben nur die Kollegen?

An der Kreuzung Kleverstraße musste Schulz eine Vollbremsung hinlegen. Der Audi vor ihm stand schräg, fast wäre er in den dichten Querverkehr gekracht.

Wächter öffnete die Tür und wollte hinausspringen, um den Flüchtigen aus seinem Wagen zu zerren, doch die Mitbürger in den Autos auf der Kreuzung interpretierten das Blaulicht falsch und machten eine Lücke frei.

Der Audifahrer ergriff seine Chance. Die braune Karosse fuhr davon, auf die Hochstraße des Kennedydamms zuhaltend.

Schulz schaltete zurück. Hinterher.

»Ich muss pinkeln, wirklich!«, jammerte der Stricher, der vorhin noch den großen Zampano markiert hatte.

Wächter zog seine Waffe, drehte sich um und zielte auf den Kerl. »Nichts musst du, Arschloch!«

»Lass gut sein, Heinz«, mahnte Schulz.

Danziger Straße. Mit Dauerblinken und Lichthupe versuchte der Fahrer des Audi, die linke Spur freizubekommen, doch sein Vorsprung verringerte sich wieder.

Wächter funkte noch einmal die Leitstelle an und erfuhr, dass nun die Kreuzung hinter ihnen gesperrt war.

»Idioten!«, brüllte er ins Mikro.

Bereits einen Kilometer vor der Autobahnunterführung begann sich der Verkehr auf der rechten Fahrspur zu stauen, auch in der Mitte ging es nur noch langsam voran. Als sie näher kamen, erkannte Schulz den Grund: Oben an der Ausfahrt standen Einsatzfahrzeuge mit Blaulicht, um den Flüchtigen abzugreifen, falls er sich in Richtung Essen oder Mönchengladbach davonmachen wollte.

Die Spur geradeaus war frei.

Sie unterquerten die Autobahn, passierten das Flughafengelände zur Rechten und den Abzweig nach Kaiserswerth zur Linken. Kaum Verkehr, der Audi gewann Abstand.

Schulz roch es als Erster und machte seinen Partner darauf aufmerksam.

Der fuhr herum und schrie: »Was fällt dir ein? Das ist unser Wagen!«

Der Junge heulte leise vor sich hin.

Weiter vorn leuchteten Bremslichter auf.

»Was zum Teufel hat der Tünnes vor?«, fragte Schulz.

»Vielleicht glaubt er, dass er uns abgehängt hat, und will in Angermund untertauchen.«

Schulz bog ebenfalls in die Angermunder Straße. Wächter informierte die Leitstelle.

Der Audi hatte schon wieder ein Höllentempo drauf. Mit hundert am Ortsschild vorbei, mit hundertzwanzig in Richtung Bahnüberführung und Ortskern. Sie flogen an Radfahrern und Fußgängern vorbei. Schulz schwitzte.

»Es hat keinen Zweck«, sagte er schließlich und ging vom Gas. Die Gefahr, Unbeteiligte zu gefährden, war zu groß.

Sie verloren den Audi aus dem Blick, während sie im Normaltempo weiterfuhren.

Sie spähten nach links und rechts – vielleicht machte sich der Gesuchte über Nebenstraßen davon. Schulz schaltete das Martinshorn ab. Der Pissgestank nervte. Sie öffneten die Fenster. Das Wimmern vom Rücksitz hörte nicht auf.

»Verdammter Mist!«, schimpfte Wächter und schlug gegen das Armaturenbrett.

Die Straße stieg zur Überführung an und plötzlich tauchte auf dem Scheitelpunkt hinter der Kurve der braune Audi wieder auf. Grotesk verformt. Das vordere Ende ragte über die Leitplanke und dampfte. Offenbar hatte der Flüchtige die Kontrolle verloren und sein Wagen war von der Fahrspur abgekommen. Das kann er nicht überlebt haben, dachte Schulz.

Wächter stieg aus und lief mit erhobener Hand auf die Schaulustigen zu. »Bitte zurückbleiben!«

Schulz packte das Funkmikro und verlangte nach einem Rettungsfahrzeug. Dann wandte er sich dem Stricher zu. »Du bleibst hier sitzen, verstanden?«

Er folgte dem Kollegen, der den Unfallwagen fast erreicht hatte, als mit lautem Krach eine Tür aufflog. Der Fahrer kletterte aus dem Schrotthaufen, sichtlich benommen, aber stabil auf den Beinen.

»Sind Sie verletzt?«, rief Wächter.

Der Fahrer humpelte auf das Brückengeländer zu.

Wächter folgte. »Bleiben Sie stehen!«

Der Gesuchte schwang die Beine über das Geländer. Er blickte zurück, dann nach unten.

Schulz hielt den Atem an.

Der Tünnes sprang, bevor Wächter ihn erreichte.

Ein Raunen ging durch die Passanten.

Dann ertönte ein schier endloses Kreischen, und Schulz wusste sofort, dass ihn dieser Sound für immer verfolgen würde.

Er riss den Kollegen vom Geländer los und führte ihn zurück zum Streifenwagen, um Meldung zu erstatten.

Schulz sah auf den leeren Rücksitz. Der Pisser hatte sich aus dem Staub gemacht.

39.

Das KK 12, nur noch inoffiziell ›Sitte‹ genannt, war auch für Vermisste zuständig und lag im selben Flügel wie die Mordkommission, exakt ein Stockwerk darüber. Im Flur stieß Dominik auf einen der beiden Sachbearbeiter, die sich Sax' Notebook vorgeknöpft hatten. Der Kollege wollte gerade in die Kantine.

»Macht euch schon mal auf noch einen PC und jede Menge weiterer Speichermedien gefasst«, sagte Dominik.

»Sax?«

»Ein Fotosammler aus Leidenschaft, wenn du mich fragst.«

»Stimmt es, dass er euch entwischt ist?«

Dominik ärgerte sich, dass die Nachricht von ihrem Malheur so schnell die Runde gemacht hatte.

»Er kommt nicht weit. Und dann wird der Wichser für den Rest seines Lebens nicht mehr glücklich.« Für ihn war es ausgemachte Sache, dass Sax der Mörder von Patrick Neidel war. Der Mann besaß ein unschlagbares Motiv: die Notwendigkeit, seinen Erpresser zum Schweigen zu bringen.

»Wer macht bei euch die Vermisstensachbearbeitung?«, fragte Dominik.

»Susi«, antwortete der Kollege und deutete auf die Tür, vor der sie standen.

Ein Schild: *KHKin Susanne Hachmeister.* Dominik klopfte und trat ein.

Eine üppige Frau um die fünfzig empfing Dominik mit einem Lächeln, doch der Zug um die Mundwinkel wirkte hart. Ihre Frisur fiel auf, kraus und schwarz, vermutlich gefärbt. Die viele Chemie tat ihrem Haar sichtlich nicht gut.

Dominik stellte sich vor und erkundigte sich nach Leonie Kaul.

Hachmeister rutschte mit ihrem Bürostuhl um einige Zentimeter zurück und blickte Dominik an, als habe er Hundescheiße an den Schuhen.

»Sie ist die Nichte einer Zeugin«, bemühte er sich zu erklären. »Ich habe der Tante versprochen, mich um die Sache zu kümmern.«

»Willst du meinen Job übernehmen? Nur zu! Ich schleppe einen ganzen Sack voll Überstunden mit mir herum und würde jetzt auch lieber die Sonne genießen wie die Kollegen, die Kinder haben.«

»Leonie ist noch nicht wieder aufgetaucht, oder?«

»Hör zu, Mann, mach deine eigene Arbeit und lass mich in Ruhe meine tun.«

»Man wird doch mal fragen dürfen.«

»Weil du's der Tante versprochen hast. Ist das deine Masche bei Frauen?«

Dominik beschloss, nicht nachzugeben. Dies war seine Chance, etwas für Hanna zu tun. Er zog den Besucherstuhl heran und setzte sich. »Hast du die Kollegen vom Verkehr kontaktiert? Vielleicht liegt ein Unfall mit Fahrerflucht vor. Was hat die Untersuchung des Fahrrads ergeben?«

»Des Fahrrads?«

»Ja.«

»Es gab keinen Unfall. Das Ding steht brav angekettet in der Suitbertusstraße.«

»Ich hab's mit Handschellen gesichert, damit es nicht wegkommt. Es lag auf dem Gehsteig, als ich es heute Nacht gefunden habe. Hast du meinen Bericht nicht gelesen?«

Die Frau begann, in den Akten zu stöbern, die ihren Tisch bedeckten. Auf ihrem Stuhl rollte sie zum Schrank. Noch mehr Papierkram. Endlich hielt sie einen dünnen Ordner in der Hand, den sie aufschlug.

»Pass auf, Kollege. Die Mutter war heute Morgen hier. Sie räumt ein, dass es Spannungen zu Hause gegeben hat. Leonie akzeptiert den Freund der Mutter nicht. Das Mädchen ist eifersüchtig, so einfach ist das. Was meinst du, wie oft es vorkommt, dass ein Gör abhaut, weil es will, dass man sich Sorgen macht. Bis zum Ende der Ferien ist die Kleine garantiert wieder da.«

»Und wenn es nicht so einfach ist?«

Hachmeister packte ihren Kaffeebecher und verließ ihr Büro. Hastige Schritte, als wollte sie Dominik abschütteln.

Er blieb ihr auf den Fersen. »Was ist, wenn das Mädchen nicht aus freien Stücken abgehauen ist?«

Am Ende des Flurs war eine Kinderspielecke eingerichtet. Die Tür davor führte in einen Besprechungsraum, der auch als Teeküche diente. Ein großer Tisch, Flipchart, eine Dartscheibe an der Wand, mehrere bunte Kunstdrucke. Der Kaffee in der Maschine roch halbwegs frisch.

Hachmeister füllte ihren Becher, ohne Dominik etwas anzubieten. »Leonie Kaul ist nicht zum ersten Mal abgängig. Es ist Sommer. Die Kids fahren nach Holland ans Meer. Oder sie besuchen Freunde, von denen die Eltern nichts wissen. Ich habe hier neunjährige Dauerläufer, die ich einmal pro Woche einfange. Allein am letzten Wochenende sind siebzehn Vermisstenfälle gemeldet worden. Leonie ist kein Kind mehr und noch nicht einmal vierundzwanzig Stunden weg.« Die Kollegin schüttelte ihre Kräusellocken. Ihr Blick sagte, dass dies ihr Schlusswort gewesen war.

Dominik folgte Hachmeister zurück ins Büro, bat um die Akte und ignorierte ihre verdrießliche Miene. Er las und machte sich Notizen.

»Leonie hat zu wenig Geld bei sich, um auf große Fahrt zu gehen«, hielt er der Kollegin vor.

»Behaupten Mutter und Tante. Wer sagt uns, dass das stimmt?«

»Auch ihre Freundin weiß nichts von geheimen Internetbekanntschaften oder einer parallelen Clique.«

Hachmeister zuckte mit den Schultern.

»Und das Fahrrad?«, fragte Dominik. »Das Mädchen war gestern Abend auf dem Weg zurück zur Tante, nicht auf der Flucht. So viel steht fest.«

»Was willst du von mir?«

»Einen Presseaufruf mit Foto. Vielleicht melden sich Zeugen. Und, dass du Faxe oder Mails an die Rheinbahn schickst. Und an die Taxizentralen. Die Fahrer sollen die Augen offen halten.«

»Unter einer Bedingung.«

»Und die wäre?«

»Dass du versprichst, mich ab sofort nicht mehr zu nerven.«

»Abgemacht.«

Er entnahm der Akte eines der Fotos, die Leonie zeigten. Die Mutter hatte klugerweise eine ganze Auswahl abgegeben.

»Was machst du da?«, beschwerte sich Hachmeister.

»Keine Angst, du kriegst das Bild wieder. Du machst deine Arbeit und ich tu, was ich tun kann.«

Im Paternoster ratterte Dominik ein weiteres Stockwerk nach oben. Das Geschäftszimmer seines Betrugskommissariats war verwaist, die Schreibkraft offenbar in der Mittagspause. Dominik ließ das Foto durch das Kopiergerät laufen, steckte das Original in einen Hauspostumschlag, den er an die Kollegin Hachmeister adressierte, und leerte sein eigenes Postfach – noch mehr *Glücks-Oase*, *German Winner Action* und *Schutz-Fuchs*.

In seinem Zimmer klemmte er sich hinter das Telefon.

Zwei Anrufe, die nichts Neues brachten: Die Krankentransportliste der Feuerwehr verzeichnete kein Mädchen, auf das Leonies Beschreibung zutraf. Das Verkehrskommissariat konnte ebenfalls nicht weiterhelfen. Dominik wählte die Nummer der Mutter.

In Britta Kauls Stimme mischten sich Panik und Aggression. Ein Lebenszeichen von Leonie gab es noch immer nicht. Die Mutter beschwerte sich über Susanne Hachmeister, die sie wie eine Verdächtige behandelt hätte. Als habe sie die eigene Tochter aus der Stadt vertrieben.

Dominik verspürte das Bedürfnis, seine Behörde in Schutz zu nehmen. »Möglicherweise sitzt Leonie auf dem Dachboden und will Ihnen nur einen Schreck einjagen.«

»Warum sollte sie das tun?«

»Dass Ihre Tochter sich mit Ihrem Freund nicht versteht, ist offenbar Fakt. Vielleicht hat sie es als Kränkung empfunden, dass sie für die Dauer Ihres Urlaubs bei Ihrer Schwester einquartiert wurde.«

»Im Gegenteil, Leonie *wollte* zu Hanna! Meine Schwester ist ihr großes Vorbild. Wenn hier jemand eifersüchtig sein kann, dann ich. Wissen Sie was, Herr Kommissar? Sie reden genau wie Ihre Kollegin. Ich *habe* auf dem Dachboden nachgesehen *und* im Keller. Seit heute Nacht telefoniere ich ununterbrochen mit Leonies Freunden und Bekannten, sogar mit Leuten, die sie seit ihrer Grundschulzeit nicht mehr gesehen hat. Ich bin völlig ratlos. Mindestens fünf Mal habe ich Leonie schon auf die Mailbox gesprochen. Sie hat ihr Handy sonst immer bei sich. Da stimmt doch etwas nicht! Und dann soll ich schuld daran sein, dass Leonie weg ist? Unverschämtheit!«

»Das habe ich nicht behauptet, Frau Kaul.«

Dominik ließ sich die Handynummer des Mädchens geben. Er musste mehrfach beteuern, dass die Polizei die Sache ernst nehme, bis Leonies Mutter sich halbwegs beruhigte.

Schließlich rief er Hanna an. Er erreichte sie in ihrem Büro.

Die Sorge um ihre Nichte ließ auch die Bankerin reden wie ein Wasserfall. Sie spekulierte über eine Entführung.

Was zu tun sei, wenn eine Lösegeldforderung einginge. Dass die Polizei sich dann zurückhalten müsse, um das Opfer nicht zu gefährden. Sie rätselte, ob das Verschwinden mit ihrer geheimnisvollen Observierung in Zusammenhang stünde. Möglicherweise auch mit dem Mord an Patrick Neidel und den tödlichen Schüssen auf die Frau am Aachener Platz.

Dann sagte sie: »Warte«, und unterbrach das Gespräch.

Dominik hörte eilige Schritte. Eine Tür. Etwas begann zu rauschen. Wasser, das aus dem Hahn in ein Becken schoss.

»Weißt du noch, was wir verabredet haben?«, fragte Hanna leise. Dominik hatte Mühe, sie zu verstehen. »Du wolltest meine Wohnung auf Wanzen durchsuchen.«

»Hast du jetzt etwa die Toilette aufgesucht, um mich daran zu erinnern?«

»Nenn es meinetwegen Paranoia, aber ich weiß nicht, wem ich noch trauen kann.«

»Glaubst du, auch am Arbeitsplatz belauscht zu werden?«

»Ich weiß es nicht. Ahrendt, mein Chef, hat mich auf die Idee gebracht. Tut mir leid, dich damit zu behelligen, aber meine Nerven … Das ist allmählich alles zu viel für mich. Ich muss wissen, ob ich wenigstens zu Hause noch sicher bin.«

»Das habe ich nicht vergessen, Hanna.«

»Danke. Aber kannst du die Wanzensuche bis zwanzig Uhr erledigt haben? Ich bin nämlich noch mit meinem Freund verabredet.«

Dominik schluckte. Von einem Freund hatte er nichts gewusst. »Klar geht das.«

»Und es macht dir wirklich keine Umstände?«

»Nein, nein. Bis später dann.«

Sie verabredeten sich für achtzehn Uhr, dann legte Dominik auf. Vergiss sie, sagte er sich. Eine Frau wie Hanna Kaul ist natürlich in festen Händen.

Sein Handy klingelte. »Roth, Kripo Düsseldorf.«

»Wo steckst du?«, fragte Anna. »Wir haben Sax!«

40.

Wieder hatte sich Anna hinter das Steuer gesetzt. Er hatte ihr angeboten zu fahren, doch sie traute offenbar seinen Künsten nicht.

Als sie aus dem Rheinufertunnel auftauchten, rief Dominik das Landesamt für zentrale Polizeidienste an, das in Duisburg residierte. Er wurde drei Mal weiterverbunden, bis er endlich den zuständigen Kollegen an der Strippe hatte. Er schilderte den Fall Leonie Kaul und gab die Daten durch.

So lange ein Handy eingeschaltet war, wählte es sich automatisch in das Mobilfunknetz ein. Die Antennen des Netzbetreibers definierten die Funkzellen. Jede Einwahl wurde gespeichert: Ort, Uhrzeit, Telefonnummer. Wer sich mit dem Handy durch die Stadt bewegte, von Zelle zu Zelle, meldete sich ständig neu an und hinterließ ein Bewegungsbild – Leonies Telefon musste zu orten sein, zumindest ungefähr.

»Bis wann kann ich mit dem Ergebnis rechnen?«, fragte Dominik.

»Dieses Jahr müsste es noch klappen. Falls keine Terrorfahndung dazwischenkommt.«

Scherzkeks, dachte Dominik und bat um Rückruf auf sein Mobiltelefon.

Es war heiß im Wagen, die Klimaanlage war offenbar defekt. Dominik ließ das Fenster heruntergleiten.

Anna bedachte ihn mit einem kritischen Seitenblick. »Wie viele Fälle bearbeitest du parallel?«

»Multitasking. Männer können das.«

Anna verdrehte die Augen.

Als sie Angermund erreichten, ging es nur noch im Schritttempo weiter. Auf der Hauptstraße stauten sich die Autos.

Nur unter Einsatz des Blaulichts konnten sie zur Bahnüberführung durchdringen.

Dominik erkannte das Unfallfahrzeug. Schade um die schöne Karosse.

Anna hielt neben dem Krankenwagen. Sie stiegen aus und sprachen einen uniformierten Kollegen an, der auf sie gewartet hatte. Dominik erkannte ihn: Gero Schulz von der Altstadtwache, seiner ehemaligen Dienststelle.

»Du hast Sax verfolgt?«, fragte Anna.

Schulz nickte und wandte sich an Dominik. »Hallo, Roth, wie geht's bei der Kripo?«

Händeschütteln. Dominik hätte wetten können, dass der Kollege in diesem Moment an die Sache mit Nelly denken musste.

Anna fragte: »Warst du allein?«

Schulz wies in Richtung des Krankenwagens, wo ein zweiter Uniformierter gerade eine Spritze verpasst bekam. »Heinz musste unbedingt live zugucken. Ist seinem Nervenkostüm nicht gut bekommen.«

Dominik spähte von Brücke. Auch dort unten stockte der Verkehr – ein ICE stand auf den Gleisen. Er ruckelte, rollte ein paar Meter und hielt wieder an.

»Schau lieber nicht hin«, sagte Schulz. »Es wird noch eine Weile dauern, bis sie die Brocken von den Schienen gekratzt haben.«

Anna bat den Kollegen, seinen schriftlichen Bericht noch heute abzugeben.

Zu Dominik sagte sie: »Wir bräuchten einen Fingerabdruck, um sicher zu sein.«

»Sollen wir losen?«, fragte er und verzog das Gesicht.

»Keine Angst, ich mach das schon. Aber erst, wenn die Leiche in der Rechtsmedizin liegt.«

»Dann kann das jeder.«

»Oder willst du jetzt ...«

»Nein, nein, schon gut.«

Sie verabschiedeten sich von den Kollegen und den Sanitätern.

»Selbstmord ist so gut wie ein Geständnis«, sagte Dominik auf dem Weg zum Auto.

»Klar.« Anna strich sich über ihre Arme, als fröstele sie. »Fragt sich nur, wofür.«

41.

Jochen Urbans Zimmer war ein Verschlag am Ende eines breiten Schlauchs von Großraumbüros, vollgestellt mit Kisten, Schränken und metallenen Regalen. Unter dem Schreibtisch schlängelten sich unzählige Kabel. Ein Faxgerät ratterte auf einem PC-Gehäuse, Archivkästen aus Pappe stapelten sich an der Stelle, wo bei Dominiks letztem Besuch noch ein Sessel für Gäste gestanden hatte.

Er wunderte sich jedes Mal, wie sein Freund in diesem Chaos zurechtkam. Während *Urban Ermittlungen* stetig expandierte, hauste die Zentrale in der gleichen Flingeraner Hinterhof-Fabriketage wie beim Start der Firma vor drei Jahren.

Jochen wirkte mal wieder gestresst, seit Kurzem gehörte auch eine Firma für Hausverwaltung und Gebäudereinigung zu seinem Imperium.

Die Angelrute in der Ecke wirkte wie ein Fremdkörper. Davor lag ein seltsames, in sich zusammengesunkenes Ungetüm – grünliche Gummistiefel, die in eine Art Hose mit breiten Trägern übergingen. Sportutensilien, die den Eindruck erweckten, Jochen könne sich zwischendurch zurücklehnen und seinen Erfolg genießen.

»Warst du mal wieder in der Eifel?«, fragte Dominik.

»Jep.«

»Weshalb ich gekommen bin – hast du's?«

Das Telefon klingelte. Ronaldo, der zu Jochens Füßen lag, hob kurz den Kopf, dann döste er weiter. Jochen kramte in einer Schublade und gab Dominik den Detektor. Das Ding erinnerte an ein Walkie-Talkie, mit Stummelantenne und Drehregler.

»Darf ich dich noch etwas fragen, Jochen?«

»Klar, mein Junge, entschuldige, also mit diesem Knopf schaltest du …«

»Nein, ich meine nicht den Wanzensucher. Mit dem Teil kenne ich mich aus.«

»Verstehe. Du willst immer noch wissen, wer am Freitag außer dir dran war, die hübsche Bankerin zu observieren.« Jochen tippte in die Tastatur, schrieb etwas vom Monitor ab und schob den Zettel herüber.

Dominik las zwei Namen, die ihm nichts sagten, samt Adressen. »Danke.« Er faltete das Blatt und steckte es ein. »Wenn ich Glück habe, ist die Geschichte ausgestanden. Wir glauben zu wissen, wer Patrick Neidel umgebracht hat.«

»Gratuliere.«

»Ich wollte dich eigentlich etwas ganz anderes fragen.«

»Rück raus damit.«

»Deine Tochter – wie lange ist das jetzt her?«

»Nächsten Monat vier Jahre. Im Dezember wird sie neunzehn, wo auch immer sie ist. Wieso bohrst du in dieser Wunde?«

»Gestern Abend ist wieder ein Mädchen verschwunden.«

Das Telefon klingelte aufs Neue. Jochen entschuldigte sich und nahm das Gespräch an. Dabei wandte er sich ab, seine Hand spielte mit einem Kugelschreiber.

Dominik erinnerte sich, dass die zuständigen Sachbearbeiter vom KK 12 auch in Lisa Urbans Fall nicht allzu viel unternommen hatten, zumal bald nach dem Verschwinden die beiden Ansichtskarten eingetroffen waren, in denen Lisa mitteilte, dass es ihr gut ginge. In der zweiten Nachricht erwähnte sie einen Freund und eine geplante Weltumsegelung.

Um einen schlechten Scherz auszuschließen, hatte Jochen die Karten von einem Grafologen prüfen lassen, der die Schrift als authentisch bewertete. Immer wieder waren Jochen und seine Frau Christiane nach Amsterdam gefahren, um nach ihrer Tochter zu fahnden – vergebens.

Zunächst hatte das Paar den Anschein vermittelt, als könnte es seinen Kummer gemeinsam meistern. Inzwischen lebte Christiane von Jochen getrennt und warf ihm vor, er habe die Tochter mit übertriebener Strenge und Kontrollsucht in die Flucht getrieben. Einmal hatte ihr ein Privatsender die Bühne geboten, das Mädchen zur Rückkehr aufzufordern – eine Aktion der Verzweiflung, tränenreich und vermutlich quotenträchtig, aber ohne Wirkung. Von Jochen wusste Dominik, dass sich Christiane in psychiatrischer Behandlung befand.

Jochen selbst hatte sich ebenfalls verändert. Er wirkte verschlossener als früher, manchmal auch verbittert. Die Firma war an die Stelle der Familie getreten. Eigentlich sollte er ausgehen und sein Leben genießen, dachte Dominik, während er seinem Freund beim Telefonieren zusah. Dann wurde ihm klar, dass er nicht anders handelte. Wie lange war das her, dass sie zuletzt die Kneipenszene unsicher gemacht hatten und gemeinsam versackt waren?

Jochen legte auf, kritzelte etwas in einen Kalender und fragte: »Ihr habt also den Mörder eurer Brandleiche?«

»Ich denke, ja.« Dominik berichtete von Sax, dessen Laptop der Ermordete gestohlen hatte, und vom Ende des pädophilen Handelsvertreters unter den Rädern eines ICE. Zwar hatten sie noch keinen Beweis für Sax' Täterschaft im Fall Patrick Neidel gefunden. Keine Spuren eines Brandbeschleunigers an der Kleidung des Vertreters. Auch kein Benzinkanister in Auto oder Wohnung. Keine Pistole – aber kein Killer mit Köpfchen bewahrte eine Tatwaffe bei sich auf.

Jeder Kollege der Mordkommission teilte die These. Man wollte den Fall als gelöst betrachten.

»Dann bist du also aus dem Schneider und ich muss mir nicht länger vorwerfen, dich in Kalamitäten gebracht zu haben.«

»Wenn, dann habe ich das allein verschuldet.«

»Und was ist das für eine Geschichte mit dem verschwundenen Mädchen?«

»Darf ich?« Dominik griff nach dem gerahmten Foto, das auf dem Schreibtisch stand. Es zeigte Jochen, seine Frau und die gemeinsame Tochter. Das Mädchen, um das Jochen seinen Arm gelegt hatte, richtete einen ernsten Blick in die Kamera. Lisa Urban war groß gewachsen, volle Wangen, kräftige Arme. Das dunkle Haar zum Pferdeschwanz gebunden.

Nicht mehr Kind, noch nicht Frau.

Dominik zog die Aufnahme hervor, die er kopiert hatte. Das Licht war anders, Leonie vom Fotografen in der Bewegung eingefangen. Als drehe sie sich im Weglaufen noch einmal um, das offene Haar vom Wind zerzaust. Verglichen mit Lisa wirkte sie vielleicht etwas reifer. Aber die klugen, wachen Augen – Dominik stellte eine gewisse Ähnlichkeit fest. Zwei Mädchen, die nicht ahnten, was die Zukunft bringen würde, aber fest entschlossen waren, alles richtig zu machen.

»Ich gäbe alles, wenn ich wüsste, wo Lisa jetzt steckt«, sagte Jochen.

»Hast du mal daran gedacht, dass sie vielleicht entführt wurde?«

»Natürlich. In vier Jahren geht einem so manches durch den Kopf.«

»Dass die Geschichte von der Weltumsegelung erfunden war und der Entführer deine Tochter gezwungen hat, diese Karten zu schreiben?«

»Klar, auch das. Christiane und ich haben immer ausgeblendet, dass es so sein könnte. Aber ich bin mir sicher, dass sie das insgeheim auch für möglich hält. Schaurige Vorstellung, nicht wahr?«

»Und dann fuhr der Kerl nach Amsterdam und warf die Karten dort in den Briefkasten.«

»Es reicht jetzt.« Jochen hob abwehrend die Hände. »Nenn mich naiv, aber in meiner Hoffnung lebt sie glücklich mit ihrem Freund zusammen, egal wo sie sich jetzt aufhält.« Er stellte das Bild zurück an seinen Platz.

»Leonie ist etwa so alt, wie Lisa es damals war«, sagte Dominik.

»Glaubst du etwa, in dieser Stadt geht ein Mädchensammler um?«

»Ich krieg's raus.«

Dominiks Mobiltelefon klingelte. Er entschuldigte sich bei Jochen, denn das Display zeigte eine Duisburger Nummer. Das Landesamt für zentrale Polizeidienste. Mit einem so raschen Rückruf hatte Dominik nicht gerechnet.

»Hast du die Funkzellenauswertung?«, fragte er in sein Handy.

»Ja«, meldete der Kollege. »Das Mobilteil deiner Vermissten ist eingeschaltet. Die Zelle umfasst etwa sechs Häuserblocks und erstreckt sich im Düsseldorfer Stadtteil Bilk beiderseits der Suitbertusstraße zwischen Merkurstraße im Westen und Merowinger im Osten.«

Dominik notierte die Straßennamen. Das Areal umfasste Hannas Adresse ebenso wie die Stelle, an der er das Fahrrad gefunden hatte.

»War's das?«, fragte der Duisburger Kollege.

Dominik bedankte sich und verstaute das Handy.

»Seit wann machst du Vermisstenfälle?«, fragte Jochen.

»Es handelt sich um die Nichte einer Zeugin. Hanna Kaul, du weißt schon.«

Sein Freund hob die Augenbrauen. »Hat sie dich etwa an den Eiern, die hübsche Bankerin? Vorsicht, mein Junge.«

»Ich tu's auch für dich.« Er drückte Jochens Schulter, griff nach dem Wanzensuchgerät und wandte sich zum Gehen.

»Übrigens, Dominik ...«

»Ja?«

»Du wirst Minisender bei Hanna Kaul finden. Drei Stück.«

42.

Mierscheid wischte sich über die Stirn und spürte, wie ihm die Schweißtropfen über Brust und Rücken liefen. Er hatte sich zu Fuß auf den Weg gemacht. Selbst an einem Spätnachmittag im Sommer wirkte die Gegend auf ihn grau und schmuddelig – typisch für diesen Moloch von Stadt, wie er fand.

Von der Friedrichstraße führten ein paar Stufen zum Spreeufer hinunter. Ein blondes Mädel empfing Mierscheid am Eingang des *Grill Royal* und fragte, ob er reserviert habe.

Drinnen gab es dunkles Parkett, Vitrinen voller Weinflaschen, eckige Sitzbänke und anthrazitfarbene Polstersessel – leer bis auf Helmut Frantzen, der an einem Ecktisch Brot in Olivenöl tunkte.

Mierscheid merkte, wie hungrig er war. Er durchquerte den Raum, schüttelte Frantzens Hand und nahm Platz. Sein Gegenüber war braun gebrannt, wie frisch aus dem Urlaub.

»Warum nicht auf der Terrasse, bei dem Wetter?«, fragte Mierscheid.

Der RheinBank-Manager schüttelte den Kopf. »Zu viele Fliegen.«

Ein Kellner brachte die Karten, doch sie hatten sich bereits entschieden. Frantzen wirkte unruhig und redete eine Spur zu laut. Mierscheid wusste, dass der Mann ab und zu kokste. Vielleicht hatte er vor dem Treffen etwas geschnupft.

»Du siehst nicht gut aus«, sagte Frantzen, als sie allein waren.

»Herzlichen Dank.«

»Hast du abgenommen?«

»Schön wär's.«

»Die Rede neulich vorm Bundestag war okay.«

»Okay? Mehr nicht? Ich habe dafür gesorgt, dass euer Standpunkt in die Medien gekommen ist!«

»Im gesamten Landkreis Neuss, schon klar, Lothar.«

Der Kellner brachte die Austern. So rasch waren sie in diesem Schuppen noch nie bedient worden. Mierscheid schlürfte das erste rohe Tierchen.

»Wie war's im Ausschuss?«, fragte sein Gegenüber.

»Der Exminister hat alles richtig gemacht, aber er wirkte nicht ganz bei der Sache. Als hätte er innerlich Abschied genommen von der Politik.«

»Er sondiert zurzeit seine Chancen in der freien Wirtschaft. In seiner Partei kräht kaum ein Hahn mehr nach ihm. Hatte nie den Stallgeruch, der jetzt wieder en vogue ist. Aber andererseits – wen haben sie sonst?«

»Werdet ihr ihn anheuern oder die Deutsche Bank?«

Frantzen winkte ab. »Aktive Politiker sind uns wichtiger.«

»Ich habe den ›Energiepolitischen Appell‹ gelesen. Dingendorff hat nicht unterschrieben.«

»Wir bleiben neutral.«

Mierscheid hatte auf ein paar Insiderinformationen gehofft, drängte aber nicht. Er probierte den Entre-deux-Mers.

»Hör zu«, sagte der Kommunikationschef der RheinBank und kratzte sich am Hals. »Du solltest mehr aus dir machen. Wie alt bist du jetzt? Fünfzig?«

»Achtundvierzig.«

»Und immer noch Hinterbänkler.«

»Was ist schlimm daran?«

Frantzen lachte.

»Es muss nicht jeder durch die Talkshows tingeln und so tun, als würde er den Planeten retten«, bekräftigte Mierscheid.

»Das ist nicht normal für einen Politiker.«

»Dann bin ich eben nicht normal.«

Da kein Kellner kam, um nachzuschenken, hob Frantzen selbst die Flasche aus dem Kühler und lästerte über die Rückständigkeit der Hauptstadtgastronomie – sein Lieblingsthema, wann immer er in Berlin war.

Das Lokal begann sich zu füllen. Männer mit geschorenem Schädel und Hornbrille. Möchtegernkünstler, die ihre Schals auch im Sommer trugen. Junge Frauen, deren getunte Brüste schier die Blusen sprengten.

Am gegenüberliegenden Ecktisch nahmen Christian Lindner und Maybrit Illner Platz. Frantzen nickte dem FDP-Mann zu. Mierscheid fragte sich, ob er das als Indiz dafür werten sollte, dass Lindner demnächst ins Bundeskabinett wechselte.

»Warum hast du mich hierher bestellt?«, wollte er von Frantzen wissen. »Doch nicht bloß, um dich nach dem Ausschuss zu erkundigen.«

Sein Gegenüber säbelte am Hauptgang, dem irischen Dry-aged-black-Angus-Steak. »Kennst du den *Sparclub 91?*«

Mierscheid musste einen Moment überlegen. »Gibt's den noch?«

»Er ist einflussreicher denn je.« Frantzen sprach mit vollem Mund. »Ich soll dir anbieten, beizutreten. Du machst deine Arbeit als Obmann gut, das gefällt uns. Dingendorff sieht in dir einen Mann mit Zukunft. Erst wirst du Mitglied im Sparclub, und in ein paar Wochen schauen wir weiter. Die Kanzlerin wird die Regierung umbilden, wusstest du das?«

Mierscheid lachte unsicher. »Was zum Teufel habt ihr mit mir vor?«

»Wo bist du am Freitag?«

»Zu Hause.« Für den Rest der Woche hatte Mierscheid wieder Termine im Wahlkreis, musste sich auf Schützenfesten blicken lassen, Firmenjubiläen beehren, Redaktionen besuchen – die unumgängliche Tingelei. »Wieso fragst du?«

»Deshalb.« Frantzen schob ihm einen Umschlag zu.

Die Lasche war verklebt, keine Beschriftung. Zu dünn, um ein Geldbündel zu enthalten, erkannte Mierscheid und steckte das Kuvert ein. Er versuchte das leichte Grummeln in seinem Bauch zu ignorieren. Seit der Sache mit Paula kriegte sich sein Magen nicht recht ein. Nervensache.

Frantzen winkte dem Kellner und gab ihm seine Platinkarte. »Scheißberlin. Weil Dingendorff meint, das Kanzleramt brächte die Chinareise ohne mich nicht zustande, musste ich mein heutiges Date absagen.«

»Die Blumenhändlerin?«

»Nein, ein Mädel aus meiner Bank. Wir kennen uns seit Karneval. Zu Altweiber hatte die RheinBank AG diese Großdisco am Rheinhafen angemietet, verstehst du?«

»Aha.«

»Nicht, was du denkst. Die Kleine ist etwas Besonderes. Nur etwas schwierig in letzter Zeit.«

»Weil sie begriffen hat, dass du nie und nimmer deine Frau verlassen wirst?«

»Ach, was soll's.« Frantzen hob das Glas mit dem Digestif. »Zum Ausgleich gibt mein Spesenkonto noch einen gepflegten Puffbesuch her. Ich lade dich ein.«

Mierscheid winkte ab. Er kannte Frantzens Bunga-Bunga-Spielchen. Heute war er nicht in der Stimmung dafür.

43.

Hanna folgte ihm auf Schritt und Tritt. Sie beäugte jede Bewegung, die er mit dem Detektor machte. Dominik spürte ihre Anspannung. Er drehte am Regler, die rote LED-Reihe leuchtete auf.

»Wittert das Gerät etwas?«, fragte Hanna.

»Nein, ich habe es aktiviert.«

Der Detektor gab tickende Geräusche von sich.

»Und jetzt, ist da eine Wanze?«

»Das Ding ist erst einmal betriebsbereit. Hab einfach Geduld, Hanna.« Dominik bat sie, das Radio anzumachen. Bei Stille schalteten die üblichen Minisender ab, um Batteriestrom zu sparen. Inaktive Wanzen waren nicht zu orten.

Im Deutschlandfunk liefen gerade die Nachrichten. Der Bundespräsident hatte sich mal wieder für ein rigoroses staatliches Eingreifen zur Bändigung der Profitgier an den Finanzmärkten ausgesprochen. Er sehe das Monster noch nicht auf dem Weg der Zähmung, zitierte der Nachrichtensprecher.

»Laut genug?«

Dominik nickte.

Ihm gefiel, wie Hanna ihre Wohnküche eingerichtet hatte. Schlichte Möbel, farbenfrohe Kissen. Auf dem Sideboard thronte eine Buddhafigur aus hellem, fast weißem Stein. Der Monatskalender zeigte einen Tempel, den der Dschungel überwucherte. Ein Baum wurzelte im Mauerwerk und es war nicht klar, ob er es sprengte oder zusammenhielt.

Regale voller DVDs. Damit hätte man glatt eine Videothek eröffnen können. Dominik vermisste einen Fernseher. Dann bemerkte er den Beamer unter der Decke. Ein Stück weiße Wand diente offenbar als Projektionsfläche. Gegenüber ein Sofa und noch mehr bunte Kissen.

Hanna trat hinzu. Der Detektor jaulte auf. Hanna erstarrte.

»Nur die Ruhe«, sagte Dominik.

»Eine Wanze, nicht wahr?«

»Hast du dein Handy bei dir?«

Hanna nickte.

Er bat sie, es auszuschalten, und setzte die Suche fort. Zwischen den Rippen des Heizkörpers wurde er zum ersten Mal fündig. Ein unscheinbares Ding steckte dort, nicht größer als ein Daumennagel.

Du wirst Minisender bei Hanna Kaul finden. Drei Stück.

Im Schlafzimmer entdeckte Dominik den nächsten Minisender, ebenfalls an der Heizung. Dominik überlegte, wo er die dritte Wanze angebracht hätte.

Hannas Festnetztelefon stand auf einer Kommode im Flur. Er hob den Hörer ab, sofort gab das Suchgerät Alarm – das Freizeichen hatte den Sender aktiviert.

Hanna sah aus, als wollte sie jeden Augenblick losheulen, sie war fix und fertig.

In Ermangelung eines Schraubenziehers hebelte Dominik den Hörer mit einem Küchenmesser auf. An zwei Drähten hing ein gelbes Stückchen Platine, das dort nichts zu suchen hatte. Er entfernte es und reichte es seiner Auftraggeberin.

Sie ließ das Teil fallen wie ein glühendes Stück Kohle. Wütend trat sie darauf.

»Du ruinierst dein Parkett«, mahnte Dominik.

Zur Sicherheit machte er noch einmal die Runde. Dann sah er auf die Uhr. »Früh genug für dein Date.«

Er bemerkte, dass Hanna zitterte. Tränen liefen über ihr Gesicht. Dominik bekam Angst, dass sie zusammenklappen könnte, und nahm sie in den Arm.

»Wer macht das?«, fragte sie. »Wer hat mir das angetan?«

»Die Fotos oder die Wanzen?«

»Beides.«

»Sei vorsichtig im Büro, falls dein Arbeitgeber dahintersteckt. Eine falsche E-Mail oder ein verkehrtes Wort am Telefon könnten dich den Job kosten. Als Angestellte bist du quasi gläsern. Wenn deine Chefs es wollen, können sie prüfen, wann du mit deinem Bürocomputer welche Website besucht hast und wie lange du darin gestöbert hast. In vielen Unternehmen ist das Routine.«

»Ich will das aber nicht. Schon gar nicht eine solche Lauschaktion in meinen vier Wänden!«

»Ruhig, Hanna. Die Sender sind beseitigt und außer Betrieb.«

»Nein, das hier ist nicht mehr mein Zuhause! Wenn ich mir vorstelle, dass ein Wildfremder in meine Wohnung eingebrochen ist ... Jeden Pups, den ich mache, hat der Kerl aufgenommen. Ich kann hier nicht länger bleiben!«

Hanna wollte telefonieren, doch Dominik musste erst wieder den Hörer zusammensetzen. Dann wählte sie eine Nummer.

»Britta, meine Schwester«, erklärte sie.

»Ich bringe dich hin«, versprach Dominik, denn Hanna erschien ihm zu aufgeregt, um selbst zu fahren.

Eine Weile presste sie den Hörer ans Ohr, dann legte sie auf und ließ sich auf einen Stuhl sinken.

»Nicht da?«, fragte Dominik.

Hanna schüttelte den Kopf.

»Und dein Freund?«

»Fällt flach heute Abend. Musste beruflich schon wieder nach Berlin.«

»Hast du keinen Schlüssel für seine Wohnung?«

»Nein!« Unverhofft war Hanna laut geworden. »Was fällt dir eigentlich ein, mich über mein Privatleben auszuhorchen!«

»Ich hab doch nur ...«

Die Bankerin winkte ab und fuhr sich durchs Haar. »Entschuldige, Dominik. Meine Nerven. Die letzten Tage waren das reine Chaos.«

»Wenn du möchtest, Hanna ...« Er war sich nicht sicher, wie er seinen Vorschlag in Worte fassen sollte. »Du kannst bei mir übernachten, wenn du einen Tapetenwechsel brauchst. Für ein paar Tage kein Problem. Ich hab genügend Platz.«

In diesem Moment schellte Hannas Telefon.

Sie meldete sich und Dominik bekam mit, dass es ihre Schwester war, die eben nur das Klingeln zu spät gehört hatte. Hannas Miene hellte sich auf.

44.

Dominik fuhr keine hundert Meter, dann bog er in die Suitbertusstraße. Es war Tagesschauzeit, die Straßenränder waren hoffnungslos zugeparkt. An der Stelle, wo er im Morgengrauen das Fahrrad gefunden hatte, ließ Dominik seinen Wagen auf den Gehsteig rumpeln. Er stieg aus, Hanna folgte ihm.

»Was hast du vor?«, fragte sie.

»Leonies Handy ist hier geortet worden. Wir könnten gemeinsam suchen, was meinst du?«

Er schloss die Handschellen auf, mit denen er das Rad gesichert hatte. Probehalber schob Hanna das Gefährt über das Pflaster. Der Lenker stand schief. Das vordere Schutzblech schabte am Reifen.

»Ich hab's mir heute früh schon angesehen«, sagte Hanna. »Leonie muss einen Unfall gehabt haben.«

»Aber dann wäre sie irgendwann aufgetaucht.«

Hanna führte die Faust zum Mund und schwieg. Ihre Zähne gruben sich in die Knöchel.

»Welchen Klingelton hat das Handy deiner Nichte?«, fragte Dominik.

»Das wechselt ständig. Zuletzt ein Bellen oder ein Husten. So etwas findet sie lustig. In ihrer Clique gibt es einen regelrechten Wettbewerb um den originellsten Ton.«

»Hast du ihre Nummer gespeichert?«

Hanna zückte ihr Handy und drückte ein paar Tasten.

Ein Auto fuhr vorbei, Dominik konnte nichts hören.

Er entfernte sich ein paar Schritte. »Kannst du noch einmal wählen?«

Hanna tat, worum er gebeten hatte.

Da war ein leises Geräusch. Ein paar Meter weiter konnte Dominik es deutlicher hören. Es drang aus der Hecke eines Vorgartens.

Eindeutig: ein langgezogener Furz. Drei Mal, dann war es still.

»Die Mailbox«, sagte Hanna, ihr Handy noch am Ohr. »Wie jedes Mal seit letzter Nacht.«

Dominik ging in die Hocke. Unter dem Gesträuch war es zu dunkel, um etwas zu erkennen. Er streckte sich, konnte aber nichts tasten.

»Noch einmal, bitte.«

Wieder furzte es, zugleich schimmerte dicht am Zaun etwas auf. Dominik zog sich Kratzer am Handrücken zu, doch mithilfe eines Stöckchens konnte er Leonies Handy schließlich hervorangeln. Weißes Gehäuse, großes Display – ein nagelneues iPhone.

»Das hätte sie niemals freiwillig weggeworfen«, sagte Hanna. »Hab ich ihr zu Weihnachten geschenkt.«

Dominik holte eine Beweismitteltüte aus seinem Honda, um das Handy zu verstauen. Ein Fall für die Kriminaltechnik.

»Ich danke dir«, sagte Hanna und blickte ihn mit schimmernden Augen an.

»Wofür?«

»Du bist anscheinend der einzige Polizist, der Leonies Verschwinden ernst nimmt.«

Weil ich ein schlechtes Gewissen habe, dachte Dominik. Die Bankerin tat ihm leid. Er war Teil der Überwachungsaktion gewesen, die sie in Angst und Schrecken versetzt hatte. Ihm war fast, als hätte er selbst die Wanzen in ihrer Wohnung angebracht. Wenn er einen Teil seiner Freizeit opferte, damit sich diese Frau etwas besser fühlte, war das nur gerecht.

Er winkte Hanna, ihm zu folgen, und sie betraten das Grundstück. Dominik klingelte am Hauseingang. Es summte. Im Erdgeschoss empfing sie ein Mann in seiner Wohnungstür. Bierbauch, kurze Hose, mürrischer Blick. Dominik zeigte seine Marke, stellte Hanna als Kollegin vor und fragte nach Leonie, dem Bewohner das Foto aus der Vermisstenakte unter die Nase haltend.

Zehn Minuten später hatten sie alle anwesenden Mieter des Hauses befragt. Niemand hatte letzte Nacht etwas beobachtet.

»Ist das immer so mühsam?«, fragte Hanna, als sie wieder auf die Straße traten.

»Wir können uns aufteilen.« Dominik löste die Kette seiner Kripomarke vom Gürtel und hielt sie Hanna hin.

»Ist das nicht illegal? Amtsanmaßung, oder so?«

»Das wird deiner Nichte ziemlich egal sein.«

Hanna schloss ihre Finger um die Marke.

»Du weißt ja jetzt, wie's geht. Bleib im Hausflur, lass dir keine Gespräche aufdrängen und vertrödel keine Zeit mit Leuten, die nichts zur Sache sagen können.«

Dominik holte aus dem Auto eine zweite Kopie von Leonies Foto, drückte sie Hanna in die Hand und entnahm seinem Portemonnaie den grünen Polizeiausweis, den er anstelle der Marke vorzeigen konnte. Für etwa zwei Stunden würde es noch hell sein, überlegte Dominik.

»Du hier, ich auf der anderen Seite. Wer einen Hinweis erhält, ruft den anderen sofort auf dem Handy an.«

Eine gute Stunde später wartete Dominik in einer Hofeinfahrt auf seine Begleiterin. Er musste gähnen. Bis auf wenige

Häuser hatte er das Pensum geschafft, das er sich gesetzt hatte. Es war Zeit, aufzuhören. Eine Wolkenfront hatte es vorzeitig dunkel werden lassen, es würde gleich regnen, vielleicht Gewitter geben.

Er hatte nichts in Erfahrung gebracht, was weiterhelfen konnte. Lediglich ein Mann wollte sich an ein vorbeiradelndes Mädchen erinnern, und einer Frau war das Fahrrad aufgefallen, als es halb auf der Straße gelegen hatte. Sie gab an, mit ihrem Auto angehalten und das Rad beiseitegelegt zu haben, damit es den Verkehr nicht behinderte. Kurz vor Mitternacht sei das gewesen.

Hanna ließ sich nicht blicken. Dominik zog sein Handy aus der Tasche, um ihr das Signal für den Feierabend zu geben.

In diesem Moment rollte ein Auto aus der Einfahrt und ein Bewegungsmelder ließ eine Lampe angehen. Dominik fielen zwei Kameras an der Decke auf. Eine war auf die Durchfahrt und das davor befindliche Stück Straße gerichtet, die andere auf den Parkplatz im Hof.

Dominik schaute sich um. Gelb lackierte DHL-Transporter vor einer Rampe. Die übrigen Plätze nur spärlich belegt. Schilder wiesen darauf hin, dass der Hof videoüberwacht und das Parken auf der anderen Seite nur den Gästen eines Fitnessstudios gestattet war.

Er besah sich das Gebäude von der Straßenseite. Im Erdgeschoss eine Postfiliale, im ersten Stock die Muckibude, die noch geöffnet hatte. Dominik eilte die Treppe hoch, zog eine Tür auf und stand vor einem Drehkreuz, das ihn aussperrte. Er winkte mit seinem Ausweis. Eine Angestellte im roten Sweatshirt ihrer Firma erbarmte sich und entriegelte die Sperre per Knopfdruck.

Er trat zu ihr an den Tresen und sagte seinen Spruch auf. Die Angestellte begutachtete den Ausweis, dann Leonies Bild und schüttelte den Kopf.

Dominik erkundigte sich nach den Überwachungskameras in der Hofeinfahrt.

»Keine Ahnung. Fragen Sie doch die Post.«

Zurück nach draußen. Es hatte zu regnen begonnen. Ein Trommelfeuer dicker Tropfen. So stellte sich Dominik den Monsun in Indien vor. Er hielt sich dicht an der Wand und wurde trotzdem sofort nass.

Die Postfiliale besaß einen separaten Eingang. Ein gerahmter Aushang hinter der Glastür: Morgen früh um halb neun würde die Zweigstelle wieder öffnen.

Dominik stellte sich noch einmal in die Zufahrt, die einzige trockene Stelle weit und breit, exakt unter die Kamera, die auf die Straße zielte.

Hier war Leonie gestern Abend vorbeigekommen.

Wenn sie tatsächlich entführt worden war, gab es nur zwei Möglichkeiten: Der Täter hatte ihr aufgelauert oder sie verfolgt. Im letzteren Fall musste er ebenfalls auf dem Überwachungsvideo zu sehen sein – falls es eines gab und der Bildausschnitt groß genug war.

Aus dem gegenüberliegenden Wohnhaus trat Hanna.

»Bleib!«, rief Dominik in das laute Prasseln. Er lief zu ihr und zog seine Jacke aus, um Hanna auf dem Rückweg zum Auto zu beschirmen. Sie protestierte und lachte. Die Jacke hielt nicht dicht, das Wasser drang durch den Stoff. Sie rannten.

»Genug für heute«, sagte Dominik, als sie eingestiegen waren und er den Motor anließ.

Hanna gab ihm die Marke zurück. »Ich bin hundemüde.«

»Kein Wunder. Wir haben beide in der letzten Nacht nicht viel gepennt.«

Dominik fuhr sie quer durch das Stadtzentrum nach Derendorf und hielt vor dem Haus, in dem ihre Schwester wohnte. Der Regen hatte nachgelassen, die Straße dampfte. Hanna bedankte sich zum Abschied noch einmal.

»Tut mir leid wegen vorhin«, fügte sie hinzu.

»Was meinst du?«

»Als ich dich so angeschnauzt habe.«

»Aber du hattest ja recht. Ich interessiere mich tatsächlich für dich.«

Sie sahen sich in die Augen.

»Als Zeugin«, sagte Hanna.

»Auch.«

Es war zwar dunkel, aber Dominik war sich sicher, dass Hannas Augen leuchteten. Er griff in ihr Haar, zog sie heran und sie küssten sich.

Erst zaghaft, dann den verrückten Moment genießend.

Sie liebt ihren Freund nicht, dachte er triumphierend.

Hanna löste sich von Dominik und fragte: »Wie vereinbaren Sie das mit der Strafprozessordnung, Herr Kommissar?«

»Gar nicht, Frau Zeugin«, antwortete er.

Hanna lachte hell.

Das Wasser spritzte unter ihren Sohlen, als sie zur Haustür eilte.

Dominik schwor sich, alles zu tun, um die Nichte dieser Frau zu finden.

45.

Mierscheid verließ das Restaurant und setzte seinen Fußweg fort. Es war noch warm und er hatte es nicht eilig. Er tastete nach dem Handy in seiner Sakkotasche und überlegte, ob er über seinen Schatten springen und Malte anrufen sollte.

So viele Fragen.

Die Nachrichten, die ihm sein Referent aus dem Internet fischte und aus den Zeitungen schnitt, ließen für Mierscheid nur den Schluss zu, dass die Ermittler nicht vorankamen. Der zweite Mord hatte die Schüsse auf Paula bereits von den ersten Seiten verdrängt. Und was hatte Paulas Mitarbeiterin erzählt? Ein Tatzusammenhang: Observierungsfotos, die beim zweiten Opfer gefunden worden waren …

Mierscheid hätte gern mehr darüber gewusst. Aber sowohl die Düsseldorfer Staatsanwaltschaft als auch die dortige Polizeibehörde hatten ihm jede Auskunft verweigert. Dabei gehörte er dem Deutschen Bundestag an. Ein gewählter Vertreter des Volkes. Nicht einmal Beamte hatten offenbar noch Respekt vor Politikern.

Er hatte Freunde in Neuss angerufen, um etwas über den Suizid von Paulas jüngerer Schwester in Erfahrung zu bringen. Vielleicht lag hierin ein Schlüssel, um Paula zu verstehen: *Connis Tod hat etwas aufgeweckt. Jedenfalls kann ich nicht einfach zur Tagesordnung übergehen*. Mierscheids eigene Erinnerung an Constanze Busch war nur schwach: ein Talent am Klavier, das an den Nägeln kaute, nicht viel redete und unter den Jungs als zickig verschrien war.

Es hieß, Paulas Schwester habe später einen Fliesenlegermeister namens Kehrein geheiratet und ein Kind bekommen. Carsten Kehrein sei Mitglied der Schützenbruderschaft St. Hubertus. Ein fürsorglicher Vater und Ehemann. Er habe die Stimmungsschwankungen seiner Gattin geduldig hingenommen – aus den Berichten hatte Mierscheid den Eindruck gewonnen, dass Constanze Kehrein, geborene Busch, nicht sonderlich beliebt gewesen war. Wobei das Gerücht ging, sie sei als Mädchen vergewaltigt worden und nie darüber hinweggekommen.

Mierscheid schwitzte schon wieder. Er hielt inne und zog sein Sakko aus. Ihm fiel auf, dass er keine Ahnung hatte, in welcher Straße er sich gerade befand. Irgendwo in Berlin-Mitte, die Richtung stimmte vermutlich noch. Wie wenig er diese Stadt doch kannte! Seinen zweiten Wohnsitz, das Apartment in der Tucholskystraße, erlebte er auch nach neun Jahren noch als Provisorium.

Eine Leuchtreklame lockte Mierscheid. Warum nicht noch etwas trinken? Er betrat die Bar und war sofort von Trubel und Musik umgeben.

Ein seltsames Lokal. Der Boden nackter Beton, vor den Wänden abgeschabte Ledersofas. Tütenlampen warfen Dämmerlicht auf niedrige Beistelltische. Tapeten mit psychedelischen Mustern erinnerten Mierscheid an sein Kinderzimmer in den Siebzigern. An einer Wand hing ein Fernseher. Schwarz-Weiß-Bilder, der Ton auf stumm gestellt: Erik Ode als *Der Kommissar.* Unglaublich – wer zog sich so etwas noch rein?

Die Gäste waren jung, trugen Jeans und lange Haare. Das bevorzugte Getränk schien Bier aus Flaschen zu sein. Mierscheid erntete Blicke und kam sich wie ein Eindringling vor. Er überlegte, den Laden wieder zu verlassen, doch die Bedienung hatte ihn bereits entdeckt und schlurfte heran. Die Frau trug einen gelben Minirock aus Kunstleder, dazu einen ärmellosen Rollkragenpullover in Laubfroschgrün.

»Bier?«, fragte sie.

»Welche Sorten haben Sie?«

Statt einer Antwort drückte sie ihm eine Flasche in die Hand.

Mierscheid bedankte sich. Er lockerte seine Krawatte und nahm einen Schluck. Erik Odes Agieren auf der Mattscheibe wirkte surreal in Verbindung mit der Musik von Falco, die aus den Lautsprechern tönte. Mierscheid stellte fest, dass ihn das Kneipenvolk in Ruhe ließ, und lehnte sich zurück.

Er kam sich alt vor. Nicht nur in dieser Umgebung. Es ging ihm allgemein so in letzter Zeit.

Achtundvierzig. Und immer noch Hinterbänkler.

Wozu Ambitionen? Er verdiente genug. Ohne sich kaputtzuschuften.

Dingendorff sieht in dir einen Mann mit Zukunft.

Erst wirst du Mitglied im Sparclub …

Mierscheid überlegte, was er über diesen Verein wusste. Gerüchte: Ein früherer Chef der NRW-Landesbank hatte vor zwei Jahrzehnten den Club gegründet, dessen Jahrestreffen als legendäre Besäufnisse berüchtigt wurden. Skat und dicke Zigarren – Karrieren in Politik und Wirtschaft wurden dabei angekurbelt. Heute kaum mehr vorstellbar: In Düsseldorf regierten zu jener Zeit die Sozis mit absoluter Mehrheit.

Gerede: Ein späterer Bundespräsident gehörte zum Club. Ein weiteres Mitglied ging als Wirtschaftsminister nach Berlin. Auch Unionsleute fanden in den Kreis. Der monatliche Beitrag lag im unteren dreistelligen Bereich, damals noch in Deutscher Mark – Vermögensbildung war als Zweck der Vereinigung sicher nur ein Vorwand gewesen.

Geflüster: Die Landesbank soll um die Jahrtausendwende ihre Aufsichtsräte mit Freiflügen umgarnt haben. Ein Kopilot munkelte von Spaßreisen und Nutten an Bord. Bevor es zum Prozess kommen konnte, war der Zeuge verschwunden, vermutlich ins sonnige Ausland und mit reichlich Schweigegeld versehen. Der *Sparclub 91* war als gemeinsamer Nenner all dieser filzigen Umtriebe genannt worden. Zu jener Zeit hatte sich Mierscheid erstmalig um das Direktmandat im ländlich geprägten Wahlkreis beworben und aus dem nahen Düsseldorf lediglich mitbekommen, was in der Presse stand.

Danach war es still um den Verein geworden.

Mierscheid zog Frantzens Umschlag aus der Innentasche seines Sakkos. Er fetzte die Lasche auf. Ein Kärtchen aus dickem Papier steckte darin. Handgeschöpft, vermutete Mierscheid.

Tagungshotel Burg Schassberg, Freitag, 20 Uhr.
Ein Imbiss wird gereicht.
Dresscode smart casual.

Die Rückseite war unbedruckt geblieben. Keine Angaben zum Zweck des Treffens. Mierscheid nahm sich vor, die Einladung zu ignorieren. Womöglich bestand der erwähnte Imbiss aus zähen Brötchen, belegt mit billiger Wurst und durchweicht von matschigen Tomaten.

Aus der Begegnung mit Frantzen wurde er nicht schlau. Lothar Mierscheid, ein Mann mit Zukunft?

»Noch ein Bier?«

Die Frage schreckte ihn aus den Gedanken. »Gern.«

»Wir haben auch Berliner Weiße.« Die Frau im grünen Pulli legte den Kopf schief.

»Nein, passt schon.«

Er nahm die geöffnete Flasche entgegen und bedankte sich wieder. Diesmal lächelte die Bedienung sogar.

Die Beschallung wurde für einen Moment schwächer und Mierscheid bemerkte, dass sein Handy piepste. Er hatte einen Anruf verpasst. Die Nummer auf dem Display sagte ihm nichts.

Er rief zurück.

Malte Lichtenberg meldete sich. »Ich versteh dich kaum«, sagte der Staatssekretär. »Wo steckst du? Über-dreißig-Party?«

»Was ist los, Malte, warum rufst du mich an?«

»Paula … Die Düsseldorfer Staatsanwaltschaft hat die Leiche freigegeben. Morgen schon ist die Beerdigung in Neuss. Um 14 Uhr, Hauptfriedhof. Wollte ich dir nur sagen. Falls du Wert darauf legst, dabei zu sein.«

Und ob ich dabei sein will, dachte Mierscheid.

Er nahm einen tiefen Schluck. Er sollte keinen Groll auf den Kerl hegen. Ihnen beiden war die Frau genommen worden, in die sie einst verliebt gewesen waren. Auf gewisse Weise teilten sie ein Schicksal.

»Sonst etwas Neues?«, fragte Mierscheid.

»Die Polizei hat endlich einen Zeugen gefunden, der das

Fluchtauto des Täters beschrieben hat. Damit sollten sie den Kerl kriegen.«

»Hoffen wir's.«

»Du glaubst doch nicht wirklich, dass ich es war?«

»Ist dir das wichtig?«

Schweigen am anderen Ende.

Mierscheid steckte das Handy ein und lehnte sich zurück.

Mir sagt die Polizei nichts, aber Lichtenberg verrät sie das mit dem Fluchtwagen. Mierscheid fand das ungerecht. Und wieder fragte er sich, in welcher Angelegenheit Paula seinen Rat gesucht haben konnte.

Auf dem Bildschirm führte jetzt Derrick seine Tränensäcke vor.

46.

Donnerstag, sechs Uhr dreißig: Die Stimme des Nachrichtensprechers weckte Dominik aus einem unruhigen Schlaf.

Er versuchte, sich auf die Meldungen zu konzentrieren und nicht wieder einzudämmern. In Göttingen demonstrierten Arbeiter gegen die geplante Zerschlagung eines Kalikonzerns. Der Bundespräsident war wegen irgendwelcher Äußerungen zu Afghanistan in heftige Kritik geraten. Die Kanzlerin machte sich in Brüssel für eine Beteiligung der Banken an der Rettung Griechenlands stark. Dominik tastete nach dem Radiowecker und drückte den Aus-Schalter.

Nelly guckte aus ihrem Rahmen.

»Ich habe eine Frau geküsst«, sagte er. »Sie gefällt mir. Sehr sogar. Du bist mir doch nicht böse, oder?«

An ihrem Ausdruck auf dem Foto änderte sich natürlich nichts. Vielleicht hatte Nelly ihn von Wolke sieben aus beobachtet und freute sich für ihn. Einen Moment lang genoss Dominik diesen Gedanken.

Im Wohnzimmer fand er seine Kamera, eine digitale Sony, Spiegelreflex mit gutem Zoom. Er war sich nicht sicher, ob es genügte, den Speicher gelöscht zu haben. Die Kollegen vom KK 42 könnten die Dateien vermutlich rekonstruieren. Oder die Laborratten des Landeskriminalamts, die für die kniffligen Aufgaben zuständig waren.

In einem Anfall plötzlicher Unruhe riss Dominik den Deckel von der Linse und knipste wahllos drauflos: die Einrichtung, die Aussicht vom Fenster – bis der Speicher voll war, zur Gänze neu überschrieben. Um sicherzugehen, wiederholte er die Prozedur, löschte alles und löste erneut aus. Zigmal seine Füße, sein eigenes Bild im Spiegel.

Dominik ließ die Kamera sinken. Der Kerl, den er sah, gefiel ihm nicht. Müde, unrasiert, jede Menge neuer weißer Haare.

Keine Zeit für trübe Gedanken – er musste los.

Der Himmel über der Stadt war einheitlich grau, es regnete kaum noch. Dominik fuhr zur Suitbertusstraße, um die restlichen Anwohner nach Leonie zu befragen, bevor sie zur Arbeit gingen, doch das Resultat blieb so mager wie gestern.

Pünktlich um halb neun stand er vor der Tür der Postfiliale, gemeinsam mit einem alten Mann, der es nicht erwarten konnte, sein Päckchen aufzugeben.

Eine Angestellte ließ sie hinein, Bemerkungen über den launischen Sommer machend.

Es dauerte fünfzehn Minuten, bis endlich jemand zur Stelle war, der sich mit den Kameras in der Hofzufahrt auskannte. Der Rekorder stand im Büro in einem staubigen Eck unter einem Beistelltisch und war mit einem DVD-Brenner ausgestattet.

Glück gehabt: Das Gerät speicherte nicht nur die letzten Stunden, wie es billige Rekorder taten, sondern volle drei Tage.

Dominik ließ sich die Aufnahmen vom Dienstagabend kopieren.

Präsidium, die Kriminaltechnik. Ganz hinten im Gang befand sich das Labor der Daktyloskopen mit ihren Verdampfern, Mikroskopen und sonstigen Gerätschaften. Ein älterer Kollege saß mit krummem Rücken an seinem Platz und bearbeitete Glasscherben mit einem weichen Pinsel.

Dominik legte ihm die Tüte mit Leonies Handy auf den Tisch.

»Hey, hinten anstellen!«, beschwerte sich der Kriminaltechniker.

»Es ist wirklich dringend.«

»Ist es immer.«

»Ein junges Mädchen ist entführt worden.«

»Und warum habe ich davon noch nichts gehört?« Der Kollege sah von seinen Scherben auf und musterte Dominik. »Ich kenne dich. Arbeitest du nicht bei den Betrügern?«

»Kollegin Hachmeister vom KK 12 lässt herzlich grüßen«, log Dominik. »Wir arbeiten zusammen an dem Fall. Dass es eine Entführung ist, steht erst seit Kurzem fest.«

Die Antwort war ein unverständliches Brummen.

»Hast du Kinder?«, fragte Dominik.

»Meine Tochter ist vierzehn, wieso?«

»Die Entführte ist ungefähr im gleichen Alter. Und vor vier Jahren verschwand schon einmal eine Vierzehnjährige.«

Der Spezialist rückte seine Brille zurecht, schob die Unterlage, auf der die Scherben angeordnet waren, behutsam zur Seite und ließ das iPhone aus dem Beutel gleiten. »Wenn Susi Hachmeister dich schickt, wird es wohl in Ordnung sein.«

Der Tag fängt gut an, dachte Dominik.

Sitte, das Zimmer der Kollegin Hachmeister. Dominik klopfte und trat ein.

Die Frau mit dem chemiegeplagten Haar telefonierte. Für den Bruchteil einer Sekunde traf sich ihr Blick mit dem Dominiks. Dann drehte sie sich demonstrativ weg und redete weiter mit der Person am anderen Ende der Leitung.

Dominik schaute sich um. Kinderzeichnungen – eine ganze Wand voll damit. Und ein Konzertplakat: Jamie Cullum, letzten Herbst in der Philipshalle, das Bildmotiv mit dem explodierenden Flügel. Auf dem Aktenschrank die gleiche Pflanze, wie sie in Dominiks Büro stand.

Die Kollegin knallte den Hörer auf die Gabel und sagte barsch: »Im Fall Kaul habe ich nichts Neues.«

»Aber ich.«

»Du hast versprochen, mir nicht mehr auf den Wecker zu gehen.«

Dominik nahm die DVD-Kopie aus der Hülle, ging in die Hocke und schob die Scheibe in den Schacht ihres PC.

»Was soll das werden?«

»Wirst du gleich sehen.«

Passable Qualität. Keine Ruckelbilder, keine wandernden Balken, kein verschneites Schwarz-Weiß. Der Film war in Echtzeit aufgenommen worden, kein Zeitraffer, der Timecode lief unten rechts im Bild mit.

»Die Suitbertusstraße in Bilk«, erklärte Dominik. »Dienstagabend.«

Da: *22:52 Uhr* – Leonie strampelte auf dem Fahrrad ihrer Tante an der Kamera vorbei.

Sie wäre noch pünktlich nach Hause gekommen.

Dominik beugte sich über die Tastatur, hielt das Bild an und gab den Druckbefehl ein, dann ließ er weiterlaufen.

Mit einem Abstand von wenigen Metern folgte ein weißer Golf. Er fuhr kaum schneller als Schritttempo.

»Die Straße ist frei«, stellte Dominik fest. »Das Auto könnte überholen. Tut es aber nicht.«

Er ließ die Szene noch einmal ablaufen. Erst Leonie, dann der Wagen.

Der Fahrer saß allein in dem Auto, ein grauer Schatten im

spärlichen Schein der Straßenlampe. Das Nummernschild war nicht zu lesen.

Dominik stoppte den Film erneut, druckte auch dieses Standbild aus und legte beide Prints auf Hachmeisters Tisch.

»Zwei Blocks entfernt ist die Kreuzung, an der ich das Fahrrad gefunden habe. Wie er das Mädchen überrumpelt hat, weiß ich nicht. Die Anwohner, die ich befragen konnte, haben nichts gehört oder gesehen.«

»Du hast eine Hausbefragung gemacht?«

»Im gesamten Umkreis, natürlich.« Dominik tippte auf den zweiten Ausdruck. »Schau dir den Mann an. Er ist ein Einzeltäter, das Auto ein Golf II. Wurde bis 1992 gebaut, so viel ich weiß.«

»Millionenfach.«

»Ganz so viele fahren nicht mehr herum. Die meisten, die es noch gab, dürften vor zwei Jahren der Abwrackprämie zum Opfer gefallen sein.«

»Na toll.«

»Ich habe auch Leonies Handy gefunden. Es wird gerade überprüft. Dem Spurenmann hab ich weisgemacht, du hättest mich geschickt. Wäre nett, wenn du meiner Version nicht widersprichst. Der Kollege könnte sonst sauer werden.«

Hachmeister verzog das Gesicht. »Was hat die Tante von dem Mädchen, was ich nicht habe?«

»Eine Nichte, die entführt worden ist. Oder glaubst du, eine Fünfzehnjährige würde ihr nagelneues iPhone aus freien Stücken in die Büsche werfen?«

»Du meinst also, der Fahrer des weißen Autos …«

»Leonie Kaul ist seit fünfunddreißig Stunden in seiner Gewalt. Wer weiß, was er mit ihr anstellt. *Wenn* sie noch lebt. Die Zeit läuft uns davon und wir sollten endlich Gas geben, meinst du nicht?«

Die Kollegin blickte ihm in die Augen. Dominik spürte, dass sie in ihrer Laufbahn schon zu oft gesehen hatte, was die Welt an Grausamkeiten bot. Vielleicht wäre er an ihrer Stelle bereits zum Trinker oder Zyniker geworden.

»Okay, Dominik«, sagte sie endlich. »Gib der Mutter und der Tante Bescheid, dass sie sich bereithalten sollen. Wenn wir mit der Entführungsstory an die Medien gehen, dann richtig.«

47.

Ich fühle mich vollkommen verdreckt, sicher stinke ich fürchterlich. Meine Haare sind strähnig. Gut, dass hier kein Spiegel ist. Ich will gar nicht wissen, wie ich aussehe. Und mein Magen knurrt wie verrückt.

Wie ist das Dreckschwein nur auf mich gekommen? Warum ausgerechnet ich?

Ich trinke den letzten Schluck aus der Flasche. Das war's.

Vor Wut kratze ich über den Zementboden, bis meine Initialen nicht mehr lesbar sind. Ich will hier nicht verewigt sein, sondern weg!

Vielleicht könnte ich einen Tunnel graben.

Seltsam, wie leicht das geht, mit einem Kettenglied immer tiefer zu schaben. Im Nu entstehen Furchen.

Der Gedanke an das brutale Dreckschwein lässt mich innehalten. Rasch verteile ich die Krümel über die Fläche und rücke die Pritsche zurück an ihren Platz.

Er ist schon recht lange weg. Womöglich hat er die Lust an mir verloren?

Oder es ist ihm etwas zugestoßen?

Ich kriege das Zittern, wenn ich daran denke, dass er zurückkehrt.

Aber was wird aus mir, wenn er es nicht tut?

48.

Ein Halbkreis, ein paar kurze Strahlen – Lillys Idee gleich an ihrem gestrigen zweiten Tag.

Creative Director Korfmacher und das ganze Team waren spontan begeistert. Auch der Kunde war angetan, wie es heute Morgen hieß. Angeblich hatte der Kommunikationschef des Konzerns ihren Logoentwurf in die engere Wahl genommen.

Es kam nicht häufig vor, dass eine Praktikantin einen solchen Wurf landete – Lilly hätte sich eigentlich keinen besseren Einstieg erträumen können. Die Anerkennung half ihr, Patricks Tod zeitweise auszublenden, solange nicht auch im Großraumbüro der Agentur die Morde der letzten Zeit Gesprächsstoff waren.

Lilly outete sich lieber nicht als Freundin des verbrannten Polofahrers. Sie trauerte still um Patrick. Die Agentur und die neuen Kollegen, die ein Riesenbohei um ihren simplen Entwurf machten – rasch hatte Lilly erkannt, dass ihre wahren Gefühle in diesem Büro keinen Platz hatten.

Eine Welt, die mir zunehmend fremd erscheint.

Werber machten Reklame und taten, als sei es große Kunst. Ziemlich eingebildet, dabei prostituierten sie sich bloß, im Dienst der kapitalistischen Warenwelt. Im schlimmsten Fall halfen sie, Menschen zu betrügen.

Ich schwöre, nicht alles mitzumachen.

Der Kunde, die Düsseldorfer RheinBank AG, plante ein paar besonders erfolgreiche Spezialfonds aufzukaufen und mit der eigenen Investmentsparte zu fusionieren, die ab Herbst unter neuer Flagge segeln und potente Anleger scharenweise locken sollte – zumindest hatte Lilly das Briefing so verstanden. Es sollte ein Überraschungscoup werden. Sämtliche Mitarbeiter waren zu Stillschweigen verpflichtet.

Mit der endgültigen Entscheidung über das Logo würde die RheinBank noch auf sich warten lassen. Korfmacher hatte Lilly erklärt, wie es lief: Auf Kundenseite wollte jede Hierarchieebene etwas anderes, Entscheidungsträger blockierten sich gegenseitig, alle warteten auf ein Wort von ganz oben. Im Wesentlichen gab es zwei Fraktionen – die Marketingleute der in Vorbereitung befindlichen Tochterfirma gegen diejenigen der Zentrale. Der Streit entzündete sich bereits an der Farbgebung: klassisches RheinBank-Rot versus ein warmes, leicht gelbliches Grün, um sich von der Konzernmutter abzugrenzen.

Was heute galt, konnte offenbar morgen wieder über den Haufen geworfen werden – Lilly fragte sich, ob es in der Wirtschaft allgemein so zuging.

Auch die Namensgebung war umstritten. *Helios Investments* war der wichtigste Fonds, den der Konzern zu kaufen beabsichtigte. Er sollte Kern der Firmengründung werden. Dementsprechend plädierte die Agentur dafür, das Ganze *Helios* zu nennen – sexy, kurz und knapp. Die Alternative, die aktuell im Raum stand, lautete *RheinBank Premium Invest.*

Lilly hatte gestern bis fast um Mitternacht unzählige Varianten ihres Entwurfs zu Papier gebracht. Die Strahlen mal kürzer, mal dicker oder trapezförmig aufgefächert. Kombinationen mit den verschiedenen Namen. In Rot und in Grün.

Jeder schien hier so viel zu arbeiten. Alle murrten nur hinter vorgehaltener Hand. Es herrschte pure Ausbeutung. Einen Betriebsrat gab es nicht, allein das Wort war offenbar tabu.

Lilly fügte sich. Noch war sie nur Praktikantin, aber laut Korfmacher lag ihr Arbeitsvertrag seit heute bei der Geschäftsleitung zur Unterschrift. Lilly wollte austesten, was sich ihr bot. Und sobald sie genug angespart hatte, würde sie sich mit einem Designbüro selbstständig machen und nur noch für Kunden arbeiten, die ihr zusagten.

Wie hätte Patrick sich verhalten? Wenn Lilly an ihren toten Freund dachte, schwankte sie zwischen Wut und Verzweiflung. Sie grübelte, was geschehen wäre, wenn sie ihn am Sonntagabend begleitet hätte. Läge sie dann ebenfalls als Brandleiche im rechtsmedizinischen Institut? Oder hätte sie den Mord verhindern können?

Ich werde noch ganz kirre.

Das Telefon auf ihrem Tisch klingelte.

Silvia vom Empfang war dran, eine herbe Person mittleren Alters, die mit Leidenschaft Gift versprühte.

»Was will denn die Polizei von dir?«, fragte sie.

»Wie meinst du das?«

»Ich stell durch.«

Ein Klicken.

»Ja?«, meldete sich Lilly.

Nicht schon wieder die Bullen.

»Anna Winkler, Kripo Düsseldorf. Spreche ich mit Liliane Oppers?«

»Was gibt's?«

»Wir müssen noch einmal mit Ihnen reden. Wann passt es am besten?«

»Nächste Woche, vielleicht am Mittwoch.«

Bis dahin wollte sich der Kunde entschieden haben.

»Nein, heute.«

Etwas verkrampfte sich in Lillys Innerem. »Muss das sein?«

»Wir können auch zu Ihnen ins Büro kommen, wenn Ihnen das lieber ist.«

»Nein danke, schon gut. Um halb eins bin ich da.«

Die Kommissarin kann mir nichts nachweisen, sagte sich Lilly. Und in der Agentur würde kein Mensch etwas mitbekommen. Sie musste nur die Fragespielchen der Bullen innerhalb der Mittagspause über die Bühne bringen.

49.

Dominik fand Anna im Besprechungsraum der Mordkommission. Eine vollgekritzelte Tafel, Stellwände mit zahllosen Hinweismeldungen. Zusammengeschobene Tische, gut zwanzig Stühle rundherum – stumme Zeugen einer Sitzung, die offenbar gerade stattgefunden hatte. Er hatte sie verpasst. Nicht schlimm, dachte Dominik. Anna kann mir ja berichten.

Sie war mit ihrem Handy beschäftigt und zuckte zusammen, als er den Raum betrat. »Wollte dir gerade eine SMS schicken. Wo warst du?«

»Ich hab dir doch erzählt, dass die Nichte von Hanna Kaul verschwunden ist. Vermutlich ist sie entführt worden und …«

»Das ist nicht dein Fall, Dominik, wir haben schon genug zu tun!«

»Wie bist du denn drauf?«

»Du weißt es also noch nicht?«

»Was denn?«

»Scheiße, setz dich.«

Dominik gehorchte.

Anna verschränkte die Arme. »Der Bruder von Sax hat sich gemeldet.«

»Joachim?«

»Es gibt ihn wirklich, aber er wohnt in Weil am Rhein und arbeitet in Basel als Krankenpfleger. Jürgen Sax ist am letzten Donnerstag nach Singen gefahren, weil er dort eine Schulung hatte. Beim Hersteller dieser Kaminöfen, die er vertreibt. Anschließend hat Sax den Bruder besucht. Angeblich sind sie übers Wochenende in die Schweiz gefahren, Bergwandern im Berner Oberland. Und am Sonntagabend …«

Thilo Becker stürmte herein, erkannte Dominik und brummte: »Da ist er ja!« Er gab Anna ein Memo zu lesen und erklärte: »Die Chefin meint, wir sollten noch einmal Neidels Freundin in Ratingen …«

»Liliane Oppers«, sagte Anna. »Ich habe sie schon herbestellt.«

»Prima. Außerdem sollen wir uns stärker mit der Mordkommission Aachener Platz verzahnen. Für Ela sind wir jetzt natürlich die Deppen!« Becker stieß mit dem Zeigefinger gegen Dominiks Brust. »Es geht übrigens nicht, dass du stundenlang der Mordkommission fernbleibst, Kollege Roth. Wo warst du?«

Anna sagte: »Er nennt es Multitasking.«

»Ab sofort nimmst du ihn an die kurze Leine, Anna.« Damit hastete der MK-Leiter davon.

Dominik stieß Luft aus.

»Jetzt weißt du Bescheid«, sagte Anna.

»Was ist mit den Sax-Brüdern?«

»Am Sonntag, zum Zeitpunkt, als Patrick Neidel erschossen wurde und in seinem Polo verbrannte, saß Jürgen Sax mit seinem Bruder und dessen Frau sowie einigen weiteren Bekannten im äußersten Südwesten der Republik in einem Restaurant namens *Galileo* beim Spaghettiessen. Joachim Sax hat seinen neununddreißigsten Geburtstag gefeiert. Und Jürgen ist erst am Montag nach Düsseldorf zurückgefahren, behauptet der Bruder. Die Kollegen vor Ort überprüfen die Aussage. Aber wir müssen davon ausgehen, dass sie stimmt. Dann ist Sax nicht wegen des Mordes an Patrick Neidel von der Brücke gesprungen, sondern einzig und allein wegen der Bilder auf seinem Laptop.«

»Verdammte Kacke!«

»Das war exakt auch mein erster Gedanke. Wir müssen alles wieder neu aufrollen.«

Damit rückten die Dossiers wieder ins Zentrum des Interesses – *meine* Verwicklung, dachte Dominik. »Und wieso sind wir nun die Deppen?«

»Du hättest erleben sollen, wie Ela vorhin das ganze Team zusammengefaltet hat. Das Schlimme ist, sie hat recht. Wir hätten es wissen müssen.«

»Woher?«

»Du weißt doch, wie lange es gedauert hat, bis unsere Spezialisten endlich das Passwort des Notebooks geknackt hatten. Wenn Patrick Neidel kein begnadeter Hacker war, und das war er nicht, dann konnte er gar nicht wissen, was auf der Festplatte gespeichert war. Außerdem hätte der Täter zuerst das Gerät in seinen Besitz gebracht, bevor er Neidel töten würde. Nein, wenn der Grund für den Mord in einer von Neidels Erpressungen lag, dann in der zweiten.«

»Oder ganz woanders.« Dominik spielte den Unbedarften, aber ihm war nicht wohl dabei.

»Wir können nur den Spuren nachgehen, die uns vorliegen. Und außer der Klauerei hat nichts was gebracht. Die Kollegen haben sich in den Firmen umgehört, wo Neidel seine Praktika absolviert hat. Sie haben seine Ex befragt, mit der er vor Oppers zusammen war. Familie, Studienkollegen, den gesamten Bekanntenkreis – nichts! Auch die Anrufe aus der Bevölkerung waren ausnahmslos Mist. Die Observierung ist die einzige Spur, die übrig bleibt. Wir müssen die Person kriegen, die diese Fotos geschossen hat. Weißt du, wie ich mir die Sache vorstelle?«

Ein dicker Kloß im Hals. Dominik schüttelte den Kopf.

»Neidel klaut am Flughafen mal wieder eine Tasche mit einem Laptop. Das Gerät ist nicht passwortgeschützt. Neidel druckt aus, was er für interessant hält, um auch nach der Übergabe etwas in der Hand zu haben. Dann setzt er sich mit dem Bestohlenen in Verbindung, sie treffen sich ohne Zeugen, Neidel händigt das Notebook aus und – peng!«

Dominik erinnerte sich an den Zettel mit den beiden Namen, den Jochen ihm gestern zugesteckt hatte. Er musste die Mitarbeiter befragen, ohne dass die Mordkommission auf *Urban Ermittlungen* kam. Doch wie sollte er das bewerkstelligen?

»Du bist auf einmal so blass«, sagte Anna. »Ist dir nicht gut?«

Dominik räusperte sich. »Gibt es sonst noch etwas, was ich wissen müsste?«

»Die Mordkommission Aachener Platz hat seit gestern eine Spur. Und wir sollen uns ja gegenseitig auf dem Laufenden halten.«

»Was für eine Spur?«

»Ein Zeuge meint, gesehen zu haben, wie der Killer in ein Auto stieg. Hier muss es irgendwo ...« Anna wandte sich zur Stellwand. Gemeinsam suchten sie, bis Dominik das Protokoll fand.

Einem Passanten, der vom Mord an Paula Busch zunächst nichts mitbekommen hatte, war ein paar Blocks weiter etwa zur Tatzeit ein Mann aufgefallen, der es eilig hatte und auf den die Täterbeschreibung passte: olivgrüne Kapuzenjacke, Jeans, helle Sneakers. Der Mann sei zu einem VW gelaufen und damit weggefahren. Allein und in Eile.

Es musste ein älteres Fahrzeug gewesen sein, denn der Mann hatte es nicht per Fernbedienung entriegelt, sondern mit einem stinknormalen Schlüssel. Die Kollegen hatten dem Zeugen ganze Mappen mit Fotos von Pkw-Typen gezeigt, um zu testen, ob er sich eindeutig festlegen konnte.

Kein Zweifel: ein VW-Golf der zweiten Generation, Farbe weiß.

50.

Dominik lief auf den Parkplatz hinaus, stieg in seinen Honda und startete – die Fahrbereitschaft um einen Dienstwagen zu bitten, dauerte ihm zu lange. Während er den Wagen auf die Neusser Straße lenkte, meldete sich sein Handy. Garantiert Anna, genervt, weil ich mich schon wieder allein auf die Socken mache, vermutete Dominik. Er wühlte das Telefon aus der Hosentasche.

Susanne Hachmeister vom KK 12 war dran. »Gerade gibt mir die Kriminaltechnik Bescheid.«

»Und?«

»Negativ.«

»Keine Spuren auf Leonies Handy?«

»Richtig.«

Eine rote Ampel. Dominik stieg auf die Bremse. Pech auf der ganzen Linie, dachte er.

»Also hat Leonies Entführer das Handy abgewischt, bevor er es wegwarf.«

»Vielleicht geben die Verbindungsdaten etwas her.«

»Ja, vielleicht.« Er drückte die Aus-Taste.

Grünes Licht.

Der Bus vor ihm setzte sich nur langsam in Bewegung. Dominik schaffte es, in die zweite Spur einzufädeln, und beschleunigte. Die Sonne knallte durch die Scheibe, der Tiefdruckausläufer hatte sich nach Osten verzogen.

Wieder klingelte das Telefon.

»Das darf doch nicht wahr sein«, motzte Anna. »Wo bist du schon wieder?«

»Mittagspause.«

»In einer halben Stunde ist Liliane Oppers zur Vernehmung da!«

»Ich auch. Versprochen.«

Urban Ermittlungen – das gediegene Metallschild mit den geprägten Lettern schien neu zu sein. Dominik bog in die Hofeinfahrt, Kies spritzte und beim Anhalten mahlten sich die Reifen des Honda in den Belag. Die Außentreppe des Loftgebäudes führte in den ersten Stock. Dominik nahm zwei Stufen auf einmal, die Schritte ließen das Stahlgerüst scheppern.

Die Schiebetüren standen auf, damit die Luft durch den großen Raum ziehen konnte. In der Mitte war mit halbhohen Schränken und Grünzeug ein Karree für Besprechungen abgeteilt. Über eine Bananenstaude hinweg erspähte Dominik seinen Freund, vor einem Flipchart stehend und einen Vortrag haltend. Anzugträger in mittlerem Grau lauschten. Auch Jochen hatte sich in Schale geworfen, für Dominik sah er darin fremd aus.

Dominik winkte. Ronaldo trottete heran und ließ sich kraulen.

Die junge Frau vom Empfang baute sich vor Dominik auf. »Das geht jetzt nicht. Herr Urban ist in einer wichtigen Kundenpräsentation. Wenn Sie vielleicht in einer Stunde …«

Er ignorierte die Frau und trat an eine Lücke zwischen den Schränken.

»Wirtschaftskriminalität ist ein Missbrauch des Vertrauensvorschusses, den ein Unternehmen seinem Mitarbeiter schenkt«, trug Jochen gerade vor. »Die Motive sind vielfältig, der Schaden oft unermesslich. Mitarbeiter kennen die Schwachstellen des Unternehmens. Je höher die Position, desto größer in der Regel der Schaden. Laut einer Studie der Universität Halle-Wittenberg liegt der durchschnittliche Verlust bei fünf bis zehn Prozent des Umsatzes, Tendenz steigend. Das entspricht auch den Erfahrungen unserer Detektei.«

Gemurmel und besorgte Mienen. Einige Zuhörer nickten.

»Das Täterverhalten beginnt damit, eine harmlose Büroklammer mitgehen zu lassen, und endet mit der Vernichtung eines Unternehmens durch fortgesetzten Geheimnisverrat. Wem sich eine Gelegenheit bietet, der nutzt sie auch, und zwar nicht nur aus finanzieller Not, sondern oft aus reiner Geltungssucht. Warten Sie nicht ab, sondern werden Sie rechtzeitig aktiv. Ihre Mitarbeiter brauchen Kontrolle. Ich kann das nur immer wieder betonen.«

Dominik wollte nicht länger warten und hob erneut die Hand. Zwei, drei Anzugträger glotzten herüber.

»Sie stören die Besprechung!«, mahnte die junge Frau im Flüsterton und packte Dominik am Ärmel.

Jochen klopfte gegen das Flipchart. In großen Lettern stand dort: *Erfahrung, Fingerspitzengefühl, Diskretion.*

»An diesem Punkt kommen wir ins Spiel. Ein moderner Detektiv beherrscht die Kunst der verdeckten Observation ebenso wie die neueste Technik, von der Miniaturvideoüberwachung bis zu satellitengestützten Geräten. Die Mitarbeiter von *Urban Ermittlungen* haben ihr Ermittlerhandwerk im MAD, BND oder bei der Polizei gelernt, vor allem im Bereich Fahndung oder bei Spezialeinheiten.«

Dominik hatte mit seinem Freund nie über die Details seines Geschäfts geredet. Möglicherweise trug Jochen etwas dick auf. Andererseits – warum sollte er bei entsprechender Bezahlung nicht auch ehemalige Geheimdienstler und SEK-Beamte rekrutieren können?

»Ich selbst bin Mitglied im Bundesverband Deutscher Detektive, im Bund Internationaler Detektive, in der World Association of Detectives sowie im Verband für Sicherheit in der Wirtschaft, NRW. Operative Teams stehen im gesamten Bundesgebiet zur Verfügung. Wenn es nötig ist, ermitteln wir auch weltweit. Und übrigens – ein Privatdetektiv ist nicht bewaffnet. Vergessen Sie also, was Sie aus dem Fernsehen kennen.« Jochen zeigte ein breites Grinsen.

Die Zuhörer lachten.

»Bevor wir ins Detail gehen, machen wir fünf Minuten Pause. Den Rauchern unter Ihnen steht die Terrasse zur Verfügung.«

Kurzer Applaus.

Jochen trat aus dem Karree, packte Dominik bei den

Schultern und schob ihn den Gang entlang. »Was soll das? Hier geht's um einen Millionenauftrag!«

»Nein«, widersprach Dominik. »Es geht um Mord.«

»Was ist los, mein Junge? Du bist ja völlig durch den Wind!«

»Sax war es nicht. Ich will dich nicht in Schwierigkeiten bringen, aber ich muss jetzt …«

»Warte«, unterbrach Jochen. Sie traten auf die Terrasse, stiegen die Treppe hinunter und suchten sich ein ruhiges Plätzchen zwischen den parkenden Autos.

Jochen lehnte sich gegen eine Kühlerhaube und zündete sich eine Zigarette an. »So, jetzt schieß los!«

Dominik zog den Zettel aus der Tasche, den sein Freund ihm gestern gegeben hatte. »Erzähl mir was über die beiden. Die Namen sagen mir nichts!«

»Das halte ich mit meinen Subunternehmern immer so. Keiner kennt den anderen.«

»Wer von denen fährt einen alten Golf II, Farbe weiß?«

»Sieht so das Auto des Mörders aus?«

»Und desjenigen, der Leonie verschleppt hat.«

»Der gleiche Autotyp in beiden Fällen? Komischer Zufall.«

»Nicht wahr?«

»Weißer Golf … Nein, da klingelt nichts bei mir. Was kann ich sonst für dich tun?«

»Es gibt nur eine Möglichkeit, wie ich deine Mitarbeiter offiziell unter die Lupe nehmen kann. Ich meine, ohne zu verraten, dass auch ich an der Observierung von Hanna Kaul beteiligt war.«

»Und die wäre?«

»Jeder weiß, dass wir beide ehemalige Kollegen sind und befreundet. Da ist es völlig plausibel, dass wir uns ab und zu mal treffen und uns dann auch über die Arbeit austauschen. Die Brandleiche vom Nordpark ist ein spektakulärer Fall, ich erwähne die beiden Frauen, die observiert wurden, eines ergibt das andere, und dann hast du die beiden Namen auf den Zettel geschrieben, um mir zu helfen.«

»Verstehe.« Jochen zog lange an seiner Zigarette. »Das bedeutet, dass du erzählen müsstest, dass meine Firma die hübsche Bankerin bespitzelt hat.«

»Richtig.«

Einige der Kunden standen auf der Terrasse, rauchten ebenfalls und spähten herüber. Ein Lastzug donnerte auf den Hof und hielt vor der benachbarten Druckerei.

Dominik wartete. Er hatte beschlossen, es von der Entscheidung seines Freundes abhängig zu machen, wie er sich verhielt.

»Dass Sax nicht der Mörder war, steht ohne Zweifel fest?«

Dominik nickte. »Der Tünnes hat Kinderpornos gesammelt, aber nicht Patrick Neidel erschossen. Und auch nicht Paula Busch am Tag zuvor. Er war fast fünfhundert Kilometer weit weg.«

»Gut.« Jochen trat seine Kippe in den Kies. »Kein Problem. Tu, was nötig ist. Ich drück dir die Daumen, dass du den Kerl kriegst.«

»Was ist mit deinem Auftraggeber? Wird der dir keine Scherereien bereiten, wenn die Sache Kreise zieht?«

»Ausgeschlossen. Keiner meiner Kunden lässt sich jemals zurückverfolgen. Alles läuft über einen Anwalt, der sich tunlichst weigern wird, die Namen seiner Mandanten zu nennen. Ihr könntet sogar eine Durchsuchung bei mir anstellen. Alles ist hier drin«, Jochen tippte sich an die Stirn, »und an einem Ort, den kein Mensch kennt. Eine Panne, wie sie der HSH-Nordbank mit ihrer Sicherheitsfirma passiert ist, wird es bei mir nicht geben. Rate mal, warum mir die Kunden die Tür einrennen?«

Dominik musste grinsen. »Erfahrung, Fingerspitzengefühl, Diskretion.«

»Richtig.«

»Mir fällt ein Stein vom Herzen.«

»Nur eines muss klar sein, mein Junge: Mit den Wanzen bei Frau Kaul hat meine Detektei nichts zu tun. Die müssen andere Leute angebracht haben, okay? *Urban Ermittlungen* arbeitet ausschließlich mit legalen Methoden.«

»Ich würde dich nie verpfeifen, das weißt du.«

Jochen schlug ihm auf die Schulter. »War's das? Ich will nämlich nicht, dass die Leute da oben ungeduldig werden.«

Erleichtert fuhr Dominik zurück ins Präsidium. Er würde seinem Freund keinen Schaden zufügen und konnte dennoch die Ermittlungen auf eine neue Ebene führen.

51.

Weil Anna sich nicht wieder bei ihm gemeldet hatte, nahm Dominik an, dass Liliane Oppers noch nicht zur Vernehmung erschienen war. Er eilte in sein Büro, zog Jochens Zettel aus der Tasche und strich ihn auf der Tischplatte glatt. Zwei Namen, zwei Adressen.

Mario Costa, wohnhaft in Düsseldorf-Niederkassel.

Uwe Heller aus dem benachbarten Haan.

Es klopfte. Anna trat ein und baute sich mit verschränkten Armen auf. »Unsere Zeugin hat nur begrenzt Zeit.«

Dominik zeigte ihr den Zettel. »Kann sein, dass ich unseren Mörder habe.«

Während sein Computer hochfuhr, gab er die Geschichte zum Besten, die er mit Jochen verabredet hatte: Gestern am späten Abend, beim Bier im *Notorious*, seien sie auf die aktuellen Mordfälle zu sprechen gekommen. Daraufhin habe ihm der Freund und Expartner eröffnet, dass *Urban Ermittlungen* mit der Observierung der Bankerin beauftragt gewesen sei – ein willkommener Zufall, der Dominik die Namen zweier Verdächtiger in die Hand gespielt hatte.

Anna schien ihm die Geschichte abzukaufen. Interessiert betrachtete sie den Monitor. Datenbankrecherche, die erste Abfrage ging blitzschnell: Keiner der beiden war bislang als Straftäter aktenkundig geworden.

Dominik loggte sich auf der Seite des Kraftfahrt-Bundesamtes ein und trug den ersten Namen in die Suchmaske ein. Costa fuhr einen Peugeot 207 in *Inari-Blau.*

Dominik tippte: *Uwe Heller.*

Die Antwort ließ auf sich warten. Vermutlich häuften sich gerade die Abfragen. *Star-Wars*-Geräusche – der Klingelton von Annas Handy. Sie telefonierte nur kurz.

»Komm jetzt endlich«, sagte sie danach zu ihm und zupfte zwei Blätter von seinem Abreißkalender.

Dominik wollte bereits vom Schreibtisch aufstehen, als das Ergebnis auf dem Monitor erschien.

Auf Heller war ein BMW X3 zugelassen.

»Sparkling Bronze«, las Dominik die Farbbezeichnung vor. »Was ist das denn?«

»Gequirlte Kacke«, antwortete Anna und hielt ihm die Tür auf.

Sie saßen zu dritt im Dienstzimmer der Kollegin und kauten alles noch einmal haarklein durch, doch Patrick Neidels Freundin blieb bei ihrer Linie.

Dominik ging, um in seinem Büro Espresso zu bereiten. Als er mit drei Tassen zurückkam, stellte er fest, dass sich die Vernehmung noch immer im Kreis drehte.

Anna hatte aufgehört, sich Notizen zu machen. »Hören Sie, Frau Oppers«, sagte sie, an ihrer Tasse nippend. »Wir wollen den Mörder, nicht Sie! Ob Sie Schmiere gestanden oder den Opfern K.-o.-Tropfen ins Getränk gemischt und selbst die Laptops geklaut haben oder was auch immer – das ist uns völlig egal.«

»Nichts davon habe ich getan.« Die Zeugin rührte den

Kaffee nicht an. Ihr Blick wanderte über den Boden – sie scheute sich, Dominik oder Anna in die Augen zu sehen.

»Verraten Sie uns doch endlich, was Sie wissen! Mit wem hat sich Ihr Freund am Sonntagabend getroffen?«

»Wie oft soll ich Ihnen noch sagen, dass ich keine Ahnung habe?«

Dominik legte ihr Fotos von Mario Costa und Uwe Heller vor. Mäßig scharfe Passbilder, die er rasch aus der Datenbank kopiert und ausgedruckt hatte. »Schauen Sie sich diese beiden Männer an. Schon mal gesehen?«

Lilly Oppers deutete ein Kopfschütteln an.

Dominik tippte auf Costa. »Den vielleicht?«

»Nein.«

Er schob Heller nach vorn. »Oder den?«

Die Zeugin blickte auf ihre Uhr.

»Schauen Sie sich das Foto an!«, befahl Dominik.

»Ich muss jetzt zurück zur Arbeit«, sagte die junge Frau und stand auf. »Meine Mittagspause ist um.«

Anna drückte sie zurück auf den Stuhl. »Jeder von uns hat eine Vergangenheit. Und irgendwann Dinge getan, auf die wir im Nachhinein nicht stolz sind. Aber was zählt, ist das Hier und Jetzt.« Sie hob die Stimme. »Wollen Sie, dass der Mörder Ihres Freundes straflos davonkommt?«

»Natürlich nicht.«

»Dann helfen Sie uns endlich!«

Wieder schwieg die Zeugin. Tränen schimmerten in ihren Augen. Noch etwas Druck, dann packt sie aus, dachte Dominik.

Zu seiner Kollegin sagte er: »Pass auf, wir lassen uns sämtliche Aufzeichnungen der Überwachungskameras aus den Terminals bringen, Ankunfts- sowie Abflugbereich. Wäre doch gelacht, wenn wir die junge Dame nicht darauf entdecken würden!«

»Gute Idee, Dominik«, sagte Anna, das Spielchen mitspielend. »So lange müssen wir Sie leider hierbehalten, Frau Oppers.«

»Dazu haben Sie kein Recht!« Lilly sprang erneut auf.

Dominik versperrte ihr den Fluchtweg zur Tür. »Wie wäre es mit Begünstigung eines Mörders? Ich kenne keinen Haftrichter, der das für eine Bagatelle hält.«

»Ich will einen Anwalt.«

»Nein, wollen Sie nicht.«

»Ich muss zurück zur Arbeit!«

»Setzen Sie sich«, sagte Anna. »Wenn Sie reden, haben Sie nichts zu befürchten.«

»Kann ich mich wirklich darauf verlassen?«

»Vorausgesetzt, Sie spielen nicht länger die Unschuld.«

Die junge Frau schniefte. »Ich habe den Otto nur aus der Ferne gesehen.«

»Otto, ist das sein Name?«, fragte Anna, die begonnen hatte, das Protokoll in den Computer zu tippen.

Lilly lächelte. »Nein, so haben wir die Geschäftstypen genannt, die wir … ich meine, die Patrick ausgesucht hat.«

Dominik hielt ihr noch einmal die Fotos hin.

Sie zögerte. »Bei dem einen bin ich mir nicht sicher.«

»Bei wem?«

Lilly Oppers deutete auf Heller. Ein Glatzkopf mit Stiernacken. Weiche Züge, runde Brille.

»Wo und wann genau sind Sie und Ihr Freund auf den Otto gestoßen?«

»Samstagmittag in der Ankunftsebene. Er saß in der Stuhlreihe vor der ersten Tür, las Zeitung oder so und schien auf jemanden zu warten. Auf dem Monitor stand, dass eine Maschine aus Riga ausgeladen hatte, und als Nächstes war eine aus Berlin-Tegel dran.«

»Na also, geht doch.«

Dominik wechselte einen Blick mit seiner Kollegin.

»Busch«, sagte Anna.

Dominik nickte. Mit dem Flug Nummer AB6443 war um zwölf Uhr Paula Busch gelandet, die Lebensgefährtin des Bundesfinanzstaatssekretärs.

Wenige Stunden später war sie ermordet worden.

Und am Ende des folgenden Tages hatte der Otto auch Patrick getötet, seinen Erpresser.

52.

»Du warst wieder in der Zeitung.« Die alte Frau war stolz wie Bolle und humpelte Mierscheid voraus in das Wohnzimmer. Ihre Hüfte schien wieder stärker zu schmerzen, aber er hatte es aufgegeben, sie zu einer Operation zu überreden. Gisela Mierscheid war der sturste Mensch, den er kannte.

Sie gab ihm den prallen Umschlag. Schon oft hatte er ihr zu erklären versucht, dass er Angestellte und Praktikanten beschäftigte, die für ihn die Presse auswerteten, doch das hielt sie nicht davon ab, jeden noch so unwichtigen Artikel auszuschneiden, in dem sein Name erwähnt wurde.

Er griff in das Kuvert. Der *Blitz*-Aufmacher vom Montag war unter den gesammelten Seiten. *Heimliches Liebestreffen* – keiner ließ sich etwas anmerken, aber vermutlich zerrissen sich die hiesigen Parteifreunde hinter seinem Rücken das Maul darüber.

»Mama, hast *du* etwa mit dem Reporter gesprochen?«, fragte er, schärfer, als er es eigentlich wollte.

»Du hättest dich mehr um Paula bemühen sollen«, antwortete sie ausweichend.

»Ich habe dir doch gesagt, dass du mit diesen Leuten nicht über mich reden sollst. Die verdrehen jedes Wort.«

»Ich könnte schon längst Enkelkinder haben.«

»Mama!«

»Nachher war dir ja keine mehr gut genug.«

Sie stellte zwei kleine Gläser auf den Tisch und schenkte Portwein ein. Süß, zimmerwarm und stark. Ein angenehmes Gefühl in der Kehle. Mierscheid leerte das Glas und stellte es weg, bevor seine Mutter nachgießen konnte.

Er stopfte den *Blitz*-Artikel zurück in den Umschlag. Sie fragte ihn, ob er nun ein großes Tier in Berlin geworden sei, wo er doch einen Ausschuss leite. Sicher treffe er jetzt häufiger die Bundeskanzlerin.

Mierscheid registrierte, wie seine Mutter ihn vergötterte. Er verzieh ihr alles.

Die Kapelle des Neusser Hauptfriedhofs füllte sich. Mierscheid setzte sich in die letzte Reihe. Der blaue Engel des großen Glasfensters leuchtete in der Sonne, es wurde warm und stickig. Mierscheid öffnete sein Sakko und prüfte den Sitz der schwarzen Krawatte.

Seine Mutter war zu Hause geblieben, sie benutzte die kaputte Hüfte als Vorwand. Seit der Beerdigung seines Vaters mied sie Trauerfeiern und Friedhofsbesuche. Mierscheid kannte den wahren Grund: Sie wollte nicht an ihre eigene Sterblichkeit erinnert werden. An den Tod, der manchmal in ihren Träumen an ihre Tür klopfte, wie sie Mierscheid einmal erzählt hatte.

Er fragte sich, ob der Grabstrauß, den er in Händen hielt, nicht zu aufdringlich roch: weiße Lilien mit etwas Grünzeug, hübsch gebunden.

Lichtenberg nickte ihm zu, als er im Mittelgang vorbeiging, um vorn bei der Familie Platz zu nehmen.

Nach seiner Landung in Düsseldorf hatte Mierscheid erneut im dortigen Präsidium angerufen, bis er endlich eine gewisse Ela Bach an die Strippe bekommen hatte, die Leiterin des zuständigen Kommissariats. Doch auch sie hatte ihn abgewimmelt: keine neuen Erkenntnisse. Danach hatte er es in Hamburg beim *Spiegel* versucht – Redakteur Römer war wieder nicht da oder ließ sich verleugnen.

Der Pfarrer machte das Kreuzzeichen und begrüßte die Versammelten. Hinter ihm der geschlossene Sarg, geschmückt mit einem üppigen Blumengesteck und von allerlei Kränzen umgeben. Rot war die vorherrschende Farbe.

Mierscheid konnte nicht anders. Leise schluchzte er in sein Taschentuch. In Gedanken stand er wieder am Aachener Platz: Paulas Leichnam hinter dem Flatterband, ihr schwarzer Anzug und ihr Haar verdreckt von Blut und Straßenstaub.

Es kam ihm vor, als hätte er seitdem nur noch funktioniert wie eine Puppe, die programmierte Kapriolen zum Besten gab: Ausschuss, Besprechungen, Interviews – Blablabla. Wozu das Ganze?

Paula hatte ihre Entscheidung getroffen: *Ich lasse mich nicht länger vor diesen Karren spannen.*

Für einen Moment wünschte sich Mierscheid, er wäre genauso mutig. Dann musste er aufstoßen und schmeckte Portwein, vermischt mit Magensäure.

Als Letzter der vielen Trauergäste warf Mierscheid seine Blumen in die Grube. Ein Berg toter Pflanzen verbarg Paulas edle Kiste. Die weißen Lilien wirkten bereits welk.

»Schön, dass Sie gekommen sind, Herr Mierscheid!«

Es war Ingrid Busch, Paulas Mutter. Sie war schmal, klein und freundlich wie immer, aber nur noch ein Schatten der Ingrid, die er kannte. Sie klammerte sich an den Arm ihres Mannes Roland, der kein Wort hervorbrachte.

Stummes Händeschütteln.

Früher hatte Frau Busch ihn beim Vornamen genannt und geduzt – wie jeden Freund Paulas. Eine quirlige Person, immer auf das Wohlergehen der anderen bedacht. Wie konnte sich ein Mensch so verändern? Mierscheid wusste, dass die Antwort auf der Hand lag: Was gibt es Schlimmeres, als innerhalb weniger Wochen seine beiden Kinder beerdigen zu müssen?

»Kommen Sie noch mit ins Café? Wir würden uns sehr freuen.«

Am Ende der verwinkelten Tafel fand Mierscheid einen freien Platz. Die Stühle waren eng gestellt, die Luft viel zu schwül für seinen Geschmack. Die Frau zu seiner Rechten roch nach Körperschweiß, also wandte er sich nach links und begann eine Unterhaltung mit einem hageren, still und mürrisch wirkenden Kerl mit Kinnbart, etwa vierzig Jahre alt. Bald stellte sich heraus, dass er Carsten Kehrein war, der Witwer von Paulas jüngerer Schwester.

Mierscheid drückte sein Beileid aus und fragte sich, warum der Mann nicht drüben an der Stirnseite saß, wo die Plätze für Paulas Eltern und die engere Verwandtschaft reserviert gewesen waren.

»Ich erinnere mich noch, wie toll Constanze Klavier gespielt hat«, sagte Mierscheid aus Höflichkeit.

»Ach ja?« Kehrein warf ihm einen skeptischen Blick von der Seite zu. »Das muss schon ewig her sein. Als ich sie kennenlernte, hatte Conni schon lange keine Tasten mehr angerührt.«

Das Bedienungspersonal trug Suppe in großen Schüsseln auf. Mierscheid war nicht scharf darauf, aber die Frau mit dem Schweißgeruch schöpfte ihm den Teller voll. Dabei kam sie ihm näher, als ihm lieb war.

Mierscheids Handy vibrierte, er kontrollierte das Display. Sein Wahlkreisbüro. Vermutlich wollte man ihn an Termine erinnern, die heute noch anstanden, dabei hatte er alles im Kopf. Bis zum Grillfest der Senioren-Union in Grevenbroich war noch genügend Zeit. Er beschloss, später zurückzurufen.

Der Witwer zerhackte mit dem Löffel den Leberknödel auf seinem Teller. Leise sprach er vor sich hin: »Ich habe die Staatsanwaltschaft angezeigt. Conni ist eindeutig ein Opfer der Justiz. Dieser Bescheid hat sie fertiggemacht!«

»Welcher Bescheid?«

»Die Einstellung der Ermittlungen. Sie wissen schon, wegen des Vorfalls auf diesem Schloss. Verjährt, hat der Herr von der Staatsanwaltschaft geschrieben. Ich habe sofort Widerspruch eingelegt, wegen der Schwere der Tat – ein Schützenbruder, der Anwalt ist, hat mir dazu geraten. Aber Conni hat leider keine Hoffnung mehr gesehen. Wer auch immer für dieses Schreiben verantwortlich ist, muss büßen!«

Mierscheid nickte zustimmend, als verlöre er eine Wählerstimme, wenn er dem Mann die Wahrheit erklärte: dass eine Anzeige nichts brachte. Sogar hier konnte er den Politiker in sich nicht ablegen.

»Die beiden Schwestern standen sich sehr nahe, stimmt's?«, fragte er.

»Wie man's nimmt. Meine Schwägerin hat in Berlin gelebt und viel gearbeitet. Oft hat man sich da nicht gesehen.«

Mierscheid gefiel der verächtliche Ton nicht, in dem Kehrein über Paula sprach. »Immerhin ist sie mit Constanze in Urlaub gefahren, um sie auf andere Gedanken zu bringen.«

»Ja, auf einmal. Schlechtes Gewissen, ganz klar.« Kehrein zog die Mundwinkel nach unten. »Welche Rolle Paula vor zwanzig Jahren gespielt hat, das hat sie Ihnen wohl nicht erzählt?«

Mierscheid schüttelte den Kopf.

»Conni hat damals gekellnert. Eigentlich war es Paulas Ferienjob, aber die hatte an dem Abend wohl etwas Besseres vor und ihre minderjährige Schwester gefragt, ob sie einspringt. Conni war gerade sechzehn geworden. Nie hätte sie ihrer großen Schwester einen Wunsch ausgeschlagen!«

Mierscheid begann, die Suppe zu löffeln, die nur noch

lauwarm war. Allein, um Kehreins bohrendem Blick auszuweichen.

»Das Reinigungspersonal hat Conni am nächsten Morgen halb tot im Weinkeller aufgefunden. Ein Wunder, dass sie überlebt hat, meinten die Ärzte.«

Der Hauptgang wurde serviert, zu rasch, wie Mierscheid fand. Sauerbraten mit Salzkartoffeln – das Fleisch war hart und sehnig, die Soße angedickt und viel zu schwer. Die Enge der Trauergesellschaft, die Erinnerung an den Schock vom Samstag – Mierscheid kämpfte gegen einen plötzlichen Würgreiz an und ahnte, dass er verlieren würde.

Rasch entschuldigte er sich bei seinem Sitznachbarn, sprang auf und fragte die Bedienung nach dem Weg zur Toilette. In letzter Sekunde erreichte er das Klo und kotzte die Schüssel voll.

Mierscheid trat durch die Hintertür und lehnte sich gegen die schattige Wand. Er gierte nach frischer Luft und einer Zigarette. Doch von beiden ging der saure Geschmack in seinem Mund nicht weg.

Wieder vibrierte sein Handy. Gerlinde Schäfer, seine Mitarbeiterin im Neusser Wahlkreisbüro, meldete sich. Sie war schon weit jenseits der sechzig, aber sie hing an der Aufgabe und Mierscheid hätte nicht gewusst, wie er ohne sie zurechtkommen sollte. Gerlinde hatte bereits für seinen Vater gearbeitet, als der noch Versicherungen verkaufte.

»Endlich gehst du ran, Lothar. Ich habe noch einen Termin vereinbart und hoffe, das geht in Ordnung. Das Feuerwehrfest in Rommerskirchen-Butzheim, morgen, neunzehn Uhr.«

»Kein Problem, aber erspar mir bitte die Diskothek heute Abend.«

»Du darfst deine Fans bei der Jungen Union nicht enttäuschen.«

»Fans?«

»Ich weiß auch nicht, warum, aber du hast einen Schlag bei den jungen Leuten. Du giltst als unabhängige Stimme in der Partei. Integer und unverbraucht.«

Ausgerechnet ich, dachte Mierscheid.

»Außerdem wird die Zeitung da sein.«

»Aber warum so spät?«

»Vor zehn Uhr geht kein Mensch in die Disco.«

»Begleitest du mich wenigstens?«

Gerlindes helles Lachen tönte aus dem Handy. »Höchstens zur Seniorenunion nachher um sechs. Ansonsten bleibt es beim Ablauf für morgen. Um zehn der Vortrag am erzbischöflichen Berufskolleg, danach Betriebsbesichtigung bei HGS in Reuschenberg ...«

»Hilf mir auf die Sprünge.«

»Das Unternehmen produziert Extraktionsanlagen, Verdampfungskristallisatoren und Zentrifugen für die Nahrungsmittelindustrie zur Gewinnung von Dextrose und Fruktose.«

»Aha.«

»Mittagessen in der dortigen Kantine, dann Händeschütteln bei der Kreisbauernschaft. Vor dem Feuerwehrfest noch ein Fototermin für das hausinterne Blättchen der RWE Power AG in einem Rapsfeld mit dem Braunkohlekraftwerk Frimmersdorf im Hintergrund.«

»Die Dreckschleuder?«

»RWE Power sponsert dein Wahlkreisbüro und damit meine Stelle. Lothar, was ist los mit dir?«

Mierscheid murmelte ein Dankeschön, steckte das Handy weg und nahm einen letzten Zug, bevor er die Kippe austrat.

»Musst du auch gerade an früher denken?«

Er schrak zusammen. Malte Lichtenberg war aus der Tür getreten, den Griff eines Trolleys in der Hand.

»Wo geht's hin?«

»Paris, den Euro retten. Morgen trifft sich die Kanzlerin mit Sarkozy. Wenn wir uns nicht mit den Franzosen über

Griechenland und den Rettungsschirm einigen, sehe ich schwarz.«

»Warum hören wir nicht einfach auf, Schulden zu machen?«

Der Staatssekretär lachte. Er steckte sich eine Zigarette an und hielt Mierscheid die Schachtel hin.

»Nein, danke.«

»Du hast da etwas an deinem Revers«, stellte Lichtenberg fest.

Mierscheid zückte sein Taschentuch, spuckte darauf und rieb, bis er keine Spritzer von Erbrochenem mehr entdecken konnte.

»Von den Schulden der Staaten lebt die Finanzbranche«, fuhr der Staatssekretär fort.

»Bis alles zusammenkracht.«

»Warum so negativ, Lothar?«

»Heute ist mir danach.«

»Glaubst du noch immer, ich hätte einen Killer auf Paula angesetzt?«

»Als wäre dir wichtig, was ich denke.«

»Ich war das ganze Wochenende in Berlin. Es gibt Leute, die das bezeugen können.«

»Schon gut.«

Lichtenberg übte Rauchkringel und schwieg.

»Wie war eigentlich Paulas Privatleben nach eurer Trennung?«

»Vergiss es, Lothar, überlass der Polizei das Ermitteln.«

»Warum hattet ihr euch überhaupt getrennt?«

»Auseinandergelebt, du weißt doch, wie das ist. Keine Katastrophe, eher ein schleichender Prozess. Zuletzt hat sie nur noch an meiner Arbeit rumgenörgelt. Hat die Finanzbranche schlimmer kritisiert als der Bundespräsident, und das will was heißen.«

»Aber wieso war sie noch Monate nach eurer Trennung so schlecht auf dich zu sprechen?«

»Das hättest du Paula fragen müssen.«

»Sie wollte einen Rat von mir. Was könnte das gewesen sein?«

Der Staatssekretär lachte. »Das ›heimliche Liebestreffen fernab der Hauptstadt‹?«

Mierscheid ballte die Fäuste und schwieg.

»Konzentrier dich lieber auf deine Karriere, Lothar. Ich habe gehört, gewisse Kreise hätten Großes mit dir vor. Ich kann dir dazu nur gratulieren.«

Lichtenbergs Taxi fuhr vor, rollte aber weiter zum anderen Eingang.

»Wir sollten uns wieder vertragen, meinst du nicht?«

Hau endlich ab, dachte Mierscheid.

Der Staatssekretär warf die angerauchte Zigarette ins Gras und verschwand mit seinem Rollkoffer um die Ecke.

53.

Es widerstrebte Mierscheid, ins Café zurückzukehren, aber er wollte noch ein paar Worte mit Paulas Eltern wechseln. An ihrem Tisch waren nun einige Stühle frei. Kaum hatte Mierscheid Platz genommen, bereute er seine Entscheidung auch schon. Nach wie vor hing der schreckliche Bratengeruch in der Luft. Und Ingrid Busch weinte unaufhörlich, sodass sich keiner traute, etwas zu sagen.

Die Bedienung servierte das Dessert, Rote Grütze mit Vanillesoße. Weiche Nahrung – vorsichtig begann Mierscheid, das süße Zeug zu löffeln.

»Warum willst du Malte nicht das Tagebuch geben?«, fragte Roland Busch seine Frau.

»Wer weiß, was über ihn drinsteht«, sagte eine alte Dame, die Ingrid ähnlich sah.

Paulas Tante, vermutete Mierscheid. Er begriff, wovon die

Rede war. »Paula hat Tagebuch geführt – und es euch überlassen?«

»Nein, das nicht gerade«, antwortete Roland. »Sie hat einige Umzugskartons bei uns untergestellt. Darin haben wir es gefunden.«

»Womöglich steht etwas darin, was die Polizei wissen müsste!«

»Damit es an die Öffentlichkeit gerät?«, warf die Tante ein. »Das wäre Paula höchst peinlich.«

»Ich finde, Lothar hat recht«, sagte Roland. »Wir müssen es der Polizei zeigen.«

Seine Frau rieb sich die roten Augen trocken und schniefte. Endlich antwortete sie: »Es gibt kein Tagebuch mehr.«

»Bitte?«

»Ich hab's verbrannt.«

»Das gibt's doch nicht!«

»Doch. Verbrannt und basta.«

Die Bedienung trat an den Tisch. »Kaffee oder Cognac?«

»Beides«, sagte Paulas Vater. »Und ihr?«

Ingrid schüttelte den Kopf.

Mierscheid entschuldigte sich und lief zur Toilette, wo er sich ein zweites Mal übergab, lange und schmerzhaft.

Er spülte sich den Mund aus und kontrollierte im Spiegel sein Sakko – keine neuen Flecken, zum Glück.

Die Tür ging auf, Carsten Kehrein trat ans Pissbecken, zog den Reißverschluss auf und ließ es plätschern.

»Paula hat Conni ausgenutzt, damit Sie's wissen, Herr Mierscheid«, sagte er über seine Schulter hinweg. »Meine Frau wäre heute noch am Leben, wenn das verdammte Luder sie damals nicht gefragt hätte.«

Mierscheid platzte der Kragen. Paula am Tag ihrer Beisetzung so zu beleidigen. Er stieß den Witwer gegen die Wand, rammte seine neunzig Kilo gegen den hageren Kerl und drückte Kehreins Gesicht mit beiden Händen gegen die Fliesen. »Halt deine dämliche Fresse! So etwas sagst du nie wieder!«

Dann ließ er ihn los und stürmte hinaus.

Im Flur besann er sich und machte noch einmal kehrt.

Kehrein stand vor dem Spiegel und tastete seine gerötete Wange ab. Als er bemerkte, dass Mierscheid erneut im Raum stand, wich er in eine der Kabinen zurück.

»Sie sind ja völlig übergeschnappt!«, protestierte er.

»Wo ist das eigentlich passiert?«, fragte Mierscheid.

»Was?«

»Damals, vor zwanzig Jahren. Constanzes Vergewaltigung. Sie haben vorhin von einem Schloss gesprochen!«

»Na, auf Schloss Schassberg, das dieser Bank gehört.«

Mierscheid wollte noch einmal zu Paula, um ihr quasi unter vier Augen Adieu zu sagen. Die Grevenbroicher Senioren-Union konnte warten. Er überquerte die Straße und betrat den Friedhof. Im Schatten der Bäume war es angenehm kühl, eine leichte Brise kam auf.

Sein Magen hatte sich etwas beruhigt.

Unter seinen Sohlen knirschte der unbefestigte Weg. Mierscheid beschloss, morgen noch einmal in Düsseldorf anzurufen und der Polizei auf die Nerven zu gehen. Dem Kripochef oder dem Präsidenten persönlich. Der verbitterte Fliesenleger, der unbekannte Geliebte, das Tagebuch, das die Mutter angeblich verbrannt hatte – wichtige Spuren, fand Mierscheid.

Noch einmal das Handy. Mierscheid ging ran.

Volker Paschkes Ruhrgebietsorgan: »Hör mal, die Kanzlerin ist voll am Durchdrehen.«

»Bitte?«

»Wir müssen etwas tun, sie will tatsächlich den Ausstieg forcieren«, bellte der Fraktionskollege. »Stell dir den Unsinn vor: acht von siebzehn Kernkraftwerken für immer vom

Netz! Und das, wo wir gerade die Laufzeitverlängerung beschlossen haben. Sie will die Industrie dazu zwingen. Ist das noch unsere CDU? Es gab bereits ein Geheimtreffen mit Seehofer und …«

»Es passt jetzt wirklich schlecht, Volker. Ich rufe dich zurück.« Mierscheid schaltete das Gerät aus.

Eine Rentnerin schob ihr Rad den Weg entlang. Zwei Gießkannen am Lenker, Wasser tropfte herab. Eine andere Alte kniete vor einem Grabstein und zupfte Unkraut aus der Erde. Nur Greise schienen sich um die Toten zu kümmern – als bereiteten sie sich auf ihre eigene letzte Reise vor.

Als Mierscheid den Gang erreichte, an dem Paulas Grabstelle lag, bemerkte er, dass jemand auf die gleiche Idee gekommen war wie er.

Ein Mann in einem eng geschnittenen, dunklen Anzug stand reglos bei den Kränzen. Die graue Künstlermähne war Mierscheid gut bekannt. Im Hintergrund warteten zwei Bodyguardtypen.

Mit wenigen Schritten ging Mierscheid hinter einem Rhododendronstrauch in Deckung. Neugierig lugte er zwischen den Zweigen hervor. Der Abstand betrug keine dreißig Meter.

Der Mann am Grab verharrte eine Weile, dann warf er seinen Blumenstrauß in das Loch und wandte sich den Gorillas zu.

Mierscheid sah ihm ins Gesicht. Ja, er war es. Der Mann, der die Strippen zog. In Gedanken hörte Mierscheid Sandra Apitz, Paulas Assistentin: *Chauffeur und Jacht und Privatjet. So einem gibt man doch nicht den Laufpass!*

Verwirrt trat Mierscheid tiefer ins Gestrüpp. Dabei stieß er gegen eine leere Kanne, die polternd umfiel.

»Was machen Sie hier?«, fuhr ihn eine brüchige Stimme an.

Mierscheid wandte sich um.

Eine alte Dame schwang ihre Harke. »Sind Sie der Kerl, der hier die Grablichter klaut?«

Mierscheid hob seine leeren Hände, als könne er auf diese Art seine Unschuld beweisen.

»Ich kenn Sie doch!«, keifte die Alte. »Was fällt Ihnen ein, auf dem Grab meines Mannes herumzutrampeln?«

Mierscheid floh zurück auf den Weg und stellte erleichtert fest, dass ihm die Frau nicht folgte. Dafür lief er dem Mann mit der grauen Mähne in die Arme.

Sie blieben stehen. Einer der Bodyguards unterbrach sein Handygespräch. Der andere verschränkte die Hände vor seinem Schritt.

»Tag, Herr Dingendorff«, grüßte Mierscheid.

Der Vorstandsvorsitzende der RheinBank war jünger, als ihn seine vorzeitig ergrauten Haare auf Fotos manchmal wirken ließen. Sportliche Statur, glattes Gesicht – Mierscheid fragte sich, ob es geliftet oder mit Botox behandelt war.

Dingendorff gab ihm die Hand und nickte zu Paulas Grab hin. »Ein schwerer Tag.«

»Offenbar für uns beide«, antwortete Mierscheid.

»Möge ihr Mörder in der Hölle schmoren.«

»Das könnte ich nicht schöner ausdrücken.«

Dingendorff musterte ihn, dann sagte er: »Wir sehen uns morgen Abend.«

Er gab Mierscheid einen Klaps auf die Schulter und zog mit seinem Gefolge ab.

54.

Der Dreckskerl ist zurückgekommen und füllt den Kühlschrank auf. Er hat die Decke ausgetauscht, den Eimer geleert und endlich eine Waschschüssel mitgebracht. Und einen Gettoblaster.

Er legt eine CD ein.

Oops! ... I Did It Again – das blöde Stück hat mir noch nie gefallen.

Er sagt, er meine es gut mit mir. Er wolle mich erziehen. Wenn ich gehorche, würde er mich eines Tages von der Kette nehmen. Ich dürfte zur Belohnung nach oben und auch mal an die frische Luft.

Ich komme mir vor wie ein Stück Vieh, das dressiert werden soll.

Beim geringsten Anlass wird er mich wieder schlagen, da bin ich mir sicher. Auf keinen Fall darf er entdecken, dass ich angefangen habe, unter der Pritsche ein Loch zu graben.

Hit me, baby, one more time.

Sein Keuchen. Seine verschwitzten Hände. Das blöde Tattoo, an dem mein Blick hängen bleibt. Kleine Flammen, die sich zum Kreis anordnen. Eine Art Sonne, mit dem Nabel als Zentrum. Das Schwein nennt mich »Goldschatz« und »meine Tochter«, aber das bin ich nicht.

Ich bin nicht hier. Mir passiert das nicht. Ich bin weit, weit weg ...

Bei Mama, bei Tante Hanni, bei meinen Freundinnen ...

Teil IV

Die kleine Sonne

55.

In den Sechzigern waren solche Bungalows vermutlich der letzte Schrei gewesen. Das Haus hatte ein Flachdach mit einer Kante aus schwarzen Schieferschindeln. Hellgraue Platten bildeten die Wandverkleidung, deutlich gezeichnet vom sauren Regen und der Zeit. Drei winzige Fenster zur Straßenseite und der Eingang, der aus Glasbausteinen vor die Fassade gesetzt worden war, ließen das Haus nicht einladender wirken. Dominik musste an Asbest denken, an braune Kacheln und Gelsenkirchener Barock im Inneren.

Er hatte seinen Honda mit einigem Abstand geparkt und fragte sich, ob hier das Zuhause eines Mörders war, am Rand von Haan-Ost zwischen Industriepark und Naturschutzgebiet Ittertal, die Adresse von Uwe Heller, der am letzten Freitag für *Urban Ermittlungen* gearbeitet hatte, als Subunternehmer, wie Jochen es bezeichnet hatte.

Inzwischen hatte Dominik mehr über den Mann herausgefunden. Bis vor gut zwei Jahren waren sie Kollegen gewesen, ohne sich je begegnet zu sein. Heller hatte dem Mobilen Einsatzkommando in Düsseldorf angehört, demnach prädestiniert für Observierungsjobs. Er war vorzeitig in Ruhestand gegangen, wegen eines Rückenleidens, wie es hieß, und besserte seine Pension auf, indem er als Detektiv arbeitete. Dafür hatte er sogar einen Gewerbeschein erworben und eine Firma gegründet, war also nicht allein für Jochen Urban unterwegs.

War er der ›Otto‹, den Patrick Neidel und Lilly Oppers bestohlen hatten?

Bei dem einen bin ich mir nicht sicher.

Dominik beschloss, sich ein wenig umzuschauen, und stieg aus.

Gestutzter Rasen im Vorgarten. An der Pforte im Zaun ein weißer Klingelknopf ohne Namensschild. Den Blick auf den Rest des Grundstücks verwehrte eine Hecke.

Die Doppelgarage sah aus, als sei sie nachträglich angebaut worden. Die Fläche davor war gepflastert und von Betonkübeln gesäumt, in denen sorgfältig gestutzte Buchsbäumchen wuchsen. An der Dachkante konnte Dominik Scheinwerfer ausmachen. Vermutlich gab es einen Bewegungsmelder, der bei Dunkelheit ansprang, sobald man sich näherte.

Ringsum Gärten mit alten Bäumen, zum Teil verwildert. Kein Haus glich dem anderen in Stil und Größe. Eine ruhige Siedlung – das einzige Geräusch war das entfernte Summen der Autobahn, die nach Wuppertal führte.

Dominik schlenderte zum Auto zurück. Das Handy klingelte. Er kramte es hervor. Anna.

»Wie sieht's aus?«, erkundigte sie sich.

»Traumhaft.«

Ein brauner Geländewagen der Marke BMW rollte an Dominik vorbei und hielt vor Hellers Garageneinfahrt. Eine Frau stieg auf der Beifahrerseite aus und schloss das Tor auf. Dominik griff mit der freien Hand nach seinem Fernglas und linste aus seinem Honda hinüber. Hellers Frau Linda: blond, groß und schlank, vielleicht etwas über vierzig Jahre alt, aus der Distanz war das Alter schwer zu schätzen.

»Thilo Becker meint, Heller sei in Ordnung«, sagte Anna.

»Wie kommt er darauf? Liliane Oppers hat ihn auf dem Passbild so gut wie identifiziert.«

Der Wagen rollte in die Garage. Die Frau folgte und öffnete die Hecktür.

»Er kennt ihn von früher.«

»Na dann«, antwortete Dominik spöttisch.

»Die Zeugin hat Heller nicht identifiziert. Sie meinte nur, dass es eine Ähnlichkeit gäbe. Und das Foto, das du ihr vorgelegt hast, muss uralt sein, denn der Mann ist inzwischen fast sechzig.«

Dominik drehte mit dem Daumen am Rädchen des Fernglases, um den Blick schärfer zu stellen. Das Paar trug Einkäufe in das Haus, prallvolle Rewe-Tüten. Sein Alter war dem athletisch gebauten Heller nicht anzumerken. Das T-Shirt brachte aufgepumpte Oberarme zur Geltung, der Bierbauch wölbte sich dezent. Dominik fiel auf, dass Heller Einsatzstiefel trug, als sei er noch beim MEK im Dienst.

»Du sollst zurückkommen, sagt Thilo. Er meint, es reicht, wenn er sich mit Heller telefonisch in Verbindung setzt«, fügte Anna hinzu.

In dieser Gegend braucht man ein Auto, um mobil zu sein, überlegte Dominik. Zwei Autos, wenn man als Paar hier wohnte. Der Platz neben dem Geländewagen war frei.

»Tust du mir einen Gefallen, Anna? Check doch mal, welches Fahrzeug auf den Namen von Hellers Frau läuft.«

»Willst du dranbleiben oder soll ich dich zurückrufen?«

»Ich bleibe dran.«

Zwei Mal gingen die Hellers zwischen Garage und Haus hin und her. Schließlich hob der Mann zwei Kisten Mineralwasser aus dem Wagen, setzte sie ab und verriegelte Auto und Garagentor, an dem er zur Kontrolle noch einmal rüttelte.

Dann verschwand er mit dem Wasser im Bungalow. In jeder Hand eine Kiste – von einem kranken Rücken keine Spur.

»Dominik!«

»Ja?«

»Meine Güte, ein Treffer voll ins Schwarze! Linda Heller fährt einen VW Golf, Farbe weiß, Baujahr 1990. Das kann nur ein Golf II sein. Wie das Auto, das Paula Buschs Mörder benutzte.«

Und Leonies Entführer, dachte Dominik. Am liebsten hätte er sofort das Haus gestürmt.

»Also, Anna, wollen wir den Mann nicht lieber doch von Angesicht zu Angesicht befragen?«

»Auf jeden Fall. Bin gleich bei dir!«

Eine Dreiviertelstunde musste er ausharren, bis die Kollegin endlich eintraf. Anna war nicht allein, Thilo Becker begleitete sie. Dominik fragte sich, ob der Leiter der Mordkommission ihnen nichts zutraute oder ob er die Spur nun doch für wichtig hielt.

»Sind sie da?«, fragte der MK-Leiter.

»Keiner hat das Haus verlassen.«

»Ich habe übrigens noch einmal mit dieser Hanna Kaul telefoniert. Sie hat mir erzählt, dass du Abhörsender aus ihrer Wohnung entfernt hast.«

»War das Mindeste, was ich tun konnte.«

»Du hast nur vergessen, den Einbruch und die Verletzung ihrer Wohnung zur Anzeige zu bringen. Ich hab das ans KK 14 gegeben, und wenn dahintersteckt, was ich vermute, kann das noch ganz große Wellen schlagen.«

»Meinst du, die RheinBank ist der Anstifter? Wird schwer zu beweisen sein.«

»Diese Sorge überlasse ich dem Staatsanwalt. Dass du keine Anzeige geschrieben hast, grenzt an Strafvereitelung im Amt, ist dir das klar? Noch so ein Ding, Kollege Roth, und du bist raus aus dem Fall und kannst wieder betrogene Senioren trösten!«

Dominik ballte die Faust. Offenbar hielt sich Becker für etwas Besseres. Dominik beschloss, dass er ihn nicht leiden konnte. Womöglich war der Mann nur hierhergekommen, um sicherzustellen, dass sein alter Bekannter Uwe Heller mit Samthandschuhen angefasst wurde.

Sie gingen hinüber zum Tor. Der MK-Leiter klingelte. Hundegekläff antwortete. Der Köter musste im Garten hinter dem Bungalow stecken.

Die blonde Frau erschien in der Haustür. Aus der Nähe revidierte Dominik seine Schätzung: Linda Heller war mindestens Mitte fünfzig. Weißliche Strähnen, jede Menge Falten und ein müder, mürrischer Blick.

»Was wollen Sie?«, fragte sie. »Wir kaufen nichts!«

Thilo Becker hielt seine Marke hoch. »Kripo Düsseldorf. Wir hätten da ein paar Fragen.«

Die Miene der Frau hellte sich schlagartig auf. »Haben Sie mein Auto gefunden?«

56.

Sie betraten die Küche. Überall fiel Dominik bunt gemustertes Plastik auf: der Bodenbelag, das praktische Tischtuch, das Tablett mit zwei dampfenden Kaffeebechern.

Uwe Heller begrüßte sie mit Handschlag und trug einen fünften Stuhl herbei. Aus dem Ausschnitt seines T-Shirts quoll graue Brustbehaarung. Misstrauen stand ihm ins Gesicht geschrieben. »Wie isses?«

»Viel zu tun«, antwortete der MK-Leiter. »Vermutlich hast du in der Zeitung darüber gelesen. Den Golf haben wir leider nicht mitgebracht.«

Hellers Frau jammerte über die Frechheit, am helllichten Tag ein altes Auto zu stehlen.

»Wo und wann ist es denn geschehen?«, erkundigte sich Becker.

»In Düsseldorf, am Mittwoch vergangener Woche. Eigentlich arbeite ich hier im Sankt-Josef-Krankenhaus, aber an dem Tag hatten Uwe und ich die Autos getauscht, weil er gern ein unauffälligeres Auto als seinen BMW fahren wollte. Das hing mit deinem Job zusammen, nicht?«

Uwe Heller ließ ein Brummen hören, das Zustimmung ausdrücken sollte.

»Jedenfalls musste er an dem Abend mit S-Bahn und Taxi nach Hause kommen. Wir sind dann gleich zur Polizeiwache in der Diecker Straße gegangen. Was meinen Sie, besteht eine Chance, dass ich mein Auto wiederkriege, oder muss ich mir ein neues zulegen? Uwe kann mich nicht jeden Morgen zur Arbeit fahren. Er hat ja selbst zu tun.«

»Fragt sich, in welchem Zustand es sein wird, wenn es gefunden wird.« Becker wandte sich an ihren Mann. »Stimmt es, dass du am Freitag für *Urban Ermittlungen* unterwegs warst?«

Der Ex-MEKler verschränkte die Arme und räusperte sich. »Das ist korrekt.«

»Worum ging es da?«

Wieder ein Räuspern. »Bewegungsprofile erstellen, Personenkontakte ermitteln.«

»Eine Observierung.«

»Korrekt.«

»Die Zielperson hieß Hanna Kaul, stimmt das?«

»Warum willst du das wissen?«

Becker legte ihm die Dossiers vor, die aus der Hinterlassenschaft Patrick Neidels stammten. »Hast du diese Aufnahmen gemacht?«

Der Detektiv blätterte. Er sortierte einen Großteil der Seiten aus, auf denen Hanna abgebildet war, und wirkte nun gefasster.

Der Mann ist froh, nicht nach den Wanzen gefragt zu werden, dachte Dominik.

»Das hier war ich. Mit dem Rest habe ich nichts zu tun.«

»Kennst du diese Frau?« Becker legte ihm ein Überwachungsfoto vor, das Paula Busch zeigte.

»Aus der Zeitung.«

»Du hast sie also nicht beschattet?«

»Nein.«

»In der letzten Zeit in Berlin gewesen?«

Heller schüttelte den Kopf.

»Wer war außer dir an Hanna Kaul dran?«

»Keine Ahnung. Als meine Schicht zu Ende war, habe ich mich telefonisch bei einer Mitarbeiterin in der Zentrale abgemeldet. Wer dann übernommen hat, weiß ich nicht. Warum fragst du mich das alles?«

»Wo warst du am Samstagnachmittag?«

Heller blickte finster.

Seine Frau antwortete für ihn: »Als Uwe von der Arbeit kam, haben wir unser Patenkind abgeholt und sind zum Wuppertaler Zoo gefahren.«

»Ich habe die Freundin des Staatssekretärs nicht erschossen!«

»Das behauptet auch niemand«, sagte Thilo Becker. »Ich muss dir diese Fragen trotzdem stellen. Du weißt doch, wie das ist. Wie alt ist das Patenkind?«

»Fünf.«

»Und wo warst du am Sonntagabend?«

»Hört mal, ich muss mich hier nicht verdächtigen lassen. Ich habe nichts Illegales getan!«

Becker fragte Linda Heller. »Habt ihr den Sonntagabend zusammen verbracht?«

»Ich war auf der Geburtstagsfeier einer Kollegin aus dem Krankenhaus. Als ich nach Hause kam, saß Uwe vor der Glotze und schlief tief und fest.«

Becker lächelte. »Wann war das?«

»Gegen Mitternacht.«

Dominik überlegte: Patrick Neidel erschießen, nach Haan düsen und sich schlafend stellen – bei freier Autobahn war es vielleicht zu schaffen. Und ein fünfjähriges Kind war als Alibizeuge für den Mord an Paula Busch recht schwach.

»Und Dienstagabend?«, wollte Dominik wissen.

Becker verzog das Gesicht – offenbar gefiel ihm die Frage nicht. Uwe Heller antwortete nur mit einem Kopfschütteln und einem grimmigen Blick.

Dominik wandte sich an die Blonde. »Wo waren Sie vorgestern Abend, Frau Heller?«

»Wir sind zu keiner Aussage verpflichtet, Linda«, mischte sich der Ehemann ein.

»In der Sauna. Das *Mediterana* in Bergisch Gladbach. Wir waren kurz nach acht Uhr dort und gehörten zu den letzten Gästen, die gingen.«

»Wann war das ungefähr?«

»Die Therme schließt um Mitternacht. Fragen Sie den Mann, der an der Kasse gesessen hat. Er erinnert sich garantiert. Ich habe in der Umkleide eine Brille gefunden und bei ihm abgegeben. Zufrieden?«

Erst, wenn ich den Kerl an der Kasse befragt habe, dachte Dominik. Und wenn er sich an dich erinnert, heißt das nicht, dass dein Mann auch da war.

»Was ist denn am Dienstagabend passiert?«, fragte Uwe Heller nach. »Ist etwa schon wieder wer umgebracht worden?«

Becker legte die Hand auf die Überwachungsprotokolle. »Das Problem ist: Das Dossier, das du angelegt hast, wurde bei dem Mann gefunden, der am Sonntagabend erschossen und in seinem Auto verbrannt wurde.«

»Ich weiß. Jochen hat mich vorgewarnt, dass ihr deshalb aufkreuzen werdet. Aber dass ich von alten Kollegen als Mordverdächtiger hingestellt werde, hätte ich mir nicht träumen lassen.«

»Mensch, Uwe, das sind doch nur Routinefragen.«

Dominik stand auf. Er hielt das Geplänkel nicht mehr aus.

»Die Tür rechts neben dem Eingang«, sagte Linda Heller.

»Danke.«

Doch Dominik hatte es nicht auf die Toilette abgesehen. Leonie und ihr Verfolger im weißen Golf – die Vorstellung, dass womöglich Heller das Mädchen entführt hatte, ließ Dominik keine Ruhe.

Er fand die Kellertreppe, schlich nach unten und zog eine

Tür auf. Sie quietschte leise. Dahinter Finsternis. Dominik ertastete einen Lichtschalter. Mit kurzer Verzögerung sprangen die Röhren der Deckenlampe an. Ein niedriger Flur. Zwei Türen rechts, zwei links, jeweils aus Stahl.

»Leonie?«, rief er leise.

Keine Antwort.

Im ersten Schloss steckte ein Schlüssel. Dominik wollte ihn drehen, doch die Tür war unverriegelt. Er blickte in einen Fitnessraum. Eine Bank, Hanteln, ein Rudergerät. An der Wand ein Spiegel, der Estrich mit Teppichboden ausgelegt.

Der nächste Raum stand voller Regale mit Lebensmittelvorräten. Dominik staunte über die Menge an Dosen und Kartons – als gebe es schon ab morgen nichts mehr für den Euro.

Hinter der dritten Tür verbarg sich eine Rumpelkammer. Ein Durcheinander von Kisten, Koffern und Schachteln, ein alter Schrank und viel Staub.

Im letzten Schloss steckte kein Schlüssel. Dominik rüttelte vergeblich an der Klinke. Er hämmerte gegen die Tür, dann legte er das Ohr an den kühlen Stahl.

Da war ein Geräusch.

»Leonie?«

Dominik zog den Schlüssel der Nachbartür ab und probierte ihn aus, doch er passte nicht. Der Schlüssel von gegenüber – auch dieses Ding bekam Dominik nicht ins Schloss gefummelt.

Noch einmal lauschte er. Eindeutig: Da war etwas.

»Was machen Sie in unserem Keller?« Uwe Heller kam die Treppe heruntergestiefelt. »Ohne einen Durchsuchungsbeschluss …«

»Lass uns gehen, Dominik«, mahnte Thilo Becker, der dem Hausbesitzer gefolgt war.

»Gefahr im Verzug«, behauptete Dominik kurzerhand. »Was ist hinter dieser Tür?«

»Die Heizung und der Öltank.«

»Aufmachen!«

»Ich lasse mich hier nicht wie ein Verbrecher …«

»Es reicht, Kollege Roth«, bemerkte Becker scharf. »Denk daran, was ich dir vorhin gesagt habe.«

An der Haustür verabschiedeten sie sich. Erleichterung stand Heller ins Gesicht geschrieben. Er versprach, am nächsten Tag ins Präsidium zu kommen, um das Protokoll seiner Befragung zu unterschreiben. Becker tätschelte ihm die Schulter.

Dominiks Stimmung hatte den Tiefpunkt erreicht.

57.

Mehr als zwei Dutzend Ermittler trafen sich zur gemeinsamen Nachmittagssitzung der beiden Mordkommissionen, dazu die Kommissariatsleiterin und der Staatsanwalt, ein blasser Kerl namens Schneider, nicht viel älter als Dominik. Zwei Leute des Landeskriminalamts hielten sich im Hintergrund, als hospitierten sie nur – Dominik wusste, dass das LKA sofort die Regie übernehmen würde, sobald der Mordfall Paula Busch ein politisches Motiv erkennen ließ oder die Generalbundesanwältin eines unterstellte.

Jeder kochte sein eigenes Süppchen.

»Keiner unserer Zeugen hat in Uwe Heller den Täter vom Aachener Platz erkannt«, berichtete ein Kollege aus Ela Bachs Gruppe.

»Das Passbild ist nicht aktuell«, gab Dominik zu bedenken.

»Wir müssen die Alibis sorgfältig prüfen«, mahnte Ela Bach. »Sobald sich Zweifel ergeben, machen wir eine Gegenüberstellung.«

Die KK-11-Chefin teilt mein Misstrauen, folgerte Dominik.

Anna sagte: »Die Kreispolizeibehörde in Mettmann hat die Anzeige von Linda Heller bestätigt. Die Frau war am

Mittwochabend bei der Wache in Haan, der Fall liegt nun beim zuständigen Kommissariat. Die Sachbearbeiterin heißt …«

Dominik hörte nicht hin. Alles Lüge, dachte er. Womöglich ist Linda Heller die Komplizin ihres Mannes.

»Wir können nicht warten, bis die Alibis überprüft sind«, mischte er sich schließlich ein, an Schneider gewandt. »Wir brauchen einen Durchsuchungsbeschluss für Hellers Haus.«

Der junge Staatsanwalt runzelte die Stirn.

Dominik ließ sich nicht beirren. »Leonie Kaul, das entführte Mädchen. Dabei war exakt der gleiche Autotyp im Spiel. Heller hat Hanna Kaul observiert und dabei fiel ihm ihre Nichte auf. Angenommen, er ist der Entführer. Dann steht er jetzt unter Druck, weil wir bei ihm waren. Das steigert die Gefahr, dass er Leonie umbringt.«

»Zu viele Horrorfilme gesehen«, spottete Thilo Becker.

»Wollen wir uns vorwerfen lassen, wir hätten nicht alles versucht?«

»Uwe Heller ist nicht vorbestraft. Und das Auto seiner Frau ist nicht der einzige weiße Golf in der Region. Für den Verdacht des Kollegen Roth sehe ich keinen Anhaltspunkt.«

»Natürlich nicht. Ihr seid ja dicke Freunde.«

»Beruhigt euch.« Staatsanwalt Schneider hob die Hand. »Das vermisste Mädchen ist nicht unser Fall.«

»Aber …«

»Wer hier welche Ermittlung führt, müssen Sie schon der Staatsanwaltschaft überlassen. Soviel ich weiß, liegt der Vermisstenfall beim KK 12, und da ist er gut aufgehoben. Außerdem würde mir beim Stand der Dinge kein Richter seine Unterschrift für eine Durchsuchung geben.«

Für einen Moment war es still im Raum. Dominik sah ein, dass er gegen Schneider nicht ankam.

Anna ergriff das Wort. »Mal angenommen, Uwe Heller lügt nicht und er war tatsächlich nicht am Flughafen.«

»Worauf willst du hinaus?«, fragte Ela Bach.

»Wen hätte Patrick Neidel dann bestohlen?« Anna wandte sich an Dominik. »Da war doch noch ein zweiter Mann, der Hanna Kaul für *Urban Ermittlungen* observiert hat.«

»Ein gewisser Mario Costa«, antwortete er. »Ein ehemaliger Zeitsoldat der Bundeswehr, der sich ebenfalls als Detektiv und sogenannter Sicherheitsberater selbstständig gemacht hat. Aber ihn hat die Zeugin Oppers ausgeschlossen.«

»Auch Costas Passbild kann veraltet sein. Wir dürfen nichts auslassen.«

MK-Leiter Becker verschränkte die Hände hinter dem Kopf. »Vielleicht sind weitere Personen involviert, die Urban unserem Kollegen Roth verschwiegen hat. Das KK 14 ermittelt seit heute wegen Einbruchs in die Wohnung von Hanna Kaul und wegen illegalen Lauschangriffs. So viel ich weiß, wird es in dem Zusammenhang eine Durchsuchung bei *Urban Ermittlungen* geben. Ich würde vorschlagen, dass wir uns dranhängen. Vielleicht liegt in dieser Detektei der Schlüssel zu den Mordfällen.«

»Gute Idee«, lobte Ela Bach, fixierte Dominik und hob den Zeigefinger. »Und kein Sterbenswörtchen über die geplante Durchsuchung, falls du heute Abend wieder mit deinem alten Kumpel beim Bier sitzt.«

Dominik fühlte, wie Hitze in ihm aufstieg.

»Verstanden?«

»Klar.«

Er klopfte an Susanne Hachmeisters Tür und trat ein.

»Und?«, fragte sie.

»Ich habe Geräusche in einem Keller gehört.«

»Waren es Stimmen? Da freut sich der Seelenklempner!«

»Haha.«

»Schieß los.«

Dominik setzte sich und berichtete über seinen Ausflug nach Haan. Er wollte wissen, ob Hachmeister seinen Verdacht gegen Uwe Heller, den Exkollegen, nachvollziehen konnte. Die Sachbearbeiterin für Vermisstenfälle hörte zu, wirkte aber unkonzentriert. Sie blickte auf die Uhr, stand auf und öffnete zuerst den schmalen Büroschrank, dann den Gürtel ihrer Jeans.

»Was hast du vor?«, fragte Dominik

»Dreh dich um. Ich komme ins Fernsehen. Alles wegen dir.«

»Nein, wegen Leonie.«

»Umdrehen!«

Er folgte ihrer Bitte, blickte aus dem Fenster und fuhr fort: »Der weiße Golf, verstehst du? Von wegen gestohlen. Ich habe ein ganz übles Gefühl.«

An der Zufahrt zum Innenhof hob sich die Schranke für einen weißen Kombi mit dem blauen Logo des Westdeutschen Rundfunks.

»Du könntest gleich nach dem Interview mit dem zuständigen Staatsanwalt reden! Auf dich wird man hören. Du hast einen guten Ruf.«

»Nur weil seine Frau einen weißen Golf besitzt, muss Heller noch lange nicht ...«

»Wie gesagt, da war etwas im Keller.«

Dominik hörte Kleidergeraschel und das Geräusch eines Reißverschlusses.

»Du kannst wieder gucken.«

Die Kollegin trug jetzt einen Nadelstreifenanzug.

»Très chic«, sagte Dominik.

»Bist du dir sicher?«

»Ja, doch, wirklich!«

»Ich meine wegen Heller und Leonie.«

»Nein, sicher bin ich mir nicht.«

Hachmeister zog die Augenbrauen hoch.

»Aber möglich ist es«, ergänzte Dominik.

»Für den Staatsanwalt brauche ich etwas Schriftliches. Alles, was du über Heller, seine Frau und das gestohlene Auto weißt.«

»Das *angeblich* gestohlene Auto.«

»Kein Richter beschließt bei dieser Faktenlage eine Durchsuchung.«

»Lass es uns versuchen. Was haben wir sonst?«

Hachmeister griff nach einer Haarspraydose, bückte sich und sprühte ihre schwarzen Locken ausgiebig ein. Als sie sich aufrichtete, hatte die Frisur noch mehr Volumen.

»Wie sehe ich aus?«

»Ich könnte fast schwach werden. Und einen Spürhund brauchen wir auch.«

Das Telefon klingelte.

»Ich hasse Interviews«, sagte die Kollegin.

58.

Hanna hatte sich den Nachmittag freigenommen, um ihrer Schwester beizustehen. Endlich nahm die Polizei das Verschwinden Leonies ernst, sie hatte die Medien informiert. Hanna wusste, dass sie das Dominik zu verdanken hatten.

Zeitungen riefen an, Radiosender luden Britta ins Studio. Hanna spielte die Fahrerin und musste ebenfalls in das eine oder andere Mikro sprechen. Der Höhepunkt würde ein Interview der *Aktuellen Stunde* im WDR sein. Hanna brachte Brittas vernachlässigte Frisur in Ordnung und suchte nach Kleidung, die seriös und unauffällig wirkte. Die Leute sollten nicht darauf achten, wie Britta aussah, sondern darauf, was sie sagte.

Mit der Konzentration auf solche Kleinigkeiten versuchte Hanna, ihr Gefühlschaos in den Griff zu bekommen.

Am Vormittag war sie zu normaler Arbeit kaum fähig gewesen. Um nicht ständig über Leonies Schicksal oder die

Wanzen in ihrer Wohnung grübeln zu müssen, hatte sie weiter in Sachen Kali und *Helios Investments* recherchiert. Jüngste Gerüchte munkelten zudem von einer Neustrukturierung des RheinBank-Konzerns. Viele Kollegen fragten sich, ob der Vorstand beabsichtigte, die Verwaltung der Schrottpapiere, die sich auch in der RheinBank angehäuft hatten, in eine Bad Bank auszulagern. Bis weit in das Jahr 2007 war mit verbrieften Immobilienkrediten ein schwunghafter Handel betrieben worden. Allerdings hatte sich das Institut relativ geschickt verhalten: Als sich abzeichnete, dass die Immobilienpreise in den USA einbrechen und mit Subprime-Darlehen bald nur noch Verluste zu machen sein würden, schwatzte man einen Großteil der Papiere der Düsseldorfer Mittelstandsbank IKB auf und begann umgehend, auf den Absturz derselben Derivate zu wetten. So war die RheinBank glimpflich davongekommen – während die IKB in der Folge pleite ging und von der staatlichen Kreditanstalt für Wiederaufbau mit zehn Milliarden Euro aus Steuermitteln durchgefüttert werden musste.

Inzwischen boomte das Derivate-Geschäft aber wieder. Was die RheinBank noch immer an Schrottpapieren hielt, wurde neu verpackt auf den Markt geworfen. Hanna war froh, dass sie damit nichts zu tun hatte. Nicht einmal die Kundenberater wurden eingeweiht, dass zahlreiche Fonds nach wie vor auf US-Hypotheken beruhten.

Bad Bank – das passt nicht, fand Hanna.

Zum Mittagessen hatte sie sich mit Marita Bräutigam verabredet, einer befreundeten Kollegin aus dem Investment. Sie trafen sich in *Nuy's Sawadee,* einem Thai-Imbiss in der Altstadt. Obwohl sich das Lokal unweit der RheinBank befand, verirrten sich Kollegen nur selten hierher. Rasch kamen Hanna und Marita auf die Gerüchte um die RheinBank-Zukunft zu sprechen.

Die Freundin verriet, dass der Vorstand um Dingendorff

plane, eine Reihe unabhängiger Investmentfonds aufzukaufen, mit der hauseigenen Abteilung zu fusionieren und als eigene Tochterfirma zu etablieren. Marita gehörte einer Strategiegruppe an, die das Ganze vorbereitete und kochte schier über vor Stolz über das, was sie in den letzten Wochen geschafft hatte und was noch kommen würde.

»Unser Stab wächst täglich und schon im Herbst soll es losgehen, aber ...«, die Kollegin blickte sich kurz um, dann zwinkerte sie, »... kein Wort zu niemandem. Das Projekt ist noch inoffiziell.«

Hanna machte eine Geste, als verschließe sie ihre Lippen und werfe den Schlüssel fort.

»Stell dir vor«, fuhr Marita fort. »Einige der exklusivsten und rentabelsten Fonds Europas unter einem Firmendach zusammengefasst – und ich bin vielleicht als Abteilungsleiterin dabei.«

»Gratuliere!«

Marita schwärmte weiter. Albrecht, Kladden, von Finck – allein die fünfhundert reichsten Deutschen saßen auf einem Vermögen von rund fünfhundert Milliarden Euro. Diese Leute peilte Dingendorff als Zielgruppe neuer Produkte an. Und natürlich all die Scheichs und Oligarchen, die ihren Reichtum vermehren und nicht bloß für Jachten, Partys und Fußballvereine verpulvern wollten.

Schließlich würde ein Börsengang der neuen Tochterfirma eine gigantische Summe in die Kriegskasse der RheinBank spülen.

Hanna musste an ihre Privatrecherchen denken, an *Pelican Trust* und Dingendorffs Verwicklung. Sie fragte: »Wenn ihr die besten Fonds vereint – dann ist darunter sicher auch *Helios Investments?*«

Die Kollegin senkte die Stimme und rückte näher: »Dieser Fonds wird sozusagen der Kern des Ganzen. Es gibt sogar Überlegungen, die neue Firma *Helios* zu nennen. Wäre doch super, oder? Jeder in der Branche würde das sofort mit Wahnsinnsrenditen assoziieren.«

»Klar.«

»Aber Dingendorff geht das angeblich zu weit. Es läuft jetzt offenbar auf *RheinBank Premium Invest* hinaus.«

Für einen Moment war Hanna versucht, ihrer Freundin zu verraten, wer hinter *Helios Investments* steckte. Dass Dingendorff in diesem Fall also mit sich selbst dealte – vermutlich würde die RheinBank den Fonds zu einem völlig überzogenen Preis erwerben. Erneut ein Fall für die Staatsanwaltschaft.

Dann fielen ihr Ahrendts Worte ein: *Du bringst nur dich und mich in Gefahr.*

Das Hühnercurry war längst verspeist, Marita sah auf die Uhr. Hanna bestellte die Rechnung und bestand darauf, das Essen und den Jasmintee der Kollegin mitzubezahlen.

»Wenn du erst einmal Abteilungsleiterin der neuen Firma bist«, sagte sie, »dann lädtst du mich ein, und zwar in den *Breidenbacher Hof.*«

Marita lachte, dann legte sie den Finger an die Lippen.

Hanna zwinkerte ihr zu.

Als sie ins Freie trat, ließ sie ihren Blick zuerst nach links und rechts über die Straße schweifen – keiner schien sie zu beschatten. Dann checkte sie ihr Handy.

Nichts Neues über Leonie in der Mailbox.

Um drei Uhr kutschierte Hanna ihre Schwester in die Suitbertusstraße, wo sie den Fotografen des *Blitz* trafen. Britta sollte auf die Stelle zeigen, an der das Fahrrad gelegen hatte –, als habe sie es gefunden.

Während der Mann seine Aufnahmen schoss, erinnerte sich Hanna an Willi Böhmer, den Wirtschaftsfuzzi der *Morgenpost.* Sie fand Böhmers Kärtchen in ihrem Portemonnaie und tippte die Redaktionsnummer in ihr Handy.

Er meldete sich.

»Was macht die Story?«, fragte Hanna.

»Bitte?«

»Sie wissen schon. Das Thema, das Ihre Schreibblockade kurieren sollte.«

»Meine … äh … Recherchen haben noch nicht viel ergeben.«

»Aber meine. Raten Sie mal, wer letztlich hinter *Pelican Trust* …«

»Lassen Sie uns darüber reden, Frau Kaul, wenn ich aus China zurück bin. In acht Tagen fliegt die Bundeskanzlerin ins Reich der Mitte und ich werde sie für die *Morgenpost* begleiten.«

Der Mann will gar nicht wissen, was abgeht, schoss es Hanna durch den Kopf. Sie fragte: »Ist das nicht die Aufgabe des Berliner Korrespondenten?«

»Ach, wissen Sie, meine Liebe, für die großen Geschichten greift man lieber auf den alten Haudegen Willi Böhmer zurück. Und wenn es um China geht, steht natürlich die Ökonomie im Vordergrund. Tibet, Ai Weiwei, Liu Xiaobo und wie sie alle heißen, der ganze Menschenrechtskram – letztlich nur Kokolores, nüchtern betrachtet.«

Hanna war sprachlos und legte einfach auf.

Der Redakteur hatte mit ihr wie mit einem Kind geredet. *Meine Recherchen haben noch nicht viel ergeben*. Geheuchelt und gelogen. *Alter Haudegen* – welch ein Mist!

Idiot.

Der *Blitz*-Fotograf war fertig und Hanna brachte Britta nach Hause. Der nächste Termin stand an. Jeden Moment würde der WDR auf der Matte stehen.

Hanna setzte Kaffee auf. Dabei fiel ihr ein, dass auch ihr Freund Helmut in die Vorbereitung der Kanzlerreise eingebunden war – der Grund, warum er sich gestern in Berlin aufgehalten hatte.

Ein Verdacht drängte sich ihr auf: Willi Böhmer und Helmut Frantzen – wie nahe standen sich die beiden? Der Wirtschaftsredakteur, der oft über die RheinBank schrieb, hatte für seinen Artikel *Haifischbecken Hochfinanz* nicht irgendeine Bankerin porträtiert, sondern die Mitarbeiterin aus der Structured-Corporate-Finance-Abteilung namens Hanna Kaul, die zufällig Helmuts Geliebte war. Und der wiederum war für das Pflegen der Pressekontakte zuständig. Ein Geben und Nehmen, vermutete Hanna.

Was daraus folgte, gefiel ihr ganz und gar nicht.

Sie wählte Helmuts Nummer. Es war ihr egal, ob sie ihn störte.

»Hast *du* mir diese Detektive auf den Hals gejagt?«, fragte sie, nachdem er sich gemeldet hatte.

Ein kleiner Moment der Stille. Hanna wusste Bescheid.

»Nein«, antwortete Helmut. »Natürlich nicht.«

»Und meine Wohnung verwanzt?«

»Du bist ja paranoid.«

Wut pochte in ihr, aber sie bemühte sich, ruhig zu klingen. »Du gehst mir aus dem Weg und lässt mich überwachen. Was habe ich dir getan?«

»Kleines, wir …«

»Du sollst mich nicht so nennen!«

»Wir können uns heute Abend treffen, wenn du willst.«

»Ist das alles, was dir dazu einfällt?«

»Lass uns bei einem schönen Cocktail …«

»Ich glaube nicht, dass ich dazu in der Stimmung wäre.«

»Wieso?«

»Weißt du was? Bleib zu Hause bei deiner Roswitha und den Kindern. Heute und für immer. Es ist aus. Ich will dich nicht mehr sehen!«

Hanna drückte die rote Taste und ließ die Hand mit dem Telefon sinken. Sie hatte Dampf abgelassen, fühlte sich aber nicht besser. Der Mistkerl hatte kein Wort des Mitgefühls für sie übrig gehabt. Nicht einmal den Dummen gespielt und gefragt: Welche Detektive, welche Wanzen?

Kein Zweifel: Helmut wusste Bescheid, wenn er nicht sogar der Drahtzieher der Observierung war.

Tränen traten in ihre Augen und sie schlug mit der Faust auf den Tisch.

Britta trat in die Tür, einen Stapel Fotoalben im Arm.

»Ärger mit dem Lover?«, fragte sie.

»Halt dich da raus!«, brüllte Hanna.

Es klingelte. Das Fernsehteam.

Die Schwestern blickten sich an.

»Entschuldige«, sagte Hanna.

»Schon gut.«

»Das war nicht mein Lover, sondern mein Exlover. Ich habe Schluss gemacht. Der Arsch ist so hinterhältig, so kaltblütig …«

»Das tut mir leid.«

»Tut es nicht.«

»Doch.« Britta nahm sie in den Arm. »Ich weiß, wie du dich fühlst.«

Ein zweites Klingeln.

»Sorry, dass ich damit nerve«, sagte Hanna. »Leonie ist jetzt viel wichtiger.«

Als Letzter seines Teams stapfte der Kameramann in die Wohnung, ein brummiger Alter mit Anglerweste über der Wampe. Statt eines Grußes beschwerte er sich über den Parkplatzmangel in diesem Teil der Stadt, als sei es Hannas oder Brittas Schuld. Sein Assistent entdeckte unterdessen die Krimisammlung im Bücherregal und verwickelte Britta in ein Gespräch über Autoren, die seiner Ansicht nach fehlten.

Hanna bot Kaffee an. Der Reporter ließ sich einschenken und machte sich über die Fotobücher her. Er war deutlich jünger als die beiden anderen. Sein blasses Gesicht und der

Seitenscheitel erinnerten Hanna an ihre Schulzeit – der Streber in der ersten Reihe hatte ähnlich ausgesehen.

In den älteren Alben steckten noch Abzüge in Fotoecken. Ungeniert zupfte der WDR-Mann alles heraus, was Leonie zeigte.

»Wozu brauchen Sie eine Aufnahme von ihr als Baby?«, wollte Hanna wissen.

Der Reporter sah sie verständnislos an. »Ist doch süß.«

Er wies den Kameramann an, die Fotos abzufilmen.

Der Anglerwestentyp blickte sich nach seinem Assistenten um. »Stativ!«

»Das geht auch so«, widersprach der Krimifachmann ungerührt. »Hast 'ne ruhige Schulter, Gonschorek.«

»Und hol den Lichtkoffer aus dem Auto!«

Der Assistent schaltete die Deckenlampe ein. »Ist doch hell genug hier.«

Hanna berichtete von der Nacht, als Leonie verschwand, und dass die Polizei nach dem Fahrer eines weißen Autos suche. »Ein Golf älteren Typs«, wiederholte sie, damit die Information nicht verloren ging.

»Das Mädchen wurde also auf dem Weg hierher überfallen?«, fragte der Reporter nach.

»Nein, auf dem Weg zu mir. An dem Abend sollte sie noch einmal bei mir übernachten, denn meine Schwester war gerade erst aus dem Urlaub zurückgekehrt.«

»Hm, das ist zu umständlich. Ich sage einfach, dass sie auf dem Nachhauseweg entführt worden ist. Die Zuschauer mögen es nicht, wenn es allzu kompliziert wird.«

Und Hanna mochte es nicht, wenn man sie für dumm verkaufte. Vielleicht schalte ich deshalb so selten den Fernseher ein, dachte sie.

Der Kameramann hatte das letzte Foto abgefilmt. Der Reporter strich sich Strähnen aus der Stirn und bat Britta endlich zum Interview.

Hannas Handy klingelte. Helmut, dachte sie sofort, doch die Nummer auf dem Display war nicht seine. Hanna ging nach nebenan und zog die Tür zu.

Es war Dominik. Er erzählte etwas von einer bevorstehenden Durchsuchung und, dass er für den Spürhund eine Geruchsprobe bräuchte. Etwas, was Leonie getragen hatte.

»Das heißt, du weißt, wo sie steckt?«

»Es gibt zumindest eine vage Möglichkeit, die wir prüfen müssen. Sag aber deiner Schwester nichts davon, damit sie sich keine falschen Hoffnungen macht.«

Nachdem das WDR-Team abgezogen war, traf Dominik ein. Hanna hatte Leonies Sachen längst in Brittas Wohnung zurückgebracht. Sie steckten in dem mit Aufklebern übersäten Koffer des Mädchens. Hanna zog einen Schlafanzug hervor, der seit Leonies Verschwinden nicht gewaschen worden war. Natürlich in Rosa, noch immer Leonies Lieblingsfarbe.

»Reicht das?«, fragte Hanna. In Dominiks Gegenwart glaubte sie plötzlich, dass alles ein gutes Ende finden würde.

»Perfekt.«

»Ruf an, wenn du etwas weißt.«

»Sowieso.«

Ein Lächeln, das nicht zu viel verriet oder verlangte. Hanna erwiderte es.

Dominik berührte flüchtig ihren Arm und machte sich auf den Weg.

»Viel Erfolg«, rief sie ihm hinterher.

Als sie ins Zimmer zurückkehrte, um den Koffer zu verstauen, stockte ihr der Atem.

Leonies Stoffhund Pluto lag obenauf. Hanna nahm ihn und presste ihn an sich. Minutenlang stand sie so da. Als Britta sie fand, brachen beide in Tränen aus und klammerten sich aneinander. Mist, dachte Hanna, wie kann meine Zuversicht so rasch verfliegen?

Sie missachtete den Rat des Kommissars und sprach über die geplante Durchsuchung. Vielleicht würde es noch heute eine Nachricht geben. Möglicherweise eine gute.

»Du und dieser Polizist«, sagte Britta und lächelte schwach. »Ich kann da gewisse *Vibrations* spüren.«

»Wie kommst du darauf?«

»Nicht, dass ich mich in dein Privatleben einmischen möchte.«

»Das würdest du niemals tun, ich weiß.«

Sie mussten beide lachen, zum ersten Mal an diesem Tag.

59.

Endlich kreuzte auch der zuständige Staatsanwalt auf und stieg zu ihnen in den Dienstwagen. Er hieß Thomas Waldheim, ein ruhiger Typ mittleren Alters, groß und korpulent, der graue Anzug spannte um die Körpermitte.

»Wehe, wir finden nichts«, drohte Waldheim und wedelte mit dem Durchsuchungsbeschluss, der in einer Klarsichthülle steckte. »Der Richter war mir eine Gefälligkeit schuldig. Die ist nun aufgebraucht.«

»Der Zweck ist es wert«, sagte Dominik.

»Quod esset demonstrandum.«

Klugscheißer, dachte Dominik und ließ den Motor an. Die Schaltung hakte etwas. Susanne Hachmeister hatte einen Opel Omega älteren Baujahrs als Dienstfahrzeug ergattert.

Während der Fahrt unterhielten sie sich über den Bericht im WDR-Fernsehen, der eben gelaufen war. Noch während der Ausstrahlung waren die ersten Hinweise eingegangen. Ein KK-12-Kollege würde heute Abend in der Festung Telefondienst versehen und schon mal die Spreu vom Weizen trennen.

Der Feierabendverkehr war abgeklungen, sie kamen gut

durch. Der Weg von der Autobahnausfahrt bis zum östlichen Stadtrand Haans war Dominik inzwischen vertraut. Als er den Wagen vor Hellers Haus parkte, stoppte er die Zeit.

Sechzehn Minuten.

Für den Mord an Patrick Neidel hatte der Exkollege somit kein Alibi. Gegen halb zwölf in der Nacht zum Montag war der Polo in Brand gesteckt worden, um Mitternacht Hellers Frau nach Hause gekommen. In der Zwischenzeit hätte der Mann die Strecke fast zwei Mal zurücklegen können.

Der Kombi des Hundeführers hielt hinter ihnen. Sie stiegen aus, Händeschütteln.

»Kann's losgehen?«, fragte der Uniformierte. »Mandy ist schon ganz unruhig.«

»Wir warten noch auf Verstärkung«, antwortete Susanne. »Die Kreispolizeibehörde Mettmann hat uns ein Team versprochen. Müsste eigentlich längst da sein.«

Der Staatsanwalt blickte unruhig auf die Uhr, als habe er später noch etwas vor.

Die Wartezeit vertrieben sie sich mit Small Talk, das Haus der Hellers fest im Blick. Endlich traf auch der Blau-Silberne der örtlichen Beamten ein.

»Die mit dem kürzesten Weg kommen stets zuletzt«, kommentierte der Hundeführer.

Dominik packte Leonies Pyjama aus, den Hanna ihm überlassen hatte, Hose und Oberteil aus rosafarbenem Frotteestoff. Mandy schnüffelte, wedelte mit dem Schwanz und war kaum noch zu halten.

Sie schritten zur Gartentür der Hellers. Obwohl die Dämmerung noch nicht richtig eingesetzt hatte, sprang der Bewegungsmelder an, die Scheinwerfer flammten auf. Aus dem Garten schallte wieder ein Kläffen herüber. Mandy reagierte kaum darauf. Zur Sicherheit nahm der Hundeführer die Leine kürzer.

Der Staatsanwalt klingelte.

Uwe Heller öffnete. Der Exkollege trug noch immer seine schwarzen Einsatzstiefel. Waldheim sagte seinen Spruch auf und händigte den Bescheid aus.

Heller überflog das Schreiben und prüfte die Unterschrift des Richters. Sein giftiger Blick traf Dominik. »Was soll ich getan haben? Eine Minderjährige entführt? Lächerlich!«

Dominik streckte die Hand aus. »Die Schlüssel, bitte. Heizungskeller, Garage. Der Beschluss gilt für das gesamte Grundstück.«

Heller drückte ihm einen ganzen Bund in die Hand.

Nachdem sich der Hundeführer versichert hatte, dass Hellers Köter in einem Zwinger eingeschlossen war, ließ er Mandy von der Leine.

Zuerst nahmen sie sich die Garage vor. Dominik schloss auf und fand den Lichtschalter. Eine Energiesparlampe baumelte von der Decke, kaltes Licht flackerte. Dominik sah sich um. Kein Schrank, kein verstecktes Kabuff. Mandy schnüffelte in jede Ecke und lief rastlos hin und her, als suche sie ihr Lieblingsspielzeug. Dominik öffnete den Geländewagen. Der Hund sprang hinein und nach Sekunden wieder hinaus.

Nichts.

Auf den weißen Golf würde Mandy anders reagieren, spekulierte Dominik.

Im Haus teilten sie sich auf. Dominik übernahm den Keller. Er fand den Schlüssel für die Tür, die ihm am Nachmittag versperrt geblieben war.

Dominik betrat einen warmen, engen Raum. Er duckte sich unter Rohre und Leitungen. Heizölgeruch schlug ihm entgegen. Das deutlich vernehmbare Ticken stammte vom Brenner oder einer Zeitschaltuhr. Hinter dem Tank ging es nicht weiter. Dominik musste sich eingestehen, dass es hier kein Versteck gab und er sich sein Sweatshirt vergebens schmutzig gemacht hatte.

Im Fitnessraum schob er die Geräte zur Seite und rollte den Teppich auf. Keine verborgene Falltür. Im Raum nebenan wuchtete er die Regale von der Wand. Im dritten Kabuff lugte er in alle Schränke und klopfte die Wände ab – kein Hohlraum, kein Verlies.

Mandy kam hinzu, gefolgt von ihrem Herrchen. Wenn der Hund nur flüchtig schnupperte, deutete der Uniformierte auf die jeweilige Stelle und Mandy wiederholte die Suche.

»Wollen wir ihr den Pyjama noch einmal zu schnüffeln geben?«, fragte Dominik.

»Nicht nötig.« Der Uniformierte tätschelte das Tier. »Hast ein feines Näschen, nicht wahr Mandy? Und ein gutes Gedächtnis dazu!«

Der Hund schlug nicht an, der Keller war sauber.

Zuletzt knöpften sie sich den Garten vor. Fünf Taschenlampen, sechs Beamte und ein Vierbeiner. Sie durchstreiften das Areal, öffneten die Kiste, die im Winter zur Aufbewahrung der Gartenmöbel diente, stellten den Geräteschuppen auf den Kopf.

Dominik leuchtete in den Zwinger. Hellers Köter bellte heiser und warf sich gegen den Maschendraht. Ein schwarzes Muskelpaket, von dessen Maul Speichel tropfte. Der Boden des Käfigs bestand aus blanker Erde.

»Leonie ist nicht hier«, stellte Susanne fest.

»Nie hier gewesen«, versicherte Mandys Herrchen.

Der Staatsanwalt schüttelte den Kopf. »Ich hab's befürchtet.«

Die zwei Kollegen der Haaner Wache verabschiedeten sich.

Dominik gab Uwe Heller den Schlüsselbund zurück.

»Und, kein Wort der Entschuldigung?«

Zu verärgert, um angemessen auf den Mann eingehen zu können, wandte sich Dominik ab. Er kramte sein Handy hervor. Ohne ein Glas Wein würde er heute nicht einschlafen können, auch wenn die letzte Nacht noch so kurz gewesen war. Und allein wollte er nicht in die Kneipe.

Hanna, dachte er und wählte ihre Nummer. Vielleicht ging es ihr ähnlich.

Während Dominik den Omega zurück zur Autobahn steuerte, rief Susanne den Kollegen an, der im Präsidium das Telefon hütete und dessen Durchwahlnummer über die Medien verbreitet wurde.

»Nichts als Wichtigtuer, keine wirklichen Zeugen bislang«, fasste sie zusammen, als sie ihr Handy zusammenklappte.

Schweigen im Wagen, als sie die Autobahn erreichten. Dominik trat das Gaspedal durch. Für ein paar Momente bot sich ihm der Blick, der in ihm ein seltenes Heimatgefühl auslöste: Die Landschaft senkte sich sanft zum Rhein hinab, über allem lag die blaue Dämmerung, die Stadt verschwamm im Dunst. Vor dem noch hellen Horizont hoben sich die Schornsteine der Henkelwerke ab, die Pylone der Fleher Brücke, rechts davon erahnte Dominik den Rheinturm. Kondensstreifen reflektierten den ins Rote gebrochenen Rest von Sonnenlicht. Weit im Westen türmten sich die Wolken aus Dampf und Rauch, die am Rand des Braunkohletagebaus den Standort der drei großen Kraftwerke markierten.

Dann erreichte der Wagen die Ebene und um sie herum gab es nur noch Fahrzeuge und ihre vielen Lichter, Ab- und Auffahrten, Werbeschilder am Rand der Autobahn und den Schlund des Werstener Tunnels, der auf sie zuraste und sie verschluckte.

Auf dem Rücksitz räusperte sich Staatsanwalt Waldheim. »Vielleicht war es falsch, die Medien einzubinden.«

»Warum?«, fragte Dominik.

»Der Druck ist enorm. Die Erwartung der Angehörigen. Wir brauchen Ergebnisse. Was werden Ihre nächsten Schritte sein?«

»Vergleichbare Fälle. Wir sollten die noch offenen Vermisstensachen der letzten Jahre durchforsten. Vielleicht bringen die uns auf eine Spur.«

»Sie glauben an einen Serientäter?«, fragte Waldheim.

»Wer eine Fünfzehnjährige auf offener Straße entführt, geht ein hohes Risiko ein. Also muss ein entsprechend starker Trieb …«

»Daran habe ich schon gedacht«, unterbrach ihn Susanne. »Und bin in unseren Akten ein ganzes Jahrzehnt zurückgegangen. Nichts, was zu unserem Fall passen würde.«

»Das Mädchen aus Düsseldorf-Wersten«, sagte der Staatsanwalt. »Wie lange ist das her?«

»Fünfzehn Jahre. Sie war acht. Ich weiß nicht recht.«

»Lisa Urban«, warf Dominik ein. »Sie war vierzehn.«

»Eine Ausreißerin. Sie hat Ansichtskarten aus Holland verschickt.«

»Oder jemand hat sie gezwungen, die Karten zu schreiben.«

Ein Handy schrillte. Susanne Hachmeister angelte ihr Gerät aus der Jackentasche, klappte es auf und meldete sich. Nach wenigen Sekunden suchte sie Blickkontakt mit Dominik und dem Staatsanwalt.

»Osnabrück«, erklärte sie und schaltete die Mithörfunktion ein.

»… den ihr zur Fahndung ausgeschrieben habt. Ist uns bei einer Routinekontrolle ins Netz gegangen. Bin ich richtig bei Hachmeister?«

»Korrekt.«

»Was haben die Typen denn ausgefressen, dass sie gleich von drei Stellen gesucht werden? Ich habe hier noch die Kreispolizeibehörde Mettmann und eine Ela Bach in Düsseldorf.«

»Das Auto wurde mutmaßlich bei mehreren Verbrechen benutzt. Was für Leute habt ihr geschnappt?«

»Zwei junge Typen. Ein Student von hier und ein Hartzer

aus Hamburg. Behaupten, sie hätten den Wagen nicht gestohlen, sondern gefunden. Wer's glaubt, wird selig.«

»Wir brauchen die Kerle und das Auto.«

»Geht klar.«

»Und zwar so schnell wie möglich. Wenn es stimmt, was wir glauben, dann halten die beiden ein Mädchen gefangen, und wir wollen nicht, dass uns die Kleine stirbt.«

Falls sie überhaupt noch lebt, dachte Dominik.

60.

Die Würste trieften vor Fett und waren zum Teil verkohlt, aber Mierscheid konnte nicht anders, er hatte Hunger. Der offizielle Teil lag hinter ihm: Händeschütteln, in Kameras lächeln, eine kleine Ansprache.

Das herrliche Wetter hatte Senioren und Sympathisanten seiner Partei auf den Parkplatz hinter dem Laden des Ortsvereins gelockt, die Bänke an den Brauereitischen waren bis auf den letzten Platz gefüllt. Frauen waren in der Mehrzahl. Omis, korrigierte sich Mierscheid. Einige hatten Enkelkinder mitgebracht, die kreischend um die Tische wetzten. Zwischen den Bäumen hingen bunte Glühbirnen und CDU-Fähnchen.

»Fiesta Mexicana«, schepperte es aus den Lautsprechern.

Der Ortsvorsitzende tunkte einen Finger in sein Schnapsglas und tupfte sich ein paar Tropfen rechts und links hinters Ohr. »Damit mir meine Frau glaubt, wo ich gewesen bin.«

Zwei Seniorinnen wieherten vor Lachen. Mierscheid verdrehte die Augen.

Sein Teller war leer. Gerlinde, seine Wahlkreismitarbeiterin, griff danach und schubste ihm den Ellbogen in die Seite. »Nachschub?«, wollte sie wissen. »Wurst oder Steak?«

»Was weniger dick macht.«

Gerlinde lachte und ging für ihn zum Grill.

Mierscheids Handy klingelte. Er wischte sich die Finger an der Serviette ab und spuckte ein zähes Stück Wurstpelle ins Papier.

»Juanita, schenk mir noch mal ein!«, schmetterte Rex Gildo.

Mierscheid nahm das Gespräch an: Paschke, sein Kollege aus der Bundestagsfraktion. Mierscheid verstand ihn nicht sofort. Er lief ein paar Schritte, um Abstand zwischen sich und die Lautsprecherboxen zu bekommen.

»Was hast du gesagt?«

»Du wolltest mich doch zurückrufen.«

»Sorry, um was geht's denn?«

»Wir haben es jetzt beim Bundespräsidenten versucht, doch der will sich nicht einmischen.«

Mierscheid erinnerte sich. Die Atomdiskussion. Die Kanzlerin machte auf Öko und die Lobby brachte ihre Geschütze gegen sie in Stellung. Klar, dass sich der Bundespräsident nicht vor Paschkes Karren spannen ließ. Der Mann stand selbst unter Beschuss. Irgendein blöder Satz zu Afghanistan kostete ihn Sympathien.

»Und jetzt?«

»Hör mal, Lothar, hast du einen Draht zu Helmut Schmidt? Ein Wort des Altkanzlers zur Bedeutung der Kernenergie und die Stimmung ist am Kippen, was meinst du?«

»Erstens weiß ich nicht, ob Schmidt sich dafür hergibt, und zweitens: Du kämpfst doch in erster Linie um eine Mehrheit in unserer Partei, oder?«

»Klar.«

»Dann nimm *unseren* Altkanzler.«

»Kohl? Der macht das erst recht nicht. Der Alte ist nicht einmal zum Empfang anlässlich des zwanzigsten Mauerfall-

Jubiläums gekommen, bloß weil ihm die Regierung keine Maschine der Flugbereitschaft schicken wollte.«

»Ich weiß nicht recht. Mutti war einmal sein Mädchen, das aufmüpfig wurde. Er hat noch ein Huhn mit ihr zu rupfen. Die Atomdiskussion könnte die Gelegenheit für ihn sein.«

»Aber ich hab absolut keinen Draht zu dem Alten. Du etwa?«

»Nein, auch nicht. Du solltest Alex Vogel fragen.«

»Den Chefredakteur des *Blitz?*«

»Genau den. Vogel hat eine höchst schmeichelhafte Kohl-Biografie geschrieben und wurde sogar zum Interview vorgelassen. Bring Vogel mit einem deiner Strombosse zusammen. Gemeinsam sollen sie Kohl bezirzen, damit er etwas von sich gibt oder zumindest seinen Namen unter einen entsprechenden Artikel setzt.«

Mierscheid bemerkte die Blicke der Umstehenden und zog sich noch weiter zurück.

»Ein Gastbeitrag im *Blitz?*«, fragte Paschke.

»Richtig. Du wirst sehen, der wird umgehend in sämtlichen Medien zitiert, zumal der Artikel als Attacke gegen die Kanzlerin gewertet werden muss.«

»Verstehe. Und ich dachte, du kannst den Alten nicht leiden.«

»Egal.«

»Aber werden sie es machen, Kohl und Vogel?«

Mierscheid lachte. »Hängt allein davon ab, wie viel deine Strombosse für das Honorar springen lassen.«

»Das dürfte das geringste Problem sein. Genialer Tipp, danke, Lothar. Ich hör Musik bei dir, was wird gefeiert?«

»Dass ich jetzt einen Gefallen bei dir guthabe.«

»Hast du. Werde ich nicht vergessen.«

Mierscheid beendete das Gespräch.

»Hossa, Hossa!«, riefen die Gäste am Nachbartisch, während Rex Gildo schon längst eine Strophe weiter war. Der

Wind drehte und der Rauch vom Grill ätzte in Mierscheids Augen. Er machte sich auf den Weg zurück zu seinem Stehtisch.

Wieder das Handy. Roland Busch, Paulas Vater.

»Ich habe das Tagebuch gefunden!«

Mierscheid kapierte sofort. »Ich dachte, Ingrid hätte es vernichtet.«

»Das würde sie nie tun. Sie hat es nur versteckt, damit es keiner zu lesen kriegt. Ein dickes Ding. Hab es gerade durchgeblättert.«

»Darf ich es haben? Morgen bekommst du es wieder.«

»Deshalb rufe ich an, Lothar. Ich möchte, dass du prüfst, ob etwas drinsteht, was die Polizei wissen sollte. Ich blicke nämlich nicht ganz durch. Mit den ganzen Berliner Geschichten kennst du dich viel besser aus.«

»Gern.«

»Aber bitte behandle das vertraulich. Ingrid wird ohnehin sauer auf mich sein.«

»Versprochen.«

»Und gib es auf keinen Fall Malte zu lesen. Denn der würde Paulas Tagebuch tatsächlich verbrennen, nach allem, was sie über ihn geschrieben hat.«

Mierscheid bedankte sich und kehrte zu seinen Leuten zurück.

»Lang zu, bevor sie kalt sind«, sagte Gerlinde.

Drei Würste auf seinem Teller, dazu Senf und Ketchup. Die Chefredakteurin des *Grevenbroicher Wochenblatts* stellte ein Tablett mit einer neuen Runde Schnaps auf dem Tisch ab und prostete: »Auf unseren Abgeordneten!«

Mierscheids Gedanken kreisten um die letzten Stunden: Paulas Beerdigung und die unverhoffte Begegnung mit Dingendorff. Er war gespannt, was das Tagebuch über Paula und den Banker verraten würde. Ihm fiel eine Bemerkung ein, die Malte Lichtenberg neulich gemacht hatte: *Ich verstehe mich zum Beispiel ganz gut mit Dingendorff von der RheinBank. Das war Paula auf einmal ein Dorn im Auge.*

Was war da vorgefallen?

Mierscheid schob sein Schnapsglas Gerlinde zu. »Ich muss los. Und wegen morgen Abend ...«

»Ja?«

»Das Feuerwehrfest in Rommerskirchen – wie lange geht das?«

»Das ganze Wochenende.«

»Dann bitte ich dich, meinen Auftritt auf den Samstag zu verschieben. Ich möchte mir den morgigen Abend gern frei halten. Eine private Sache ist dazwischengekommen.«

»Cherchez la femme?«

Mierscheid zwinkerte. »Kein Kommentar.«

Er würde Frantzens Einladung annehmen und Dingendorff treffen. *Tagungshotel Burg Schassberg, Freitag, 20 Uhr.*

Mierscheid schnappte sich eine Wurst vom Teller, tunkte sie in den Senf und verabschiedete sich.

»Wohin, so eilig?«, fragte der Ortsvorsitzende, bereits mit schwerer Zunge.

»In die Disco«, antwortete Gerlinde. »Unser Lothar muss heute noch abrocken.«

Die Buschs wohnten in der Kanalstraße, nahe der Neusser Innenstadt. Paulas Vater hatte das Tagebuch in den Stoffbeutel eines Bioladens verpackt und kam damit an die Haustür.

»Bring's mir so bald wie möglich zurück. Ich möchte keinen Ärger mit Ingrid.«

Mierscheid konnte es nicht erwarten, die Aufzeichnungen zu lesen. Doch erst einmal nach Dormagen zum Termin mit der Jungen Union.

Der Fotograf des lokalen Anzeigenblättchens wartete schon am Eingang zur Diskothek. Mierscheid öffnete die Tür und fand sich nach wenigen Schritten in einer schwülen Hölle aus Lärm und Gedränge wieder. Die Parteijugend bildete unter den Gästen nur eine Minderheit, doch sie empfing ihn mit Gejohle, als sei er ein Popstar.

Mierscheid ließ beim DJ *Billie Jean* in Auftrag geben und nahm sich vor, nur zu diesem einen Stück zu tanzen. Er spürte die Bässe in seinen Eingeweiden. Man konnte sich kaum unterhalten. Wenn er hier wieder herauskam, würden seine Ohren klingeln. Was tat man nicht alles für ein paar Wählerstimmen.

Die jungen Leute zückten ihre Handys, um die News vom ungelenk zappelnden Bundestagsabgeordneten über Twitter und Facebook zu verbreiten. Mierscheid fragte sich unterdessen, ob er sein Auto abgeschlossen hatte. Das fehlte noch, dass jemand Paulas Aufzeichnungen klaute.

Er probierte den *Moonwalk.* Drei Mädels umtanzten ihn, das restliche Volk bildete einen Kreis und klatschte den Rhythmus mit.

Als der Song zu Ende war, sprach ihn eine der drei jungen Frauen an – weil bereits das nächste Stück einsetzte, musste sie ihm dabei sehr nahe kommen.

»Mein Name ist Annika. Ich habe mich um ein Praktikum bei Ihnen beworben.«

»Dann sind Sie die Freundin von meinem Referenten?«

»Hat er das behauptet?«

Ihre Blicke trafen sich. Annika zeigte ein sympathisches Lächeln.

»Berlin stelle ich mir spannend vor«, sagte sie so dicht an seinem Ohr, dass er ihren Atem spürte.

Mierscheid überlegte, ob er das Mädel in sein Bett quatschen könnte, wenn sie erst einmal in der Hauptstadt war. Er legte seine Hand auf ihren Arm. »Rufen Sie gleich morgen mein Büro an.«

Aus den Boxen wummerte und jaulte das Eddie-Van-Halen-

Solo von *Thriller*. Gut gelaunt spielte Mierscheid die Luftgitarre – zum Entzücken des Jungvolks.

Dann zog er sich zurück. Ab nach Hause.

Ein Glas Rotwein, das Tagebuch. Paulas Sicht der Dinge und vielleicht die Erklärung für ihren Tod.

Mierscheids Wagen flog über die A 57. Es konnte ihm nicht schnell genug gehen.

61.

Dominik war spät dran. Er hastete die Treppe hoch, schloss seine Wohnung auf und zog sich beim Hineingehen das verschmutzte Sweatshirt über den Kopf. Im Bad entledigte er sich der restlichen Kleidung und sprang unter die Dusche. Keine Zeit für eine Rasur. Deo und ein Spritzer Eau de Toilette mussten genügen.

Im Schlafzimmerschrank kramte er nach frischen Klamotten. Sein Blick fand Nellys Foto. Die Expertin in Modefragen. Alle seine schickeren Sachen hatte sie ausgesucht.

Er musste daran denken, wie es mit ihnen begonnen hatte: *Gekko Beach* im Sommer, ein Flirt mit den Augen über mehrere Tische hinweg, dann die ersten Worte, als sie sich wie zufällig an der Selbstbedienungstheke trafen. Es hatte sofort gefunkt. Sie waren nicht mehr zu ihren jeweiligen Freunden zurückgekehrt, sondern hatten sich mit ihren Getränken einen freien Strandkorb abseits des Trubels gesucht.

Auch *Gekko Beach* gab es nicht mehr. Anstelle des legendären Biergartens am Rheinhafen hatte man einen schicken Betonklotz errichtet, dessen Vermietung an einen Hotelkonzern deutlich mehr Rendite abwarf.

»Tschüs, meine Gute«, sagte er zu Nelly. »Wünsch mir viel Glück!«

In dem Moment klingelte sein Handy.
Hanna.
»Sei mir nicht böse, aber mir ist doch nicht mehr danach, unter Leute zu gehen.«
»Das kann ich verstehen.« Dominik versuchte, sich seine Enttäuschung nicht anhören zu lassen.
»Deswegen hab ich eine Flasche Wein mitgebracht«, sagte Hanna. »Machst du mir auf?«
»Bitte?«
»Ich stehe unten vor deiner Haustür.«
Dominik rannte zur Gegensprechanlage, drückte den Knopf, lief zurück ins Schlafzimmer, warf die umherliegenden Kleidungsstücke in den Schrank, Licht aus, Tür zu. Er hetzte wieder an die Wohnungstür.
Schritte auf der Treppe. Sie war es tatsächlich.
»Willkommen.«
Hanna stellte die Flasche ab, Weißwein. Sie zog ihr dünnes Jäckchen fest zusammen, als friere sie. Ihre Augen schimmerten.
Sie fiel ihm um den Hals. Dominik überraschte die Heftigkeit, mit der sie sich an ihn presste. Ihr heiseres Flüstern: »Was hast du nur angestellt?«
»Wie meinst du das?«
»Du kommst in mein Büro, und von dem Moment an bin ich Zeugin in einem Mordfall, werde verfolgt und belauscht und meine Nichte verschwindet …«
Sie unterbrach sich. Ihre Lippen auf seinen, ihre Zunge an seiner, fast wie ein Zusammenprall. Dann löste sie sich und musterte ihn.
»Diese Leute sind immer noch hinter mir her, ich bin mir sicher.«
Er wollte antworten, doch sie küsste ihn wieder. Ihre Hand auf seinem Hintern, an seinem Nacken, in seinem Gesicht.

Ihr Atem an seinem Ohr: »Leonie … ich fühle mich so schrecklich schuldig wegen ihr. Sag, dass ich nichts dafür kann!«

Er ließ sich auf ihre Attacke ein. Seine Hand kroch unter ihre Jacke, in die Bluse. Ihre Finger an den Knöpfen seiner Hose. Er drückte mit dem Ellbogen die Klinke, führte Hanna ins Schlafzimmer, sie fielen aufs Bett. Ein Hemdknopf sprang ab. Das Licht drang aus dem Flur herein. Sie strampelten sich aus ihren Sachen, als ginge es um ihrer beider Leben.

Lecken, Halten, heißer Atem. Sie griff seinen Schwanz. Hart, fordernd. Heiser: »Mach, dass ich das alles vergessen kann!«

Seine Lippen wandten sich von ihrem Hals ab, suchten ihre Brüste, ihren Bauch, den heißen Spalt zwischen ihren Beinen. Bloß weg von Hannas Stimme, die so viel von ihm verlangte.

»Du musst uns Leonie wiederbringen, versprichst du das?«

Er packte ihre Hüfte. Rieb und stieß. Er in ihr. Sie auf ihm. Ihre Fingernägel gruben sich in seine Haut.

»Dominik, hörst du?«

»Ja«, keuchte er, damit sie Ruhe gab.

Es pochte. Es explodierte. Es tat weh.

Sie klammerten sich aneinander. Ihre Wangen waren nass. Schweiß, Tränen. Hanna wühlte in seinen Haaren. »Ich danke dir, ich danke dir, ich danke dir, ich danke dir.«

Dominik schloss die Augen und ließ die Frau nicht los.

Als er später mit der Flasche und zwei Gläsern zurückkehrte, brannte die Nachttischlampe und Hanna legte gerade Nellys Foto aus der Hand.

»Wer ist sie?«

»Meine Frau.«

Er schenkte ein.

»Nelly ist tot.«

»Das tut mir leid.«

Eine Weile tranken sie still.

Dann begann Dominik zu erzählen. Von der Schneiderin mit der einzigartigen Gabe. Wie mutig sie gewesen war, allein und in teurer Altstadtlage einen Laden aufzumachen. Schon nach einem Jahr hatte Nelly Stammkunden und das Geschäft begann sich zu tragen.

Wie alles ein jähes Ende fand und er in ein tiefes Loch fiel.

Asanovic.

Kein Wort über Dennis Raabe, den Mann, den er auf dem Gewissen hatte.

»Ich glaube, ich hab damals darüber in der Zeitung gelesen«, sagte Hanna und strich über seine Brust.

Dominik zitterte. Er drängte sich dichter an Hannas warmen Körper und schlang das Laken um sie beide. Sie nahm ihm das Glas ab und stellte es weg.

Ihre Hand ging auf Wanderschaft.

»Ich kann auch zärtlich«, flüsterte Hanna neben seinem Ohrläppchen.

Ihm war, als könnte er hören, wie sie dabei lächelte.

62.

Der Scheißkerl sagt, ich darf den Keller verlassen, wenn ich mich brav verhalte.

Mein Herz schlägt wie verrückt.

Er schließt den Ring an meinem Handgelenk auf, nimmt mich beim Arm und führt mich aus der Zelle. Durch zwei Türen, beide aus Stahl. Dahinter eine Waschküche. Im Flur davor ausrangierte Möbel.

Ich merke, wie mein Atem schneller geht.

Eine weiß geflieste Treppe führt nach oben in eine Diele. Ein roter Teppich. Ein Stuhl mit hoher Lehne. Dahinter ein

Fenster mit heruntergelassenem Rollladen. Von hier aus wäre es nur ein Katzensprung in die wirkliche Welt.

Wir kommen an der Haustür vorbei. Meine Knie sind weich vor Aufregung. Er schiebt mich weiter. Noch eine Treppe.

Sicher kennt das Schwein meine Gedanken ganz genau.

Im ersten Stock geht es in ein Wohnzimmer. Schräge Wände, Dämmerlicht wegen der Vorhänge. Es riecht fast so muffig wie im Keller. Der Dreckskerl macht die Tür hinter uns zu, schließt aber nicht ab.

Er zündet zwei Kerzen an, als könnte irgendetwas an dieser Situation romantisch sein. Ich soll mich auf das Sofa setzen. Er schenkt mir Wein ein und stößt mit mir an. Ich finde Alkohol eklig, aber wenn ich ihn damit in Sicherheit wiegen kann …

Er schaltet den Fernseher an. Der Bildschirm flimmert. Ein DVD-Player ist angeschlossen. Der Scheißkerl legt eine Scheibe ein. Welche Sorte Film wird er jetzt mit mir wohl gucken? Er ist ganz zittrig.

Porno, na klar.

Mir wird schlecht, aber ich kann nicht wegschauen.

Das Schwein sagt, *ihr* gefalle es.

Scheiße, Scheiße, Scheiße! Das in dem Film ist meine Zelle!

Die gleiche Pritsche. Die gleiche Kette.

Ein anderes Mädchen.

Ich bin nicht die Erste in diesem Loch …

Das wirre Haar, der leere Blick – sehe ich etwa auch so aus?

Ihr gefällt es, wiederholt er und seine ekligen Finger kleben an meiner Haut.

Als ich wieder bei mir bin, liegt er im Sessel und schnarcht leise vor sich hin. Er ist nackt, die kleine Sonne auf seinem Bauch hebt und senkt sich gleichmäßig.

Meine Chance.

Mit angehaltenem Atem schleiche ich zur Tür, öffne sie vorsichtig und steuere die Treppe an.

Stufe für Stufe.

Die Haustür. Ich drücke die Klinke und rüttle – vergeblich.

Dann eben durch das Fenster. Ich ziehe den Rollladen hoch, es klappert und quietscht. Die Scheibe ist aus Milchglas. Ich rüttle am Griff, doch das Fenster klemmt – oder ist ebenfalls versperrt. Was nun?

Das Schnarchen hat aufgehört. Eine Diele über mir knarrt. Der Scheißkerl hat gesagt, dass er mich tötet, wenn ich sein Vertrauen missbrauche. Verdammt, jetzt ist es so weit.

Ich werde hektisch: Mit dem Stuhl schlage ich das Glas ein. Dabei ziehe ich mir einen Schnitt am Ellbogen zu. Es brennt und blutet. Schritte auf der Treppe. Vor dem Fenster ist ein Gitter. Ich lasse davon ab und versuche es im nächsten Raum.

Die Küche. Zwei normale Fenster und gleich dahinter Wald. Doch der Dreckskerl ist schon im Flur, ich höre sein Fluchen und laufe nach nebenan. Eine Kammer, kein Fenster. Eine Tiefkühltruhe. Ich hebe den Deckel. Leer. Es stinkt nach Schimmel. Voll eklig.

Das Schwein ruft nach mir.

Die Kammer hat einen Ausgang zum Flur. Und nun? Die Kellertreppe? Oder zurück nach oben? Einen Raum hat das Erdgeschoss noch. Leise ziehe ich die Tür auf und mache sie hinter mir wieder zu. Es ist stockdunkel.

Ich höre, wie der Dreckskerl in der Tiefkühltruhe nachsieht und den Deckel wieder fallen lässt. Er schreit meinen Namen und ist ganz nah. Ich ertaste einen Plastikvorhang und weiß, dass ich mich in einem Badezimmer befinde.

Das Schwein reißt die Tür auf. Ein Schalter klickt und Licht flammt auf. Ich bin in die Dusche gestiegen und zum Glück ist der Vorhang nicht transparent.

Nicht atmen. Blut rinnt von meinem Ellbogen. Mein Herz rast.

Die Schritte entfernen sich. Gleich darauf scheppern die Stahltüren im Keller.

Glück gehabt.

Das Bad hat ein Fenster. Weit oben und schmal, aber ich könnte es schaffen. Ich ziehe die Rolllade hoch. Mist, ebenfalls vergittert.

Hinaus. Zurück in die Küche. Doch der Dreckskerl kommt bereits die Treppe hoch. Selbst wenn die Fenster zu öffnen sind, wäre ich nicht schnell genug.

Mir fällt die Tiefkühltruhe ein. Es bleibt wohl nichts anderes übrig. Ich drücke den Griff und hebe den Deckel. So schnell wird er kein zweites Mal hier nachsehen, denke ich. Die Truhe ist nicht in Betrieb, ich muss nicht frieren. Ganz sachte schließe ich den Deckel über mir. Es gibt nur ein kaum vernehmbares *Klack*.

Dunkelheit und Stille. Ich mache keinen Mucks.

Das war knapp!

Minuten vergehen. Ich versuche, den Gestank zu ignorieren. Die Rufe meines Feindes klingen in der Kiste wie aus weiter Ferne. Als wäre er ein harmloser Geist, der nur in meinem Kopf existiert. Als könnte ich ihn einfach vergessen und alles wäre gut.

Plötzlich habe ich den Eindruck, dass der Sauerstoff knapp wird. Mir wird klar, dass ich aus lauter Panik viel zu heftig atme. Mein eigener Puls rauscht in meinem Ohr. Ein wenig muss ich noch aushalten. Ich höre den Dreckskerl nicht mehr und schmiede Pläne. Vielleicht sucht er bereits außerhalb des Hauses. Wann soll ich es wagen, das Versteck zu verlassen?

Mein Kopf wird schwer, fast wäre ich eingeschlafen. Raus hier, bevor ich ohnmächtig werde! Ich stemme die Arme gegen den Deckel, aber es tut sich nichts. Ich versuche es wieder, mit aller Kraft.

Es gibt nur eine Erklärung: Das Schloss – es ist zugeschnappt! Die Truhe ist ein uraltes Modell, das nur von außen aufgeht … Was jetzt?

Ich ringe nach Luft und wage es nicht, um Hilfe zu schreien.

Doch meine Panik hält nicht lange an. Auf der sanften Schwelle zum Schlaf beginnen meine Gedanken zu wandern.

Ich stelle mir meine Beerdigung vor.

Alle sind gekommen. Mama und Jan, ihr neuer Freund. Tante Hanni, die Gute. Die halbe Schule. Fast alle weinen, sogar Frau Kopp, die mich in Englisch so ungerecht behandelt hat.

Und Julian aus der elften ist auch da, von dem meine Freundin Karoline behauptet, er sei in mich verknallt.

Ein schöner Traum, denke ich noch. Mir wird so leicht …

63.

Die Flasche war leer. Mierscheid stand vor der Wahl: Entweder er öffnete eine weitere oder er blieb vernünftig und ging zu Bett. Es war zwei Uhr in der Nacht.

Er war ans Ende der dicken Kladde angelangt. Der letzte Eintrag war vier Wochen alt. Paula war gerade von ihrem Urlaub mit ihrer Schwester zurückgekehrt. Sie saß in ihrem Berliner Apartment, das sie noch immer provisorisch bewohnte, schien aufgewühlt zu sein und voller Pläne: die Fronten wechseln, journalistisch arbeiten, den Roman schreiben, den sie im Kopf hatte.

Die Lektüre hatte Mierscheid verstört, vor allem der Anfang, als er selbst noch eine Rolle in Paulas Gedanken gespielt hatte. Die Notizen setzten mit ihrem Umzug nach Berlin ein, der im Tagebuch wie eine Trotzreaktion darauf wirkte, dass Mierscheid anfing, sich mit einer anderen zu treffen.

Er rief sich Gabi ins Gedächtnis, eine zierliche Brillenträgerin mit asymmetrischer Frisur, eine Kommilitonin Paulas. Nur sie konnte gemeint sein, doch Mierscheid war sich sicher, dass er erst mit Gabi gegangen war, nachdem Paula sich bereits für Malte entschieden hatte. Alles nur ein großes Missverständnis?

Mierscheid traf seine Entscheidung. Er holte eine zweite Flasche des gleichen Rotweins aus dem temperierten Schrank, schälte die Metallfolie vom Ende des Halses und drehte den Korken heraus.

Ein kleines Glas nur.

Gestern machte ich noch einen Scherz: Ich bin nicht eifersüchtig, aber ich könnte sie umbringen. Heute erfahre ich, dass sie einen Unfall hatte und im Krankenhaus liegt. Ich fühle mich wie eine Mörderin. Wie mag es Lothar jetzt gehen?

Mierscheid erinnerte sich dunkel: Beim Badminton war Gabi umgeknickt. Ein Bänderriss. Die Ärzte entschieden sich gegen eine Operation und schickten Gabi mit eingegipstem Fuß nach Hause. Als sie wieder laufen konnte, beendete Mierscheid die Beziehung, denn er kam sich unaufrichtig vor. Im Unterschied zu ihr hatte er keine Liebe empfunden.

Seine Frauengeschichten waren nie von Dauer gewesen.

Ganz anders Paula: Sie war Malte viele Jahre lang treu geblieben.

Während sie zu Beginn alle paar Tage etwas über ihr Berliner Leben aufgeschrieben hatte, waren die Zeitsprünge bald größer geworden. Mierscheid begann ein zweites Mal in dem Buch zu blättern. Er überflog Passagen, in denen es um ihre Firma ging, Kollegen, neue Nachbarn. Um Maltes Aufstieg und die gelegentlichen Turbulenzen in seiner Behörde.

Interna aus dem Finanzministerium zogen vorbei, die Ära

Lafontaine, Eichel, Steinbrück. In den letzten Jahren auch ab und zu Ideen für ein Buch: Figurenskizzen, Konfliktlinien, Szenenentwürfe. Offenbar Fiktion, ein tragisch-komischer Liebesroman, der in Regierungskreisen handeln sollte und den Paula nie wirklich in Angriff genommen hatte.

Mierscheid schien es, als habe sie sich vor allem in schlechten Zeiten an ihr Tagebuch erinnert. Einmal nannte sie es ihren »Mülleimer der Stimmungen und Verstimmungen«. Mit Beginn der Finanzkrise häuften sich Zweifel an ihrem Job sowie Vorwürfe gegen Malte. Sie bezeichnete ihn als »käuflich«, als »Befehlsempfänger der Bankenbosse«. Sie rechnete aus, dass Malte mehrere Milliarden Euro umverteilt habe, aus den Taschen der Steuerzahler in die Kassen der großen Geldinstitute. Auf weit über einhundert Milliarden würde es sich summieren, falls der Staat eines Tages für seine Bürgschaften geradestehen müsse.

Könnte hinkommen, dachte Mierscheid.

Nachdem sie mit Malte Schluss gemacht hatte, waren ihr die Eintragungen wieder wichtiger geworden. Ihren Ex nannte sie nur noch den »Staatssekretär«, bald erwähnte sie ihn gar nicht mehr. Mehr und mehr sorgte sie sich dagegen um ihre jüngere Schwester.

Das Mädchenhafte von Paulas Handschrift hatte sich über die Jahre bewahrt. Mierscheid glaubte, alles darin zu erkennen: ihre Güte, ihr Temperament, ihre wache Intelligenz.

Darauf einen großen Schluck.

Mierscheid las Andeutungen von Bettgeschichten. Doch Paula erwähnte keine Namen, nicht einmal von demjenigen, der ihr ernsthaft den Hof gemacht hatte. Stattdessen stieß Mierscheid auf Reiseeindrücke. Die Hagia Sophia in Istanbul, der Blumenkorso in Nizza, ein Fischrestaurant an der Côte d'Azur. Paula schien sich ihrer Gefühle nicht sicher gewesen zu sein.

Mierscheid erinnerte sich an die Worte von Sandra Apitz,

Paulas Mitarbeiterin im Berliner Büro der Deutschen Börse: *Chauffeur und Jacht und Privatjet. So einem gibt man doch nicht den Laufpass!*

Dann die Reise mit ihrer Schwester, die gerade den Brief der Staatsanwaltschaft erhalten hatte. Dass die Ermittlungen gegen ihren unbekannten Vergewaltiger eingestellt worden waren, hatte Constanze sehr zu schaffen gemacht und es war Paula ein großes Bedürfnis gewesen, ihr beizustehen.

Mierscheid goss Rotwein nach, trank und griff wieder zu der Kladde.

Sie sagt: Ich fühle mich wie ein Vogel im Schneesturm. Ich sage: Und wie fühlt sich ein Vogel im Schneesturm? Sie: Siehst du, keiner weiß das. Keinen interessiert das. Keiner kümmert sich darum, ob der Vogel den Schneesturm überlebt. Ich könnte genauso gut tot sein. Ich: Das stimmt nicht. Mich interessiert das. Deine Tochter interessiert das. Unsere Eltern interessiert das und vielleicht auch deinen Mann. Doch sie widerspricht, behauptet, dass ich lüge.
Für einen Moment bin ich sauer und denke: Dann tu es doch, bring dich endlich um.
Ich hasse mich für diesen Gedanken.

Mierscheid fragte sich, ob sich zwischen Paula und ihrer Schwester tatsächlich so ein Dialog abgespielt hatte oder ob es sich um eine weitere Skizze für ihr Romanprojekt handelte. Andere Eintragungen lasen sich ähnlich. Was war Fiktion, was hatte Paula wirklich erlebt?

Drei Uhr. Noch ein allerletztes Glas, höchstens halb voll.

Mierscheid schlug wieder die ersten Seiten des Tagebuchs auf und heulte, weil sie an ihn gedacht hatte: *Wie mag es Lothar jetzt gehen?* Hatte Paula ihn die ganze Zeit über geliebt wie er sie? Hätte er doch offensiver um sie geworben! Und warum waren sie sich nicht früher wiederbegegnet?

Wie konnte das Leben so grausam sein?

Paula würde noch leben, garantiert, wenn …

Er las noch einmal ihre Abrechnung mit der Finanzwelt, mit Maltes Politik und ihrem eigenen jahrelangen Tun. Wütende, aber, wie Mierscheid zugeben musste, in sich stimmige Tiraden gegen ein System, das die Krise zum Dauerzustand machte und die Rechnung der Allgemeinheit präsentierte, während sich die Spekulanten im Sattel hielten.

Erneut kamen Mierscheid die Tränen, doch dieses Mal weinte er wegen seiner eigenen Feigheit. Er würde es niemals schaffen, wie Paula die Konsequenzen zu ziehen.

Paula war tot, aber ein Engel. Er nur ein Schwächling, eine arme Sau.

Mierscheid stieß säuerlich auf. Beim Versuch nachzuschenken, bekleckerte er den Couchtisch und das Parkett. Mierscheid holte einen Lappen. Auf Holz würde Rotwein keine Flecken geben, zumindest hoffte er das.

Als er sich wieder setzen wollte, rutschte er von der Sofakante und landete mit dem Hintern auf dem Fußboden. Er angelte den Châteauneuf vom Couchtisch und trank den Rest aus der Flasche.

Die Morgensonne und der harte Boden weckten Mierscheid. Er trug die leeren Flaschen in die Abstellkammer und setzte Kaffee auf.

Er öffnete die Fenster. Ein paar Stare zeterten im Garten. Ansonsten war es so still, dass Mierscheid das Tuckern der Frachtschiffe auf dem nahen Rhein hören konnte. Die Luft roch nach Gras und fühlte sich gut an.

Der heutige Tag war mit Terminen vollgestopft. Um halb zehn würde Gerlinde ihn abholen. Sie würde wissen, was zuerst anstand: der Vortrag am erzbischöflichen Berufskolleg, der Besuch bei der Kreisbauernschaft oder die Betriebsbesichtigung in … Wo noch mal?

Eher war Mierscheid nach einem Spaziergang zumute. Ordnung in seinen Kopf kriegen. Was er unbedingt erledigen musste: Paulas Tagebuch kopieren, das Original zurückbringen.

Hatte er Informationen für die Polizei gefunden?

Mierscheid kehrte ins Wohnzimmer zurück, nahm das Buch zur Hand und schlug eine Stelle auf, in der es um Constanze ging. Sie folgte unmittelbar auf den Abschnitt über den Vogel im Schneesturm.

Er las die Sätze, die ihn in den Schlaf verfolgt hatten:

Sie kann sich kaum erinnern, sagt sie, und erzählt doch jeden Tag mehr. Ich will nichts davon wissen, denn es wühlt uns beide zu sehr auf, wenn sie sich die Schmerzen von damals vergegenwärtigt. Die Ruhe und der Abstand sollen heilen, aber sie kann nicht aufhören, mit dem Vergewaltiger zu hadern, mit der Staatsanwaltschaft und mit ihrem Mann, der nichts versteht.

Heute deutete sie an, dass es nicht bloß ein Täter war. Und erzählte, dass sie sich sehr gut an ein Tattoo erinnern könne. Als sie mir die Form in allen Details beschrieb, tat ich, als berührte mich das nicht. Dabei schockierte es mich mehr als alles andere.

Es ist unmöglich! Es darf nicht wahr sein!

Ich kann Conni nicht sagen, dass ich die kleine Sonne selbst schon gesehen habe. Sie würde sich falsche Hoffnungen machen. Sie würde mich fragen, was ich mit diesem Mann zu schaffen habe.

Ich würde womöglich meine Schwester verlieren, ein für alle Mal.

Aber kann ich mir wirklich sicher sein, dass er das nicht war? Wie gut kenne ich ihn überhaupt? Mit wem habe ich all die Ausflüge unternommen und das Bett geteilt? Wer ist der Mann, der mir von Zukunftsplänen erzählt, in

denen ich eine Rolle spiele, und dessen Hartnäckigkeit mir wider alle Vernunft so schmeichelt?
Der Vergewaltiger meiner Schwester?

Mierscheids Puls beschleunigte sich.

Er glaubte zu wissen, warum Paula ermordet worden war. Und von wem.

Teil V

Schwarzer Schwan

64.

Es schellte an der Tür. Rasch schlüpfte Dominik aus dem Bett. Hanna bewegte sich im Schlaf, streckte die Hand zu seiner Seite hinüber, ihr Mund zuckte, dann entspannten sich ihre Züge wieder. Er hätte diese Frau stundenlang betrachten können.

Vorsichtig schloss er die Schlafzimmertür hinter sich, schlich zur Gegensprechanlage und nahm den Hörer.

»Ja?«, fragte er leise.

»Thilo Becker hier. Mach bitte auf.«

Dominik drückte den Knopf und lief ins Bad, wo er sich den Frotteemantel um den Leib schlang. Die Uhr im Regalfach des Spiegelschranks zeigte sechs Uhr fünfzehn. In einer Viertelstunde hätte Dominiks Wecker ohnehin die Nacht beendet. Was wollte der MK-Leiter so früh am Morgen?

Die beiden Jungs aus Osnabrück, schoss es Dominik durch den Kopf. Sie sind eingetroffen und ich soll an der Vernehmung teilnehmen. Der weiße Golf ist da. Der Spürhund war vielleicht schon dran und hat Laut gegeben. Es gibt wichtige Neuigkeiten, eine Entwicklung, von der ich wissen muss …

Schritte im Treppenhaus, Becker war nicht allein. Hinter ihm traten zwei Kollegen in die Wohnung, die Dominik kannte: Probst und Ibersberger aus seinem KK 21, zuständig für Beamtendelikte.

Etwas in Dominiks Eingeweiden verkrampfte sich.

»Kommt herein«, sagte er, obwohl die Männer schon im Flur standen. Er führte sie in die Küche.

»Möchte jemand Saft oder Wasser?«

Becker verneinte. Probst und Ibersberger wirkten, als fühlten sie sich nicht wohl in ihrer Haut.

»Wo warst du letzte Woche am Freitagnachmittag?«, fragte Becker. »Was hast du am Wochenende gemacht?« Und nach einer Pause: »Hast du wirklich geglaubt, das fliegt nicht auf?«

Ein Albtraum, dachte Dominik.

»Es bringt nichts, zu leugnen, Kollege Roth. Wir haben deine E-Mails in einem *Urban-Ermittlungen*-Computer gefunden. Im Anhang die Fotos mit deinen Anmerkungen. Und wir haben uns die Verbindungsnachweise der Firmentelefone besorgt. Du hast jeweils zu Beginn und am Ende der Schicht angerufen. Da hast du erfahren beziehungsweise durchgegeben, wo sich die Zielperson gerade befindet, stimmt's?«

Dominik schwieg.

»Paula Busch kannst du nicht ermordet haben. Denn zu dem Zeitpunkt hast du Hanna Kaul und ihre Nichte vor dem Filmmuseum in der Schulstraße bespitzelt. Der sogenannte Otto, der von Patrick Neidel am Flughafen bestohlen wurde, kannst du auch nicht sein. Aber vielleicht hast du Neidel am Sonntag nach Schichtende im Auftrag dieses Ottos getötet?«

Dominik steckte seine Fäuste unter die Achseln, um nicht auf den MK-Leiter loszugehen.

»Du musst jetzt nichts sagen, die Sachbeweise sind deutlich genug.« Becker legte eine Durchsuchungsanordnung auf den Tisch. »Wir werden uns hier mal umsehen. Und du, mein Freund, bist vorläufig festgenommen.«

Ibersberger räusperte sich. »Du wirst verdächtigt, eine Straftat begangen zu haben. Was du uns sagst, kann gegen dich verwendet werden. Du hast das Recht, zu schweigen und dich von einem Anwalt vertreten zu lassen. Du kennst das ja, Dominik. Tut mir leid.«

Jetzt platzte Dominik der Kragen. »Welche Scheißstraftat?«

»Begünstigung im Amt.«

»Falls ich dich nicht wegen Mord oder Beihilfe festnageln kann«, fügte Becker hinzu.

»Das scheint dir ja großen Spaß zu machen, Arschloch.«

Der MK-Leiter lächelte kalt. »Bis jetzt dachte ich, wir könnten auf das hier verzichten.« Er nestelte die Handschellen vom Gürtel. »Aber es ist wohl besser so. Dreh dich um.«

Dominik erwiderte Beckers Blick, ohne sich zu rühren.

»Die Dinger braucht es wirklich nicht«, beschwichtigte Ibersberger. »Und lass ihn sich erst mal anziehen.«

Dominik bemerkte, dass Becker an ihm vorbeisah. Er wandte sich um. In der Tür stand Hanna. Sie hatte ihre Sachen von gestern übergezogen, das Haar war noch zerzaust. Ihr Blick drückte Verwirrung aus.

Becker feixte: »Da schau an. Erst observiert er sie, dann schleppt er sie ab!«

Hanna fasste sich an den Kopf. »Sag, dass das nicht wahr ist, Dominik.«

Er fand keine Worte.

Hart schlug sie ihm mit der flachen Hand ins Gesicht. Dominik rührte sich nicht. Sie heulte auf und schlug noch fester zu, dann rannte sie aus der Wohnung.

Becker schüttelte den Kopf und kriegte sich vor Lachen nicht mehr ein.

Dominiks Wange brannte. Mit der Zunge prüfte er, ob seine Zähne noch fest saßen.

Er hatte es gründlich verbockt.

65.

Der Fahrer hielt vor der Passage, die zur S-Bahn und den Aufzügen führte. Helmut Frantzen sprang eilig aus dem Wagen, Dingendorff und sein Leibwächter folgten.

Die gläserne Automatiktür glitt zur Seite. Eine Kabine stand bereit. Frantzen trat in die Lichtschranke und wartete auf den Chef.

Er drückte den Knopf. Das *Sheraton*-Flughafenhotel befand sich auf dem Dach des Parkhauses. Frantzen hatte dort den Konferenzraum *Jupiter* reserviert.

In Gedanken war er bereits beim heutigen Abend auf Schloss Schassberg. *Helios,* ein irrer Coup, der Gewinn gewaltig. Der Sparclub würde Augen machen. Dingendorffs geniale Ideen und sein eigenes Geschick als Kommunikationsdirektor – gemeinsam waren sie die Herren des Universums, zumindest der Republik.

»Wie hast du das Problem nun gelöst?«, wollte der Vorstandsvorsitzende wissen. »Ich meine deine Freundin.«

Die Frage traf Frantzen wie eine Eisdusche. Er hatte zwei Nachrichten auf Hannas Mailbox hinterlassen, aber sie wollte offenbar nicht mehr mit ihm reden.

»Wir haben uns getrennt, glaube ich.«

»Im Guten?«

»Kann man nicht gerade behaupten.«

Dingendorff nahm Blickkontakt über die verspiegelte Aufzugwand auf. »Was kann sie über *Helios Investments* wissen?«

»Da droht keine Gefahr.«

Ganz sicher war sich Frantzen nicht. Immerhin hatte sich die Kleine gestern mit einer Kollegin aus dem Planungsstab im Thai-Imbiss getroffen, wie ihm gemeldet worden war. Aber warum damit gleich den Chef beunruhigen?

»Du bist dir sicher?«, fragte Dingendorff nach.

»An die Zahlen kommt sie nicht ran. Und ohne Zahlen ist alles nur Spekulation.«

»Was ist mit diesem Abteilungsleiter? Wie heißt er? Ahrendt?«

»Der zittert, wenn er nur an uns denkt.«

»Helmut …«

»Ja?«

»Was ist meine Regel Nummer eins?«

Frantzen versuchte, mit Ironie zu kontern. »Aber deshalb müssen wir das Geschäft mit *Helios* doch nicht gleich stornieren, oder?«

Dingendorff schwieg und fuhr sich mit den Fingern durch die graue Mähne.

Frantzen zweifelte nicht daran, dass das Risiko, das Hanna darstellte, beherrschbar war. Sie wurde nach wie vor observiert und auch ihre Wohnung blieb überwacht, denn dieser Polizist hatte längst nicht alle Wanzen entdeckt – die raffinierteren Minispione waren mit herkömmlicher Technik nicht zu orten. Was Frantzen allerdings zu schaffen machte, war die gestrige Durchsuchung von *Urban Ermittlungen.* Auch wenn Jochen versichert hatte, dass kein Bezug zur RheinBank zu finden sei.

Der Aufzug ließ sich Zeit. Leise Instrumentalmusik aus unsichtbaren Lautsprechern. Frantzen schaute auf die Uhr, trommelte mit der Fußspitze gegen den Kabinenboden und rieb sich nervös die Nase.

»Hast du etwa gekokst?«, fragte Dingendorff leise, aber scharf.

»Aber doch nicht im Dienst.« Frantzen zwang sich zu einem Lachen und warf dem Leibwächter einen raschen Blick zu. Der tat, als höre er nicht hin. Frantzen fand, dass eine kurze Linie zum Frühstück nicht der Rede wert war. So ganz ohne *Coco, Charley, Cäsar* trug die Welt einen grauen Schleier und er fühlte sich nur als halber Mensch.

Der Aufzug stoppte sanft. Oberste Etage, die Lobby.

In einem der Sessel saß eine Frau, die Frantzen aus dem Kanzleramt kannte, Handy am Ohr, Laptop auf den Knien. Sie nickte den Männern einen stummen Gruß zu.

Mist, sie waren schon da – der Luftwaffenairbus musste einen früheren Slot bekommen haben. Frantzen lotste seinen Chef den Gang entlang. Neben der Tür zum Konferenzraum lehnten zwei Personenschützer vom BKA.

Dingendorffs Gorilla gesellte sich zu ihnen und bot Kaugummi an.

Noch einmal blickte Frantzen auf die Uhr. »Wir sind nicht zu spät, Chef. Sie ist zu früh.«

Das Schild an der Tür: *Jupiter.* Der eine BKA-Mann öffnete ihnen die Tür.

Dingendorff trat als Erster ein, streckte die Hand aus und zeigte sein gewinnendes Lächeln.

Roter Teppichboden, acht schwarze Drehsessel um einen Tisch aus dunklem Tropenholz, in dessen Lack sich die Deckenstrahler spiegelten. Kaffee und Frühstück standen bereit. Fünf Gedecke, von denen sie allenfalls drei benötigen würden, wie Frantzen zu seiner Verwunderung bemerkte, denn die Frau, die bei manchen Leuten als die mächtigste der Welt galt, saß ganz allein am Tisch. Keine Büroleiterin, kein Berater oder Referent.

Die Kanzlerin schaute von ihrem Handy auf, in das sie gerade eine Nachricht tippte, begrüßte Dingendorff und seinen Begleiter, setzte sich wieder und schrieb zu Ende.

Frantzen schnappte sich die Thermoskanne und spielte den Kellner. Sie hatten exakt vierzig Minuten, dann musste die Kanzlerin weiter nach Paris.

»Was wir hier reden, bleibt vertraulich«, sagte sie.

»Selbstverständlich«, antwortete Dingendorff.

Frantzen nickte. Dass der fensterlose Raum frei von Wanzen war, hatte er gestern checken lassen, und zwar gründlich. Und vielleicht hatten die BKA-Leute das eben noch einmal getan.

Die Kanzlerin häufte Rührei auf eine Brotscheibe und säbelte einen Bissen davon ab. So nah war Frantzen ihr noch nie gekommen, auch nicht im siebten Stock des Kanzleramts. Er staunte über das Blau ihrer Augen. Die Lippen schmal, wie man es aus dem Fernsehen kannte, reichlich Haarspray in der Frisur. Sie wirkte ausgeruht und trug einen dunkelblauen Hosenanzug, um den Hals eine zierliche Kette aus silbernen Stäbchen.

Frantzen fragte sich, was es zu bedeuten hatte, dass diese Frau allein in ein solches Meeting ging. War sie so angeschlagen, dass sie selbst ihren engsten Mitarbeitern misstraute?

»Die Bankenkrise dauert streng genommen noch an«, begann die Kanzlerin.

»Das ist richtig, allgemein gesprochen«, antwortete Dingendorff. »Auf die RheinBank trifft das natürlich nicht zu.«

»Das behaupten alle Banker von ihrem Institut.«

»Was können wir für Sie tun, Frau Bundeskanzlerin?«

»Ein ›Schwarzer Schwan‹ – was ist das eigentlich in Ihrer Sprache?«, fragte sie zurück.

»Ein negatives Ereignis, das uns unerwartet trifft.«

»Also etwas wie der elfte September oder der Ausbruch der Finanzmarktkrise 2008?«

»Nein, die Krise war kein Schwarzer Schwan.«

»Nicht? Staatssekretär Lichtenberg hat im Untersuchungsausschuss lang und breit dargelegt, wie unverhofft sie uns erwischt hätte. Und der Zeuge Dingendorff hat das bestätigt, wenn ich mich richtig erinnere.«

»Wir reden jetzt ganz offen, nicht wahr?«

»Sie wollen also behaupten, die Krise vorhergesehen zu haben?«

Sinnloses Geplänkel, dachte Frantzen. Komm zur Sache, Mutti, unsere Zeit ist knapp. Gleich fliegst du weiter zu Sarkozy.

»Nicht auf den Tag genau«, antwortete Dingendorff. »Aber dass der Crash kommen würde, war klar.«

Die Kanzlerin guckte skeptisch.

»Wir Banker erteilen Kredite im Vertrauen darauf, dass das Geld zurückbezahlt wird. Wir beleihen Forderungen und handeln mit Optionen auf Optionen. Unsere gesamte Wirtschaft beruht auf dem Prinzip, mit Wechseln auf die Zukunft zu wetten, und so geraten wir immer wieder an einen Punkt, an dem zu viele Wechsel in der Welt sind. Der Systemabsturz ist kein Fehler, den man vermeiden könnte, sondern Teil des Systems, mit dem man rechnen muss.«

»Da flößen Sie mir jetzt aber echt Vertrauen in die Finanzwirtschaft ein.« Die Ironie war nicht zu überhören.

Dingendorff zuckte mit den Schultern. »Nach der Krise ist vor der Krise.«

»Genauso hat man uns früher bei FDJ-Schulungen den Kapitalismus erklärt.«

Dingendorff lachte.

Die Kanzlerin blieb ernst. »Aber es muss doch mathematische Modelle geben, um die Risiken in den Griff zu bekommen.«

Da spricht die gelernte Naturwissenschaftlerin, dachte Frantzen, goss Kaffee nach und verteilte Milchdöschen. Nur noch geschätzte dreißig Minuten.

»Gibt es auch«, erwiderte Dingendorff. »Jedes Institut arbeitet mit solchen Modellen. Und trotzdem ist eine Kreditzusage auf fünf Jahre bereits ein Kasinogeschäft. Gerade weil man die Krise nicht aufhalten kann, muss man sie berücksichtigen. Rechne stets mit dem Unwahrscheinlichsten. Meine Regel Nummer eins.«

Dingendorff blickte Frantzen an und Frantzen musste an Hanna denken. Er spürte Schuldgefühle und ärgerte sich darüber, weil er doch nichts dafür konnte, dass sie zu viel wusste und mit Böhmer von der *Morgenpost* geredet hatte.

Die Kanzlerin betupfte mit der Serviette ihre Lippen. »Also hat der Bundespräsident recht mit seiner Wortschöpfung vom ›Monster‹.«

»Keineswegs. Der Mann sieht alles viel zu negativ.«

»Üben Sie deshalb diesen Druck aus?«

Dingendorff zeigte seine leeren Hände, gespielte Unschuld. »Ein guter Bundespräsident mischt sich nicht in die Tagespolitik ein, meinen Sie nicht auch?«

»Er ist ein Ökonom mit großer Erfahrung.«

»Er war immer Funktionär, kein Banker.«

»Was soll falsch sein an seiner Auffassung, man müsse den Finanzmarkt zähmen?«

»Wie will man die ›Zähmung‹ bewerkstelligen?«

»Es gibt Berater, die mir dringend nahelegen, Kundengeschäft und Investmentbereich prinzipiell in unterschiedliche Banken aufzuspalten. Die Institute deutlich zu verkleinern. Damit die Steuerzahler nicht wieder mit Milliardensummen einspringen müssen, weil eine Pleitebank als systemrelevant gilt.«

»Mit Verlaub, Frau Bundeskanzlerin, aber so etwas werden wir nicht mittragen. Ihre Regierung hat bereits einen höheren Eigenkapitalanteil vorgeschrieben und die Bankenaufsicht verschärft. Wir haben uns nicht darüber beschwert. Dabei muss es aber bleiben.«

»Sie sagen selbst, wir müssen mit der nächsten Krise rechnen.«

»Ob eine große Bank zerbricht oder drei, vier kleine – der Effekt ist der gleiche. Das Vertrauen geht flöten, die Menschen leeren ihre Konten, Banken leihen sich untereinander nichts mehr und der Crash ist da, wie gehabt. Gibt es nur noch kleine Banken, muss man den Nachteil in Kauf nehmen, dass sie auch in guten Zeiten kaum handlungsfähig sind. Nein, eine Aufteilung der RheinBank AG kommt nicht infrage. Im Gegenteil. Wir müssen weiter wachsen. Alles andere wäre das Ende unserer internationalen Konkurrenzfähigkeit.«

Die Kanzlerin schüttelte energisch den Kopf. »Für die Menschen in Deutschland sage ich ganz klar: Wir müssen die Probleme gemeinsam lösen!«

Dingendorff wartete ein paar Sekunden, dann fragte er in aller Ruhe: »Warum haben Sie mich um dieses Treffen gebeten, Frau Bundeskanzlerin?«

»Ganz einfach. Angesichts der Herausforderungen, vor denen wir stehen, möchte ich Sie und Ihre Freunde in der Wirtschaft an meiner Seite wissen.«

Dingendorff nippte von seinem Wasser.

»Mein Kurs ist alternativlos.«

Dingendorff lächelte.

Die Kanzlerin legte die Fingerspitzen aneinander. Frantzen sah, wie es in ihr arbeitete. »Ich möchte nicht noch einmal in einen Abgrund blicken wie in der Nacht, als wir die Münchner Hypo Estate retten mussten.«

Es piepste, die Kanzlerin zog ihr Mobiltelefon aus der linken Jackentasche und kontrollierte das Display.

»Bitte entschuldigen Sie mich für einen Moment«, sagte sie schroff und stand auf. »Zwei Minuten.«

Frantzen schmierte sich ein Marmeladenbrötchen. Ihm war klar, in welchem Dilemma die Kanzlerin steckte. Nachdem ihre Partei in Baden-Württemberg schwer abgestürzt war, kündigten sich weitere Landtagswahlen an. Die Umfragewerte für die Union waren schlecht wie nie. Die Frau stand im Kreuzfeuer der Opposition und der Gegner im eigenen Lager. Die einen warfen ihr einen falschen Kurs vor, die anderen monierten Unentschlossenheit.

Mit vollem Mund sagte Frantzen: »Sie sieht in dir einen Gegner und trotzdem bittet sie um Unterstützung.«

»Das nennt man Zwickmühle.«

»Wetten, dass sie auch bei Ackermann war und der hat sie abblitzen lassen?«

Dingendorff goss sich Wasser nach. Von dem Essen rührte er nichts an. Ein wahrer Diätfreak, dachte Frantzen, schon immer gewesen.

Er leckte die Marmelade von seinem Messer. »Mutti kriegt es nicht gebacken. Vielleicht war es falsch, auf Schwarz-Gelb zu setzen. Mit Rot-Grün sind wir früher prima gefahren.«

»Richtig, Helmut, aber es sind noch zwei Jahre bis zur nächsten Bundestagswahl. Und wer könnte die Kanzlerin bis dahin ersetzen? Siehst du jemanden?«

Frantzen zuckte mit den Schultern. »Der Niedersachse ist beliebt.«

Dingendorff deutete ein Kopfschütteln an.

»Ich bleib dabei, wir verschwenden unsere Zeit.«

»Warte ab, Helmut. Mal sehen, was sie uns bieten kann.«

Die Tür ging auf, die Kanzlerin kam zurück und nahm wieder Platz. Ihre Miene hatte sich verdüstert, senkrechte Falten verlängerten die Mundwinkel nach unten. Ihr Blick fixierte den Vorstandsvorsitzenden der RheinBank AG.

»Gratuliere«, sagte sie schnippisch. »Der Bundespräsident wird noch heute seinen Rücktritt vermelden. Sie haben gewonnen, Herr Dingendorff. Ich konnte ihn nicht davon abhalten. Das ist ja auch allerhand, was Sie gegen ihn mobilisiert haben.«

»Ich?«

»Sie und Ihre Seilschaften. Da wird sein Pressesprecher abgeworben, damit es heißt, es gebe Querelen im Präsidialamt. Dann bricht künstliche Empörung aus wegen einer Bemerkung zu Afghanistan. Subtile Nadelstiche von allen Seiten. Ich verstehe, dass dem guten Mann das alles zu viel geworden ist.«

Frantzen kontrollierte die Uhrzeit. Das wird nichts mehr, Mutti. Es sei denn, du lässt Frankreich warten.

»Gut, keine Aufteilung der Banken«, sagte sie.

»Und die Börsenumsatzsteuer vergessen wir am besten auch schnell wieder«, erwiderte Dingendorff.

»Aber den Euro müssen wir retten.«

»Was meinen Sie konkret?«

»Ein Insolvenzrecht für Staaten, das Heranziehen von Gläubigerbanken, falls ein Euroland zahlungsunfähig wird. Wie nennen Sie es, wenn jeder Inhaber von Staatsanleihen auf einen Teil des Werts verzichtet, um den Schuldner zu retten?«

»Haircut.«

»Richtig. Ein ehrlicher Schnitt. Wer an der Verschuldung Griechenlands verdient, muss auch seinen Teil zur Rettung beitragen. Wir können die Probleme der nächsten Jahre nur gemeinsam lösen. Dafür stehe ich in Deutschland und in Europa.«

Die Frau wiederholte sich und klang jetzt fast kleinlaut, wie Frantzen fand. Er freute sich, dass die versteckte, wochenlange Kampagne gegen den Bundespräsidenten von Erfolg gekrönt war. Die Machtdemonstration hatte vor allem der Kanzlerin gegolten. Sie sollte begreifen, dass man sich besser nicht gegen Dingendorff und seine Kreise stellte.

»Schon gut, Frau Bundeskanzlerin«, antwortete der Chefbanker geduldig. »Aber berücksichtigen Sie bitte, dass ein Schuldenerlass allein im Fall von Griechenland die deutschen Banken und Versicherungen rund siebzig Milliarden Euro kosten würde. Die Finanzbranche würde kollabieren und mit ihr die gesamte Wirtschaft.«

»Es geht doch allenfalls um einen Teilerlass. Haircut bedeutet ja nicht, die Geldinstitute kahl zu scheren.«

»Allein die theoretische Option führt zu rapide steigenden Zinsen und beschleunigt die Krise. Und wir reden nicht etwa nur von Griechenland, Portugal und Irland. Die nächsten Kandidaten heißen Spanien, Zypern, Belgien, Italien …«

»Mein Güte«, unterbrach die Kanzlerin. »Bei Ihnen lauert der ›Schwarze Schwan‹ wohl überall?«

»Das Vertrauen kann letztlich nur durch einen wesentlich stärkeren Rettungsfonds der Eurostaaten erhalten werden.«

Frantzen nickte zu den Worten seines Chefs. Warum sollte

die RheinBank für Griechenland und andere Pleitekandidaten bezahlen, wenn man die Schulden den Steuerzahlern der Eurozone aufbürden kann?

»So bekomme ich aber die Griechenlandhilfe nicht durch den Bundestag. Teile meiner eigenen Fraktion werden dagegen stimmen, wenn es keine Beteiligung der Banken gibt.«

»Gut, dann versprechen Sie Ihnen eben die Beteiligung.«

»Die Sie gerade noch abgelehnt haben?«

»Eine freiwillige Beteiligung.« Dingendorff lächelte.

»Also eine Seifenblase.«

»Nennen wir es ein Symbol des guten Willens. Und Sie bewahren Ihr Gesicht. Wann steht die nächste Entscheidung über den Rettungsschirm an? Im Oktober? Kündigen Sie harte Verhandlungen mit den führenden Banken in Europa an. Das wird den gewünschten Eindruck machen.«

»Nennen Sie es ›Pakt für Europa‹«, schlug Frantzen vor.

Die Kanzlerin wirkte nicht überzeugt.

»Und dann hätte ich noch diesen Vorschlag.« Dingendorff entnahm seiner Mappe ein dünnes Dossier und reichte es der Kanzlerin.

Sie setzte ihre Brille auf, öffnete den Aktendeckel und las.

Frantzen erkannte, worum es sich handelte, und war verblüfft. Die dreiseitige Präsentation war nur ein erster Entwurf. Seine Mitarbeiter sollten noch daran feilen. Zudem war das Projekt nach Frantzens Einschätzung viel zu gewagt, zu unverschämt. Er staunte über die Chuzpe seines Chefs. Erst lehnte er die finanzpolitischen Pläne der Kanzlerin rundum ab, dann sattelte er mit dem Salzstock in Fürstenroda obendrauf.

Die Kanzlerin blickte den RheinBank-Chef über den Brillenrand hinweg an. »Dieses Bergwerk, das hier erwähnt wird, befindet sich in den neuen Bundesländern?«

»Sachsen-Anhalt.«

»Und wenn ich zustimme ...«

»… werde ich all meinen Einfluss für Sie mobilisieren, öffentlich Ihren ökonomischen Sachverstand loben und hinter den Kulissen Ihre Kritiker zum Verstummen bringen. Herr Frantzen wird sich diesbezüglich mit Ihren Leuten kurzschließen. Sie retten den Euro. Wir feiern Sie dafür und leisten einen symbolischen Beitrag. Bereits unsere Chinareise könnte eine hervorragende Plattform sein, um Ihre Wirtschaftskompetenz zu unterstreichen.«

»Der Euro ist nicht mein einziges Problem.«

»Sie erhalten außerdem meine Unterstützung in Ihrem Atomkurs, egal, wie Sie sich letztlich entscheiden werden. Wenn Sie aus China zurück sind und für Ihren Urlaub in Südtirol packen, können Sie Ihre Schlaftabletten getrost weglassen.«

Die Kanzlerin ließ sich nichts anmerken. Sie widmete sich wieder dem Projekt Fürstenroda, fuhr mit dem Finger über die Zeilen und hielt erneut inne. »Ich lese hier den Namen Lothar Mierscheid – ist das Ihr Ernst?«

»Sie planen doch eine Umbildung Ihres Kabinetts«, antwortete Dingendorff.

»Aber ausgerechnet …«

»Mierscheid ist ein guter Mann.«

»Weil er tut, was Sie sagen.«

»Wär's nicht fein, wenn wir beide hier und jetzt zusammenfinden, Frau Bundeskanzlerin? Für Deutschland und Europa?«

Die Kanzlerin stand auf. Nur für einen Moment zog sie die Mundwinkel höher. »Sie verlangen sehr viel. Lassen Sie uns in den nächsten Tagen telefonieren.«

Dingendorff nickte. Händeschütteln.

Das war's, dachte Frantzen. Der Chef hat zu hoch gepokert.

»Gratulation«, sagte Dingendorff, als er die Kanzlerin zur Tür begleitete, »zu Ihrer Wahl des Nachfolgers für das Amt des Bundespräsidenten.«

»Woher …«

»Es ist der Niedersachse, stimmt's? Keinen anderen könnten Ihre innerparteilichen Gegner in kurzer Zeit zur Galionsfigur aufbauen. Das nenne ich taktisches Geschick.«

Die Kanzlerin zwinkerte. »Aber noch nicht weitersagen. Er muss erst noch seine Frau fragen.«

Sie hatte das Dossier liegen gelassen. Dingendorff steckte es ein. Gebeizter Lachs war übrig, San-Daniele-Schinken, Entenleberpastete. Schade um das Zeug, dachte Frantzen.

»Ich hatte erwartet, dass sie ein, zwei Berater mitbringt«, sagte er und schnitt sich noch ein Stück vom getrüffelten Pecorino ab.

»Sie traut nur sich selbst«, antwortete Dingendorff. »Keine Zeugen. Besser so. Wir hätten sonst nur um den heißen Brei herumgeredet.«

»Schade um den Salzstock. Die Idee ist großartig, aber noch nicht ganz ausgereift.«

»Sind wir endlich fertig mit dem Frühstück?«

Frantzen wischte sich die Finger an der Stoffserviette ab. »Ich schon.«

»Und wegen deiner Freundin, dieser …«

»Hanna Kaul?«

»Ich möchte bis heute Mittag Punkt ein Uhr einen umfassenden Bericht auf meinem Tisch haben.«

»Wir könnten sie auch zum Schweigen bringen, wenn du willst.«

»Nein.«

»Ich meine nur. Schwarzer Schwan und so. Manche Frauen sind quasi die Verkörperung dieses Vogels. Siehe Paula Busch.«

»Gib mir einfach nur deinen Bericht, Helmut. Wie wir das lösen werden, entscheide ich, wenn ich ihn gelesen habe. Und noch etwas. So oder so – heute Abend auf Schloss Schassberg kein Wort darüber, dass eine Mitarbeiterin von Merger and Acquisitions herumgeschnüffelt hat.«

»Sie arbeitet bei Structured Corporate Finance.«

»Macht das einen Unterschied?«

»Sorry«, sagte Frantzen und ärgerte sich schon wieder, weil es wie ein Schuldeingeständnis klang.

Was konnte er für Hannas Neugier? Und hatte sich nicht der Chef selbst mit Paula Busch ein Kuckucksei ins Nest gelegt? Erst führte er sie als künftige Frau Dingendorff ein, dann wollte das Miststück den Sparclub auseinandernehmen. Auch über Paula Busch hatte Frantzen Dossiers anlegen müssen. Bis sich das Problem wie aus heiterem Himmel gelöst hatte.

»Und was den Salzstock anbelangt«, ergänzte der RheinBank-Chef, »kann die Kanzlerin gar nicht an uns vorbei. Du wirst sehen.«

Vor der Tür wartete der Leibwächter.

Dingendorff gab sich leutselig und patschte dem Mann auf die Schulter. »Worüber unterhalten sich die BKA-Kollegen denn so?«

»Investitionen. Wie man heutzutage etwas auf die hohe Kante legen kann.«

Dingendorff stieß ein Lachen aus. »In RheinBank-Aktien investieren, was sonst?«

»Die Kanzlerin legt ihr Privates angeblich in Gold an. Ihre Bodyguards meinen, sie traut dem Euro nicht, obwohl sie im Fernsehen immer einen auf Rettung macht.«

Sie betraten den Aufzug. Frantzen überfiel das Verlangen nach einer Linie. *Cäsar, Charley, Coco* – nur ein wenig, um seine Stimmung aufzuhellen. Hanna drückte ihm aufs Gemüt. Sie und *Urban Ermittlungen.*

Der Euro ist im Moment das geringere Problem, dachte Frantzen.

66.

Grelles Licht blendet mich. Ich möchte lieber ... weiterschlafen ...

Jemand zerrt mich hoch. Wo bin ich?

Allmählich dämmert es mir. Das schreckliche Haus ... die Tiefkühltruhe ...

Der verdammte Dreckskerl hat mich gefunden.

Er zieht an meinen Haaren und ohrfeigt mich. Er schubst mich die Treppe hinunter und den Kellergang entlang. Ich wage es nicht, mich zu wehren, und lasse mich auf meine Pritsche sinken. Das Schwein schließt die Kette um mein Handgelenk.

Das Mädchen auf dem Video – das habe ich doch nicht geträumt! Wo ist sie jetzt? Wie geht es ihr? Habe ich womöglich ... eine Verbündete?

Die dunkle Stelle im Estrich kommt mir in den Sinn. Wie weit muss man graben, um auf der anderen Seite der Wand ins Freie zu gelangen? Hat es das andere Mädchen etwa geschafft?

Etwas im Blick des Dreckschweins sagt mir, dass die andere tot ist. Und dass dies alles auch für mich mit dem Tod enden wird.

Mein Mund ist trocken. Der Kerl hält mir eine Wasserflasche hin. Ich trinke, so viel ich nur kann. Wer weiß, wann es wieder etwas gibt.

Ich stelle mir vor, ihm die Kette um den Hals zu schlingen. Mit ganzer Kraft daran zu zerren. Bis das Schwein blau anläuft, zappelt und schließlich stillhält. Ich nehme ihm den Schlüssel ab und befreie mich. Irgendwo im Haus entdecke ich Kleidung und ein Telefon. Ich rufe Mama und die Polizei und ...

Der Dreckskerl sagt, er sei enttäuscht von mir. Er meint, es könnte so schön mit uns beiden sein, wenn ich endlich gehorche. Er sei mein einziger Freund. Irgendwann würde ich das begreifen.

Das Schwein setzt sich zu mir auf die Pritsche.

Jetzt!

Mit einer blitzschnellen Bewegung schlinge ich die Kette um seinen Hals und hänge mein ganzes Gewicht daran. Der Kerl kneift die Schweineaugen zusammen und ist plötzlich ganz stumm. Ich habe ihn überrumpelt!

Seine Faust trifft mich hart. Mein Kopf knallt gegen die Wand. Ich reiße die Arme vors Gesicht. Die Schläge hält das nicht auf. Ein Trommelfeuer. Ich sehe Doppelbilder und huste Blut. Ich rolle mich ganz klein zusammen.

Aufhören!

Statt zu schreien, kann ich nur noch ganz leise ›bitte‹ sagen.

67.

»Wer absichtlich oder wissentlich, ganz oder teilweise, vereitelt, dass ein anderer …«

»Hör auf, Kurt, ich habe nichts vereitelt!«

Dominik war aufgebracht. Statt zu ermitteln, Patrick Neidels Mörder zu finden und vor allem Leonie zu befreien, musste er sich in endlosen Sitzungen rechtfertigen – die Anhörung durch seinen Dienststellenleiter Kurt Dell würde sicher nicht die einzige bleiben.

»Wonach sieht's denn sonst aus, Dominik?« Kurt fuhr sich mit einem Taschentuch über die Stirn. Unter den Achseln zeigte sein Hemd dunkle Flecken. »Hattest du die Masern, als an der Fachhochschule das Strafgesetzbuch dran war? Wie konntest du nur so dämlich sein? Strafvereitelung im Amt ist nicht schön, sondern böse, richtig böse. Paragraf

258a: *Ist der Täter als Amtsträger zur Mitwirkung bei dem Strafverfahren berufen, so ist …«*

»Nenn mich nicht Täter!«

»Und schon der Versuch ist strafbar. Sechs Monate bis fünf Jahre. Ich hab's nachgeschlagen.«

»Ich habe auch keine Vereitelung *versucht.* Im Gegenteil. Seit Montag arbeite ich daran, den Kerl zu finden, der Patrick Neidel umgebracht hat.«

»Du hättest melden müssen, dass du an der Observierung der Zeugin beteiligt warst.«

»Am Fortschritt unserer Ermittlungen hätte das nichts geändert.«

»Das KK 11 sieht das anders.«

»Thilo Becker redet gequirlten Mist!«

»Das werden wir ja sehen. Auf jeden Fall bist du jetzt selbst Gegenstand einer Ermittlung. Bravo! Als hätten die Kollegen Ibersberger und Probst nicht schon genug zu tun.« Kurt wedelte sich mit einer Akte Kühlung zu. Fotos fielen heraus, er stopfte sie zurück. »Ich möchte mir gar nicht vorstellen, was passiert, wenn öffentlich wird, was du angestellt hast.«

»Ich habe nichts angestellt, verdammt!«

»Für die Zeitungen ein gefundenes Fressen. Ich sehe schon die Schlagzeilen. Der Minister wird toben. Und du wirst dir wünschen, nicht geboren worden zu sein.«

Das Telefon auf Kurts Tisch klingelte und er griff danach.

»Dell … – Sitzt mir gegenüber. – Ist gut, ich sag's ihm.«

Kurt legte auf und wedelte wieder mit der Akte, Dominik anstarrend. Jetzt rutschte ein weißer Umschlag zwischen den Deckeln hervor und klatschte auf den Tisch.

»Und?«, fragte Dominik.

»Ein Glück. Ich kann Ibersberger und Probst zurückpfeifen.«

»Also stellt der Staatsanwalt die Ermittlungen gegen mich ein.«

»Nein, im Gegenteil. Er meint, wir seien womöglich befangen, wenn es gegen einen Kollegen der eigenen Dienststelle geht.«

»Das heißt?«

»Keine Ahnung, wen er auf dich ansetzen wird. Vielleicht die Kripo aus Mönchengladbach oder Köln. Ich soll dir übrigens ausrichten, dass Gebhart dich sprechen will. Jetzt gleich.«

Der Albtraum hört nicht auf, dachte Dominik.

Kriminalrat Gebhart leitete die Kriminalinspektion zwei, zu der außer dem KK 21 die Kommissariate für organisierte Kriminalität und Wirtschaftsstraftaten zählten. Gebhart war noch nicht lange auf diesem Posten, Dominik kannte ihn bisher nur vom Sehen.

Auf den letzten Schritten kam er sich immer verlorener vor. Stimmen hinter Gebharts Tür. Der Mann war nicht allein.

Ich sollte hier nicht ohne Anwalt aufkreuzen, schoss es Dominik durch den Kopf.

Er klopfte und wurde sofort hineingerufen.

Teppichboden im Büro, viel Platz. Hier hing die Jalousie gerade, es schien sogar kühler zu sein als in anderen Zimmern. Unter einem Kalender, dessen Julibild Krokodile, die auf Beute lauerten, zeigte, saß Gebhart am Besprechungstisch. Der Obermufti trug ein feines Sakko zu Jeans und T-Shirt – ein Möchtegern-Sonny-Crockett.

Der andere Mann war ein langer Kerl im dunklen Anzug, etwa fünfzig Jahre alt. Dominik erkannte ihn sofort: Benedikt Engel, Leitender Kriminaldirektor und Chef der Kripo. Die Nummer drei der Düsseldorfer Polizeibehörde.

Gebhart erhob sich, gab Dominik die Hand und wies ihm den freien Stuhl zu.

Engel nickte freundlich.

Dominik schluckte. Zwei gegen einen. Ich bräuchte tatsächlich einen Anwalt.

»Ihr Auge – was ist passiert?«, bemerkte Inspektionsleiter Gebhart und verzog das Gesicht. »Ich hoffe, keine Keilerei mit den Kollegen?«

Dominik betastete das Jochbein, wo es etwas schmerzte. Geschwollen schien die Stelle nicht zu sein. Zögernd fragte er: »Werden Sie mich … vom Dienst suspendieren?«

Gebhart und der Kripochef tauschten Blicke. Engel antwortete: »Erst einmal wird jede Menge Schriftliches angefordert, verfasst und ausgetauscht. Alle möglichen Stellen geben ihren Senf ab. Da fließt noch viel Wasser den Rhein hinunter. Rechnen Sie mit der Einleitungsverfügung nicht vor Mitte August.«

»Einleitungs-, was?«

»Die Einleitungsverfügung zu Ihrem Disziplinarverfahren. Es scheint Ihr erstes zu sein, oder?«

Die beiden Obermuftis lächelten.

Gebhart ergänzte: »Während das Verfahren läuft, werden wir Sie nicht suspendieren, sondern nur von dem aktuellen Mordfall abziehen. Kein Anlass zur Panik. Sie kümmern sich ab sofort wieder um Ihre Betrugsfälle, wie gehabt.«

Jackpot-Oase und *Schutz-Fuchs,* na prima. »War's das?«, fragte Dominik.

»Wir haben uns Ihre Personalakte angesehen, Kollege Roth. Eine schlimme Sache, was damals mit Ihrer Frau passiert ist. Seien Sie versichert: Die Behörde wird Sie nicht hängen lassen.«

Ein Klingelton klimperte etwas Klassisches. Engel kramte nach seinem Handy und drückte den Anrufer weg. »*Er* schon wieder.«

Gebhart schüttelte missbilligend den Kopf.

Kripochef Engel wandte sich an Dominik. »Es gibt da einen Herrn, Kollege Roth, der seit Tagen unsere Behörde mit Anrufen traktiert. Ein Bundestagsabgeordneter. War ganz in der Nähe, als das mit Paula Busch passiert ist. Sie hatten wohl so etwas wie ein Rendezvous. Das KK 11 hat ihn bereits unmittelbar nach der Tat befragt. Der Mann ist kein Zeuge, der etwas Nützliches beizutragen hätte, aber er spielt sich auf. *A pain in the ass.* Zum Glück hat er das falsche Parteibuch, keinen Draht zur Landesregierung.«

»Ja, und?«

»Wir werden den Mann an Sie verweisen. Seien Sie höflich zu ihm und halten Sie der Mordkommission den Rücken frei.«

»Ich dachte, ich hätte damit nichts mehr zu tun.«

Engel zeigte ein feines Lächeln. »Das haben Sie auch nicht.«

Dominik wurde klar, was das bedeutete: Kindermädchen spielen für einen Politiker – so sinnlos wie das Verwalten seiner Betrugsanzeigen. »Der Abgeordnete wird sich aber wundern, wenn ich das erwähne.«

Gebhart beugte sich vor: »Ich warne Sie, Kollege Roth. Unsere Nachsicht steigt Ihnen offenbar zu Kopf. Glauben Sie etwa, Sie könnten Ihre Scheiße am sauberen Ende aufheben und klammheimlich wegschaffen? Ihre Scheiße hat kein sauberes Ende, verstehen Sie?«

Dominik schwieg.

»Und jetzt sagen Sie schon«, drängte Engel und grinste dabei. »Wer hat Sie verhauen? War das tatsächlich diese Frau?«

Du Arsch, dachte Dominik und verließ den Raum.

»Das könnte blau werden«, sagte Susanne Hachmeister. Sie zog eine Schublade auf, kramte in einem Etui und schob eine Tube mit Make-up über den Schreibtisch.

Dominik ignorierte die Schminke. »Ich habe die Frau verprellt, in die ich mich verliebt habe, ich habe die Staatsanwaltschaft wegen angeblicher Strafvereitelung am Hals, und zur Krönung des Ganzen wurde mir soeben der Fall entzogen.«

»Also kommst du jetzt zu Tante Hachmeister, um dich auszuheulen?«

Dominik räumte einen Aktenstapel vom Stuhl und setzte sich. »Was gibt's Neues?«

»Ich dachte, du sollst die Finger von dem Fall lassen.«

»Von der Leichensache Patrick Neidel. Die Mädchenentführung hat keiner erwähnt. Sag schon: Ist der gestohlene Golf aus Osnabrück endlich da? Hat Mandy ihn schon beschnuppert?«

Die Kollegin nickte und hob den Daumen. »Volltreffer. Leonie ist mit dem Golf transportiert worden. Auf dem Rücksitz. Mit neunzigprozentiger Wahrscheinlichkeit, sagt der Hundeführer. Wir haben Blutspuren sicherstellen können. Nicht viel, aber genug fürs Labor. Wenn die DNS übereinstimmt, sind wir bei einhundert Prozent.«

»Was sagen die zwei Typen, die in dem Auto saßen?«

»Alles Mögliche, aber nichts über Leonie. An dem Punkt mauern sie. Vielleicht glauben sie, dass wir ihnen die Sache nicht anhängen können. Aber wir kriegen die Burschen weich, keine Bange.«

»Lass mich das mal versuchen. Sind sie hier bei uns im Gewahrsam?«

»Im Moment sind Ela Bachs Leute dran. Sie glauben, unser Tatfahrzeug ist vielleicht auch ihres. Weißt du was, Dominik? Wir haben einen riesigen Fortschritt gemacht und es ist einzig dein Verdienst, dass wir das Auto und die Kerle haben.«

»Sag das mal dem Staatsanwalt.«

Sie musterte ihn. »Steht es wirklich so schlimm?«

»Sechs Monate bis fünf Jahre, behauptet mein Dienststellenleiter.«

Hachmeister pfiff durch die Zähne und sammelte ein paar Ordner ein. »Ich muss zur Sitzung ins KK 11. Aber ich kann dir meine Vernehmungsprotokolle mailen.« Sie tippte etwas in ihren Computer. »So, jetzt müsstest du sie im Eingangsordner haben.«

»Ich würde mir auch gern die ähnlichen Fälle ansehen.«

»Wie gesagt, wirklich ähnlich ist da nichts.« Sie nahm Akten vom Stapel und reichte sie Dominik. »Vielleicht sollten wir uns an Madame Petra wenden.«

»An wen?«

»Das ist eine Wahrsagerin, die uns ihre Dienste angeboten hat. Ein Wünschelrutengänger hat sich auch schon gemeldet. Ja, das Telefon steht nicht still. Und um ein Uhr habe ich ein Meeting mit den Kollegen von der Pressestelle. Die Medien einspannen – unsere einzige Chance, solange die Kerle aus Osnabrück nicht reden. Größer kann der Druck, unter dem wir stehen, sowieso nicht mehr werden.«

Susanne hielt dem Kollegen die Tür auf.

»An die Arbeit«, sagte sie. »Und pack dir wenigstens Eis auf dein Auge.«

68.

Dominik betrat sein Büro und fuhr den Computer hoch. Ihm ging durch den Kopf, dass er im Polizeidienst vermutlich keine große Zukunft mehr hatte.

Wenn man in Schwierigkeiten steckte, wussten die meisten Kollegen damit nicht umzugehen. Statt Mitgefühl zu entwickeln, stempelten sie einen zum schwierigen Fall. Nach Nellys Tod hatte Dominik das schon einmal erlebt – sein Trauma als Zumutung für die anderen.

Vorgesetzte verhielten sich in aller Regel noch rigoroser. Einen Mitarbeiter, der die Staatsanwaltschaft am Hals hatte, nahmen sie nicht in Schutz, sondern ließen ihn umgehend fallen, um die eigene Karriere nicht zu gefährden.

Die Behörde wird Sie nicht hängen lassen – auf den Spruch

des Inspektionsleiters gab Dominik keinen Pfifferling. Die Obermuftis würden alles hervorkramen, was gegen ihn verwendet werden konnte. Seinen tödlichen Schuss auf Dennis Raabe, seine Probleme, damit fertig zu werden. Er hatte nicht einmal den Schießtest bestanden. Und jetzt noch sein Versäumnis, den blöden Nebenjob rechtzeitig zu beichten.

Sein Kumpel Jochen hatte sich schwer verrechnet, als er sich einbildete, dass eine Durchsuchung nichts offenbaren könnte. Die Schutzmaßnahmen bei *Urban Ermittlungen* waren wohl doch nicht gründlich genug. Vermutlich hatte die Durchsuchung auch der Firma erheblich geschadet. Wenn die Auftraggeber nicht mehr mit Diskretion rechnen konnten, war das Renommee im Eimer.

Dominik empfand auch deswegen Schuldgefühle.

Er spürte, wie der Hass auf Thilo Becker in ihm fraß. Der MK-Leiter hatte ihn auf dem Kieker, warum auch immer. Der Mann versaute ihm die Karriere.

Endlich war der PC betriebsbereit. Dominik öffnete das Mailprogramm, lud die jüngsten Nachrichten auf den Rechner und druckte Susi Hachmeisters Anhang aus. Das Vernehmungsprotokoll.

Trübsal und Wut waren wie weggewischt – das Jagdfieber packte Dominik, je länger er las. Er zog eine Straßenkarte zurate. Die Aussagen klangen halbwegs schlüssig.

Aber sie ergaben nicht den Sinn, den er suchte.

Die Maschine brummte. Bereits der vierte Espresso.

Dominiks Blick fiel auf den Kalender. Er riss das Blatt von gestern ab. Der heutige Spruch stammte von Pablo Picasso: *Erst finde ich, dann fange ich zu suchen an.* Maler müsste man sein.

Dominik trug die Tasse zu seinem Tisch. Er knöpfte sich wieder die beiden Aussagen vor, aber eine Fährte zu dem entführten Mädchen sprang ihm noch immer nicht ins Auge.

Anton Klußmann, dreiundzwanzig Jahre alt, studierte *Cognitive Science* an der Uni Osnabrück – was auch immer das bedeuten mochte. Er war mit seiner Freundin in Urlaub nach Italien gefahren, hatte sich nach einer Woche heillos mit ihr zerstritten und sich im Trotz allein per Autostopp auf den Rückweg gemacht.

Erik Harms lebte als Hartz-IV-Empfänger in Hamburg. Er war fünfundzwanzig und gelernter Tischler. Mit etwas Geld seiner Eltern hatte er die Mitgliedschaft im Deutschen Jugendherbergswerk erworben und war von Herberge zu Herberge nach Süden getrampt. Eigentlich wollte er eine Facebook-Bekannte am Mittelmeer treffen. Als er bemerkte, dass man per Anhalter in Frankreich nicht vorankam, änderte er seine Pläne und verbrachte einige Tage am Bodensee.

Gestern Vormittag hatten sich die beiden jungen Männer an einer Raststätte bei Nürnberg kennengelernt. Gemeinsam warteten sie auf eine Mitfahrgelegenheit zurück in den Nordwesten und hatten Glück. Der Fahrer eines klapprigen, roten Transporters nahm sie auf einen Schlag bis kurz vor Düsseldorf mit, froh, sich mit Klußmann, der einen Führerschein besaß, auf der sechsstündigen Strecke abwechseln zu können. An der Raststätte *Ohligser Heide* trennten sich ihre Wege, die beiden Tramper stiegen aus.

Der Nachmittag war bereits fortgeschritten, doch Klußmann und Harms hofften, es noch bis Osnabrück zu schaffen. Zwei Stunden lang hielten sie erfolglos den Daumen in den Wind, bis ihnen auffiel, dass der alte, weiße VW-Golf, der die ganze Zeit am äußersten Ende des Parkplatzes stand, nicht abgeschlossen war. Mehr noch: Das Fenster auf der Fahrerseite war heruntergekurbelt und der Schlüssel steckte.

Sie nahmen die Einladung an.

In Osnabrück deponierten sie ihre Sachen in Klußmanns Studentenbude, glaubten, einen Anlass zum Feiern zu haben, und begaben sich mit dem Auto auf Kneipentour. Die endete dann bald. Die Kollegen maßen fünfzehn Stundenkilometer über dem Limit, winkten die Jungs an den Rand und stellten bei der Überprüfung des Kennzeichens fest, dass das Fahrzeug vor gut einer Woche in Haan als gestohlen gemeldet worden war.

So die Story der beiden jungen Männer.

Was war daran wahr und was Dichtung?

Am Dienstagabend, als Leonie entführt worden war, wollte der eine in Lindau gewesen sein, der andere auf einem Campingplatz am Südufer des Chiemsees. Dominik notierte: *Fahrer des roten Lieferwagens finden, entlang der Reiserouten von Harms/Klußmann nach Alibizeugen fahnden.* Er könnte Amtshilfeersuchen verschicken und den Behörden in Bayern auf die Füße steigen. Aber sein Gefühl signalisierte ihm, dass dies nicht nötig war.

Die Jungs sagten die Wahrheit.

Wenn zwei Leute unabhängig voneinander eine detaillierte Lügengeschichte auftischten, verwickelten sie sich unweigerlich in Widersprüche. Keine noch so sorgfältige Absprache konnte das vermeiden. Doch in diesen Aussagen gab es keine Widersprüche. Die beiden hatten, was die gestrigen Geschehnisse anbelangte, unabhängig voneinander exakt das Gleiche erzählt.

Dominik zog noch einmal die Karte heran und malte ein Kreuz an die Stelle, wo die zwei Kerle den Golf gefunden hatten.

Ohligser Heide.

Streng genommen gab es zwei Raststätten dieses Namens an der A3. *Ost* für den nach Norden fließenden Verkehr sowie *West* für die Reisenden in Gegenrichtung. Harms und Klußmann hatten *Ohligser Heide Ost* gemeint, denn sie waren von Süden gekommen.

Dominik studierte die nähere Umgebung. In nur einem Kilometer Entfernung vom Rastplatz befand sich der Bahnhof Hilden-Süd. Mit der S1 dauerte es fünfzehn Minuten vom Düsseldorfer Hauptbahnhof bis dorthin.

Nach Haan war es ebenfalls nicht weit. In nordöstlicher Richtung geschätzte fünf Kilometer, eine gute Stunde Fußweg bis zum Haus der Hellers.

Schon wieder Uwe Heller?

Angenommen, der Mann war doch der Kidnapper: Dann hätte er Leonie mithilfe des gestohlen gemeldeten Autos seiner Frau entführt. Nun musste er die Karre loswerden. Über die Auffahrt Haan-Ost und das Hildener Kreuz erreichte er von zu Hause aus im Nu die A3 und die Raststätte.

Aber die auf der Westseite. Um das Auto gegenüber zu parken, hätte er zunächst bis zur Ausfahrt Solingen weiterfahren und dort wenden müssen. Warum so umständlich?

Dann fiel Dominik die Lösung ein: Der Täter war nicht von Zuhause gekommen, als er sich des weißen Golfs entledigte. *Er kam von dem Ort, an dem er Leonie gefangen hält.*

Und der musste folglich im Süden liegen.

Dominik faltete die Karte komplett auseinander und markierte auf allen Autobahnen die Punkte, von denen aus es keinen erkennbaren Streckenunterschied machte, ob man *Ohligser Heide* aus Norden oder Süden anfuhr. Er verband diese Punkte zu einer Linie, die von Lüdenscheid im Osten über Remscheid, Solingen, Dormagen und Grevenbroich bis Jülich im Westen verlief.

Von jedem Ort aus, der südlich der Markierung lag, würde man, wenn man auf kürzestem Weg zur Raststätte fuhr, sich zuletzt nordwärts auf der A3 bewegen und die entsprechende Seite ansteuern: *Ohligser Heide Ost,* wo Linda Hellers Golf von den beiden Jungs gefunden worden war.

Dominik betrachtete die Karte. Leonie konnte demnach in Aachen sein, irgendwo im Ballungsgebiet Köln-Bonn oder in dem ländlichen Raum, der rund um Kerpen, Düren und Euskirchen dazwischen lag. Genauso gut auch in der Eifel oder im Bergischen Land. Oder noch weiter südlich: Koblenz, Westerwald, das Rhein-Main-Gebiet …

Dominik rief sich zur Ruhe.

Schritt Nummer eins: Er öffnete sein Mailprogramm, schilderte die Umstände von Leonies Entführung in wenigen Sätzen und formulierte eine Bitte um Meldung vergleichbarer Fälle aus den letzten zehn Jahren. Die Akten, die Susi Hachmeister ihm in die Hand gedrückt hatte, bezogen sich nur auf den Raum Düsseldorf. Er musste das Areal erweitern.

Im Intranet der nordrhein-westfälischen Polizei recherchierte er die Mailadressen der Vermisstensachbearbeiter jener Kriminalhauptstellen, die innerhalb der Landesgrenzen südlich seiner gedachten Linie lagen.

Es waren drei: Aachen, Köln und Bonn.

Bevor Dominik seine Anfragen abschickte, erweiterte er den Zeitraum auf fünfzehn Jahre, um die Chance auf Treffer zu erhöhen. Es war Freitag, kurz vor zwölf. Wenn er noch vor dem Wochenende eine Rückmeldung haben wollte, musste er gleich nach der Mittagspause telefonisch nachhaken. Ihm war klar, dass er sich damit nicht beliebt machen würde, aber darauf kam es ohnehin nicht mehr an.

Schritt Nummer zwei: Er wählte Susannes Handynummer. Ihre Besprechung im KK 11 war inzwischen beendet, nahm Dominik an.

»Hachmeister«, meldete sie sich mit ihrer etwas rauchigen Stimme.

»Hast du eine Minute?«

»Sprich.«

»Du wirst mich vielleicht als fantasielos beschimpfen, aber ich halte die Aussage der beiden Jungs, die in Osnabrück geschnappt wurden, für glaubwürdig.«

»Vermutlich habt ihr recht.«

»Ihr?«

»Die Kollegen vom KK 11 teilen deine Ansicht. Sie haben beide noch einmal eingehend befragt.«

»Ganz spontan fällt mir wieder Uwe Heller ein.«

»Den kannst du vergessen. Seine Alibis sind überprüft und wasserdicht, glaub mir, Dominik. Es gibt Zeugen dafür, dass er am letzten Samstag den Wuppertaler Zoo besucht hat und am Dienstagabend diese Therme in Bergisch Gladbach.«

»Wirklich wasserdicht?«

»Er kann Leonie nicht entführt haben und mit Paula Busch hat er auch nichts zu tun. – Ich sitze übrigens gerade mit Anna Winkler zusammen und sie will dir etwas sagen.«

Dann die Stimme der KK-11-Kollegin, kalt und schneidend: »Dominik?«

»Hallo, Anna.«

»Ich will nichts zu Heller sagen, sondern zu Hanna Kaul. Die Frau ist observiert worden und hatte Wanzen in der Wohnung. Das heißt, sie ist ein Opfer, und dann wurde auch noch ihre Nichte gekidnappt, die bei ihr gewohnt hat. Weißt du, was das bedeutet? So eine Frau ist traumatisiert und völlig von der Rolle. Wehrlos, Kollege Roth. Mit ihr zu schlafen, ist allerunterste Schublade! Leichte Beute, dachtest du wohl. Das ist Missbrauch! Typen wie dich …«

Dominik schlug den Hörer auf die Gabel.

Sein Herz hämmerte.

69.

Das Leben musste weitergehen. Einkauf, Wäsche – Hanna teilte sich die Routine mit ihrer Schwester, bei der sie vorübergehend eingezogen war. Sie war froh, nicht allein zu sein, und Britta, deren Freund nur abends vorbeischaute, brauchte eine Stütze.

Nach dem Schock am Morgen hatte Hanna ihren Hausarzt aufgesucht und sich eine Spritze verpassen lassen, damit ihre Nerven nicht schlappmachten. Danach hatte sie sich in der Bank krankgemeldet. Ihr Teamleiter Lutz, die *Modern Mining Ltd.* und deren Seltenerdmetall-Projekt würden auch ohne sie zurechtkommen.

Die Küche ihrer Schwester war deutlich besser eingerichtet als ihre eigene. Hanna schälte eine Aubergine und würfelte sie, um *Spaghetti alla Norma* zu kochen, eines der wenigen Gerichte, auf deren Zubereitung sie sich halbwegs verstand. Aber heute stellte sie sich ungeschickt an und schnitt sich in den Daumen.

Britta holte ein Pflaster. »Alles wird gut«, sagte sie – an dieses Mantra versuchten sie sich beide zu klammern.

»Ich gäbe gern einen Finger für Leonie.«

Britta lächelte. »Lass ihn dran.«

Hanna hätte am liebsten losgeheult, aber ihre Tränen waren versiegt – die einzige Wirkung der Spritze, wie es schien.

Gerade noch rechtzeitig erinnerte sie sich daran, dass eine Pfanne mit heißem Öl auf der Kochstelle stand. Hanna gab die Auberginenwürfel hinein, briet sie mit gehacktem Knoblauch und einer Chilischote, goss passierte Tomaten dazu und setzte den Deckel auf die Pfanne.

Ihr Handy klingelte.

Es waren die Polizisten, die sich um den Einbruch in ihre Wohnung und um den illegalen Lauschangriff kümmerten. Sie baten darum, dass Hanna sie hineinließ.

»Reibst du schon mal den Parmesan?«, fragte sie ihre Schwester, schaltete die Kochstelle auf die niedrigste Stufe zurück und nahm ihre Tasche von der Eckbank. »Ich bin in einer halben Stunde wieder da.«

Die Beamten warteten vor der Haustür. Mit Kommissar Schmelzer vom KK 14 hatte Hanna bereits gestern gesprochen. Ein brünetter Mann mit kleinem Bäuchlein, der gegen seine Farblosigkeit mit einer schwarz gerahmten Designerbrille ankämpfte. Er stellte seine drei Kollegen vor: Spurensicherung, Männer mit schwarzen Koffern voller Ausrüstung. Hanna schloss auf.

Schmelzer bat sie zu zeigen, wo Dominik die Wanzen gefunden hatte. Daraufhin staubte ein Mann den Heizkörper mit einem Rußpinsel ein. Offenbar suchte er nach Fingerspuren.

Hanna erkundigte sich nach dem Stand der Ermittlungen. Viel hätten die Beamten noch nicht in Erfahrung gebracht, gab Schmelzer zu. Ein Rechtsanwalt habe eine Detektei namens *Urban Ermittlungen* mit Hannas Überwachung beauftragt. Sie konnte sich denken, wer hinter dem Anwalt steckte.

Ihr fiel ein, wie sie dazu beitragen konnte, ihren obersten Chef an den Pranger zu stellen. Eigentlich brauchte sie nur eine Zahl.

Hanna nahm ihr Handy, ging damit hinaus auf den kleinen Balkon und rief Marita an, die Kollegin, die vor dem Sprung zu *RheinBank Premium Invest* stand, der geplanten Tochterfirma der RheinBank.

»Wie viel kostet *Helios Investments?*«, fragte Hanna ohne Umschweife.

»Das ist Betriebsgeheimnis, streng vertraulich. Sorry, Hanna, bei aller Freundschaft …«

»Ich gehöre zur Truppe, Marita. Mit mir darfst du reden.«

»Tatsächlich?«

»Kommunikationsdirektor Frantzen hat mich in den Stab geholt, der das Marketing für die neue Firma aufbauen soll. Es gibt Überlegungen, das Baby nun doch *Helios* zu nennen. Aber dafür bräuchte ich rasch die Summe. Als Argumentationshilfe, verstehst du? Der Preis ist doch sicher gesalzen, oder?«

Eine freche und sehr wackelige Lüge, aber Hanna fiel so rasch nichts anderes ein. Sie hatte ermittelt, was *Helios In-*

vestments in etwa wert war. Die Differenz zum Kaufpreis war die Summe, die Dingendorff für sich abzweigte – davon ging Hanna aus. Selbst wenn er das Geld als Provision rechtfertigte, würde die Staatsanwaltschaft ein solches Vorgehen als Untreue auf Kosten der RheinBank werten.

»Klar«, antwortete Marita, ganz Feuer und Flamme. »Es wäre fahrlässig, den Namen aufzugeben. Ich krieg die Summe raus und ruf dich gleich zurück ... Warte – deine Nummer ist nicht auf dem Display.«

Hanna gab die Ziffern durch, beendete das Gespräch und ging wieder in die Wohnung. Ein wenig tat es ihr leid, ihre Freundin angelogen zu haben.

Ein Kriminaltechniker winkte Hanna zum Esstisch und erklärte, dass er ihre Abdrücke als Vergleichsproben bräuchte. Er presste einen Finger nach dem anderen auf ein Farbpolster und rollte die Kuppen auf die dafür vorgesehenen Felder eines Formblatts.

Im Bad schrubbte Hanna die hartnäckige Tinte wieder von den Händen. Als sie zurückkam, fiel ihr auf, dass ein Polizist ein Kästchen bediente, das über eine Antenne verfügte und ein stetes Piepsen von sich gab.

Schmelzer bemerkte Hannas Blick. »Damit spüren wir Wanzen auf«, sagte er.

»Das dachte ich mir. Aber Ihr Kollege, Kommissar Roth, hat sie bereits entfernt.«

»Vollständig?«

Hanna schlang die Arme um ihren Oberkörper. »Sie meinen ...«

Aus dem Piepsen wurde ein einziger langer Warnton. Der Mann mit dem Rußpinsel zog einen Stuhl heran und überprüfte die Deckenlampe. Der Kriminaltechniker drückte Folienstreifen gegen den gläsernen Lampenschirm, löste sie und klebte sie nacheinander auf einen Karton. Dann hob er die Halbkugel aus der Halterung und entfernte einen Minisender, der darunter verborgen gewesen war. Mit grimmiger Miene präsentierte er den transparenten Spurenbeutel mit dem Elektronikteil darin.

»Kommissar Roth hat also nicht alle Wanzen entdeckt«, murmelte Hanna.

Schmelzer verzog das Gesicht. »Oder er wollte nur einen Teil finden, um Sie in Sicherheit zu wiegen. Immerhin gehörte er zum Observationsteam von *Urban Ermittlungen,* das auf Sie angesetzt war.«

Und sie hatte sich dem Kerl an den Hals geworfen! Hanna fiel auf, wie abgestanden die Luft in ihrer Wohnung war. Für einen Moment hatte sie den Eindruck, der Raum würde nach hinten kippen. Sie stützte sich an der Wand ab.

»Alles klar?«, fragte Schmelzer besorgt.

Der Kriminaltechniker trug das piepsende Kästchen ins Schlafzimmer. Noch einmal der Warnton.

Ohne einen der Männer anzusehen, sagte Hanna: »Ich glaube, Sie kommen hier auch ohne mich zurecht. Ziehen Sie einfach die Tür hinter sich zu, wenn Sie fertig sind.«

Sie umklammerte ihre Tasche. Nichts wie weg von hier. Nicht schon wieder heulen müssen.

Im Treppenhaus riss das Handyklingeln sie aus ihren Gedanken.

»Schon gehört?«, fragte Marita, fast hysterisch.

»Was ist los?«

»Halt dich fest, Hanna.«

»Sag endlich!«

»*Helios Investments* – der Kauf wurde abgesagt! Und nicht nur das. Es soll nun doch keine Investmenttochter der RheinBank geben. Das gesamte Projekt wird auf Eis gelegt. Mein Chef hat das gerade von ganz oben erfahren.«

»Mist«, heuchelte Hanna.

»Das kannst du laut sagen. Die Beförderung zur Abteilungsleiterin kann ich vergessen. Und du deine Marketingtätigkeit. Aus der Traum, Hanna. Unsere Strategiegruppe hat wochenlang daran gearbeitet, alles umsonst. Ich bin so etwas von stinksauer!«

Maritas Enttäuschung konnte Hanna gut nachvollziehen. Vor wenigen Tagen erst war es ihr ebenso ergangen. Zwei rätselvolle Kurswechsel der RheinBank innerhalb kürzester Zeit.

»Tut mir leid.«

»Du kannst ja nichts dafür.«

Doch, dachte Hanna. Dieses Mal bin ich der Grund. Dingendorff muss annehmen, dass ich von seinen schmutzigen Geschäften weiß. Deshalb hat er mich unter Beobachtung stellen lassen. Und konnte sich dennoch nicht sicher sein, was ich unternehmen würde.

Die Vorstellung, dass Helmut von der Observierung wusste und sich mit dem Vorstandsvorsitzenden über sie ausgetauscht hatte, versetzte ihrem Triumphgefühl einen Dämpfer.

Und auf der Rückfahrt zu Britta verflog es gänzlich. Was hatte sie schon erreicht?

Dingendorff hatte einen Coup abgeblasen, um nichts zu riskieren, und arbeitete womöglich bereits am nächsten, er und Helmut Frantzen, sein Handlanger.

Als sie die Wohnung ihrer Schwester betrat, stand das Essen immer noch nicht auf dem Tisch. Stattdessen zeigte Britta ihr den Bildschirm ihres Laptops.

Hanna erkannte Leonies Foto und las den Text. Es war der Entwurf eines Hilferufs.

»Was meinst du, wie viele Zettel wir aufhängen können?«, fragte Britta.

»Tausende«, antwortete Hanna. »Wir werden das ganze Land damit zupflastern!«

70.

Es klingelte, Helmut Frantzen stand vor der Tür. Auf der Straße parkte ein Siebener BMW in Schwarz, mit Chauffeur und laufendem Motor.

Frantzens Dienstwagen, erkannte Mierscheid. Er schlüpfte in sein Sakko und schloss ab.

»Dingendorff und die Kanzlerin haben heute Morgen über dich gesprochen«, sagte Frantzen.

»Doch nicht schon wieder ein Obmann-Job?«

»Noch ist nichts in trockenen Tüchern. Die Kanzlerin wird in den nächsten Tagen zurückrufen.«

»Willst du nicht deutlicher werden?«

Frantzen hielt ihm die Autotür auf. »Erst einmal wirst du Mitglied im Sparclub.«

Sie ließen sich auf die Rücksitze sinken. Frantzen trug ein Poloshirt zur dunkelblauen Baumwollhose, einen weißen Sommerpulli lässig um die Schultern geschlungen. Mierscheid kam sich overdressed vor, er trug einen Anzug und hatte lediglich auf die Krawatte verzichtet. Offenbar hatte er den Hinweis auf der Einladungskarte missverstanden.

Frantzen reichte ihm einen Prospekt, der aussah wie das übliche Werbematerial, mit dem Banken ihre Kunden köderten. Steile Kurven symbolisierten die Performance der letzten Jahre und stellten tolle Renditen in Aussicht. Ein Blatt lag darin, eine Einzugsermächtigung. Der monatliche Beitrag für den Sparclub belief sich auf fünfhundert Euro, die an ein Geldinstitut in Luxemburg überwiesen werden sollten, dessen Name Mierscheid nichts sagte. Von dort gelange die Summe in die Karibik, erläuterte Frantzen.

»Schon mal etwas von *Helios Investments* gehört?«

»Klingt nach Heuschrecke.«

»Der Sparclub ist quasi Miteigentümer dieses Fonds. Das Management legt das Kapital sehr konservativ an. Es wird ausschließlich in Unternehmen investiert, die sorgfältig durchleuchtet wurden. Null Risiko.«

»Gibt's doch gar nicht.«

»Wir sorgen dafür. Und zugleich wirst du keinen Fonds finden, der über die gesamte Dauer seiner Existenz so profitabel gearbeitet hat.«

»Wie soll das funktionieren?«

»Das richtige Näschen.«

»An deinem hängen übrigens noch weiße Krümel.«

Frantzen rieb sich die Nase und sog dabei die Luft ein.

»War ein Scherz«, sagte Mierscheid.

»Du und deine Scherze. Ich lach mich tot.« Frantzen reichte ihm einen Füller und tippte auf das Blatt. »Hier unterschreiben.«

Montblanc mit Goldfeder. Mierscheid kritzelte seinen Namen. »Ich kann das jederzeit wieder kündigen, hoffe ich.«

Frantzen lächelte breit. »Seit Dingendorff den Sparclub leitet, hat das noch keiner getan.«

Mierscheid erinnerte sich an eine Notiz in Paulas Tagebuch. »Doch, Paula Busch.«

»Okay, sie war nur drei Jahre dabei. Aber das war ein Einzelfall und etwas ganz Persönliches.«

»Musste sie deshalb sterben?«

»Deine Scherze werden nicht besser.« Frantzen wies auf ein zweites Formular. »Hier auch noch.«

Mierscheid unterschrieb, ohne den Text zu lesen.

»Willkommen im Club«, sagte der Kommunikationsdirektor der RheinBank. Er klopfte auf das Kühlfach. »Eigentlich sollten wir das jetzt begießen, aber im Schloss wird noch genügend Champagner ausgeschenkt. Die wichtigen Dinge sollten wir nüchtern besprechen.«

Sie hatten die Autobahn erreicht. Der Fahrer gab Gas.

Mierscheid spürte, wie ihn die Beschleunigung in die Polster drückte und sein Puls darauf reagierte.

Die Straße endete vor einem breiten Tor, das Teil einer hohen Umzäunung war. Gitterstäbe, die in Pfeilspitzen endeten. Auf den ersten Blick konnte Mierscheid drei Überwachungskameras ausmachen. Der Fahrer hielt an der Gegensprechanlage und redete mit jemandem, der vermutlich vor Monitoren saß.

Das Tor glitt zur Seite. Der Wagen rollte auf der schnurgeraden Zufahrt weiter. Links und rechts erstreckten sich Streuobstwiesen.

»Warst du schon mal hier?«, fragte Frantzen.

Mierscheid schüttelte den Kopf. Er hatte ein paar Informationen über Schloss Schassberg im Internet gegoogelt. Es hatte lange leer gestanden und war verfallen, bis es die nordrhein-westfälische Landesbank in den Achtzigern erworben hatte, nach allen Regeln der Kunst sanierte und als noble Tagungsstätte nutzte. Ein Neubau in Sichtweite des Schlosses beherbergte einen Hotelbetrieb. Vor einigen Jahren hatte die RheinBank den Komplex samt Park gekauft. Was Wikipedia verschwieg: Traditionell hielt der Sparclub hier seine Jahrestreffen ab.

Sie passierten das Hotelgebäude, überquerten einen Wassergraben und gelangten durch ein Portal in die Vorburg und in den Hof des historischen Ensembles. Das eigentliche Schloss erwies sich als atemberaubendes Sammelsurium von Erkern, Ziergiebeln, Dachgauben und Türmchen. Der BMW hielt vor einer riesigen Freitreppe. Mierscheid und Frantzen stiegen aus und erklommen die Stufen.

Eine Angestellte mit Klemmbrett nahm sie in Empfang und hakte ihre Namen auf einer Liste ab. Mit dem nächsten Schritt stand Mierscheid vor einem Kellner, der ein Tablett voller Schampusgläser präsentierte.

»Hab ich's dir nicht gesagt?«, kommentierte Frantzen.

Sie waren nicht die Ersten. Die Stehtische im Foyer und auf der Empore im Obergeschoss waren bereits umlagert, fast ausschließlich von Männern, die sich angeregt unterhielten. Üppiger Blumenschmuck in großen Bodenvasen. Eine junge Frau reichte Fingerfood. Die Häppchen sahen lecker aus, doch Mierscheid lehnte ab.

Er musste an Paulas Schwester denken, die einst hier bedient hatte.

Frantzen führte ihn herum und stellte ihn vor. Mierscheid staunte, wie viele Gesichter er kannte. Auch Malte Lichtenberg war da. Der Finanzstaatssekretär war in ein Gespräch mit einem prominenten Grünen vertieft.

Mierscheid klopfte Malte auf die Schulter. »Na, ist der Euro gerettet?«

Lichtenberg ließ ein geziertes Lachen hören und widmete sich wieder seinem Gesprächspartner.

Sie lehnten an der Brüstung im ersten Stock. Frantzen zählte auf, was für ein Aufwand bei der Restaurierung des Schlosses betrieben worden war. Stukkateure aus Polen, historische Dachschindeln aus der Toskana, und in der Schlossbibliothek seien sämtliche Werke versammelt, die seit der Erfindung des Buchdrucks zum Thema Finanzwirtschaft verlegt worden waren.

Mierscheid war auf Rotwein umgestiegen. »Wie war das vor zwanzig Jahren?«

»Da roch alles noch nach frischer Farbe. Die Tagungsstätte ist im Jahr der Wiedervereinigung eingeweiht worden.«

»Ich meine den Sparclub.«

»Der ist vor genau zwanzig Jahren gegründet worden.«

»Wer war damals dabei?«

»Keine Ahnung. Ich hatte da gerade meinen Lehrerjob hingeschmissen und ein Zweitstudium in Volkswirtschaft begonnen. Dass ich einmal hier landen würde, habe ich mir nicht träumen lassen.«

»Und Dingendorff?«

»Der war bereits in der Branche, aber noch ein relativ kleines Licht. Und nicht bei der RheinBank.«

»Sondern?«

»Assistent des Landesbankchefs.«

»Der den Sparclub gegründet hat?«

»Richtig. Lothar, da unten kommt gerade einer, den ich dir noch vorstellen muss …«

Mierscheid hielt Frantzen zurück. »Also war Dingendorff beim Gründungstreffen des Sparclubs anwesend?«

»Davon kannst du ausgehen. Warum fragst du?«

Mindestens zweihundert Leute drängten sich in den Rittersaal, auf enger Bestuhlung fast in Tuchfühlung, darunter zahlreiche Spitzenmanager der deutschen Wirtschaft. Mierscheid schwitzte in seinem Anzug. Die Atmosphäre gespannter Erwartung erinnerte ihn an seine Schulzeit, an den Moment der Zeugnisverteilung.

Endlich wurde das Saallicht gedimmt. Über der Bühne flammten Scheinwerfer auf, das allgemeine Gemurmel verstummte. Ein Mann trat vor, um die Begrüßungsworte zu sprechen. Die Mitglieder des Sparclubs applaudierten.

Mierscheid staunte: Bei dem Redner handelte es sich um einen prominenten Fernsehmoderator, der allwöchentlich Talkgäste aufeinanderhetzte und bei den Zuschauern als besonders sachkundig und hartnäckig galt. Er hieß zum runden Jubiläum des Sparclubs willkommen und verlor launige Worte über die lange Anreise, die eine Zusammenkunft in der niederrheinischen Provinz für viele Gäste bedeutete. Dann vermeldete er, dass an diesem Tag das sechshundertzwölfte Mitglied aufgenommen worden sei, dass der Club stetig wachse und trotzdem seiner Maxime treu blieb, ausschließlich wichtige Entscheider zu versammeln, sozusagen die ökonomische, politische und kulturelle Elite der Republik.

Für einen Moment fühlte sich Mierscheid geschmeichelt.

Der Beifall wurde kräftiger, Dingendorff trat ins Rampenlicht.

Mierscheid fiel es schwer, sich auf die Rede des Sparclubhäuptlings zu konzentrieren. Er empfand tiefen Neid auf diesen Mann. Auf sein Charisma und die unverschämt schlanke Figur des etwa Gleichaltrigen. Sogar auf die volle, verwegen lange Mähne, die unter den Scheinwerfern leuchtete und zu Dingendorffs Aura beitrug. Aber vor allem war Mierscheid neidisch wegen einer Toten.

Paula Busch und der RheinBank-Chef – zweifellos handelte es sich bei Paulas letztem Liebhaber um Dingendorff.

Mierscheid rief sich in Erinnerung, dass sie den Mann letztlich in die Wüste geschickt hatte. Dass Macht und Reichtum bei ihr keine Trümpfe gewesen waren. Dass die Liebe nicht allzu groß gewesen sein konnte.

Trotzdem fühlte sich Mierscheid, als habe er wieder den Kürzeren gezogen.

Frantzen stupste ihn an. »Jetzt kommt's.«

»Um Ihnen zu demonstrieren, dass es sich lohnen wird, auch in Zukunft unserer verschworenen Truppe anzugehören, habe ich einen kleinen Film vorbereiten lassen«, sagte Dingendorff und trat zur Seite.

Die Scheinwerfer erloschen. Eine Projektion startete. Die Rückwand wurde blendend weiß.

Mierscheid erkannte einen Salzstollen, einen riesigen Dom aus Kristall, imposant ausgeleuchtet. Menschen und Maschinen bewegten sich winzig durch das Bild. Den Text dazu verlas der Talkshowmoderator.

Das Publikum erfuhr, dass es der Sparclub für seine patriotische Pflicht hielt, die akut gefährdeten Arbeitsplätze im Kalibergbau zu retten. Salze und Düngemittel bildeten langfristig eine Zukunftsbranche. Den Versuchen ausländischer Konkurrenten, die Mitteldeutsche Kali AG in Göttingen zu zerschlagen, müsse ein Riegel vorgeschoben werden. Staatliche Subventionen für das angeschlagene Unternehmen seien zwar ein ordnungspolitischer Sündenfall, in dieser Situation allerdings ein Gebot der Vernunft.

Mit den Mitteln des Sparclubs habe die Fondsgesellschaft *Helios Investments* einen Anteil an dem angeschlagenen Kalikonzern erworben, als sich die Chance geboten habe, zu einem Bruchteil des Wertes zuzuschlagen. Ein wahres Schnäppchen. Woraus sich Perspektiven für die gesamte Nation ergäben.

Die Bilder wechselten. Züge mit Castor-Behältern. Demonstranten, die sich gegen die Atommülltransporte als menschliche Barrieren an Eisenbahnschienen ketteten. Transparente, Polizeihelme, Wasserwerfer. Knüppel und Randale. Mierscheid bemerkte, dass sich sein Körper unwillkürlich anspannte.

Die Stimme aus dem Off erklärte, dass eine verfehlte Atomstrategie der alten Bundesrepublik die Energiewirtschaft in eine Sackgasse geführt habe. Die Entsorgungsfrage sei noch immer ungelöst. Viel zu lange habe man aus politischer Sturheit an Gorleben festgehalten. In den neuen Bundesländern gebe es einen weitaus geeigneteren Standort für ein Endlager. Und die Akzeptanz sei dort weit höher – neben der Sicherheit ein großer Pluspunkt.

Fürstenroda.

Ein Ortsschild, Fachwerkhäuser, eine kleine, schiefe Kirche. Weite Felder und zwischen zwei Hügeln der Förderturm.

O-Töne von Experten untermauerten die bisherigen Behauptungen. Mierscheid erkannte Leute, denen er eben noch die Hand geschüttelt hatte. Auch der Typ von den Grünen gab den Kronzeugen: An der Lagerung im eigenen Land führe selbst im Fall eines raschen Atomausstiegs kein Weg vorbei.

Das Fazit: Die Mine in Sachsen-Anhalt sei die sicherste weit und breit. Kein Grundwassereinbruch, keine Korrosion der Behälter sei zu befürchten, kein Austreten radioaktiver Stoffe in die Biosphäre.

Darin bestand also das Schnäppchen für den Sparclub: ein Salzbergwerk in einer gottverlassenen Gegend. Mierscheid konnte sich ausrechnen, was sich die im Rittersaal versammelten Leute von einer Umsetzung dieser Pläne erhofften: Die Heuschrecke *Helios Investments* würde das Monopol auf die Lagerung des Atommülls besitzen, den Preis bestimmen und Reichtum scheffeln, so lange der Abfall strahlte, also praktisch ewig. Und über die Anteile des Sparclubs würden dessen Mitglieder tüchtig profitieren – Lothar Mierscheid inbegriffen.

Er fragte sich, ob sich die Bundesregierung darauf einließ. Die Kanzlerin stand derzeit mit e.on, RWE und Co. über Kreuz. Aber der Grünen-Promi hatte recht: Egal, wie der Streit ausging, eine Deponie wurde gebraucht. Wenn jedes Mitglied des Sparclubs seinen Einfluss geltend machte, hätten Zweifler kaum Chancen.

Der Film war zu Ende, Dingendorff und der Moderator traten wieder ins Rampenlicht.

»Ein Angebot, das die Bundesregierung nicht ablehnen kann«, sagte der Fernsehmann.

»Ohne Risiko für den Steuerzahler«, stimmte der Spitzenbanker zu. »Wir errichten die Lagerstätte in privater Regie und stemmen die Investitionen aus eigenen Mitteln. Die Betreibergesellschaft stellt dem Bund ihre Dienstleistung zu einem fairen Preis zur Verfügung und garantiert gleichbleibend hohe Qualität über viele Jahrzehnte.«

Sie spielten sich die Bälle zu, Wort für Wort ein einstudierter Dialog, dachte Mierscheid. Neben ihm strahlte Frantzen. Mierscheid traute ihm zu, der Autor dieses Bühnenstücks zu sein.

»Wird das Projekt dem Faktencheck standhalten?«

»Da bin ich mir sicher.«

»Trotzdem erhitzt die Kernenergie die Gemüter mehr denn je.«

»Wir können uns gern in Ihrer Sendung wiedersehen.«

»Wo wir das Thema mit der gebotenen Objektivität anpacken werden.«

»So hart wie nötig, aber so fair wie möglich. Ich freue mich darauf.«

Gelächter und Applaus.

Mierscheid erhob sich von seinem Platz und verließ den Saal. Er brauchte dringend etwas Stärkung.

Frantzen trat zu ihm an den Stehtisch. Mierscheid hatte sich den Teller mit Häppchen vollgepackt und spachtelte gegen das Grummeln in seinem Magen an.

»Wie fandest du die Show?« Frantzen platzte fast vor Stolz. Jetzt klebten ihm tatsächlich Reste weißen Staubs unter der Nase.

»Was habt ihr mit *mir* vor?«, fragte Mierscheid zurück.

»Wir sollten uns in die Bibliothek zurückziehen. Dort haben wir Ruhe. Möchtest du etwas Warmes? Rehmedaillons mit Stopfleber oder getrüffelten Seeteufel?«

»Nicht nötig. Raus mit der Sprache, Helmut.«

Frantzen kontrollierte, ob jemand in Hörweite stand. Dann rückte er näher und senkte die Stimme. »Die Kanzlerin wird in Kürze das Kabinett umbilden.«

»Und?«

»Zu unserem Paket gehört, dass du Staatssekretär im Umweltministerium wirst. Dingendorff meint, die Kanzlerin braucht ein Projekt wie Fürstenroda, wenn sie sich auf ihrem Posten halten will. Aber wie gesagt, noch hat sie nicht zugestimmt.«

Mierscheid verstand: In der ihm zugedachten Position

sollte er das Endlager im Sparclub-Salzstock genehmigen, zu einem möglichst gepfefferten Preis anmieten und dies der Kanzlerin und dem Steuerzahler als günstige Gelegenheit verkaufen, als *alternativlos* – wie Lichtenberg das bei der MHE-Rettung getan hatte.

»Umwelt ist nicht gerade mein Fachgebiet.«

Frantzen zuckte mit den Schultern. »Aber der Posten, auf dem Dingendorff dich sehen möchte.«

»Wo ist er eigentlich?«, fragte Mierscheid. »Ich muss mit ihm reden.«

»Später vielleicht.«

»Nein, jetzt.«

»Er führt Gespräche am laufenden Band. Alle wollen etwas von ihm. Und er muss den Laden auf Linie bringen, versteh das doch.«

»Jetzt und unter vier Augen.«

»Was ist los mit dir, Lothar?«

Mierscheid holte tief Luft. »Ich glaube, ihr braucht mich mehr, als ich euch.«

Frantzens Lächeln fror ein. Er schien um Worte zu ringen. Dann zog der Kommunikationsdirektor der RheinBank AG sein Smartphone hervor und tippte eine SMS.

Geht doch, dachte Mierscheid.

71.

Die Bibliothek befand sich im zweiten Stock. Antike Folianten in Regalschränken hinter Glas, ein grüner Kachelofen. Eine übergroße, vergilbte Bibel im Ledereinband lag aufgeschlagen auf einem Stehpult. Tisch und Polsterstühle – alles stilecht und höchst gediegen.

Dingendorff stand am Fenster und winkte Mierscheid zu sich.

Der Blick ging in den Park. Exakt gestutzte Hecken begrenzten symmetrisch angeordnete Blumenbeete. Jenseits des Wassergrabens weitete sich das Areal zum Landschaftsgarten. Sträucher und Bäume aller Arten, scheinbar von der Natur gesetzt. Brückenbögen spannten sich über einen Wasserlauf, Trauerweiden senkten ihre Zweige in einen Teich, auf dessen Oberfläche die Abenddämmerung orangefarbene Reflexe pinselte – die Spiegelung des dramatischen Himmels über der Grenze zu Holland.

»Es gibt hier Nutrias, Eisvögel und drei verschiedene Spechtsorten«, erklärte Dingendorff. »Eichen, die über zweihundert Jahre alt sind. Und die blaue Atlaszeder dort drüben wurde angeblich kurz nach dem Dreißigjährigen Krieg gepflanzt. Wie klein ist dagegen der Mensch, nicht wahr?«

»Ich bin beeindruckt.«

»Wo hakt es, Herr Mierscheid? Staatssekretär – das ist doch kein schlechtes Angebot. Wir werden die Kanzlerin beackern und Sie sind unser Mann. Was wollen Sie noch?«

»Zeigen Sie mir Ihr Tattoo.«

»Bitte?«

Sie waren allein im Raum. Mierscheid zögerte nicht. Er unternahm den Überraschungsangriff, wie er sich das seit der Lektüre des Tagebuchs wieder und wieder vorgestellt hatte: Er drängte Dingendorff gegen die Wand und riss ihm das hellblaue Hemd aus der Hose.

Doch auf dem Bauch des Bankers – keine Sonne.

Mierscheid war verblüfft. Er hatte fest mit einer Tätowierung gerechnet.

Ich kann Conni nicht sagen, dass ich die kleine Sonne selbst schon gesehen habe – wen außer ihrem zeitweiligen Verehrer konnte Paula gemeint haben?

Der RheinBank-Boss stieß ihn weg und brachte das Stehpult mit der alten Bibel zwischen sie. »Sind Sie verrückt geworden?« Er stopfte sich das Hemd zurück in die Hose. Seine Frisur war durcheinandergeraten.

Mierscheid wurde klar, dass er doch etwas gesehen hatte. »Was waren das für Narben? Wann haben Sie sich das Tattoo entfernen lassen?«

»Das geht Sie nichts an. Ich habe Sie für einen vernünftigen Mann gehalten, aber offenbar habe ich mich geirrt.«

»Reden Sie keinen Stuss. Sie haben vor zwanzig Jahren Paulas Schwester vergewaltigt und fast umgebracht. Hier in diesem Gemäuer. Geben Sie's zu!«

»Ach, daher weht der Wind.«

»Und weil Paula Ihnen auf die Schliche gekommen ist, musste sie sterben.«

»Das glauben Sie doch selbst nicht.«

»Ich will, dass Paulas Mörder seine Strafe findet.«

»Völlig d'accord, Mierscheid. Also sollten wir nicht übereinander herfallen wie Kinder im Sandkasten.« Dingendorff nahm sein Handy aus der Hosentasche und tippte auf dem Display herum, als wollte er Verstärkung rufen.

»Ich werde zur Polizei gehen«, drohte Mierscheid. »Wie Paula es vorhatte.«

»Lächerlich.«

Die Tür ging auf, Helmut Frantzen trat ein. Im Schlepptau folgte ihm der Talkshowmoderator. Das ging aber flott, dachte Mierscheid.

Dingendorff war die Erleichterung anzusehen.

Frantzen zeigte seinem Chef einen DIN-A4-Ausdruck. »Das wird morgen im *Blitz* zu lesen sein, Zitate daraus gehen gerade über sämtliche Nachrichtenagenturen.«

Der Fernsehmann nickte Mierscheid einen stummen Gruß zu, ein stechender Blick aus blauen Augen, das schmale Lächeln in die Mundwinkel geklemmt. Mierscheid konnte sich daran erinnern, dass der Typ vor ewigen Zeiten die Nachrichten im Regionalprogramm angesagt hatte. Mit Schnäuzer und im Strickpulli. Eigentlich war er damals ganz locker gewesen.

»Die Wirklichkeit ist: Deutschland ist nicht Japan«, las Frantzen vor. »In Deutschland hat sich nichts verändert. Die Lehre darf nicht die Rolle rückwärts sein. Ein überhasteter Ausstieg ist das Gegenteil von vorbildlich und eine Sackgasse. Für Deutschland muss es deshalb beim konditionierten, aber klaren Ja zur Kernenergie bleiben.«

»Kohl?«, fragte Mierscheid und kannte die Antwort. Fraktionskollege Paschke war seinem Rat gefolgt.

»Damit erreicht er die Bürger nicht mehr«, antwortete Frantzen.

»Aber immer noch weite Teile der CDU«, widersprach der TV-Moderator.

»Der Alte«, sagte Dingendorff und schnalzte mit der Zunge. »Schießt aus allen Rohren. Was meint ihr – kriegt er die Kanzlerin mürbe, oder nicht?«

»Kann sein«, sagte der Fernsehmann.

Frantzen wog den Kopf.

»Und jetzt zeigt ihr Herrn Mierscheid eure Tätowierungen«, befahl Dingendorff. »Los, macht schon, Leute, keine falsche Scham!«

Gegen Mitternacht war Mierscheid zu Hause. Eigentlich Zeit fürs Bett, aber er hatte im Schloss genügend Wein getrunken, um Lust auf mehr bekommen zu haben.

Mierscheid entkorkte eine Flasche und machte es sich erneut mit Paulas Tagebuch auf dem Sofa gemütlich. Nach einer Weile holte er seinen Laptop hinzu und begann, im Internet zu stöbern.

Er fand Helios, den Sonnengott. Sohn von Hyperion und Theia, Bruder des Mondes und der Morgenröte. Tag für Tag lenkte er den vierspännigen Sonnenwagen über den Himmel. Für viele Griechen war er so bedeutend wie Zeus.

Sol hieß die römische Version. Auch *Sol Invictus* genannt, auf ewig unbesiegt, Beschützer der Cäsaren und ihrer Truppen, für die er häufig die einzig wahre Gottheit war. Den Geburtstag des Strahlemanns feierten die Römer am 25. Dezember.

Mierscheid hob das Glas auf Dingendorff, Möchtegernkaiser und Gott. Und auf Helmut Frantzen, Dingendorffs dicksten Kumpel. Das dezente Tattoo soll das Erkennungszeichen ihrer Schulhofbande gewesen sein.

Auch in der Studentenzeit hatten sie dem antiken Fimmel gefrönt und zahlreiche Kommilitonen dazu gebracht, sich ebenfalls das Zeichen stechen zu lassen, um so den Schwur gegenseitiger Gefolgschaft zu bekräftigen. Zahlreiche Tattooträger hatten es später tatsächlich zu etwas gebracht und sich im Sparclub wiedergetroffen – keine schlagende Verbindung, sondern eine stechende, fiel Mierscheid dazu ein.

Ich kann Conni nicht sagen, dass ich die kleine Sonne selbst schon gesehen habe – tatsächlich auf Dingendorffs widernatürlich fettarmem Sixpack-Leib.

Wie viele Männer die Zacken um den Nabel trugen, konnten oder wollten Dingendorff und Frantzen nicht verraten. Angeblich hatten sie keinen Überblick und auch nicht mehr den Kontakt zu allen Freunden von früher.

Ausgerechnet Dingendorff hatte sich das Zeichen entfernen lassen. Weil Paula es so wollte. Es habe sie an die Tätowierung erinnert, von der ihre Schwester berichtet hatte. Bis zum gemeinsamen Urlaub habe sie die Ähnlichkeit für bloßen Zufall gehalten. Doch dann begann sie, Fragen zu stellen – sie stritten und sie trennten sich. Das alles hatte der RheinBank-Chef zugegeben.

Mierscheid staunte immer noch über die Offenheit Dingendorffs. Als habe der Mann sogar Verständnis für den körperlichen Angriff und den schrecklichen Verdacht. Er hat mich an die Kanzlerin verkauft und kann nicht mehr zurück, überlegte Mierscheid. Ich bin Teil des Salzstock-Pakets. Lothar Mierscheid, parlamentarischer Staatssekretär im Umweltministerium – will ich das überhaupt?

Aber vielleicht steckte der Sparclubhäuptling doch hinter Paulas Ermordung. Und Dingendorffs Redseligkeit war reine Vernebelungstaktik gewesen. Um ihn, Mierscheid, in Sicherheit zu wiegen, der womöglich bereits als Nächster auf der Abschussliste stand.

Er trank sein Glas leer. Genug für heute. Leicht schwankend stand Mierscheid auf, überprüfte die Verriegelung der Haustür und stellte sicher, dass die Fensterläden im Erdgeschoss geschlossen waren.

Er hatte sein Heim stets für einbruchsicher gehalten, aber zum ersten Mal bedauerte er es, nicht auch eine Alarmanlage installiert zu haben.

72.

Ausfahrt Blankenheim. Rund einhundert Kilometer Autobahn lagen hinter Dominik, auf denen er unerwartet gut vorangekommen war. Er bog auf die Bundesstraße ab, die von Euskirchen nach Trier quer durch die Eifel führte. Auch hier herrschte zu dieser Stunde nur wenig Verkehr.

Mit einem Mal befand sich Dominik inmitten grüner Landschaft, ringsum ragten immer höher die bewaldeten Hügel auf. Er ließ das Fenster heruntergleiten und sog die frische Brise in seine Lungen. Ein neuer Tag, fern der Großstadt, so friedlich.

Die gut ausgebaute Straße umkurvte Blankenheim. Sie folgte dem Kamm eines Hügels, links dichter Mischwald, rechts Getreidefelder, die zu einem Tal hin abfielen. Die Urft floss dort, vermutete Dominik, der vor dem Losfahren die Karte studiert hatte. Hinter einem alten, rußenden Lkw musste er bremsen. Er schloss das Fenster und überholte bei nächster Gelegenheit.

Eine Zeit lang ging es nur durch Natur, kein Haus weit und breit. Dann überquerte Dominik eine Bahnlinie. Zur Rechten tauchte das Örtchen Dahlem auf. Der Zeiger der Benzinanzeige zitterte in den roten Bereich. Kein Problem, sagte sich Dominik. Es war nicht mehr weit und dann würde er sicher eine Tankstelle finden.

Bergab ins Tal der Kyll. Dominik folgte dem Hinweisschild und verließ die Bundesstraße. Vor ihm erhob sich der Berg mit der Ruine und einer alten Siedlung, die sich an die einstige Ritterburg drückte. An den Flanken der umgebenden Hügel und unten am Fluss befanden sich weitere Ortsteile, einzelne Bauernhöfe sowie Ferienhäuser von Städtern, die sich hier einen Zweitwohnsitz eingerichtet hatten.

Kronenburg, das Ziel seiner Fahrt.

Glockengebimmel. Es war exakt neun Uhr. Dominik fragte sich, ob es unhöflich war, an einem Samstagmorgen um diese Zeit zu klingeln. Er hatte sich nicht angemeldet, weil er verhindern wollte, schon am Telefon abgewimmelt zu werden.

Er stoppte am Straßenrand und studierte den Plan, den er sich ausgedruckt hatte. Luxemburger Straße, ein frei stehendes Haus. Das Dorf war zu klein, um die Adresse zu verfehlen. Zwei Mal abbiegen und er war da. Dominik hielt in der Zufahrt und stieg aus.

Das Haus schien bereits vor vielen Jahrzehnten errichtet worden zu sein. Die Mauern hatten einen Anstrich nötig, fand Dominik. Der Garten war verwildert, in den Beeten wucherte Unkraut. Auf dem kleinen Rasenstück wuchs mehr Moos als Gras. Dominik kam an einem Wäscheständer und einer Kinderschaukel vorbei, beides vom Rost angefressen.

Drei Stufen aus Stein. Dominik drückte mehrfach die Klingel. Irgendwo im Inneren des geräumigen Hauses schellte es, aber sonst vernahm Dominik keinen Mucks.

Sollte er den Weg vergeblich gemacht haben? Dabei hatte die E-Mail des Bonner Vermisstensachbearbeiters so interessant geklungen.

Dominik umrundete das Haus. Auf der Rückseite betrat er eine Terrasse ohne Gartenmöbel, weiß von Vogelkot.

Wohnte der Mann etwa nicht mehr hier?

Dominik entdeckte ein gekipptes Fenster. »Herr Hilgers?«, rief er durch den Spalt und versuchte, nach innen zu lugen.

Eine altmodische Kommode. An der Wand darüber ein Druck mit Dürers betenden Händen. Als Dominik die Wange gegen den Fensterrahmen drückte, konnte er ein Ehebett erkennen. Ein Kissen lag darauf, eine einzelne, aufgeschlagene Bettdecke und zwei Teile eines Schlafanzugs. Die andere Hälfte des Bettes war leer, nur mit einem Laken bezogen.

Dominik kam sich vor wie ein Spanner und wich zurück. Er stieg über wucherndes Brombeergestrüpp und stand erneut vor der Haustür.

Letzter Versuch mit der Klingel.

Ein Radfahrer stoppte am Zaun, in der Faust am Lenker die prall gefüllte Papiertüte einer Bäckerei. »Wollen Sie zu Bernd?«, rief der Mann herüber.

»Bernd Hilgers, ja.«

»Versuchen Sie's mal an der Tanke!«

Bevor Dominik nach dem Weg fragen konnte, saß der Radler bereits wieder im Sattel und strampelte davon.

Dominik steuerte seinen Wagen zurück zur Hauptstraße, die sich nach Süden in den Talgrund schlängelte. Dort ging es an einer Kreuzung rechts nach Belgien, links aus dem Ort hinaus und wieder zur Bundesstraße, über die er hergekommen war.

Endlich hatte Dominik Glück und erspähte eine Fußgängerin, die er um Hilfe bitten konnte. Sie blieb auf Distanz und rief etwas in schwer verständlichem Eifeler Singsang, doch ihre Handbewegung schien klar. Links.

Nach rund einhundert Metern bog Dominik auf das Gelände einer Tankstelle, zapfte Benzin und ging in den Verkaufsraum. Er zückte seine Kreditkarte. Der Kassierer war ein freundlicher Mittfünfziger, der ein Hawaiihemd über der Hose trug. Dominik unterschrieb den Beleg und steckte das Duplikat ein. »Sind Sie Herr Hilgers?«

Der Kassierer, der vielleicht auch der Pächter war, rief nach hinten. »Bernd, kommst du mal? Da will dich jemand sprechen!«

Aus dem Durchgang zum Büro trat ein schwergewichtiger Mann mit angegrautem Haar. Er mochte genauso alt wie der Kassierer sein, trug eine dicke Brille, hinter der die Augen unnatürlich groß wirkten, sowie eine Baseballkappe und eine beigefarbene Weste über dem T-Shirt. Er zog ein Bein nach und sein linker Arm zuckte unkontrolliert. Auch seine Mimik schien er nur auf einer Gesichtshälfte zu beherrschen. *ASV Kyllbach* stand in schnörkelig gestickten Lettern auf der Kappe des Mannes.

»Guten Morgen, Herr Hilgers«, grüßte Dominik.

»Die Tageskarte kostet fünfzehn Euro.«

Dominik lächelte und zeigte seine Marke. »Ich komme von der Kripo Düsseldorf und würde Ihnen gern ein paar Fragen stellen.«

Der Graue wies zögernd in die Ecke, wo vor einer Vitrine mit Sandwiches und dem Kaffeeautomaten drei Plastikstühle um einen Bistrotisch gruppiert waren.

»Sagen Sie aber nicht, es wär wegen Nicole.«

»Doch.«

Hilgers blieb stehen und hob seine rechte Hand. »Keine Zeit.«

»Unsinn, Bernd«, rief der Hawaiihemd-Mann vom Tresen herüber. »Hör dir den Herrn von der Polizei doch erst einmal an.«

Hilgers brummte etwas und setzte sich. Aber noch bevor

Dominik eine Frage stellen konnte, polterte der Mann los: »Meine Frau hat mit dem Saufen angefangen, ist noch mal schwanger geworden und mit ihrem Liebhaber abgehauen. Die Steffi, Nickis ältere Schwester, hat ein Jahr vor dem Abi die Schule geschmissen und zwei Selbstmordversuche hinter sich. Man kann also wirklich nicht sagen, dass wir gut damit fertig geworden wären.«

»Das tut mir leid, Herr Hilgers. Ich ...«

»Mich hat's auch erwischt, wie man sieht. Schlaganfall beim Einsetzen der Brutboxen mit den Bachforelleneiern. Ich wär um ein Haar abgesoffen und hätt' meinen Frieden gefunden. Aber dieser Idiot ...«, Hilgers deutete in Richtung Kasse, »... musste mich ja unbedingt rausziehen. Ich will nicht behaupten, dass die Nicki an allem schuld ist, aber mit ihrem Verschwinden hat es angefangen. Und wehe Ihnen, Herr ...«

»Roth.«

»Wehe, Sie kommen jetzt mit leeren Händen zu mir! Na, was ist? Haben Sie eine Spur von Nicki? Irgendein Lebenszeichen nach zwei Jahren, zwei Monaten und ...«, er überlegte, »... fünf, nein, sechs Tagen? Wenigstens ihre Leiche? Tot oder lebendig – Hauptsache, ich hab endlich Klarheit!«

»Ich ...«

»Sie wissen nichts, stimmt's?«

»Nein, aber ich ...«

»Na sehen Sie. Sie stehlen meine Zeit. Ich hab zu arbeiten.« Hilgers stand auf, wandte sich an seinen Freund und schimpfte nahtlos weiter. »Du denkst, ich tu nur Däumchen drehen in deinem Büro, Amigo? Das denkst du, oder? Was meinst du, wer jede Woche die Webseite aktualisiert? Und die Einladungen für die Vorstandswahl müssen auch endlich raus.«

»Wozu denn? Du hast doch sowieso keinen Gegenkandidaten!«

Hilgers wollte im Durchgang verschwinden, doch Dominik hielt ihn zurück. »Hatten Sie jemals einen Verdacht, wer Ihre Tochter entführt haben könnte?«

»Nein«, brummte der Mann mit dem Käppi. »Vielleicht ist sie ja einfach abgehauen wie ihre Mutter.«

»Glauben Sie das?«

»Nicht wirklich.«

»Sie war erst vierzehn, stimmt's?«

»Richtig.«

»Haben Sie vielleicht ein Bild von ihr?«

»Nö.«

»Bernd!«, schallte es tadelnd von der Kasse herüber.

Hilgers seufzte, griff in seine Weste und zog ein dünnes, verschlissenes Plastikmäppchen hervor, das er aufklappte. Hinter einem Klarsichtfach lächelten zwei Mädchen. »Die ist es.« Hilgers tippte auf das blasse junge Ding, das buchstäblich im Schatten seiner hübscheren und älteren Schwester stand. »Nicki ist scheu. Die tut zu keinem Fremden ins Auto steigen.«

Dominik fragte sich, ob der Täter einem Muster folgte. Worauf stand der Kerl? Wie tickte er? Mit Leonie Kaul hatte dieses Mädchen auf den ersten Blick wenig gemein. Eher vielleicht mit Lisa Urban?

»Meine Frau hat das Foto geknipst, zwei Wochen, bevor Nicki verschwand. Damals habe ich noch als Talsperrenmeister gearbeitet.« Nicoles Vater steckte das Foto wieder weg. »Und Sie wollen wirklich keine Tageskarte?«

»Wofür?«

»Na, zum Angeln, was sonst?«

»Nein, danke.«

Hilgers stemmte sich hoch und humpelte grußlos ins Büro. Dominik blickte ihm ratlos hinterher.

Der Mann hinter dem Tresen kassierte zwei Frauen ab. Dominik nahm sich ein Päckchen Kaugummi aus dem Ständer und stellte sich an. Als er an der Reihe war, wühlte er in seinem Portemonnaie nach Münzen. »Armer Mann, Ihr Freund.«

»Ich dachte zuerst auch, Sie seien zum Fliegenfischen da«, antwortete der Pächter.

»Bitte?«

»Fliegenfischen. Das Angeln mit diesen kleinen Ködern, die nicht untergehen. Die Kyll ist ein beliebtes Revier dafür. Eine Menge Feriengäste kommen deswegen zu uns. Und Sie könnten so einer sein. Sportlicher Typ, aus der Stadt …« Der Kassierer deutete nach draußen, wo Dominiks Honda parkte, das Düsseldorfer Kennzeichen war deutlich zu lesen. »Zum Spaß hier, dachte ich, als Sie reinkamen.«

»Nein, leider.«

Dominik riss die Verpackung auf, schob sich einen Streifen in den Mund und murmelte eine Verabschiedung.

Als er in sein Auto stieg, fuhr mit Höllenlärm eine Gruppe Biker vor. Dominik startete seinen Motor. Und machte ihn wieder aus.

Fliegenfischen. Die Eifel. Eine spontane Assoziation, die ihn für einen Moment irritierte.

Dominik betrat noch einmal den Tankstellenshop.

»Etwas vergessen?«, fragte der Mann im Hawaiihemd.

»Kennen Sie vielleicht Jochen Urban? Ein ehemaliger Kollege von mir. Fliegenfischen ist sein Hobby. Und ich weiß, dass er dafür in diese Gegend kommt, zumindest hat er das früher manchmal getan.«

Der Pächter runzelte die Stirn. »Wie sieht er denn aus?«

»Groß, knapp fünfzig, rasierter Schädel, hat oft einen Schäferhund dabei. Fährt einen Fünfer BMW, hellblaumetallic oder so ähnlich. Sagt Ihnen das etwas?«

»Fünfer BMW … warten Sie … Bernd!«

»Was ist denn schon wieder?«, murrte es aus dem Durchgang.

»Komm mal her!«

Hilgers schlurfte herbei. Als er Dominik erkannte, blieb er stehen.

»Jochen Urban«, wiederholte der Mann hinter dem Tresen. »Fliegenfischer. Ehemaliger Polizist. Um die fünfzig. Ob dir das was sagt.«

»Aber klar. Der Jochen. Ich versuch jedes Mal, ihm eine Vereinsmitgliedschaft anzudrehen, aber er scheut wohl die Aufnahmegebühr. Letztes Jahr hat er sich rar gemacht. Aber gestern hab ich sein Auto gesehen. Bin mir ziemlich sicher, dass er's war. Woher kennen Sie ihn?«

»Er war jahrelang mein Partner. Wir sind gemeinsam auf Streife gegangen.«

»Sagen Sie ihm, der ASV tut jetzt auch den Hauptstau des Kronenburger Sees bewirtschaften. Das wird ein Angelgewässer der Extraklasse, ohne Übertreibung. Er soll sich mal unsere Webseite anschauen. Wegen der Aufnahmegebühr komme ich ihm entgegen.«

»Wissen Sie, wo Jochen wohnt, wenn er hier ist?«

»Er hat doch dieses Häuschen am Berghang gekauft, keine fünfhundert Meter von meinem entfernt. Das mal dem alten Schmitz gehört hat. Oder, Amigo?«

»Keine Ahnung.«

»Zwischen dem Verschwinden Ihrer Tochter und dem Verschwinden seiner Tochter liegen knapp zwei Jahre«, rechnete Dominik vor. »Möglicherweise wurden sie vom gleichen Täter entführt.«

»Jochen hat auch eine Tochter, die verschwunden ist?«

»Hat er Ihnen das nicht erzählt?«

»Männer«, mischte sich der Kassierer ein und schüttelte den Kopf, »reden bei uns nur über den FC Köln, über ihr Auto oder darüber, wie man die Rute schwingt.«

Die Biker hatten getankt und strömten herein. Unter lautstarkem Palaver belagerten sie den Tresen.

Dominik ließ sich von Bernd Hilgers den Weg zu Jochens Feriendomizil beschreiben und bedankte sich.

Zuerst verpasste Dominik den Abzweig. Er war bereits weit aus Kronenburg hinausgefahren, als ihm das klar wurde. Er stieß in einen Feldweg, um zu wenden, und rollte langsam zurück, nach einer Lücke zwischen den Sträuchern und Baumgruppen spähend, nach einer mit Schotter bedeckten Fahrbahn, die laut Hilgers' Beschreibung zu Jochen Urbans Ferienhaus führen sollte.

Jochen hatte sein Domizil in der Eifel nie erwähnt. Er war grundsätzlich nicht sehr gesprächig. Trotzdem war Dominik der Meinung, dass Jochen darüber hätte reden können. Anscheinend erzählte man sich im Privaten nicht mehr alles, wenn man beruflich neue Wege ging und sich seltener traf.

Unmittelbar hinter einem Überholverbotsschild entdeckte Dominik die Einfahrt. Er stieg auf die Bremse, riss das Lenkrad herum und rumpelte auf den engen Weg. Zweige kratzten am Lack, dann weitete sich die Zufahrt zu einem Wendeplatz. Dominik hielt unmittelbar vor dem Haus.

Wie das von Nicoles Vater stammte es vielleicht aus den Fünfzigern, war aber deutlich kleiner. Mit steilem Schieferdach, in das eine Gaube gesetzt worden war, duckte es sich an einen dicht bewaldeten Hang. Die Westseite lag im Dauerschatten, die Eingangsfront präsentierte sich der Vormittagssonne. Von außen wirkte das Haus verlassen, ein Eindruck, den das heruntergelassene Rollo an dem Fenster neben der Tür noch verstärkte.

Eine Klingel mit unbeschriftetem Schild.

Dominik drückte sie, klopfte gegen die Tür und rief, obwohl ihm klar war, dass Jochens Auto hier stünde, falls er anwesend wäre.

Nur ein Teil des Wendeplatzes war mit Schotter bestreut. Dominik entdeckte einen Reifenabdruck, wo der Boden weich war. Vor zwei Tagen hatte es geregnet, danach musste hier ein Auto gestanden haben.

Er setzte sich wieder ans Steuer und legte den Rückwärtsgang ein.

Das Handy meldete sich. Es war der Abgeordnete, auf den Kripochef Engel ihn gestern hingewiesen hatte. Der Typ markierte tatsächlich den dicken Macker. Und das an einem Samstag.

Seien Sie höflich zu ihm …

Dominik blickte auf die Uhr. »Um zwölf im Präsidium. Passt Ihnen das? Melden Sie sich beim Pförtner, ich hole Sie dann ab, Herr …«

»Mierscheid, Lothar Mierscheid.«

Wirklich bedeutend kann der Kerl nicht sein, dachte Dominik.

73.

Ich schlage die Augen auf … und schließe sie wieder …

Mein Brustkorb sticht beim Atmen. In meinem Kopf tobt ein unbändiger Schmerz. Das Laken unter mir ist kalt und feucht. Kotze.

Ich versuche, mich aufzusetzen. Meine Zunge ertastet eine Lücke – mindestens zwei Schneidezähne fehlen. Ich wünschte, ich wäre tot … Nein, Scheiße, ich will noch nicht sterben!

Ich darf dem Schwein keinen Anlass mehr geben, mich zu verprügeln. Irgendwie bin ich ja selbst schuld, dass es mir jetzt so dreckig geht.

Mühsam schaffe ich es zum Kühlschrank. Wasser. Es schmeckt schal. Vor lauter Gier verzittere ich die Hälfte. Mit dem Rest versuche ich, mein Gesicht zu säubern. Die Wunden brennen. Ich muss an die Tinktur denken, mit der mich der Kerl am ersten Tag verarztet hat. Hoffentlich gibt er mir noch einmal davon.

Die Tür zum Gang steht auf. Irgendwo aus dem Haus sind leise Geräusche zu hören. Es riecht nach Essen und ich bin hungrig.

Ich wage nicht zu rufen.

Ich werde mich bessern.

Ich sinke zu Boden und warte.

74.

Auf der Heimfahrt war Mierscheid guter Dinge. Die Polizei nahm ihn endlich ernst. Zwar hatte der junge Kommissar zunächst nicht sehr vertrauenerweckend gewirkt, vor allem der blaue Fleck am Auge hatte Mierscheid irritiert. Doch immerhin war dem Beamten die Bedeutung seiner Aussage klar geworden.

Das Sonnen-Tattoo, Dingendorff und Frantzen, ihre Jugendclique, die eventuell ein schwarzes Schaf barg – die erste wirklich heiße Spur für die Mordkommission, dessen war sich Mierscheid sicher.

Die Südbrücke. Tempo siebzig. Vorsicht, ein Starenkasten.

Das Handy: Frantzen.

»Gerade habe ich an euch gedacht«, sagte Mierscheid.

»Grund zu feiern«, antwortete der RheinBank-Sprecher. »Die Kanzlerin hat sich gemeldet. Im Prinzip stimmt sie mit uns überein. Auch, was den Personalvorschlag anbelangt. Sie stellt zwar Bedingungen, aber wir arbeiten daran.«

»Was für Bedingungen?«

»Es geht um den Altkanzler. Sie fragt, ob wir Kohl in die Pfanne hauen können, damit seine Attacke im heutigen *Blitz* ohne Wirkung bleibt.«

»Und?«

»Ich glaube, Freunde werden die beiden nicht mehr. Falls du also einen guten Tipp hast …«

»Vielleicht.«

»… bist du in wenigen Wochen Staatssekretär.«

Mierscheid überlegte.

»Hörst du, Lothar? Bist du noch dran?«

»Nein.«

»Bitte?«

»Das will ich nicht, Helmut.«

»Echt nicht? Mensch, Lothar, Staatssekretär!«

»Ich werde lieber Minister.« Ein Amt, das mich unabhängig macht, dachte Mierscheid. Vielleicht sogar von Dingendorff. Wenn ich schon nicht wie Paula den Ausstieg schaffe, dann will ich wenigstens ganz oben mitmischen. »Minister oder gar nicht.«

Die Abfahrt. Einordnen vor der Kreuzung. Grün.

Stille in der Leitung.

»Auf dem Posten kann ich euch noch viel nützlicher sein.«

»Also, Lothar. Und ich dachte immer, dich müsste man zum Jagen tragen.«

Zu Hause bereitete sich Mierscheid einen Magentee. Dann suchte er in seinem Verzeichnis eine Nummer und griff zum Telefon.

»Volker Paschke«, meldete sich der Fraktionskollege.

»Gratuliere, Volker. Ich höre, es rumort bereits in der Partei. Die klaren Worte des Altkanzlers – eine öffentliche Ohrfeige für sein früheres Mädchen.«

»Nicht wahr?« Im Hintergrund Bahnhofsgeräusche. So war Paschke: immer unterwegs für die gute Sache.

»Welches Unternehmen hat die Aktion finanziert?«

»Betriebsgeheimnis.«

»Volker, ich hab etwas gut bei dir.«

»Wenn du es so billig machen willst, gern. Der Vorstandsvorsitzende von RWE persönlich hat in seine private Kriegskasse gegriffen.«

»Und was hat es gekostet?«

»Einhunderttausend für Kohl und das Gleiche für den Typ von der Zeitung.«

»Nicht schlecht.«

»Aber es lohnt sich. Entweder gibt Mutti nach oder sie stürzt. Und nach der Kabinettsumbildung könnte der Umweltminister Volker Paschke heißen. Drück mir die Däumchen, Lothar.«

Von wegen, dachte Mierscheid. »Verrätst du mir vielleicht noch die Bank, auf die der RWE-Chef das Geld für den Altkanzler überwiesen hat?«

»Lothar, was hast du vor?«

Mierscheid murmelte einen raschen Gruß, brach das Gespräch ab und rief Helmut Frantzen zurück.

»Und?«, fragte der Kommunikationschef der RheinBank.

»Was wäre, wenn Kohl gekauft worden ist, um einen Artikel zu unterschreiben, den die Atomlobby aufgesetzt hat?«

Frantzen lachte. »Echt, so plump? Kein Scheiß?«

»Und dieses Mal weiß ich sogar den Namen des Spenders.«

»Sag schon!«

Mierscheid räusperte sich. »Hast du mit Dingendorff ...«

»Lothar, das muss die Kanzlerin entscheiden.«

»Umweltminister – ja oder nein?«

»Also, was Dingendorff anbelangt, hast du grünes Licht.«

Mierscheid gab weiter, was Parteifreund Paschke ausgeplaudert hatte.

Frantzen war zufrieden.

Mierscheid schaufelte Zucker in seinen Tee. Er konnte es noch immer nicht fassen. Da wurde tatsächlich an einem Deal gedreht, dessen Eckpunkte Fürstenroda und Lothar Mierscheid hießen. Und er selbst pokerte nach Kräften mit.

Mein Gott, Minister.

75.

Endlich bekam er bei der Düsseldorfer Flughafengesellschaft jemanden an die Strippe, der für sein Anliegen zuständig war. Drei Mal war er bereits weiterverbunden worden und befürchtete schon, bis Montag warten zu müssen.

»Dominik Roth, Kripo Düsseldorf. Wir brauchen die Aufzeichnungen Ihrer Überwachungskameras auf der Ankunftsebene. Konkret meine ich den Bereich, wo die Abholer auf Passagiere warten, die von den Gepäckbändern kommen.«

»Die Gepäckausgabe hat vier Ausgänge.«

»Nummer eins. Am Samstag exakt vor einer Woche um zwölf Uhr müssen dort die Passagiere einer bestimmten Maschine angekommen sein, und zwar geht es um den Air-Berlin-Flug ...«

»Nummer 6443 aus Berlin-Tegel.«

»Genau.«

»Sagen Sie mal, Herr ...«

»Roth.«

»Weiß bei Ihnen die eine Hand nicht, was die andere tut? Ich habe bereits vorgestern veranlasst, dass der Datenträger per Kurier zu Ihnen ins Präsidium geliefert wird. Ist die Sendung etwa nicht angekommen?«

»Zu wessen Händen haben Sie die geschickt?«

»Warten Sie mal.« Der Angestellte legte den Hörer ab, Dominik vernahm Geraschel, dann entfernteres Gepolter von Schubladen, die heftig auf- und zugezogen wurden. Es dauerte schier endlos und Dominik überlegte, ob der andere ihn vergessen hatte.

Dann war eine Frauenstimme in der Leitung. »Herr Kommissar, sind Sie noch dran?«

»Ja.«

»Sie wollten den Namen der Person, die die CD angefordert hat?«

»Richtig.«

»Ich habe hier eine ›Anna Winkler‹ stehen. Reicht Ihnen das?«

Der Flur der Mordermittler war verwaist, die Türen geschlossen, kein Laut drang aus den Büros. Nicht etwa wegen des Wochenendes – Dominik wusste, dass die Kollegen, die mit den Morden an Paula Busch und Patrick Neidel beschäftigt waren, zurzeit keine Freizeit kannten. Offenbar waren sie allesamt unterwegs. Dominik klopfte bei Anna und rüttelte an der Klinke.

Abgeschlossen.

Er zog das Drahtstück aus der Hosentasche, das er sich zurechtgeschnitten und -gebogen hatte. Ihm war bewusst, dass er auf keine Gnade hoffen konnte, falls man ihn erwischte.

Dominik blickte sich um, dann führte er den Draht in das Schloss, das wie der Großteil des Gebäudes aus den frühen Dreißigerjahren stammte. Er stocherte und fluchte – es war schwieriger, als er sich das vorgestellt hatte. Der Haken blieb zwar stabil, griff aber trotzdem nicht.

Dominik hörte Schritte und tat, als lese er die Namensschilder auf dem Gang. Eine Kollegin kam auf ihn zu und bog in den Quergang ab. Dominik kramte seinen eigenen Büroschlüssel aus der Tasche und versuchte es damit.

Es hakte, Dominik ruckelte – zu seiner Überraschung ließ sich das Ding tatsächlich drehen.

Er schlüpfte in das Zimmer und zog die Tür hinter sich zu. Seine Nerven vibrierten. Er musste sich beeilen. Dominik steuerte sofort auf den Fernseher zu, der auf einem Rolltisch stand.

Im Fach darunter ein Rekorder. Dominik schaltete beide Geräte ein. Er suchte den Datenträger der Flughafengesellschaft, fand eine leere Hülle und entdeckte, dass die CD bereits eingelegt war.

Er drückte auf *Play* und sah das erhoffte Bild: Die breite Glastür, die sich automatisch öffnete, wenn von der anderen Seite ein Fluggast näher kam. Die flachen Rampen, die behindertentauglich in den öffentlichen Bereich der Ankunftsebene führten. Leute auf fest montierten Stühlen. Sie lasen, warfen Blicke auf die Uhr und starrten vor sich hin. Andere warteten vorn am Geländer, tippten etwas in ihr Handy, hielten Kinder an der Hand oder ein Schild vor dem Bauch. Von den Vorübereilenden im Vordergrund waren meist nur Kopf und Schultern von schräg oben zu sehen – die Kamera hatte in erster Linie den Bereich vor der Tür im Fokus.

Uhrzeit und Datum waren unten rechts eingeblendet. *11-00/25-06, 11-01/25-06* ...

Dominik drückte *Eject* und nahm die Scheibe aus der Schublade.

Er huschte zur Tür und drückte ein Ohr dagegen. Kein Laut war von draußen zu hören. Er verließ Annas Zimmer und fühlte sich wie ein Dieb. Aber auf ein Delikt mehr in seinem Sündenregister kam es nun auch nicht mehr an.

Als er sein Büro erreichte, holte er tief Luft. Dann schob er die CD in den Schlitz seines Computers.

Unmittelbar nach seinem Gespräch mit Lothar Mierscheid hatte sich Dominik zunächst einmal die Ermittlungsakte zur jüngst eingestellten Vergewaltigungssache besorgt: *Constanze Kehrein geb. Busch gegen unbekannt* – wenn die Vermutung des Abgeordneten zutraf, bildete das Verbrechen, das vor zwanzig Jahren an der Schwester von Paula Busch verübt worden war, die Vorgeschichte zu den Schüssen am Aachener Platz.

Die Akte hatte Dominik nicht weitergeholfen. Dutzende Zeugenaussagen – durch die Bank uralt und unergiebig. Was das Opfer selbst zu Protokoll gegeben hatte, wich in einigen Punkten von der Version ab, die Mierscheids Aussage suggerierte.

Constanze hatte nicht für die Gründungsversammlung des Sparclubs gekellnert, sondern auf einer Hochzeit, die zur gleichen Zeit in einem benachbarten Saal gefeiert worden war. Als sie nach getaner Arbeit ihren Mantel holen wollte, fing sie ein Unbekannter ab, drückte ihr einen Lappen mit einer scharf riechenden Lösung auf das Gesicht und verschleppte sie in einen Kellerraum, wo weitere Männer auf sie warteten. Die Betäubung hatte nicht vollständig gewirkt. Constanze konnte der Polizei die Skizze einer Tätowierung liefern. Doch das war auch schon alles.

Die Ermittler hatten sich in den ersten Tagen mächtig ins Zeug gelegt. Angesichts des ärztlichen Attestes stockte Dominik der Atem. Das trockene Medizinerlatein konnte das Grauen nicht übertünchen – Constanze hatte buchstäblich wieder zusammengeflickt werden müssen. Dominik überflog zahlreiche Vernehmungsprotokolle: Hochzeitsgäste, Reinigungspersonal, Security-Leute, Angehörige der Cateringfirma und sämtliche Mitarbeiter der *Tagungsstätte Schloss Schassberg GmbH* waren befragt worden. Auch ein gewisser Dingendorff, damals noch Referent des Landesbankchefs und Organisator des Treffens nebenan. Dann hatte der Ermittlungseifer der Kollegen jedoch stark nachgelassen. Dominik vermisste die Teilnehmerliste der Sparclubgründung. Er hätte jeden einzelnen Gast antanzen lassen, ob Banker, Industrieboss oder Politiker. Und zwar nackt.

Dingendorff hatte es in den letzten zwei Jahrzehnten zum Vorstandsvorsitzenden der zweitgrößten deutschen Privatbank geschafft. Laut Mierscheid, dem Abgeordneten, waren sämtliche Kumpel aus Dingendorffs Jugendclique auf die gleiche Weise tätowiert gewesen wie einer oder mehrere der Vergewaltiger. Und Paula Busch, die sich zu spät der depressiven Schwester annahm, soll vor ihrer Ermordung mit dem Bankenboss im Zwist gelegen haben.

Standen die Täter unter den Fittichen des mächtigen Dingendorff?

Als Dominik erkannte, dass ihm Spekulationen nicht weiterhalfen, erinnerte er sich an die Aussage der Zeugin Lilly Oppers und wählte die Nummer der Flughafengesellschaft. Soviel er wusste, waren die Terminals in Düsseldorf-Lohausen mit Kameras reichlich bestückt.

Das Laufwerk surrte leise. Dominiks Finger zitterten noch immer vor Aufregung. Er übersprang die erste Dreiviertelstunde bis *11-45/25-06* – fünfzehn Minuten nach dieser Zeit war Paula Buschs Maschine laut Flugplan gelandet.

Play.

Dominik konzentrierte sich auf jedes Detail. Schon nach einer Minute gab es das erste Wiedererkennen: Ein junges Pärchen schlenderte durch die Halle. Er im Anzug, sie in Rock und konservativer Bluse – zwei junge Leute, die es mit der Verkleidung übertrieben. Für einen Moment hob die Frau den Kopf und schaute direkt in die Kamera. Lilly Oppers beim Checken der Lage. Der Mann an ihrer Seite musste demnach Patrick Neidel sein.

Rasch gerieten sie wieder aus dem Blickfeld der Kamera.

Fluggäste traten aus der Halle mit den Gepäckbändern in die Begrüßungszone, erst einzeln, dann im Pulk. Es kam Bewegung in die Wartenden. Umarmungen, Blumen wurden übergeben, die Reihe mit den Stühlen leerte sich. Leute, die zuvor gestanden hatten, nahmen Platz. Menschen kamen und gingen. Dominik verlor den Überblick.

Er spulte ein kurzes Stück zurück und studierte noch einmal die Ankunft der Fluggäste. Oppers und Neidel tauchten nicht wieder auf. Auch sonst keiner, den Dominik erkannte. Schließlich riss der Strom der Passagiere ab, vor der Glastür kehrte Ruhe ein.

Das ist noch nicht der Flieger aus Berlin gewesen, überlegte Dominik.

Ein kleiner, schief gewachsener Mann mit einer Rose in der Hand stellte sich ans Geländer. Mit etwas Abstand gesellte sich eine ältere Dame hinzu, die ein Mädchen am Kragen festhielt. Die Kleine riss sich los und streunte durch den Wartebereich. Die Oma wurde nervös und wusste nicht, worauf sie zuerst achten sollte, auf ankommende Passagiere oder auf das gelangweilte Gör.

Dann setzte sich ein Mann auf einen der freien Sitze und Dominik spürte, wie sein Hals eng wurde.

Der Typ war nur von hinten zu sehen. Er trug eine helle Freizeithose und ein unauffälliges Poloshirt. Sein Kopf war kahl, die Schultern verrieten ein gesundes Maß an Sport. Der Mann klemmte seine Aktentasche eng zwischen die Füße, als wittere er Diebe in der Ankunftshalle.

Nach einer Weile beugte er sich zu der Tasche und entnahm Papiere, die er studierte.

Dominiks Puls beschleunigte sich.

Zwei Stühle weiter stand ein älterer Mann auf, der eine Zeitschrift zurückließ. Dominik kniff die Augen zusammen. War da nicht ein Kerl auf dem Titelblatt, der am ausgestreckten Arm einen großen Fisch präsentierte? Der Kahle packte die Papiere zurück in die Tasche, erhob sich kurz und schnappte sich das herrenlose Heft. Dann begann er zu blättern, wobei er immer wieder zur Tür aufsah.

Er schlug die Beine übereinander. Die Aktentasche war nun ungesichert. Noch immer hatte der Mann sein Gesicht nicht der Kamera zugewandt.

Der junge Anzugträger von vorhin tauchte wieder auf, diesmal ohne Begleitung. Dominik sah ihn nun von vorn und identifizierte ihn anhand der Fotos, die Lilly Oppers der Polizei überlassen hatte. Patrick Neidel blieb unmittelbar hinter dem Lesenden stehen. Er tat, als kontrolliere er seine Armbanduhr, linste aber zur Tasche.

12-10/25-06.

In diesem Moment glitt die Automatiktür zur Seite und entließ die nächste Gruppe von Fluggästen. Die Oma winkte hektisch das Mädchen herbei. Der bucklige Zwerg übergab seine Rose an eine Frau, die sich bückte – Küsschen links und rechts.

Neidel grapschte nach der Tasche des Kahlen und ging ohne Hast aus dem Bild.

Der Bestohlene warf die Zeitschrift auf den freien Nachbarsitz. Er musterte die Neuankömmlinge, die Hände auf die Knie gestützt.

Paula Busch trat aus dem Sicherheitsbereich. Struppiges, helles Haar und ein eleganter Hosenanzug. Einen Rollkoffer hinter sich herziehend, schritt sie die Rampe herab.

Der Kahle wollte im Aufstehen nach seiner Tasche greifen. Doch sie war weg.

Dominik stellte sich vor, was im Kopf des Mannes vorging: Mist, die Tasche – was passiert, wenn der Inhalt in falsche Hände gerät? Folge ich der Frau oder schnappe ich den Dieb, der noch nicht weit sein kann?

Der Kahle drehte sich um. Sein Blick suchte die Umgebung ab.

Das Gesicht hätte Dominik auch bei weit schlechterer Bildqualität erkannt. Es zu sehen, war ein Schock.

Jochen Urban hatte sich entschieden. Er schlug die Richtung ein, in die Paula Busch verschwunden war. Scheiß auf die Tasche.

Kurz darauf war im Blickfeld der Kamera Ruhe eingekehrt. Dominik fuhr die Aufnahme zurück, bis er den Moment wiederfand, in dem sein Exkollege sich umsah.

Er klickte auf das Symbol für Pause und starrte auf den Monitor. *Was hast du getan, Jochen Urban? Warum du?*

Dominik fragte sich, ob er etwas hätte ahnen müssen. Wir waren Partner und sind Freunde – zumindest habe ich mir das stets eingebildet. Wie blind bin ich gewesen?

Er griff zum Hörer, um bei *Urban Ermittlungen* anzurufen. Dann legte er unverrichteter Dinge wieder auf. Er beschloss, dem Mann, dem er wie einem großen Bruder vertraut hatte, von Angesicht zu Angesicht gegenüberzutreten.

Dominik schloss die Schublade auf und holte seine Dienstwaffe hervor. Die Walther P99 lag schwer in seiner Hand. Er brachte das Holster am Gürtel an, verstaute die Pistole und steckte auch das Reservemagazin ein. Nach drei Jahren zum ersten Mal.

Ihm war klar, dass er besser einen Vorgesetzten informieren sollte. Dass er die Festnahme einem Spezialeinsatzkommando überlassen müsste.

Aber das kam für ihn nicht infrage.

Dies war eine Sache zwischen Jochen und ihm.

76.

Anna fühlte sich wie gerädert. Zu fliegen war für sie seit einiger Zeit purer Stress, doch sie konnte sich dem Trip nicht verweigern. Flugangst einzugestehen, wäre das Letzte gewesen, sich selbst gegenüber und erst recht den Kollegen. Sie und MK-Leiter Becker waren zu Vernehmungen nach Berlin gereist – die wichtigsten Leute aus dem Berliner Umfeld von Paula Busch im Stundentakt. Ein anstrengender Arbeitstag.

Der Rückflug, eine Zumutung. Stickige Luft und Turbulenzen. Die enge Röhre der Kabine bis auf den letzten Platz vollgestopft. Und neben ihr ein schlecht gelaunter Thilo

Becker, der ihr die Schuld daran gab, dass er Dominik Roth in die Mordkommission geholt hatte.

»Nie wieder werde ich auf dich hören«, schimpfte Thilo.

Anna blätterte im erstaunlich billig gestalteten Bordmagazin und versuchte, sich vom Gedanken an einen Absturz oder eine mögliche Panik an Bord abzulenken.

Schließlich setzte der Flieger so sanft auf, dass Anna die Landung fast nicht mitbekommen hätte.

Zwei Kollegen der Schutzpolizei holten sie mit ihrem blau-silbernen Passat am Ausgang ab. Anna und Thilo schalteten ihre Handys wieder ein. Sofort klingelten beide Geräte: Nachrichten auf ihren Mailboxen.

Während der Streifenwagen über den Kennedydamm in Richtung Innenstadt fuhr, tippte Anna auf die Eins, presste den Apparat ans Ohr und erfuhr, dass die letzte Nummer aus der Verbindungsliste von Paula Buschs Mobiltelefon endlich identifiziert worden war. Sie gehörte einem Diensthandy des Vorstandsvorsitzenden der Düsseldorfer Rhein-Bank AG.

»Das passt«, sagte Thilo, der die gleiche Mitteilung erhalten hatte.

Anna ließ das Fenster ein paar Zentimeter nach unten gleiten, um den Fahrtwind zu spüren.

Die Kollegen des Berliner Landeskriminalamts hatten die Nachbarn des Firmenapartments befragt, in dem die Repräsentantin der Deutschen Börse AG nach ihrer Trennung von Staatssekretär Lichtenberg gewohnt hatte. Eine Zeugin wollte Paula Busch mit Dingendorff zusammen im Hausflur getroffen haben. Das Paar habe einen »innig verbundenen« Eindruck gemacht, so die Formulierung des Protokolls. Die Aussage galt als glaubwürdig – das Gesicht des Topmanagers kannte jeder, der regelmäßig Fernsehnachrichten oder Talkshows verfolgte.

»Aber die Begegnung fand vor über zwei Monaten statt«,

fügte Thilo hinzu. »Und einer wie Dingendorff hätte sich längst gemeldet, wenn er etwas zur Aufklärung beitragen könnte, meinst du nicht auch?«

»Hätte, könnte, lange her«, gab Anna zurück. »Du willst dich doch nicht davor drücken, den Bankenboss zur Vernehmung zu laden?«

Thilo tippte auf seinem Smartphone herum und schwieg.

Anna war froh, dass ihre gemeinsame Vorgesetzte Ela Bach das letzte Wort haben würde. Für Mordverdacht gab es keine Einkommensgrenze. Und die Leiterin des KK 11 kannte keine Scheu vor großen Tieren.

Kurz darauf erreichten sie die Festung. Als Anna ihr Büro betreten wollte, entfuhr ihr ein leiser Ausruf der Überraschung.

»Was ist los?«, fragte Thilo.

»Ich hätte schwören können, dass ich mein Büro gestern Abend abgeschlossen habe.«

»Passiert mir ständig.« Thilo zog seinen Schlüssel und ging weiter.

Anna betrat den Raum. Auf den ersten Blick schien nichts verändert worden zu sein. Sorgfältig sortierte Anna die Papiere auf ihrem Tisch, kontrollierte die Schubladen, überflog die Rücken der Fallakten im Regal – nichts fehlte.

Monitor und Rekorder standen seit gestern bereit zur Sichtung der Überwachungsvideos vom Flughafen. Sie hatte gerade damit beginnen wollen, als die Ansage gekommen war, dass sie Thilo nach Berlin begleiten sollte. Ab diesem Zeitpunkt hatte die Vorbereitung auf die Zeugenvernehmungen Vorrang gehabt.

Anna drückte die Eject-Taste, die Schublade glitt auf – leer.

Thilos Geschimpfe über den Kollegen Roth noch im Ohr, keimte in Anna ein schlimmer Verdacht. Sie nahm den Paternoster, stürmte im dritten Stock den Flur der Betrüger, fand Dominiks Kabuff und drückte die Klinke.

Nicht abgeschlossen, niemand da.

Der Monitor auf Dominiks Tisch war schwarz, aber die Lüftung des PCs rauschte. Anna bewegte die Maus. Mit einem feinen Knistern baute sich auf der Mattscheibe das letzte Bild auf, das Dominik betrachtet hatte. Ein Standbild, der Film hing im Pause-Modus. Unverkennbar der Blickwinkel der Kamera, die im Ankunftsbereich des Düsseldorfer Flughafens an der Decke hing.

Durch eine dieser Glastüren im Hintergrund bin ich eben noch gegangen, dachte Anna.

Doch auf dem Film zog Paula Busch, das Mordopfer vom letzten Samstag, ihren Rollkoffer die Rampe hinunter.

Ganz vorn im Bild ein Mann, der sich suchend umsah. Gehetzter Blick, etwas ratlos.

Anna erkannte ihn sofort. Der Exkollege von der Altstadtwache, dessen Detektei vorgestern durchsucht worden war.

Sie las den Time-Code, der am Bildrand eingeblendet war: *12-10/25-06.* Dann klickte sie auf das Pfeilsymbol, um den Film weiterlaufen zu lassen. Nur wenige Sekunden schaute sie zu, dann bewegte sie die Maus, um zum Beginn der Szene zurückzufahren.

Fieberhaft wählte sie Thilos Nummer.

»Kollege Roth hat mir die CD mit den Aufnahmen vom Flughafen geklaut.«

»Ist sie weg?«

Patrick Neidel. Schaut auf seine Uhr. Schnappt sich die Tasche. Haut ab.

»Nein, ich bin gerade in Dominiks Büro und guck sie mir an. Weißt du, wer der Otto ist?«

»Otto? Ach klar, verstehe. Der Typ, den Patrick Neidel beklaut hat.«

Paula Busch kommt durch die Tür. Ahnt nichts Böses.

»Das passt alles zusammen.«

»Und, wer ist es?«

Der Otto vermisst die Tasche. Dreht seinen Kopf in alle Richtungen. Hetzt schließlich Busch hinterher.

»Jochen Urban.«

»Dominik Roths spezieller Freund?«

»Urban hat wenige Stunden vor den Schüssen dem Mordopfer Paula Busch bei der Ankunft aus Berlin aufgelauert.«

»Und wie kommt der Kollege Roth dazu, dir die CD ...«

»Keine Ahnung. Dominik ist nicht da.«

»Sag bloß, dass er unterwegs ist, um Urban zu warnen? Wir brauchen sofort ein Spezialeinsatzkommando!«

Sie beratschlagten zu dritt. Anna, Thilo und Ela Bach im Büro der Kommissariatsleiterin. Sie betrachteten das Video. Anna musste nicht viel erklären. Offenbar kannte Ela sämtliche Akten in- und auswendig, auch zum Fall Neidel.

»Mal schauen, ob das Büro an einem Samstag um diese Uhrzeit noch besetzt ist.« Sie griff zum Hörer, wählte die Nummer, die sie einem Protokoll entnahm, und drückte die Mithörtaste.

Eine Frauenstimme meldete sich: »*Urban Ermittlungen*, Katja Sick am Apparat, was kann ich für Sie tun?«

»Dorothee Finken«, log Ela, »Bundesverband der deutschen Banken in Berlin. Kann ich bitte Herrn Urban sprechen?«

Anna hielt die Luft an.

»Worum geht es denn?«

»Wir planen einen Kongress und ... Sagen Sie mir einfach, ob Herr Urban zu sprechen ist.«

»Nein, der Chef ist nicht da. Versuchen Sie es doch bitte am Montag wieder.«

»Wo könnte ich Herrn Urban erreichen?«

»Tut mir leid, dieses Wochenende will er nicht gestört werden.«

»Er ist zu Hause, in Düsseldorf?«

»Ja, wenn Sie also am Montag wieder …«

»Gut, danke, bis dann.« Ela legte auf.

Sie blickten sich an.

»Ich kapier nicht das Motiv im Mordfall Paula Busch«, sagte Anna.

»Das kriegen wir heraus. – Zu Hause, wo ist das?« Ela gab sich die Antwort selbst, indem sie im Protokoll nachsah. »Am Ellerforst, Vennhausen. Wann sind die schweren Jungs soweit?«

Thilo blickte auf die Uhr. »Dreißig Minuten, maximal.«

77.

Mierscheid öffnete den Kühlschrank und fand eine Flasche Champagner. Danach war ihm jetzt. Keine Termine in den nächsten zwei Stunden. Er holte ein Glas und nestelte am Verschluss.

Das Telefon klingelte. Ein Mann namens Römer war dran. Mierscheid konnte den Namen zunächst nicht zuordnen.

»Ich finde hier einen Zettel auf dem Tisch, dass ich Sie zurückrufen soll. Sie sind Lothar Mierscheid, Bundestagsabgeordneter der CDU, ist das richtig?«

»Aus dem schönen Rheinland, jawohl.«

»Was haben Sie auf dem Herzen?«

Jetzt fiel es Mierscheid ein: Römer war der Redakteur des *Spiegel,* dem er neulich hinterhertelefoniert hatte. Paulas Worte, vor gut einer Woche, vor einer gefühlten Ewigkeit: *Außerdem ist der* Spiegel *interessiert an meiner Mitarbeit.*

Alle Achtung, diese Kerle sitzen also auch am Wochenende im Büro.

Eigentlich ist die Geschichte mit meiner Aussage bei der Polizei abgeschlossen, dachte Mierscheid. Aber neugierig war er trotzdem.

»Ich war mit Paula Busch gut bekannt«, begann Mierscheid, »und wüsste gern, wer sie ermordet hat.«

»Da sind Sie nicht der Einzige.«

»Paula hat Ihnen eine Geschichte angeboten. Worum ging es dabei?«

»Wir haben nur einige Male telefoniert.«

»Und?«

»Der Mord an Frau Busch hat natürlich zur Folge, dass ich meine Recherche wieder bei null starten muss.«

»Recherche zu welchem Thema?«

»Ich weiß nicht, warum ich Ihnen das offenlegen sollte.«

»Weil ich vielleicht etwas beisteuern kann.«

»Wenn Sie das können, dann schießen Sie los, Herr Mierscheid.«

»Paula hatte die Nase voll, für die Finanzbranche Lobbyarbeit zu verrichten. Sie hatte sich abgewandt von einigen ihrer bisherigen Vorstellungen und in der Folge auch von ihrem langjährigen Lebensgefährten Malte Lichtenberg. Und sie wollte herausfinden, wer vor zwanzig Jahren ihre Schwester vergewaltigt hat.«

»Ja, das hat sie mir auch erzählt.«

»Mehr wissen Sie also nicht?«

»Frau Busch behauptete, dass heute die Vergewaltiger von einst an den höchsten Stellen der Wirtschaft die Strippen ziehen. Dass es eine Clique gibt, die jederzeit in der Lage sei, die Demokratie auszuhebeln. Und dass die gemeinschaftliche Vergewaltigung vor zwanzig Jahren sozusagen das Initiationsritual für diese Verschwörung gewesen sei. Ein Verbrechen, das zusammenschweißt. Wer damals dabei war, bleibt der Bande sein Leben lang treu.«

Mierscheid dachte an den Abend auf Schloss Schassberg. An all die honorigen Menschen, die er dort getroffen hatte. Ihnen ging es doch lediglich um die Wahrung berechtigter Interessen. Selbst wenn ein Vergewaltiger unter ihnen gewesen sein sollte, konnte man diese Leute doch nicht eine Verbrecherbande nennen.

Römer war zweifellos ein Fanatiker. Und Paula, falls sie wirklich so etwas erzählt haben sollte, von Paranoia angeweht.

»Haben Sie vielleicht eine Idee, welche Gruppe Frau Busch gemeint haben könnte, Herr Mierscheid?«

Lothar, nicht durchdrehen. Die Ruhe bewahren. Im Zweifelsfall ist die Journaille der Feind des Politikers – die Leute mit den Geldumschlägen sind es sicher nicht. Besinn dich, Lothar, auf welcher Seite du stehst, auf welcher Seite du immer gestanden hast. Du bist kein Umstürzler. Paulas Weg ist nicht deiner.

»Nein, tut mir leid«, antwortete Mierscheid.

»Falls Ihnen doch etwas einfällt …«

»Dann rufe ich Sie sofort an. Natürlich, Herr Römer.«

»Danke.«

Mierscheid verabschiedete sich und legte auf.

Der Korken knallte. Auf den Sparclub und auf Fürstenroda. Auf den Ministerposten.

Sorry, Paula, aber mich gegen meine Förderer zu stellen, würde weder dich wieder lebendig machen noch deine Schwester. Warum warst du nur so verbohrt?

Du könntest noch leben.

Wir könnten … oder auch nicht.

Mierscheid hob das Glas und betrachtete die Perlen, die als feine Ketten vom Grund nach oben strebten.

78.

Der Parkplatz gehörte einer Kindertagesstätte. Gut ausgesucht, dachte Anna. An Samstagen war hier nicht viel los.

Sie beobachtete, wie sich die Männer des Spezialeinsatzkommandos fertig machten: Overall, Weste, Stiefel, Maske und Handschuhe – bei den sommerlichen Temperaturen bestimmt kein Spaß. Nur die Großbuchstaben der Klettschilder an den Westen verrieten, auf welcher Seite die vermummte Truppe stand: *POLIZEI*.

Anna erkannte Adomeit, den Kommandoführer. Ein kräftiger Mann um Mitte vierzig, der sympathisch wirkte, obwohl das Gesicht auch zu einem Boxer gepasst hätte. Er hatte sein Handy am Ohr und Anna bekam mit, dass er mit einem der Aufklärer sprach, die vermutlich bereits bei Urbans Haus Stellung bezogen hatten.

Ein Notarztwagen traf ein, obligatorisch bei Einsätzen der schweren Jungs.

Adomeit schob sich einen Kaugummi in den Mund und versammelte seine Leute um sich. Er hatte Ausdrucke dabei: Google-Earth, Google-Streetview – in der Eile waren exaktere Pläne nicht aufzutreiben gewesen. Er gab weiter, was die Aufklärer gemeldet hatten. Anna verstand Bruchstücke: »Keine Kameras … Terrassentür … Ex-Cop … Keine Blendgranaten – ihr kriegt ihn, bevor er schnallt, was los ist.«

Sie stiegen in ihre Fahrzeuge. Gemeinsam mit Ela und Thilo fuhr Anna hinter dem Mannschaftswagen des SEK her. Sie hielten außer Sichtweite des Hauses und warteten, während die vermummten Kollegen ausschwärmten.

Die Zeit dehnte sich.

Endlich krächzte Adomeits Stimme aus dem Funkempfänger: »Es kann losgehen.«

»Du musst nicht, wenn du nicht willst«, betonte Ela noch einmal.

Ihre Blicke trafen sich.

Anna stieg aus.

Sie kam sich albern vor in der gelb-roten Jacke mit DHL-Schriftzug und dem leeren Karton in der Hand. Das Holster trug sie weit hinten auf der Hüfte, damit Urban keinen Verdacht schöpfte, falls er zufällig gerade aus dem Fenster sah.

Dass der ehemalige Kollege ihr Gesicht kannte, war unwahrscheinlich. Soviel sie wusste, waren sie sich nie begegnet.

Die Fassade des Einfamilienhauses war ockerfarben verklinkert. Gleich hinter dem Grundstück begann der Stadtwald. Die Sträucher im Vorgarten benötigen dringend einen Schnitt, dachte Anna.

Ihr fiel ein, dass sie echter wirken würde, wenn sie mit einem gelben Transporter vorgefahren wäre.

Der Eingang lag an der Giebelseite des Hauses, wo auch die Garage stand. Eine Gegensprechanlage gab es nicht. Anna drückte den Klingelknopf. Er kann mich nicht kennen, wiederholte sie in Gedanken. Seine Dienststelle ist an der Heinrich-Heine-Allee gewesen, nicht in der Festung. Wenn sie sich aber doch einmal in der Kantine begegnet waren? Beim Karneval oder auf einer Weihnachtsfeier?

Links und rechts von Anna duckten sich SEK-Beamte gegen die Mauer, um das Haus zu stürmen, sobald Urban die Tür öffnete. Sie wusste, dass weitere Männer von der Terrassenseite her eindringen würden. Sie brauchte nicht einmal das Haus zu betreten, so der Plan.

Mir kann nichts geschehen.

Anna klingelte noch einmal.

79.

Mir tut noch immer alles weh.

Ich muss schlimm aussehen, denn der Kerl hat geweint, als er mir das Essen brachte. Ich sei schuld an seinem Ausraster, hat er mir erklärt. Er habe das nicht gewollt. Tief in ihm gebe es ein Tier, das man nicht wecken dürfe.

Wenn ich brav bin, sagt er, schlägt er mich nicht mehr. Es liege an mir, ob das Tier schlummert oder zum Monster wird. Ich verspreche ihm, ab jetzt zu gehorchen.

Irgendwann werde der Tag kommen, an dem ich mich frei im Haus bewegen darf, behauptet er. Er wolle mich sogar mit nach draußen nehmen. Aber erst müsse ich beweisen, dass ich sein Vertrauen verdiene. Es werde Prüfungen geben, kündigt er an.

In dem Moment, als er gehen will, klingelt es oben an der Haustür.

Er lächelt mich an, aber sein Blick jagt mir Angst ein.

Die erste Prüfung, sagt er. Ich lasse die Tür offen und du machst keinen Mucks. Haben wir uns verstanden, meine Tochter?

Ich nicke. Mir ist klar, was passiert, sollte ich um Hilfe rufen: Zuerst tötet er seinen Besuch, dann mich.

Es klingelt wieder.

Nachdem der Dreckskerl gegangen ist, ziehe ich die Pritsche beiseite und setze mein Werk fort. An einer Stelle bin ich unter der bröckeligen Mörtelschicht auf Lehm gestoßen. Irgendwo jenseits der Wand ist die Freiheit. Wie lange werde ich brauchen?

Die eigenen Zweifel an meinem Tun vertreibe ich, indem ich mir sage, dass ich nicht die Erste bin, die aus diesem Keller flieht.

Das andere Mädchen hat es geschafft – ein schöner Gedanke.

80.

Ein drittes Klingeln, der letzte Versuch.

Von drinnen waren Schritte zu hören, ein Schlüssel im Schloss, dann wurde die Tür aufgezogen.

Jochen Urban stand auf der Schwelle. Der Schädel unrasiert, kurze graue Stoppeln an den Schläfen. Ein breites Lächeln.

»Mensch, Dominik!« Jochen umarmte ihn und tätschelte den Rücken. Dominik fragte sich, ob die Herzlichkeit echt war. Oder tastete Jochen ihn nach einer etwaigen Verkabelung ab?

Katja Sick, die bei *Urban Ermittlungen* am Wochenende den Bürodienst versah, hatte Dominik verraten, dass er ihren Chef nicht zu Hause antreffen würde, also war er zum zweiten Mal an diesem Tag nach Kronenburg gerast. Es war Abend geworden und kühl, hier in der Eifel.

»Komm rein, mein Junge!«

Zögernd folgte Dominik. Er war nervös wie an seinem ersten Tag in der Altstadtwache. Die Pistole an seiner Hüfte fand er peinlich, auch wenn sein Verstand ihm sagte, dass sie nötig war.

»Wie hast du mich gefunden?«, fragte Jochen.

»Bernd Hilgers vom hiesigen Angelsportverein hat mir den Weg beschrieben.«

»Der gute, alte Bernd. Ohne ihn könnte der Verein dichtmachen.«

Es ging über eine steile Treppe in das Dachgeschoss. Sie betraten eine Art Wohnzimmer, mit billigen Möbeln halbwegs wohnlich eingerichtet, zum Teil stammten sie vielleicht noch vom Vorbesitzer. Jochen wies auf das Sofa. Dominik versank im Polster tiefer, als ihm lieb war. Ein gläserner Couchtisch stand zwischen ihnen.

»Der gute, alte Hilgers hat die Hölle durchlebt«, antwortete Dominik. »Und es ist noch nicht zu Ende.«

»Ich weiß. Wie hieß die Tochter noch?«

»Nicole.«

»Alle Achtung. Kaum bist du hier an der Kyll, kennst du schon die Leute. Grappa?« Jochen holte eine Flasche aus dem Schrank. »Ich nenn es Grappa, aber in Wirklichkeit handelt es sich um einen Tresterschnaps aus Spätburgundertrauben von der Ahr. Wirklich vom Feinsten.«

Im Nu standen zwei kleine Zinnbecher auf dem Tisch, Jochen schenkte ein und sie stießen an. Dominik nippte nur.

»Was führt dich zu mir, mein Junge?«

»Wie ist deine Beziehung zu Dingendorff, dem Chef der RheinBank?«, fragte Dominik zurück.

»Ihm gehört ein Anteil an meiner Firma und manchmal verschafft er mir Aufträge.«

»Ihr kennt euch schon lange?«

»Kann man so sagen. Worauf willst du hinaus?«

»Hast du auch vor zwanzig Jahren Jobs für ihn erledigt?«

»Da durfte man das als Polizist sogar noch. Ich war schon damals ganz gut im Geschäft. Natürlich nicht annähernd so gut wie heute mit *Urban Ermittlungen.* Dominik, du trinkst ja gar nicht!« Er stieß noch einmal mit seinem Becher gegen den von Dominik.

»Erinnerst du dich an den 12. März 1991 auf Schloss Schassberg?«

»Bitte?«

»Hast du auch so ein Tattoo auf dem Bauch?«

»Was für ein Tattoo?«

»Du weißt, was ich meine.«

»Bist du hergekommen, um mich auszuhorchen?«

»Das ist mein Beruf, Jochen.«

»Wenn du dienstlich hier bist, solltest du schleunigst wieder verschwinden, mein Junge. Ehrlich gesagt, habe ich gründlich die Schnauze voll von diesem Polizeischeiß. Du kannst dir nicht vorstellen, was die Durchsuchung meiner Büros angerichtet hat. Was willst du überhaupt? Du hast dein Holster umgeschnallt, kreuzt aber völlig allein auf und ohne richterlichen Beschluss. Sieht mir nicht gerade nach einem durchdachten Einsatz aus. Ich wette, dass du dich nicht einmal mit jemandem abgesprochen hast. Was ist dein Plan, Dominik?«

»Ich werde mich hier umsehen und dann werde ich dich ins Präsidium mitnehmen.«

»Bist du dir sicher?«

»Ich schätze, schon.«

Jochen schüttelte den Kopf. »Ich kann mich noch sehr gut an die erste Zeit erinnern, als du in der Altstadtwache angefangen hast. Keiner wollte diesen Grünschnabel zum Partner haben, weißt du noch? Du warst das ideale Mobbingopfer, der Schwächste in der Hackordnung. Und die Altstadtwache war wirklich kein Biotop für Leute mit Harmoniebedürfnis. Ich habe mich deiner erbarmt. Hab den Grünschnabel unter meine Fittiche genommen. Alles, was du kannst und geworden bist, kommt letztlich von mir. Sag mir, dass das stimmt.«

»Du hast recht.«

»Und wer hat dir den Arsch gerettet, nachdem du Dennis Raabe abgeknallt hast, den armen Idioten, damals in der Bude von diesem Arschloch Asanovic? Hast du das etwa vergessen?«

Dominik schwieg.

»Du kommst hier rein, trinkst meinen Grappa und behandelst mich plötzlich wie einen Verbrecher. Sag's mir, mein Junge, sieht so neuerdings deine Vorstellung von Partnerschaft aus?«

»Ich weiß, dass du den Golf von Linda Heller gestohlen hast.«

Für einen Moment schwieg Jochen Urban. Er schenkte sich nach. Dominik zog sein Glas weg, als Jochen es ebenfalls auffüllen wollte.

»Linda Heller? Wusste gar nicht, dass die Karre Uwes Frau gehörte.«

»Du bist krank, Jochen.«

»Verschwinde. Ich will so einen Scheiß nicht hören. Nicht am Wochenende. Nicht in der schönen Eifel. Mach, dass du auf der Stelle nach Hause fährst.«

»Hat es mit Constanze Busch angefangen? Wie viele Mädchen hast du vergewaltigt und entführt? Sprich nie wieder von Partnerschaft! Ich werde dir jetzt Handschellen anlegen. Du weißt, dass Widerstand sinnlos ist. Steh auf, Jochen, Hände auf den Rücken!«

Urban rührte sich nicht.

Dominik zog seine Waffe.

Urban lächelte. »Das wird nichts, mein Junge. Ich sehe doch, wie du zitterst.«

Dominik hielt die P99 mit beiden Händen fest und hätte sich nicht gewundert, im nächsten Moment den Gangster-Hip-Hop aus der Junkiebude von Asanovic dröhnen zu hören.

Urban griff hinter seinen Sessel und richtete eine Schrotflinte auf Dominik. Der Lauf war abgesägt, der Querschnitt der Mündung imposant.

»Leg dein Ding weg.« Urban klang, als hätte er jede Emotion abgeschaltet.

Dominik wusste, dass dieser Mann ihn töten würde. So eiskalt, wie ein Luca Asanovic seine Nelly abgestochen hatte. Drei Jahre habe ich an mir gearbeitet, ging es Dominik durch den Kopf. Meine Albträume ertragen und die Demütigung durch nutzlose Arbeit. Drei Jahre Hoffnung auf ein normales Leben. Und jetzt ein solches Ende, weil etwas in mir nicht glauben wollte, dass der Mann, der mir gegenübersitzt, ein Monster ist.

In diesem Moment drang ein Schrei zu ihnen herauf, laut und gellend. Er kam aus den Tiefen des Gemäuers und ging durch Mark und Bein.

Dominik warf sich zwischen Tisch und Sofa zu Boden. Urbans Schuss krachte, Dominiks Arm brannte, doch der Großteil der Schrotladung traf die Kissen. Im nächsten Moment drückte Dominik ab. Die gläserne Tischplatte zersprang in tausend Stücke.

Dann nahm er wahr, dass Urban die freie Hand an seinen Leib presste.

Dominik rappelte sich hoch, wischte sich Glaskrümel aus dem Nacken und drückte den Lauf der Schrotflinte beiseite, die sein ehemaliger Partner noch immer fest umklammert hielt. Der beißende Geruch von Schmauch hing in der Luft. Schweiß trat auf Urbans Stirn, sein Atem ging unnatürlich schnell.

Dominik beugte sich über ihn. »Hast du tatsächlich auch Paula Busch erschossen? Warum, Jochen? Diese Frau war keine Gefahr für dich. Dass du und deine Freunde ihre Schwester misshandelt habt, hätte sie nie und nimmer beweisen können. Was hattest du gegen Paula Busch?«

Jochen hustete.

»Sag's mir.«

Ein heiseres Flüstern: »Der Chef ...«

»Was?«

Noch mehr Husten und blutiger Schaum vor dem Mund. »Dingendorff wollte ...«

Wieder gellte ein Schrei. Das pure Grauen, nur kurz durch ein Luftholen unterbrochen. Als hätten sich sämtliche Teufel der Hölle einer Kreatur bemächtigt und rissen ihr die Seele in Stücke.

Dominik ließ von Jochen Urban ab und rannte los. Zugleich versuchte er, auf seinem Handy die Notrufnummer zu wählen. Die Stufen im Galopp, quer durch die Eingangsdiele und hinunter in einen Keller, der mit ausrangiertem Zeug vollgestellt war.

Endlich bekam er eine Verbindung. »Einen Notarzt nach Kronenburg, nein, besser zwei!«, rief Dominik, gab die Adresse durch und erreichte eine Waschküche. Er hatte den Eindruck, als erstreckte sich der Keller über den Grundriss des Hauses hinaus.

Der dritte Schrei war ganz nah.

Eine Stahltür stand offen. Jenseits einer Schleuse eine weitere Tür, nur angelehnt.

Als Dominik das Kabuff betrat, wich das Mädchen in das hinterste Eck zurück. Es starrte ihn mit großen, blutunterlaufenen Augen an und versuchte, mit den Armen seine Blöße zu bedecken. Rötlich-blaue Flecken am gesamten Körper. Das Gesicht fast zur Unkenntlichkeit zerschlagen. Die Hände zerkratzt und blutig. Eine Kette, deren Ende in die Wand eingelassen war. Eine verdrecktes Feldbett – der Geruch in dieser Zelle war kaum auszuhalten.

»Leonie?«

Dominik machte einen Schritt auf das Mädchen zu. Unschlüssig, ob es erneut schreien sollte, öffnete es den Mund und entblößte eine breite Zahnlücke. Die roten Augen wirkten wie aus einer anderen Welt.

»Hab keine Angst, Leonie. Es ist vorbei. Ich bin Polizist und ich hole dich hier raus. Es ist alles gut.«

Leonie rutschte an der Wand entlang zu Boden.

Dominik hätte sie gern tröstend in den Arm genommen, fürchtete aber, dass sie eine Berührung missdeuten könnte. Er wollte sich lieber nicht vorstellen, was das Mädchen in den letzten vier Tagen durchgemacht hatte.

»Es ist jetzt alles gut«, wiederholte er.

Dann bemerkte er das Loch und wusste, dass er gelogen hatte. Nichts war gut.

Neben der schmutzigen Pritsche, die schräg im Raum stand, war der Betonboden aufgebrochen worden und das Erdreich freigelegt. Offenbar hatte Leonie ein Loch gegraben. Dreck und Steine. Und ein paar helle Teile.

Dominik erkannte Knochen und einen Unterkiefer.

Er beugte sich über das Loch. Auf seinem Grund schimmerte ein menschlicher Schädel.

Leonie rollte sich zu einer Kugel zusammen. Ihre Arme verbargen den Kopf, die Schultern zuckten. Das Mädchen wimmerte lautlos.

Ein Schuss zerriss die Stille.

81.

Die Nacht hatte sich auf das Tal der Kyll gesenkt. Dominik saß in einem Dienstwagen und fror. Er trug nur noch Unterwäsche. Hemd und Hose waren als mögliche Spurenträger beschlagnahmt worden. Über seine Hände hatte man Papierumschläge gestülpt, damit die Kriminaltechniker Schmauchspuren sichern konnten. Wann kamen sie nur endlich? Und wozu der ganze Aufwand? Er hatte längst zugegeben, einen der Schüsse abgefeuert zu haben.

Thilo Becker leitete das Team, das Urbans Ferienhaus durchsuchte. Er schien Spaß daran zu haben, Dominik schmoren zu lassen, und Dominik fühlte sich wie in einem Film, in dem er bereits vor drei Jahren mitgespielt hatte. Wieder hatte er alles falsch gemacht.

Erst Stunden später, zu Hause im Düsseldorfer Präsidium, händigte man ihm eine Decke aus. Ein Kollege brachte einen Trainingsanzug. Ein Arzt versorgte den Kratzer an seinem Arm, keine ernsthafte Verletzung. Ein Beruhigungsmittel – Dominik nahm es dankbar an.

Doch auch nachdem er die Tablette geschluckt hatte, zerbrach er sich weiter den Kopf. Was hatte Jochen Urban zum Monster gemacht? Die Tragödie seiner eigenen Familie? Das Verschwinden Lisas? Dominik konnte sich nicht vorstellen, dass der Exkollege auch seine Tochter auf dem Gewissen hatte. Eher war Lisa geflohen vor dem dominanten Vater, in dessen Nähe sie zu wenig Luft zum Atmen gespürt hatte – so in etwa hatten die Vorwürfe von Jochens Exfrau Christiane gelautet.

Dominik nahm sich vor, sie bald zu besuchen. Auch um der alten Zeiten willen, in denen er, Nelly und die Urbans so manchen Sommerabend miteinander gegrillt und gelacht hatten.

Gegen drei Uhr begann die Vernehmung durch Thilo Becker und einen Mordermittler, den Dominik noch nicht kannte. Sie stellten Fragen, auf die er keine klare Antwort wusste. Warum er in Annas Büro eingebrochen war. Wieso er es für sich behalten hatte, als er seinen Expartner in dem Video erkannte. Weshalb er allein nach Kronenburg gefahren war, ohne Auftrag, ohne Absicherung durch ein Kommando der harten Jungs.

»Gehört die Schrotflinte dir?«, fragte Becker.

»Wie kommst du darauf?«

»Warum hast du Urban erschossen?«

»Leck mich doch.«

»Mach's uns nicht so schwer, Kollege Roth. Jeder weiß, dass du Dreck am Stecken hast.«

Dominik war zu müde, um sich aufzuregen. Die Fragen kreisten und wiederholten sich, dann zogen die zwei Männer des KK 11 ab. Dominik versuchte zu schlafen, doch der Stuhl war hart und die Bilder des Abends wichen nicht aus seinem Kopf.

Die Morgendämmerung kündigte einen klaren, blauen Himmel über dem Rheinland an.

Als sich die Tür öffnete und Kripochef Benedikt Engel mit ausgestreckten Armen auf ihn zukam, wusste Dominik, dass sich das Blatt gewendet hatte.

Frisch geduscht, rasiert und in eigenen Klamotten nahm Kriminalkommissar Dominik Roth gegen elf Uhr vormittags zwischen Engel und KK-11-Leiterin Ela Bach auf dem Podium der Pressekonferenz Platz. Das Briefing und die nachfolgenden Fragen und Antworten drangen nur bruchstückhaft in sein Bewusstsein. Das Blitzlichtgewitter riss kaum ab. Dominik sehnte sich nach Schlaf und vermutlich würde das Lächeln, das er für die Kameras aufsetzte, nur als dümmliches Grinsen rüberkommen. Doch das war ihm egal.

Er war der Held.

Die Behörde hatte beschlossen, seinen Alleingang als mutige Rettungstat zu interpretieren – jedes Warten auf Verstärkung hätte Leonies Leben gefährden können. Sein Einbruch in Anna Winklers Dienstzimmer wurde schlicht unter den Teppich gekehrt. Selbst die Vorwürfe der Strafvereitelung und der unerlaubten Nebentätigkeit hatten sich in Luft aufgelöst, denn auch die Staatsanwaltschaft stimmte zu, dass der Polizei ein tadelloser Retter weit besser zu Gesicht stand als ein außer Kontrolle geratener Ermittler. Zumal im Überschwang der Freude über Leonies Befreiung mit kritischen Nachfragen nicht zu rechnen war.

Als Dominik in der letzten Reihe der Zuhörer Hanna erkannte, war er schlagartig wach. Sie war in Begleitung ihrer Schwester erschienen. Susanne Hachmeister stand bei ihnen. Sie trug ihren Nadelstreifenanzug, die Frisur mehr denn je aufgedonnert.

Dominik hatte den Eindruck, dass Hanna seinem Blick auswich. Er konnte es kaum erwarten, mit ihr zu reden. Alles richtigzustellen. Um Verzeihung zu bitten.

Endlich beendete der Polizeisprecher die Fragerunde und auch die Fotografen packten zusammen. Die Pressemeute drängte zum Aufbruch. Das Theater war überstanden.

Engel legte die Hand auf Dominiks Arm und raunte: »Wir reden in den nächsten Tagen über Ihre Zukunft, Kollege Roth.«

Dominik stieg vom Podium. Er hatte es eilig. Am Ausgang stauten sich die Journalisten, doch als sie den Helden erkannten, machten sie ihm Platz.

Im Flur stieß er auf Britta Kaul, Leonies Mutter. Sie gaben sich die Hand, dann fiel ihm die Frau um den Hals, weinend vor Erleichterung. Wieder Blitzlichter. Dominik führte Britta zur Seite, weg von der Mediengemeinde.

»Wie geht es Leonie?«

»Sie steht unter Beruhigungsmitteln. Ein paar Rippen sind wohl gebrochen. Das Jochbein auch, wahrscheinlich Gehirnerschütterung. Aber das heilt wieder. Sie hat nach einem anderen Mädchen gefragt. Wen meint sie damit?«

»Wir wissen von einem Mädchen in Leonies Alter, das in der Eifel verschwunden ist. Mehr können wir zur Stunde nicht sagen.« Die Knochen ließ er unerwähnt. In den nächsten Tagen würde man den Keller und das gesamte Grundstück umgraben. Die Medien würden noch ausführlich genug darüber berichten.

»Wir sind Ihnen so dankbar, Herr Roth.«

»Wo ist Hanna?«

Leonies Mutter atmete tief durch. »Unten, im Auto. Sie ist schon mal vorausgegangen.«

Dominik wusste Bescheid. Die schöne Bankerin wollte nichts mehr mit ihm zu tun haben.

Nicht für jeden war er der Held. Er war nie einer gewesen.

Lügen, so viele Lügen. Nichts war gut.

Britta Kaul stupste ihn an. »Worauf warten Sie? Reden Sie mit ihr.«

Das rote Volvo-Coupé parkte in einer Hotelzufahrt gegenüber dem Präsidium. Um in der Sommerhitze für Durchzug zu sorgen, hatte Hanna die Fenster heruntergefahren.

Im Autoradio fasste ein Reporter gerade die Neuigkeiten der Pressekonferenz zusammen: Leonie Kaul gehe es den Umständen entsprechend gut. Ihr Entführer habe sich mit einer Ladung Schrot das Leben genommen, um der Festnahme zu entgehen. Die Polizei gehe Hinweisen nach, dass Leonie nicht sein erstes Opfer gewesen sei. Und die Morde an Paula Busch und Patrick Neidel stünden ebenfalls vor der Aufklärung, da der Expolizist und Sicherheitsunternehmer auch an ihnen beteiligt gewesen sei.

Dominik ging neben dem Wagen in die Hocke. Sein Gesicht auf der Höhe des ihren.

Hanna schaltete das Radio ab und wandte sich ihm zu. Ihr Blick gab wenig Anlass zur Hoffnung.

»Darf ich dich in nächster Zeit mal anrufen?«, fragte Dominik. Er musste an den Kuss im Regen denken. An die Nacht in seinem Bett. An das Leuchten ihrer Augen, wenn sie lächelte.

»Lieber nicht.«

»Wir könnten ins Kino gehen. *Der Mann mit dem goldenen Arm* von Preminger. Und danach auf ein Glas Wein. Ich glaube, wir sollten uns aussprechen.«

»Nein, Dominik.«

»Warum nicht?«

Sie musterte ihn lange.

»Ruf mich nicht an«, sagte sie schließlich. »Ich melde mich bei dir. Irgendwann. Vielleicht.«

Schritte auf dem Asphalt. Britta Kaul, die sich im Hintergrund gehalten hatte, näherte sich und stieg auf der Beifahrerseite ein.

Hanna startete den Motor und setzte aus der Lücke. Ihre Schwester winkte Dominik zu.

Er fragte sich, wie sein Leben weitergehen würde.

Irgendwann. Vielleicht.

Montag, 4. Juli, *BLITZ,* Titelseite:

**LEONIE K. GERETTET –
MÄDCHENJÄGER RICHTET SICH SELBST**

Dienstag, 5. Juli, *Düsseldorfer Morgenpost,* Wirtschaftsteil:

**SKANDAL UM MITARBEITERBESPITZELUNG:
RHEINBANK-CHEF DINGENDORFF SICHERT
UMFASSENDE AUFKLÄRUNG ZU**

Mittwoch, 6. Juli, *BLITZ*, Titelseite:

LEICHENFUND IM HORRORHAUS VON KRONENBURG: TOTE ALS NACHBARSTOCHTER DES MÄDCHENJÄGERS IDENTIFIZIERT

Donnerstag, 7. Juli, *Düsseldorfer Morgenpost*, Wirtschaftsteil:

WANZENSKANDAL: RHEINBANK AG TRENNT SICH VON KOMMUNIKATIONSVORSTAND FRANTZEN

Freitag, 8. Juli, *Düsseldorfer Morgenpost*, Seite drei:

MORDFALL PAULA BUSCH: STAATSANWALTSCHAFT BEZEICHNET ZWEIFEL AN ALLEINTÄTERSCHAFT VON JOCHEN U. ALS HALTLOS

82.

Ich habe schon wieder schlecht geträumt: Meine Lunge war zerrissen, meine Augen ausgestochen, alle Glieder in schweren Ketten, ein Verlies tief unter der Erde – jeden Tag diese Angst vor dem Schlaf!

Morgen werde ich entlassen. Mein Gesicht sieht bald wieder normal aus. Eine Operation ist nicht nötig, ein paar Nähte haben genügt. Das Jochbein wird auch so wieder heilen. Und künstliche Zähne kann man von echten gar nicht unterscheiden, meint der nette Oberarzt. Gegen die Schmerzen schlucke ich Tabletten.

Trotzdem finde ich es übertrieben, dass Dominik mich das kurze Stück über das Gelände der Uniklinik im Auto fährt.

Mama sagt, dass der Kommissar viel besser zu Tante Hanni passen würde als dieser ältere Typ, mit dem sie zuletzt ging.

Dominik öffnet das Tor zum rechtsmedizinischen Institut. Cool, dass er für so etwas den Schlüssel hat. Mama behauptet, dass Tante Hanna in ihn verliebt sei. Und er in sie. Warum Hanna ihn dann nicht anruft, verstehe ich nicht. Und an Dominiks Stelle würde ich hinfahren und vor ihrer Tür kampieren, bis sie aufmacht.

Dominik knipst das Licht an. Mitten im Raum stehen zwei große Tische aus Stahl mit einer Rinne rundherum und einem Abfluss. Es riecht nach Putzmitteln.

»Willst du das wirklich?«, fragt er.

Mir ist überhaupt nicht wohl. Aber ich darf jetzt keinen Rückzieher machen, nachdem ich den Kommissar zu dieser Aktion überredet habe.

»Es muss sein«, antworte ich.

Er öffnet eine zweiflügelige Tür. Ich spüre die kalte Luft.

»Warte hier.« Dominik verschwindet durch den Plastikvorhang.

Für einen Moment ist mir schwindlig. Ich habe noch immer Angst vor dem Schwein. Aber wenn ich mit eigenen Augen die Leiche gesehen habe, kann ich meine Albträume loswerden. Zumindest hoffe ich das.

Dominik rollt die Bahre heraus. Der Mann ist nackt und blass, der Mund steht etwas offen. Die Schussverletzungen im Gesicht habe ich mir verheerender vorgestellt – immerhin soll es Schrot gewesen sein, das man bei der Jagd auf Wildschweine verwendet. Und ich vermisse den Zettel, den die Toten in den Fernsehserien immer am großen Zeh haben. Stattdessen ist mit blauem Filzstift eine Nummer auf den Schenkel geschrieben.

Der Körper ist fleckig. Vom Hals bis weit nach unten erstreckt sich eine hässliche Naht. Sie durchquert die tätowierte Sonne. Grobe Stiche. Eine weitere Naht verläuft oberhalb der Stirn. Man hat ihn aufgemacht. Den Schädel zersägt. Organe entnommen.

Dominik zeigt mir die Stelle am Hinterkopf, wo ein großes Stück vom Knochen fehlt.

Eindeutig tot. Der Dreckskerl wird mir nie wieder etwas antun. Bald fressen ihn die Würmer.

Gut so.

Samstag, 9. Juli, *Düsseldorfer Morgenpost*, Titelseite:

FÜHRENDE WIRTSCHAFTSVERTRETER STÄRKEN KANZLERIN DEN RÜCKEN

Auch während Chinareise bleibt Eurorettung Thema Nummer eins

Unser Chefreporter Willi Böhmer berichtet aus Beijing

Montag, 10. Juli, *Süddeutsche Zeitung*, Titelseite:

KANZLERIN ZIEHT MIT NEUEM KABINETT IN DEN WAHL-HERBST

Designierter Umweltminister Mierscheid für »Atomausstieg mit Augenmaß«

Dienstag, 11. Juli, *Düsseldorfer Morgenpost*, Wirtschaftsteil:

RHEINBANK-CHEF DINGENDORFF: ›EUROPAS MANAGER DES JAHRES‹ SCHREIBT ERFOLGSGESCHICHTE

83.

Die Glöckchen klingelten. Lilly trat in den Laden. Was für eine Überraschung!

Wann hatte sie ihm gesagt, sie passten nicht zueinander? Udo rechnete nach. Mehr als ein halbes Jahr war das her.

»Was willst du?«, fragte er.

»Sternchen.«

»Raus!«

Lilly lachte. Sie wusste genau, dass er keinen Kitsch à la Sternchen fabrizierte. Und ihm war klar, dass sie nur geflachst hatte. Ein Insiderscherz unter Expartnern. Aber was wollte sie wirklich?

»Wie ich sehe, ist dir ein Kunde abgesprungen«, sagte Lilly.

»Woran willst du das erkennen?«

»Du bestellst sie immer für ein Uhr. Es ist fünf vor und du hast noch nicht mit der Vorbereitung begonnen. Oder verzichtest du inzwischen völlig auf Hygiene?«

»Hey, du weißt genau, dass niemand in dieser Stadt so sauber arbeitet wie ich!«

»Schon gut.« Sie schob den Vorhang beiseite und betrat den Nebenraum. »Der Spiegel ist neu«, stellte sie fest. »Die Liege auch. Schick.«

Wenn Sandra jetzt aufkreuzt, kriege ich Stress, dachte Udo. Seine Neue hasste es, wenn er sich mit Ehemaligen traf. Er durfte sie nicht einmal erwähnen. Eifersucht, dein Name lautet Sandra.

»Sag mir, was du willst«, wiederholte Udo.

»Warum wohl geht eine Frau in einen Tattoo-Shop? Ich möchte Flügel. Über beide Schultern. Beeindruckende Flügel und du bist der Beste. Hast du zumindest stets behauptet.«

»Du findest Tätowierungen albern. Hast *du* immer behauptet.«

»Alles braucht seine Zeit.«

»Aber du bist kein Engelchen.«

»Ich will auch keine Engelsflügel. Nein, etwas Dämonisches. Für Rächer, die entschlossen ein Ziel verfolgen, koste es, was es wolle.«

»Achthundert Euro. Und das ist ein Sonderpreis. Leg dich hin, Lilly.«

»Zeig mir erst deine Vorlagen.«

»Ich arbeite nicht mit Vorlagen. Jedes Tattoo ist bei mir individuell. Weißt du doch.«

»Ich weiß nur, dass du manchmal die ganze Nacht am Computer sitzt und Ideen aus dem Internet klaust.«

Lilly musste immer das letzte Wort behalten. Sandra war genauso. Ich gerate immer an die gleiche Sorte Weiber, dachte Udo.

Er öffnete den Schrank, holte einen Ordner heraus und schlug ihn auf: Schwingen, Gefieder und Krallen für Fledermäuse, Drachen oder Teufel.

Lilly blätterte vor und zurück, schließlich tippte sie auf ein besonders bizarres Bild.

»Ist Ratenzahlung, okay?«

Auch das noch, dachte Udo. Er säuberte den Glastisch, riss eine sterile Verpackung auf, entnahm eine mittelstarke Nadel und wählte das passende Griffstück aus dem Ultraschallreinigungsgerät.

»Machst du eine Matrize?«

»Nicht nötig.«

»Aber bitte sorgfältig arbeiten.« Sie zog ihr T-Shirt über den Kopf, öffnete den Verschluss ihres BH und streckte sich bäuchlings auf der schwarzen Lederpolsterung aus.

Wenn Sandra jetzt aufkreuzt … Dann ist das eben eine normale Kundin. Basta.

Mit dem säurefreien Filzschreiber übertrug Udo das ausgesuchte Muster auf Lillys Schultern. Sie kontrollierte die Vorzeichnung im Spiegel und war zufrieden. Udo bemerkte ihren skeptischen Blick auf sein Werkzeug.

»Es pikst, aber das hältst du aus.«

»Und hinterher?«

»Ein Gefühl wie ein Sonnenbrand. Du wirst frieren. Und mächtig stolz sein. Oder willst du kneifen?«

Lilly legte sich wieder hin.

Udo sprühte die Haut mit Desinfektionsmittel ein. Das Spulengerät surrte. Er musste rasch arbeiten, damit er es in einer Schicht schaffte. Lilly war zierlich, die Fläche war nur begrenzt groß. Er würde auf Schattierungen verzichten, denn sonst müsste er einen höheren Preis nehmen. Ob Lilly überhaupt Kohle hatte?

»Was macht dein Job?«, fragte er. »Werbung, oder?«

»Sie haben mich reingelegt.«

»Wieder nur ein Praktikum?«

»Sie haben mich rausgeschmissen, nur weil ein Kunde abgesprungen ist.«

»Beim nächsten Mal klappt es sicher.«

»Gibt kein nächstes Mal. Schluss mit der Ausbeutung. Ich gehe zum Gegenangriff über.«

»Was soll das heißen?«

»Das willst du gar nicht wissen.«

»Teuflische Rächerin, haha.«

Er wischte das Blut ab. Es würde ein gutes Tattoo werden.

»Kannst du schweigen?«, fragte Lilly.

»Natürlich.«

»Und versprichst du mir, zur Zeitung zu gehen, falls mir etwas zustoßen sollte?«

»Lilly, du machst mir Angst.«

»Zur *Morgenpost.* Sprich mit dem Chefreporter.«

»Was hast du vor?«

»Ich werde das Schwein abknallen, das für meinen Rausschmiss verantwortlich ist. Diesen Finanzboss, der ganz Deutschland verarscht und jetzt auch noch zu Europas Manager des Jahres gewählt worden ist.«

»Lass deine Scherze. Echt jetzt.«

»Jemand muss doch etwas tun. Das kapitalistische System erschüttern. Den Massen ein Zeichen setzen, um den ganzen Wahnsinn zu stoppen!«

Udo fiel nichts ein, was er entgegnen könnte. Lilly machte Witze.

Fünf Stunden später besah sie sich das Werk im Spiegel. Dabei ballte sie die Fäuste und blickte grimmig.

»Gefällt's dir nicht?«

»Doch, super.«

Udo machte ein Foto für seine Mappe, dann zog sie sich an.

»Wie wär's mit der ersten Rate?«, fragte er.

Ein Schmatz auf beide Wangen. »Mehr ist heute leider nicht drin.«

Und weg war sie.

Er hätte es sich denken können. Udo war sauer, als er aufräumte. Lilly hatte ihn mal wieder ausgenutzt. Die Frau war völlig verrückt. *Das Schwein abknallen. Ein Zeichen setzen.* Und wenn sie es womöglich ernst meinte?

Ihm fiel ein, dass sie einst Sportschützin gewesen war und sogar Pokale bei den Wettkämpfen der Jugendlichen gewonnen hatte. Udo fragte sich, ob er besser die Polizei verständigen sollte, und griff nach dem Telefonhörer.

»Na, hattest du Kundschaft?«

Udo fuhr herum. Sandra. »Ja, äh, ein Kerl hat sich die Schultern tätowieren lassen.«

Sandra umarmte ihn. Ein inniger Kuss. Er spürte ihr Zungenpiercing und musste an das Metall denken, das sie an anderen Stellen trug.

»Magst du nicht den Laden abschließen?«, fragte sie.

Udo kam ihrer Bitte nach. Als er zurückkehrte, streifte sein Blick den Ordner, der noch auf dem Tisch lag. Erst jetzt fiel ihm die kleingedruckte Bildlegende auf. Streng genommen waren das gar keine Teufelsflügel gewesen.

Am Rand der Seite stand: *Schwarzer Schwan.*

Liebe Menschen aus unterschiedlichen Zusammenhängen haben mir Einblicke in ihre Arbeit gestattet, mein Schreiben kritisch begleitet, mich mit Anregungen versorgt und dabei nicht auf die Uhr geschaut.

Insbesondere geht mein großer Dank an Raymund Braun, Annette C., Klaus Dönecke, Klaus Eckert, Goeta Feldmann, Wolfgang Kral, Thomas Kürten, Ingo Liese, Michael Meller, Christoph Müller, Bruno Schröders, Guido Schweers und meine wunderbare Frau Kathie Wewer.

Als das Manuskript erst zu zwei Dritteln und noch in roher Verfassung vorlag, fand es das Kulturamt Düsseldorf bereits auszeichnungswürdig. Vielen Dank für das Arbeitsstipendium Literatur 2011 der Landeshauptstadt Düsseldorf.

Einen ähnlichen Sparclub wie im Roman gab es unter der Bezeichnung ›IC 72‹ tatsächlich. Der erwähnten *Münchner Hypo Estate* stand der Immobilienfinanzierer *Hypo Real Estate* Pate, der Anfang 2009 verstaatlicht wurde und sich als Symbol für die Finanzkrise im allgemeinen Bewusstsein verankert hat. Die Namen habe ich abgewandelt, weil Figuren und Handlung frei ausgedacht sind und ich nicht möchte, dass die von mir genannten Milliardensummen auf die Goldwaage gelegt werden – wer will in diesen Zeiten schon so kleinlich sein?

Völlig fiktiv sind die RheinBank AG und sämtliches Romanpersonal. Schade eigentlich. Mit Hanna, Lilly und Paula – der lebenden – würde ich gern einmal einen Kaffee trinken.

Mehr von Horst Eckert

Annas Erbe
ISBN 978-3-89425-053-9
Ein ungeklärter Mord von vor 25 Jahren und eine Leiche im Müll.

Bittere Delikatessen
ISBN 978-3-89425-059-1
Feinkostkönig Fabian wird ermordet: ein Fressen für die Medien.

Aufgeputscht
ISBN 978-3-89425-078-2
Ausgezeichnet mit dem ›Marlowe‹
Drei Ermittler, drei Fälle: Adrenalin pur.

Finstere Seelen
ISBN 978-3-89425-218-2
Nach elf Jahren schlägt der ›Kannibale‹ wieder zu.

Die Zwillingsfalle
ISBN 978-3-89425-238-0
Ausgezeichnet mit dem ›Friedrich-Glauser-Preis‹
Sechs Tote in einer Sauna, Düsseldorf im Schockzustand.

Ausgezählt
ISBN 978-3-89425-265-6
Kommissar Wegmann gerät in Verdacht und will sich rehabilitieren.

Purpurland
ISBN 978-3-89425-284-7
Ein Afghanistanheimkehrer soll seine Frau ermordet haben.

617 Grad Celsius
ISBN 978-3-89425-297-7
Ein Mehrfamilienhaus explodiert – wer steckt hinter dem Anschlag?

Königsallee
ISBN 978-3-89425-350-9
Ein Polizeispitzel wird ermordet und der OB verkauft seine Stadt.

Sprengkraft
ISBN 978-3-89425-380-6
Nominiert für den ›Friedrich-Glauser-Preis‹
Eine Bombe in einer Moschee ist Sprengstoff für die Politik.

Niederrhein-Blues und andere Geschichten
ISBN 978-3-89425-378-3
Krimikleinkunst vom Feinsten!